O JOGO DA ALMA

JAVIER CASTILLO

O JOGO DA ALMA

TRADUÇÃO
Tania Lopes
Reinaldo José Lopes

AVISO DE CONTEÚDO SENSÍVEL: ESTE LIVRO CONTÉM CENAS DE VIOLÊNCIA, VIOLÊNCIA SEXUAL E PEDOFILIA.

Grafia atualizada segundo o Acordo Ortográfico da Língua Portuguesa de 1990, que entrou em vigor no Brasil em 2009.

Título original
El juego del alma

Capa
Yolanda Artola/ Penguin Random House Grupo Editorial

Foto de capa
Brooke Shaden

Preparação
Julia Passos

Revisão
Marina Saraiva
Juliana Cury | Algo Novo Editorial

Dados Internacionais de Catalogação na Publicação (CIP)
(Câmara Brasileira do Livro, SP, Brasil)

Castillo, Javier
O jogo da alma / Javier Castillo ; tradução Tania Lopes e Reinaldo José Lopes. — 1ª ed. — Rio de Janeiro : Suma, 2025.

Título original : El juego del alma.
ISBN 978-85-5651-278-9

1. Ficção de suspense 2. Ficção espanhola
I. Título.

25-287235 CDD-863

Índice para catálogo sistemático:
1. Ficção : Literatura espanhola 863

Cibele Maria Dias – Bibliotecária – CRB-8/9427

EDITORA SCHWARCZ S.A.
Praça Floriano, 19, sala 3001 — Cinelândia
20031-050 — Rio de Janeiro — RJ
Telefone: (21) 3993-7510
www.companhiadasletras.com.br
www.blogdacompanhia.com.br
facebook.com/editorasuma
instagram.com/editorasuma
x.com/editorasuma

Este romance é dedicado a todos
os abraços que deixamos pelo caminho.
Aos beijos que se foram.
Às histórias que perdemos.

Este é meu grãozinho de areia para lutar contra os medos
trazidos pelo ano em que ansiamos pela liberdade.

E quem sou eu para julgar o diabo em que você acredita, se eu também acredito nele.

Nota do autor

Qualquer leitor familiarizado com as áreas de Queens, Rockaway, Brooklyn, Staten Island e baixa Manhattan vai perceber que tentei manter as descrições desses lugares o mais fidedignas possíveis em relação à realidade, com os limites que o uso excessivo das descrições no ritmo e desenvolvimento dos eventos impõe. Também devo admitir que tomei certa liberdade para modificar algumas paisagens, zonas de acesso e estradas de terra apenas por motivos estéticos e narrativos. Os meios de comunicação mencionados são inventados, exceto pelos secundários e sem importância na trama, e quaisquer semelhanças dessa história com a de pessoas reais, vivas ou mortas, casos em aberto e encerrados, ou situações particulares dentro da narrativa ou relacionadas a ela são fruto do simples e onipresente acaso.

1.
Madrugada de 26 de abril de 2011
Miren Triggs

Não tenha medo, pois tudo acaba.

— Alguém me ajuda! — grito, tocando minha barriga, um fio de sangue escorrendo entre as costelas. — Aguente, Miren! — sussurro entredentes, desesperada. — Aguente, caralho!

"Pense rápido. Pense. Chame alguém. Peça ajuda, Miren, antes que seja tarde."

Percebo minha pulsação regurgitar meu próprio sangue, como se minha alma estivesse enjoada por causa das curvas desta última viagem. Foi um erro. É o fim.

Não

devia

ter continuado.

Não há ninguém na rua, exceto pelos passos que seguem os meus. A sombra aumentada pela luz dos postes cresce e desaparece, repetidamente: grande, pequena, enorme, inexistente, gigantesca, etérea. Perco-a de vista. Onde está?!

— Socorro! — grito outra vez numa rua deserta e escura, que me observa entre as sombras, cúmplice da minha morte.

"Você tem que revelar a verdade, Miren. Vamos, vamos. Vamos! Você tem que conseguir."

Não estou com meu celular e, mesmo se estivesse, qualquer ajuda chegaria tarde demais. Ninguém conseguirá me salvar da morte. Quem quer que eu chamasse agora, pedindo ajuda, só encontraria o cadáver de uma jornalista de trinta e cinco anos, catorze deles vividos com a alma congelada naquela noite fria e nefasta.

A iluminação dos postes sempre me leva de volta à dor que vivi em 1997, com meus gritos ecoando pelo parque enquanto eu soluçava, trêmula, e os homens que sorriam durante aquele trauma que nunca me abandonou. Talvez tudo tivesse que terminar assim, sob a luz intermitente de outros postes, em outra ponta de Nova York.

Avanço com dificuldade. Cada passo é uma agulha afiada perfurando a lateral do meu corpo. A estrada comprida e escura pela qual rastejo leva à Rockaway Beach, uma praia longa e ampla em frente ao parque Jacob Riis, fustigada pelo vento e maltratada pelo apetite voraz do oceano. Não há ninguém aqui a uma hora dessas. Ainda não amanheceu, e a lua ilumina com melancolia as pegadas na areia. Olho para trás e vejo iluminados também, em um preto intenso, os fios finos de sangue que deixo pelo caminho. "Pelo menos o inspetor Miller poderá reconstruir meus últimos passos." Isso é o que passa na cabeça de alguém que sabe que está prestes a morrer: o que restará para identificar o assassino? DNA embaixo das unhas, sangue da vítima no carro. Depois que me matar, ele levará meu corpo para algum outro local e terei desaparecido do mundo para sempre. Ficarão apenas meus textos, minha história, meus medos.

Chego ao final da estrada, viro à esquerda e, com uma velocidade que dilacera as fibras dos meus músculos já feridos, mergulho em uma abertura nas estruturas de concreto do antigo Fort Tilden, abandonado à própria sorte.

O que um dia foram instalações militares agora não passam de ruínas inóspitas de frente para o mar, numa praia em forma de língua que parece proteger o Queens da voracidade do Atlântico. Tal qual o Fort Tilden, eu, que até pouco tempo era uma incansável jornalista do *Manhattan Press*, agora grito de medo como uma criança enquanto ele me persegue. Foi nisso que me transformei. Uma nova versão dos meus medos. Um pedaço de trapo que o mundo usa para limpar suas vergonhas e seus segredos. Uma mulher perecendo nas mãos de um degenerado.

Ninguém me pediu ajuda. E tive que vir sozinha. Ninguém me implorou para investigar, mas uma parte de mim gritava para que eu procurasse Gina. Não sei como não percebi. Acho que precisava voltar a... me sentir morta.

Uma polaroid. Tudo começou com aquela foto de Gina... Como pude ser tão... ingênua?

Olho ao redor em busca de uma saída e tento ficar em silêncio entre os arquejos que explodem em meu peito. Ouço passos em meio ao vendaval. Sinto os grãos de areia atingindo minha pele, como balas perdidas numa batalha entre o vento e a praia.

— Miren! — ele grita, colérico. — Miren! Pare de se esconder!

Se ele me encontrar, será o fim. Se ficar aqui, sangrarei até a morte. Sinto uma sonolência. A carícia da noite. O jogo da alma em meu coração. Aquele que dizem acontecer quando você começa a perder muito sangue. Cubro a ferida, e aquilo dói como se estivessem marcando com ferro em brasa as palavras: "propriedade de ninguém".

Fecho os olhos e aperto os dentes, tentando conter as dores, e uma ideia que eu achava não trazer esperança surge outra vez.

"Corra."

Do meu esconderijo, analiso as possibilidades e observo a cerca que vai até o parque Riis. Se eu conseguisse saltá-la, poderia correr em direção às casas de Rockaway e pedir ajuda, mas o arame farpado ao longo de todo o perímetro do Fort Tilden é capaz de me rasgar ao meio e derramar minhas entranhas se eu tentar escalá-la.

Ele está próximo.

Não é o calor dele que sinto, mas a frieza. Seu corpo gélido, imóvel, a alguns passos de mim, certamente observando com desdém o triste esconderijo onde me protejo. Um filho de Deus regozijando-se com o cordeiro que vai sacrificar.

— Miren! — grita ele outra vez, mais perto do que eu imaginava.

E cometo outro erro.

No momento exato em que ele grita meu nome com a voz rouca, levanto-me e corro uma última vez, tentando me agarrar à vida, mesmo que seja em vão: estou sangrando, estou sozinha e me sinto cada vez mais fraca.

A cada passo, a imagem de Gina volta à minha mente, seu rosto animado, sua história dolorosa. Sinto-a tão perto que quase consigo estender a mão e acariciar seu rosto de debutante, sorrindo para a câmera na foto que usaram para anunciar seu desaparecimento. Por que não previ isso?

De repente, tudo muda. Por alguns segundos ele parece ter deixado de me seguir. "Vou conseguir, vou sair dessa. Contarei a história de Gina. Tenho que fazer isso. Você vai conseguir, Miren."

"Você está segura."

À distância, vejo o horizonte noturno dos arranha-céus da cidade. Quando estou perto deles, sempre me sinto pequena, mas, de longe, parecem pilares de quartzo brilhando com uma luz ancestral.

A sombra dele aparece outra vez. Faltam-me forças. Mal consigo andar. A rua deserta, a lua vigilante: "Você está morta, Miren", ela parece dizer. "Nunca deixou de estar."

Cada passo me rasga por dentro; cada grito em que mergulho se perde na mais absoluta indiferença. Apenas o rugido distante do oceano surge de vez em quando entre meus passos fracos, suprimindo meus suspiros na escuridão.

— Miren, não corra! — vocifera ele.

Avanço pela praia com dificuldade, lutando contra a areia que parece querer engolir meus pés. Pulo uma pequena cerca de madeira dilapidada, que serve para conter a areia e, para minha sorte, alcanço uma rua asfaltada repleta de casas com luzes apagadas, que liga o centro de Neponsit, um dos bairros de Rockaway, à praia.

Bato na primeira porta que vejo enquanto grito por ajuda, mas estou tão cansada que mal respiro. Bato de novo, quase sem força, mas não parece que tenha alguém lá dentro. Olho para trás, desesperada, com medo de que ele apareça de novo, mas não o vejo em lugar nenhum. O rugido do mar me envolve. Uma onda reconstrói os pedaços de minha alma. Estou segura?

Avanço para a casa seguinte, de pilares arredondados na varanda, com grades de ferro, e, quando bato na porta com a argola de metal e os nós dos dedos, uma luz se acende lá dentro.

Minha salvação.

— Socorro! — grito com as forças redobradas. — Chame a polícia! Ele está me seguin...

Uma mão puxa a cortina atrás do vidro da porta, mostrando o rosto envelhecido de uma mulher de cabelos brancos com ar de preocupação. Onde a vi antes?

— Socorro! Por favor!

Ela me encara arqueando as sobrancelhas e dá um leve sorriso que não me reconforta.

— Meu Deus, o que aconteceu com você, minha filha? — diz ela enquanto abre a porta e deixa à vista a camisola branca que está vestindo. — Esse machucado parece feio, querida — acrescenta, com a voz calorosa. — Deveria chamar uma ambulância.

Olho para meu abdômen. Uma poça vermelha inunda minha camiseta até o quadril. Minhas mãos estão cobertas com meu próprio sangue, e até a porta está manchada. "Talvez Jim descubra que cheguei até aqui, apesar de ser melhor que não. Assim ele estará seguro. Assim, ao menos um de nós continuará vivo."

— Não estou... não estou bem — digo entre suspiros cada vez mais fracos.

Engulo saliva com gosto de sangue antes de tentar falar de novo, mas ouço passos atrás de mim e tudo se acelera. Não tenho tempo de me virar.

No mesmo instante em que a senhora olha por cima de minha cabeça, percebo uma sombra ao lado do batente da porta, sinto o frio da sua mão tapar minha boca e, de repente, a força de seu braço envolver meu corpo.

É o fim.

Sinto a morte nos olhos escuros da senhora, no vazio do meu peito, no meu último suspiro com a mão cobrindo minha boca e, sem querer...

... eu me lembro de tudo.

2.
Fort Tilden
23 de abril de 2011
Três dias antes
Ben Miller

Corra, irmã, antes que cheguem os monstros
que nos prometeram.

O inspetor Benjamin Miller havia estacionado o carro, um Pontiac com placa de Nova York, no meio de uma estrada de terra dentro da esplanada de sebes, sarças e vegetação selvagem de Fort Tilden, bem em frente a três viaturas da polícia com as luzes acesas.

Já tinha anoitecido quando o seu celular tocou. Ele estava prestes a levar à boca um pedaço de frango assado que Lisa, sua esposa, havia feito para o jantar. Ela pareceu preocupada quando notou Ben com o telefone colado à orelha e escutou o garfo bater no prato. Lamentou-se ao ver o rosto sério do marido porque sabia o que acontecia depois de ligações como aquela.

— Acha que pode ser Allison? — perguntou Ben ao interlocutor, acrescentando, após uma pausa: — Entendo. Onde? Fort Tilden? Estou a caminho.

— Precisa ir agora? — perguntou Lisa ao vê-lo se levantar, mesmo sabendo a resposta.

Incomodava-a que o trabalho de Ben estivesse sempre presente, interferindo constantemente em sua vida e em seu ânimo, mas estavam há tantos anos mergulhados na angústia dos desaparecimentos que ela se resignou e sentou-se à mesa, tomando um gole de água enquanto esperava, não por uma resposta, mas por alguma informação sobre o motivo do telefonema.

— Parece que é sério, Lisa — respondeu ele. — Lembra da Allison Hernández?

— A menina de onze anos de Nova Jersey?

— Não... a do Queens. Quinze anos. Morena, cabelo comprido.

— Ah... sim. Foi na semana passada, não? Eles a encontraram?

— Acham que sim.

— Morta? — perguntou Lisa, com um tom repleto de rotina e tristeza.

Ben não respondeu. Apenas juntou suas coisas em silêncio, depois se despediu enquanto pegava a jaqueta cinza no cabideiro. Uma pequena porcentagem de seus casos terminava assim: com uma ligação de um grupo de adolescentes ou de um casal de trilheiros que avistou um cadáver flutuando à deriva no rio Hudson por vários dias ou, como tinha acontecido há não muito tempo, esquartejado dentro de uma mala. Neste último caso, os membros da unidade forense tiveram de reconstruir não só o que aconteceu, mas também um corpo.

— Amanhã é... — disse Lisa, com tom de aviso.

— Eu sei. Estarei aqui cedo — respondeu ele, triste.

Dirigiu por bastante tempo depois de sair de Grymes Hill, em Staten Island, onde vivia numa casa de madeira branca, com grades azuis na janela e um jardim resplandecente, mas com a cerca descuidada. Para chegar a Fort Tilden, cruzou a ponte Verrazano-Narrows até o Brooklyn, acompanhado por um fluxo infindável de luzes vermelhas, enquanto pensava nos pais de Allison e em como lhes dar a notícia. Em seguida, contornou o Brooklyn pela costa, até chegar à ponte da avenida Marine, o acesso mais rápido para a península de Rockaway. Enquanto cruzava a ponte, percebeu que a procissão de veículos havia desaparecido e ele entrara numa área, sem dúvida, bem afastada da agitação e do estresse da cidade. A amplitude da área, com imensos espaços entre os edifícios, nada tinham a ver com o sentimento de opressão nas imediações de Manhattan. As coisas depois da ponte que levava a Rockaway funcionavam em um ritmo diferente de tudo com o que Ben estava acostumado. Assim que chegou à esplanada deserta, observou várias placas indicando Fort Tilden. Em seguida, virou à direita e, a meio caminho da Rockaway Boulevard, viu dois policiais fora da viatura, no início da estrada de terra que se estendia até o parque Riis.

— Sou o inspetor Miller, Unidade de Pessoas Desaparecidas — disse, abrindo a janela. Ele sentiu o cheiro da maresia, o vento úmido e salgado. — Me chamaram por causa da garota que encontraram aqui, no Fort Tilden. Pode ser um dos casos que estou investigando.

Os policiais se encararam com ar de preocupação.

— Onde encontraram o corpo? — insistiu. — Olha... não costumo vir para esta área. Podem me mostrar o caminho?

O mais baixo dos dois se arriscou a falar:

— Está nos fundos, atrás da cerca. Estamos esperando a perícia. É horrível. Nunca vi algo assim.

Miller seguiu pela estrada, avistando ao longe as luzes intermitentes dos carros de polícia, que montavam guarda em frente a uma estrutura de concreto abandonada, cercada pela vegetação selvagem que havia invadido o parque. Enquanto avançava com cuidado para não danificar a parte de baixo do Pontiac, as palavras do homem ecoavam em sua mente: "Nunca vi algo assim".

Um agente terminava de colocar a fita de isolamento, amarrando-a ao espelho retrovisor de uma das viaturas estacionadas em frente ao edifício em ruínas e cheio de grafites, iluminado apenas pelas luzes dos faróis. Uma policial com o cabelo preso em um coque alto conversava com dois meninos de cerca de catorze anos, cujas bicicletas estavam caídas no chão ao lado de um dos carros da polícia.

Antes de sair do veículo, Miller pegou a pasta que carregava no banco do passageiro, com "Allison Hernández" escrito em vermelho na capa. Abriu-a e permaneceu alguns instantes encarando a fotografia na primeira página: uma garota de cabelo castanho-escuro, quase preto, e nariz pontudo, sorrindo para a câmera. Não precisava ler mais nada daquela primeira página. Conhecia bem a história, inclusive a roupa que ela vestia quando desapareceu: jeans pretos e uma camiseta branca com o logo da Pepsi. Deixou a pasta no carro e mostrou sua identificação ao policial lacônico que estabelecera o perímetro.

— Onde...? — perguntou Miller.

— Ali dentro. Cuidado com a ferrugem da porta.

— Foram eles que a encontraram? — acrescentou, apontando na direção dos dois garotos.

O policial assentiu silenciosamente.

— Vocês entraram em contato com os pais dela?

— Estão vindo. Vão ter que nos acompanhar até a delegacia.

— Pode me mostrar o caminho até...?

— Prefiro não vê-la de novo, senhor, se não se importa. Tenho uma filha da mesma idade e...

Miller notou que as mãos do policial tremiam. O sujeito tinha cerca de quarenta anos e um bom tempo de serviço, provavelmente já tinha visto de tudo. Ainda assim, ele tremia. Uma cidade com nove milhões de habitantes podia ser muito criativa na hora de apresentar seus cadáveres. Por isso, quando começavam na polícia, os agentes logo se acostumavam a ver cenas grotescas.

— Tudo bem. Onde ela está?

— Ali dentro. Scott e Carlos estão lá. A segunda sala à esquerda.

— Pode me emprestar sua lanterna? — pediu Miller, estendendo a mão.

O agente tirou a lanterna do cinto e, antes que tivesse tempo de entregá-la, um policial latino com um penteado perfeito, moreno e com cerca de um metro e setenta, surgiu da escuridão da porta.

— Inspetor Miller?! — ele gritou, sua voz se misturando com o som de uma onda quebrando ao longe. A costa ficava a uns duzentos metros de distância, mas o barulho navegava pelo vento, como uma canção sobre sonhos. — Achamos que é Allison. Estamos esperando a perícia para tirar as impressões digitais e o DNA e termos a confirmação.

— Posso vê-la? — Foi a primeira coisa que Miller disse.

— O senhor é religioso? — perguntou Carlos, com preocupação.

— Desde quando isso importa?

— Hoje sim, inspetor. Deus não ficará contente com o que fizeram a essa garota.

— E o senhor é? — perguntou Miller.

— Claro, inspetor. Deus permitiu que minha mãe tivesse forças para atravessar o deserto e a fronteira quando estava grávida de mim, e também que eu me tornasse quem sou agora. Deus tem sido generoso comigo. Quando chegar em casa, beijarei minha mulher e rezarei a Ele pedindo perdão.

O policial parecia aflito, e começou a andar em direção à entrada do edifício abandonado, convidando Miller a segui-lo. Era uma espécie de pavilhão, ruínas com buracos onde antes havia janelas e das quais restavam apenas as molduras, cuja ferrugem brilhava avermelhada por causa das luzes das viaturas.

Carlos avançou vários passos na frente de Miller e entrou na escuridão ao mesmo tempo que acendia a lanterna, mostrando o interior cheio de grafites, escombros e colchões velhos, dos quais restavam apenas as molas.

— Cuidado onde pisa — alertou Carlos.

— Por que você disse que ia pedir perdão a Deus? — perguntou Miller enquanto o seguia pelo corredor.

Carlos se deteve um segundo, voltando-se para ele, e respondeu, sério:

— Por não me persignar diante da cruz.

Aquela frase ficou ressoando durante alguns segundos na cabeça do inspetor. Carlos virou à esquerda e desapareceu atrás do buraco onde antes devia haver uma porta, com um carrinho de compras enferrujado caído ao lado. Miller se apressou para não se perder e, para a surpresa dele, ao entrar na sala seguinte, encontrou-se num espaço muito maior do que parecia de fora. A luz da lua se infiltrava pelos buracos dos vidros quebrados no alto do cômodo com pé-direito duplo. A luz da lanterna de Carlos iluminava apenas uma parte do cômodo, e Miller concluiu que a sala deveria ser enorme. De repente, percebeu que havia outra luz dançando ao fundo, iluminando um dos cantos do pavilhão.

A lanterna mais distante apontou para Miller, cegando-o.

— Scott, este é o inspetor Miller, da Unidade de Pessoas Desaparecidas — disse Carlos.

O outro policial estava no centro da sala e iluminava o caminho à frente de Miller, numa espécie de aviso para que não tropeçasse nas dezenas de cadeiras imundas, perfeitamente enfileiradas, todas voltadas para a parede do fundo.

— O que... é... tudo isso? — perguntou Miller, confuso.

— Um tipo de... igreja — respondeu Carlos visivelmente aflito. — E ela... — acrescentou com a voz falha, enquanto levantava a lanterna até uma imponente cruz vermelha que se erguia na parede e que o inspetor não tinha visto na escuridão — ... ela está fazendo o papel de Deus.

Miller sentiu as pernas cederem no vazio e seu estômago acompanhar essa sensação, como se a terra, abrindo-se, o tivesse engolido num abismo tão sombrio quanto os medos de sua infância. Um nó se formou em seu peito e subiu até a garganta ao ver o corpo inerte de Allison pregado na madeira pintada de vermelho. Com os pés apoiados um sobre o outro e os braços estendidos na horizontal, estava ali o corpo de uma garota de cabelo escuro, com o torso nu e a cintura coberta por um pano branco ensanguentado. Ele nunca tinha visto algo assim.

O inspetor engoliu em seco, imaginando o rosto sorridente da fotografia de antes naquela cena. Uma pincelada de tinta preta cobria o rosto de Allison, como uma venda pintada sobre os olhos fechados. Parecia que ela não queria ver. Sob a cruz, o chão estava encharcado pelo sangue que havia escorrido de uma ferida na lateral de seu corpo. A cabeça da adolescente pendia para o lado, como se dormisse por toda a eternidade.

— Quem faria uma coisa dessas?! — exclamou Miller, incrédulo.

3.
Nova York
23 de abril de 2011
Três dias antes
Miren Triggs

Quando você aposta sua alma, não importa se ganha ou se perde, nunca mais volta a ser o mesmo.

Minha editora ficou incrédula quando me viu correndo pela porta da livraria para procurar quem tinha deixado o envelope com aquela fotografia estranha para mim. Imagino que ela não estivesse acostumada a ver suas autoras saírem daquele jeito de uma sessão de autógrafos. Nem eu esperava agir daquele jeito. Quando me dei conta, já estava na rua, ofegando de medo e procurando entre os guarda-chuvas olhos que parecessem ameaçadores. Eu tinha me tornado imprevisível até para mim mesma.

Era a última das sessões de autógrafo estipuladas no contrato de publicação do livro sobre minha busca de doze anos por Kiera Templeton, uma menina de três anos que havia desaparecido durante um desfile de Ação de Graças em 1998. A princípio, eu havia escrito um artigo com detalhes do caso para o jornal em que trabalhava, o *Manhattan Press*, o mais importante dos Estados Unidos.

Não tinha planejado publicar um livro sobre Kiera, nem tinha sido minha intenção enquanto a procurava. Mas não pude recusar a oferta da editora. Um manuscrito, doze lançamentos em livrarias, um milhão de dólares. Pedi afastamento da redação para me concentrar na escrita e, nesse período, naveguei à deriva para cada vez mais longe do jornal e de quem eu sempre havia sido. O sucesso inesperado me absorveu por completo e, sem perceber, fui engolida pela voragem das entrevistas e divulgações e perdi o controle da minha vida. Eu planejava voltar logo para a redação, sempre tinha sido esse o plano, mas pouco a pouco a realidade foi me afastando do que realmente me fazia sentir eu mesma.

Nos onze eventos anteriores, eu havia me comportado como mandava o figurino: audaz, explicando os pormenores da história da pequena Templeton;

carinhosa com os leitores, que queriam ver minha assinatura rabiscada em seus exemplares; cordial com os livreiros, que investiram uma fortuna para adquirir de forma antecipada dezenas de milhares de livros que ganhavam destaque nas vitrines e prateleiras de todo o país. O romance havia se tornado o mais vendido dos Estados Unidos, e eu era incapaz de aproveitar o sucesso. Acho que, na verdade, não estava preparada, nem ao menos buscava aquilo. *A garota de neve* envolveu metade do planeta na procura por Kiera e se transformou no enigma de uma geração que ansiava conhecer o destino dela e, principalmente, saber se ela havia sofrido. Mas a única dor que expressei naquelas palavras, uma dor que inundava as páginas, sempre foi a minha, e talvez por isso cada uma das doze sessões de autógrafo tinha lotado.

Não existe nada mais atrativo do que o sofrimento. É impossível desviar o olhar. O choro nos absorve, o drama nos domina e a imprensa sabe disso. Foi tanta gente àquela sessão de autógrafos que não consegui ver quem havia deixado o envelope marrom em cima da mesa, com o restante das cartas e presentes dos leitores.

Quando o peguei, pensei que fosse uma carta romântica. Um fã apaixonado que tinha se deixado levar pela fantasia e chegado à conclusão de que meu livro provava que eu seria uma boa parceira. Nada mais distante da realidade. Eu não era boa companhia nem para mim mesma, e dizia isso porque eu me conhecia melhor do que ninguém. Era um envelope marrom acolchoado em que alguém havia escrito, com caligrafia irregular: “Quer brincar?”. A livreira que me ajudava a colocar os envelopes e presentes numa bolsa lançou com rapidez uma ideia romântica:

— Com certeza é uma proposta erótica. Abra, vamos rir um pouco.

Não me lembrava de ver ninguém deixando aquela carta durante a sessão, embora, na verdade, eu não estivesse prestando atenção. Havia muita gente em volta da mesa, tirando fotos e conversando enquanto eu autografava, concentrada e grata pelo apoio.

Mas uma sensação estranha emanava daquele envelope, como se estivesse acompanhado da melodia de um final trágico. A caligrafia irregular de “Quer brincar?” transmitia uma desordem que já havia penetrado a minha alma.

— Talvez seja um fã meio doido. Dizem que todos os escritores têm mais de um — a livreira disse em tom de piada.

— Tem letra de doido — respondi, séria.

Duas palavras simples que pareciam prestes a levar tudo pelos ares. Uma parte de mim não queria acreditar naquela sensação, e eu desejava, com todas as minhas forças, encontrar ali uma mensagem bem-intencionada. Durante toda a sessão de autógrafos, recebi olhares esperançosos e palavras gentis, e minha alma destruída se ancorava naquela luz que parecia equilibrar um mundo já muito sombrio.

Rasguei o envelope e botei a mão lá dentro, tateando em busca de perigo, mas encontrei apenas um papel macio e frio. Quando o puxei, no entanto, constatei o que era: uma fotografia polaroid escura e mal enquadrada com uma imagem que bateu com violência em meu peito. No centro, uma garota loira, amordaçada, olhando para a câmera de dentro do que parecia ser um furgão. Na margem inferior, com a mesma caligrafia desordenada, o autor havia escrito: "Gina Pebbles, 2002".

Ainda sentia a adrenalina correr na ponta dos dedos enquanto segurava a foto. Com verdadeiro pavor, procurava ao longe, na rua, alguém que pudesse reconhecer da sessão. Chovia, como sempre acontecia nos piores momentos, o que frustrou minhas tentativas. Pequenas gotas que pareciam lágrimas caíam e dezenas de guarda-chuvas bloqueavam a vista em ambos os lados da calçada. De repente, aquela visão me levou à solidão que volta e meia me assolava, apesar de estar rodeada de gente.

É difícil não se sentir solitário quando o mundo inteiro caminha com a cabeça erguida, incapaz de baixar o olhar para aqueles que se arrastam em seus pesadelos.

— O que foi, Miren? — perguntou a voz distante da minha editora, Martha Wiley, atrás de mim.

Não respondi.

Ao longe, avistei um homem caminhando ao lado de uma menina vestindo um casaco vermelho. Eu me lembrava dela. Há alguns minutos, ela estava na minha frente, na livraria, e disse algo que ainda ressoava na minha cabeça:

— Quando eu crescer, quero ser como você e encontrar todas as crianças perdidas.

Corri para alcançá-los, desviando de capas e casacos molhados. Senti a chuva penetrar em meu suéter, espalhando-se a partir de meus ombros, como se as gotas fossem pequenos cubos de gelo derretendo sobre mim.

— Esperem! — gritei.

Algumas pessoas que caminhavam na calçada se viraram para mim, mas só por tempo suficiente para perceberem que não era com elas. Você conhece essa sensação? É como se andássemos pelas ruas num mar de indiferença. Se tivesse pedido ajuda, a reação teria sido a mesma. Todos em seu inferno particular, e alguns poucos que se arriscam a olhar para o lado.

Vi o homem e a menina pararem por um breve momento na esquina, aguardando sob um guarda-chuva preto um táxi encostar ao lado deles.

— Vocês deixaram...? — gritei, tomando ar, quando enfim os alcancei.

A menina se virou para mim, assustada. O homem que estava com ela, sem dúvida seu pai, me observou preocupado.

— O que está acontecendo? — perguntou ele, confuso, protegendo a filha em um abraço.

A porta do táxi estava aberta e eles, já com o guarda-chuva fechado, se ensopavam esperando minha resposta.

O olhar daquela garotinha me deixou sem palavras. Percebi o medo em seus olhos, a confusão em sua alma. O olhar esperançoso da livraria tinha se evaporado e se transformado em algo do qual eu não tinha orgulho.

— Você deixou...? — A pergunta parecia ter se respondido sozinha, e decidi não completar. — Quer dizer... — Tentei me corrigir, com a chuva tomando conta do meu corpo e da minha esperança. — Essa garotinha ganhou um prêmio por ser a pessoa mais especial da sessão de autógrafos — expliquei, tentando tranquilizá-la. Ela devia ter oito ou nove anos. — Isto aqui — acrescentei, tirando do bolso da jaqueta a caneta com a qual eu vinha assinando os exemplares.

O pai me olhou confuso; parecia ter percebido que algo me atormentava. Não me agradava ser tão fácil de desvendar, mas às vezes era inevitável que saísse à luz quem eu era de verdade. Eles entraram no táxi em silêncio, e percebi no olhar dela o que queria dizer: "Você é uma aberração".

O pai fechou a porta do carro e indicou algum endereço para o motorista.

— Toma a caneta, pequena — insisti através do vidro, sabendo que meu desespero era o motivo de seu olhar aterrorizado. — É pra você. Você vai ser uma grande jornalista um dia.

A menina estendeu a mão, em silêncio, e seus dedos finos agarraram a caneta com tristeza.

— Com licença. Temos que ir. Não foi uma boa ideia vir... — disse o pai.

Tirei a mão do vidro e o táxi se afastou na direção norte, as luzes vermelhas desaparecendo entre os outros carros, assim como minha esperança de uma resposta. Senti meu corpo se partir em pedaços, apesar de ter apenas algumas pequenas cicatrizes espalhadas pelas costas.

A voz de Martha Wiley se ergueu atrás de mim com um tom que mais parecia uma punhalada, enquanto ela me cobria com seu guarda-chuva verde.

— Você ficou maluca, Miren? Não pode passar essa imagem aos livreiros. Entendeu? E muito menos perseguir os leitores. Perdeu a cabeça? Isso é inadmissível. Você deveria...

— Eu... sinto muito. — Tentei apaziguar Martha. — É que a foto...

— Não importa o motivo, mas fico feliz que você lamente. Não vou mais tolerar comportamentos como esse, Miren. Entendo que você seja tímida, e eu aprecio de verdade o quanto se esforça para sair da sua... zona de conforto nas sessões, mas preciso que venda livros. E isso depende da sua imagem. Você não pode parecer uma lunática. Não pode parecer uma lunática. Amanhã temos duas entrevistas, uma no *Good Morning America*, e você tem de ser mais... alegre. Quero te ver rindo e fazendo piadas.

— Entrevistas? — perguntei, confusa. — Eu... tenho que voltar para a redação.

— Redação? Estamos vendendo mais do que nunca, Miren. Não podemos parar agora.

— Eram só doze sessões de autógrafo no contrato. Essa era a última.

— A última? Você está louca? Tem de estar, não há outra explicação. Isso é colocado nos contratos para comprometer o autor com a divulgação do livro, mas... quanto mais aparições e exposição na mídia, mais exemplares são vendidos. O contrato também estipula que o autor participará de todas as ações de marketing que a editora definir para impulsionar as vendas no ano seguinte à publicação. O livro acabou de sair. É um sucesso. Todo mundo só fala dele. Todo mundo quer te ver.

Abaixei a cabeça e observei a fotografia. Tinha parado de ouvir Martha quando ela começou a recitar aquela cláusula do contrato.

— Miren! Estou falando com você.

— Tenho que voltar para a redação. Faz tempo que... que não me sinto viva — eu disse em voz alta, mas sem falar com ela.

— Você vai voltar para o jornal quando for a hora, Miren — respondeu ela, levantando a voz ao meu lado. — O importante agora é se concentrar na entrevista de amanhã. Já pensou no que vai vestir?

Eu não conseguia esquecer os olhos assustados de Gina na polaroid, acumulando minúsculas gotas de chuva que competiam para cruzar a imagem até a borda. A expressão de terror, a mordaça que cobria sua boca, a posição de seus braços, como se estivesse com as mãos amarradas atrás das costas, seu cabelo loiro.

— É por causa da foto? É uma piada de mau gosto. Algum fã quis te testar e conseguiu. Esqueça isso. Vá para casa, tome uma ducha e descanse. Amanhã vou buscá-la. Não me decepcione, Miren. Apostamos muito nesse livro.

Percebi ela levantar a mão para chamar um táxi e, alguns segundos depois, um carro freou ao nosso lado.

— Entre, Miren. Eu me desculpo com a livreira. Que vergonha... Amanhã, às oito, estarei na sua casa.

Ela abriu a porta e, quando levantei o olhar da foto, vi Martha Wiley, vestida de preto e segurando seu guarda-chuva verde, apontar com ar sério para o interior do táxi.

— O que você está esperando? — perguntou em tom irritado.

Eu estava ensopada. O frio da chuva era tão doloroso quanto a ideia de entrar naquele carro e estar no dia seguinte maquiada, em rede nacional, falando do livro e de Kiera Templeton. Suspirei com resignação e dei um passo em direção à porta. Não imaginei esse turbilhão quando concordei em escrever sobre ela. Não pensei que isso me distanciaria de tudo que sou.

— Fico feliz que você tenha recobrado a razão — disse ela por fim. — Vamos vender milhões de livros, Miren. Milhões! Além disso, tenho uma boa notícia que ainda não contei. Consegui que a Oprah entreviste você! *Oprah!* Ainda não tenho a data, mas é extraordinário! Vamos arrasar, Miren!

Abaixei a cabeça de novo para a imagem de Gina. Tão frágil. Tão vulnerável. Tão... indefesa. Seu olhar era o meu. Seus olhos pediam ajuda. Sentia em minha alma que precisava encontrá-la.

Estaquei ao lado de Martha e disse:

— Esse foi o último evento. Cancele tudo o que você organizou, Martha.

Surpresa, ela quase deixou cair o guarda-chuva, mas não demorou para se sentir insultada:

— Por acaso você não ouviu nada do que eu disse? — ela ergueu a voz, indignada. — Amanhã, às oito, na sua casa. Deixe de besteira.

— Terminamos aqui — afirmei.

— Perdão?

— Se quiser falar comigo, mande um e-mail.

— O contrato é bem claro...

— Não dou a mínima para o contrato — interrompi, em tom sério, e acho que isso a fez explodir ainda mais.

— Como se atreve...?

— Adeus, Martha — cortei-a novamente, porque percebi que ela odiava o que eu estava fazendo.

Eu me virei e, sem dizer mais nada, caminhei sob a chuva, afastando-me dela.

— Miren! Volte aqui e entre no táxi!

Eu tremia, mas não por mim. Era por Gina. Quem quer que tivesse deixado o envelope para mim tinha me dado dois motivos para aquela grosseria: me salvar e, quem sabe, salvar Gina. Ouvi a voz de Martha longe, e seu timbre me lembrou do grito de um bebê birrento.

— Você está acabada, Miren! Ouviu?

Ela ergueu a voz mais um pouco, algo que parecia impossível.

— Completamente acabada! — gritou uma última vez, antes que eu virasse a esquina e a perdesse de vista.

Eu estava ofegante. Nervosa. Sentia aquela obsessão brotar entre meus dedos. Parei de repente e me deixei levar. Primeiro vieram as lágrimas. Depois, a insegurança.

— Quem trouxe você, Gina? — disse à foto. — Onde você está?

Naquele momento, não sabia que tentar responder a essas duas simples perguntas daria início a série de acontecimentos dramáticos que vieram depois.

4.
Manhattan
23 de abril de 2011
Três dias antes
Jim Schmoer

A verdade sempre encontra o caminho para destruir tudo.

O prof. Jim Schmoer subiu ao palanque da sala de aula e leu as manchetes do dia, para a surpresa dos sessenta e dois jovens alunos que o observavam incrédulos.

— Ontem morreram oitenta e uma pessoas nos protestos na Síria, pelas mãos das forças de segurança do próprio Estado — vociferou ele, conseguindo silenciar parte da sala.

Minutos antes, ele tinha entrado sem dizer nada e aguardado em silêncio, apoiado na mesa, enquanto segurava os dois jornais que costumava ler assim que chegava. Naquele dia, parecia que nada mais importava. Lá fora o sol brilhava de maneira intensa, embora a previsão do tempo no rádio sugerisse chuva forte durante a tarde. A primavera, tão radiante quanto volúvel, já era uma realidade e parecia ter invadido a folhagem das árvores e o espírito dos estudantes animados vindos de todo o país naquele sábado para o que a Columbia chamava de Sábados Imersivos, em que os alunos do último ano do ensino médio experimentavam a vida na universidade por um dia. Alguns, inclusive, tinham visto pelo canto dos olhos o professor entrar e decidido ignorá-lo, continuando a conversa por mais alguns segundos. Achavam que estudar em Columbia seria um passeio, como em seus colégios, e talvez por isso tivessem decidido continuar com as apresentações e se conhecendo, embora muitos não fossem voltar a pisar naquelas salas depois desse dia.

Jim Schmoer sabia que, na cabeça dos estudantes do primeiro ano de jornalismo, ainda pairava a ideia de que permaneceriam alheios ao mundo, talvez pela noção absurda de que o mundo real não penetrava por completo no mundo acadêmico. Essa crença não podia estar mais errada, em especial numa carreira como o jornalismo, na qual a realidade não só se infiltrava em cada aula, como atrapalhava as anotações, os trabalhos e, muitas vezes, assumia a forma de um professor com o salário atrasado. A realidade chegava todos os dias às bancas de todo o país, entrava nas casas através das telas, flutuava no ar numa frequência de rádio e, claro, era ensinada naquela sala de aula, na qual às vezes era melhor não estar tão alheio às coisas.

— Além disso, entre os mortos — acrescentou Schmoer, sem hesitar — estão duas crianças, de sete e três anos, vítimas do fogo cruzado entre policiais e manifestantes.

Todos congelaram quando ele começou o segundo parágrafo.

— Eles se chamavam Amira e Jamal. Uma bala disparada pela polícia atravessou o corpo de Jamal, de três anos, derrubando-o no meio da estrada enquanto ele corria atrás da mãe. A irmã Amira voltou para buscá-lo, e um paralelepípedo arrancado do chão, que servia de projétil contra o Exército, atingiu sua cabeça. A morte de ambos foi instantânea.

Fez-se um silêncio sepulcral. O tom de Jim havia sido tão severo que a sala toda pareceu afetada. Mais tarde, a fala lhe custaria dois e-mails de pais e mães preocupados com o estilo de Columbia, que parecia ter traumatizado seus filhos, anunciando que reconsiderariam matriculá-los na faculdade.

— Bom. Agora que tenho a atenção de vocês, deixem-me perguntar: quem leu os principais jornais de hoje?

Apenas quatro jovens levantaram a mão. Ele estava acostumado com aquela resposta, só mais um dia comum em Introdução ao Jornalismo Investigativo. Com os alunos já matriculados, a situação ia mudando a cada semestre, até o quarto ano, quando ele praticamente só encontrava na sala alunos críticos, jornalistas incipientes e famintos pela verdade. Naquele sábado, mais que ensiná-los, o trabalho de Jim era motivá-los a amar a verdade e cultivar a repulsa por mentiras, cravando neles a ideia de que a informação é a melhor arma contra a tirania. Transformá-los em pequenos cães de caça da investigação. Fazer com que se indignassem com a ideia de certas histórias não virem a luz do dia. Com os alunos do segundo ano, para quem ensinava Jornalismo Político, seu objetivo era fazê-los questionar toda informação que saía das assessorias de imprensa dos partidos, transformando cada estudante numa bomba capaz de derrubar um discurso fundamentado em mentiras. Mas sua turma favorita estava no quarto ano, a quem ele mostrava as entranhas e os pormenores do jornalismo investigativo. Ensinava-os a escolher um tema e vasculhar as vísceras. A encontrar as sombras na luz resplandecente que corporações, empresários e políticos pretendiam simular.

— Pois bem — continuou —, em nenhum lugar da matéria que o *Manhattan Press* publicou hoje, sobre a revolta na Síria e o triste número de vítimas caídas pelas mãos de seu próprio governo, falou-se das crianças. Por que acham que isso aconteceu?

Um aluno à esquerda se lançou à pergunta, com o orgulho ferido por não ter lido as notícias daquela manhã, apesar de ter prometido aos pais que se dedicaria para compensar a experiência do final de semana após a longa viagem de carro vindo do Michigan.

— Para evitar morbidez e sensacionalismo?

Jim negou com a cabeça e apontou, de cima da mesa, para uma garota de cabelo liso, à direita, desprevenida.

— Porque... porque não sabiam? — improvisou.

O professor deixou escapar um sorriso e apontou para outro aluno, que segundos antes gargalhava na última fila.

— Não... não sei, professor. Não...

— Bom — respondeu Jim, continuando em seguida —, há uma explicação muito simples e quero que vocês a gravem na cabeça. Não se fala em nenhuma das crianças mortas por uma simples razão: acabei de inventar isso — admitiu por fim, com a intenção de ensinar uma lição vital. — A verdade é a única coisa que importa e a única que deve ser publicada no jornalismo sério. A verdade pura e simples. Por isso, preciso que vocês sejam críticos. O mundo precisa que sejam críticos com toda informação. Que, quando eu digo que duas crianças morreram, vocês abram seus exemplares e verifiquem se é verdade. Que, quando um político diz que parte do orçamento da cidade está sendo usado para construir parquinhos, vocês mesmos desçam nos malditos escorregadores. Vocês têm de verificar tudo. Precisam confirmar o que se conta. Porque, se não fizerem isso, não serão jornalistas, mas cúmplices da mentira.

A classe prendeu a respiração, quase emocionada. Jim não se surpreendeu com a reação. Ele dava esse discurso no primeiro dia com todas as turmas, embora sempre desejasse que, pelo menos uma vez, alguém descobrisse a artimanha desde o início.

Ao meio-dia, quando terminou a aula, os sessenta e dois alunos aplaudiram. Alguns saíram dali com a firme convicção de que estudariam jornalismo. Outros, com a certeza de que não estavam preparados para mergulhar numa profissão cuja máxima parecia ser a de sempre ter um espírito combativo.

Ao sair do prédio, Jim percebeu que Steve Carlson, decano da Faculdade de Jornalismo, esperava por ele aos pés da estátua de Thomas Jefferson que decorava a entrada.

— Como foi, Jim? — perguntou ele, cumprimentando-o.

— Deu tudo certo. Como em todos os anos. Gostaria de ter certeza de que voltarei a ver alguns deles quando começar o curso.

— Que bom, que bom... — respondeu Carlson, distraído.

— O que foi, Steve? Aconteceu alguma coisa? — perguntou Jim, confuso.

— Certo... Você sabe que o admiro muito. Você faz um trabalho indispensável com os garotos, e quero você aqui.

— Quem foi?

— Há mais reclamações.

— Dos meus alunos?

— Ah, não. Eles adoram a sua aula. Não. Não me interprete mal.

— A direção?

Ele hesitou um segundo, confirmando a resposta.

— Ah, Steve. Isso só pode ser piada.

— É por causa do programa de rádio que você grava à noite.

— Meu podcast? É um projeto pessoal. Está completamente fora do âmbito da faculdade. Você não pode...

— Você precisa... parar com os ataques. Suas opiniões estão... causando um burburinho.

— Sim. Sem dúvida você está brincando. Ensinamos jornalismo, pelo amor de Deus. A direção acha que meu programa é agressivo?

— Os doadores acham, Jim. Você não pode atacar todo mundo. Algumas das coisas que você fala em seu programa afetam diretamente os fundos da faculdade.

— Vou fingir que não ouvi nada do que você disse — respondeu Jim, tentando dar por terminada a conversa.

— Jim... não estou pedindo que acabe com o programa. Estou dizendo para modular a mensagem.

O professor negou com a cabeça.

— É um programa amador que você grava em sua própria casa, Jim. Vale a pena? Ganha algo com isso? Prefere mesmo que o conselho receba reclamações das coisas que diz, mas que ninguém ouve?

— É um dos programas mais ouvidos pelos nossos alunos de jornalismo, pelo amor de Deus. Serve de exemplo e mostra de verdade o espírito que um jornalista deve ter.

— Me escute, Jim. Aceite meu conselho. Abandone esse programa que você lança na internet. Sei que precisa continuar se sentindo um jornalista e que esse *podcast*, ou seja lá como o chama, é o que te mantém ligado ao mundo, mas... acredite em mim, e me dói dizer isto: você é melhor professor do que jornalista. É por isso que não está mais em nenhum veículo. Deixe pra lá. Só conseguirá que o expulsem daqui também.

Jim não respondeu, embora tenha acumulado em sua cabeça doze insultos diferentes, que preferiu guardar para si. Aquilo foi um golpe baixo.

Anos atrás, tinha sido o editor-chefe do *Herald*, onde era considerado um dos melhores analistas de economia. Depois da suave e inexorável virada do jornal para o sensacionalismo, e no meio de uma guerra voraz pelo número cada vez mais reduzido de leitores da versão em papel, ele foi demitido sem direito a resposta. Demorou para se dar conta daquilo que o país queria ler e, num momento em que o imediatismo da internet ditava o ritmo das notícias, o seu estilo sério, que checava tudo o que publicava até a exaustão, não combinava com o mercado.

— Adeus, Steve. Nos vemos na segunda — declarou ele.

— Escute, Jim. É para o seu próprio bem — disse Steve, despedindo-se.

5.
Queens
23 de abril de 2011
Três dias antes
Ben Miller

Para a dor, não importa se você a espera, se a encontrou recentemente ou se já faz anos desde a última vez; ela surge à sua porta, sem convite, mesmo quando você não quer visitas.

Eram onze da noite quando Ben Miller bateu à porta da casa dos Hernández, uma pequena construção de madeira de dois andares, com mosquiteiros nas portas e grades enferrujadas nas janelas. Havia luz lá dentro, e a lata de lixo da entrada estava cheia com dois sacos pretos e um terceiro semiaberto. Este último parecia ter sido atacado pelo mesmo gato que roçava em suas pernas enquanto esperava que alguém o atendesse. O minúsculo jardim da frente tinha o aspecto de uma plantação de batatas, e a pintura amarelada da fachada estava descascada, mostrando a madeira úmida de que tinha sido feita.

Na verdade, o Queens era uma representação simbólica quase fidedigna dos Estados Unidos, com suas áreas ricas e movimentadas que serviam de lar para executivos endinheirados do centro, bairros humildes formados por uma imensa população imigrante vinda de todas as partes do mundo e áreas repletas de delinquência e abandono. O distrito de Elmhurst se encaixava na segunda categoria, embora de maneira difusa, com algumas de suas ruas transitando entre as três sem uma linha clara que dividisse as áreas. A mistura de padrões de vida era uma bomba-relógio que explodia de vez em quando com algum assalto na rua. Alguns reconheciam esses conflitos como uma consequência lógica da desigualdade social entre vizinhos que viviam quase lado a lado.

O inspetor Miller tocou a campainha e, alguns segundos depois, foi recebido por um homem de cara fechada, com cavanhaque e regata branca, que ele nunca tinha visto antes.

— Óscar e Juana Hernández estão, por favor?

— Óscar! — gritou ele. — Tem um cara aqui perguntando de você.

Ao longe se ouviu um protesto seguido de algumas palavras em espanhol que Miller não entendeu. O sujeito que o tinha atendido desapareceu na escuridão, e ele permaneceu na porta, derrotado pelo motivo daquela visita. Estava nervoso, mas também irritado, como na primeira vez em que foi visitá-los, depois da denúncia de que Allison teria desaparecido.

De fato, naquela primeira ocasião, os pais o receberam com relutância. Eles tinham denunciado o desaparecimento da filha a pedido de um dos professores do colégio religioso em que ela estudava, porque Allison não comparecia à aula havia três dias, e a escola tinha ativado um protocolo padrão ao não ter notícias dela nem da família. Juana e Óscar haviam justificado a atitude da filha, alegando que ela já tinha feito isso outras vezes, depois de algumas discussões, mas que sempre retornava após vários dias dormindo com o namorado do momento. O inspetor havia seguido o protocolo para desaparecimentos forçados, embora tudo parecesse indicar que se tratava de uma fuga voluntária. Checou as câmeras de segurança da área, perguntou a amigos e conhecidos, visitou os lugares que ela frequentava, inclusive uma capela nos arredores onde, segundo uma amiga do colégio, Allison costumava rezar. Ele não encontrou nenhuma pista, exceto uma longa história de flerte com maconha e uma lista igualmente longa de garotos com quem ela já tinha saído.

Miller interrogou três dos namorados com quem ela tinha estado, e todos confirmaram o ar de promiscuidade e negligência da família. Um deles, Ramiro Ortega, corroborou a versão dos pais, ao relatar que passaram vários dias na casa dele transando sem parar depois de uma briga de família. Quando interrogou Hannah, uma amiga do colégio, ela também confirmou essa história, mas disse também que, no fundo, Allison era uma boa garota e estava mudando. Ela admitiu que fazia um tempo que Allison não tinha namorado e que parecia uma pessoa completamente diferente. Mais calma, sossegada e quase angelical. O inspetor se lembrou das palavras que Hannah tinha usado: "Agora ela é uma boa irmã".

Óscar apareceu como uma sombra atrás da porta e, ao ver Miller de novo ali, pela quarta vez em uma semana, fez um muxoxo, irritado.

— Você de novo?

— Sr. Hernández — disse Miller, num tom sério.

O cheiro de maconha chegava até a porta. Para Óscar Hernández, não havia trabalho estável. Ele tinha ido de mecânico numa oficina a frentista num posto de gasolina, depois dirigira um caminhão de entregas e fizera reformas em casas. Era trabalhador, isso não se podia negar, um faz-tudo que passava pouco tempo em casa, porém, considerando o tipo de gente que formava seu círculo de amigos, era impossível que não estivesse metido em algo mais.

— Olha, chefe. Ela ainda não voltou, mas vamos ligar quando aparecer. Allison é assim. Sempre foi muito independente. Não se preocupa. A gente conhece nossa filha. Ela é um furacão, mas vai voltar. Todo mundo já passou pela fase de odiar os pais.

A imagem de Allison crucificada atingiu Miller, e ele teve que engolir em seco antes de dizer mais alguma coisa.

— Posso entrar para falar com você e sua mulher, por favor?

— É necessário? — perguntou ele, surpreso. — Estamos vendo TV. São onze da noite e amanhã temos que trabalhar.

Miller respondeu com um silêncio que o pai entendeu bem.

— Está bem. Entra — disse, enfim abrindo a tela que cobria a porta.

Miller seguiu Óscar que, andando do corredor para a sala, justificou-se como pôde:

— Olha, amigo. A maconha que tenho aqui é para consumo próprio. É legal. Meu cunhado gosta de fumar e... bom, este é um país livre. Deus abençoe a América.

— Pode ficar tranquilo com isso... — respondeu Miller. — Eu não procuro drogas. Procuro pessoas.

— Juana, o policial veio outra vez. Por causa da Allison — avisou o pai, com desdém, no momento que chegava à sala.

Miller entrou logo em seguida e descobriu que aquele lugar parecia pior do que quando denunciaram o desaparecimento. Naquele dia, eles até o deixaram entrar no quarto de Allison por alguns instantes, para verificar se não havia sinais de agressão. Ele não havia localizado nada que indicasse onde ela poderia ser encontrada, mas reparou que eles não pareciam se importar com limpeza. Tanto a colcha da cama da filha como as paredes do quarto estavam imundas. Uma densa camada de poeira se acumulava na escrivaninha e nas decorações que pendiam do varão da cortina até o crucifixo acima da cabeceira da cama. Quase não havia livros ou anotações na escrivaninha, embora houvesse alguns textos românticos, escritos na caligrafia perfeita de Allison. A visita rendeu apenas uma lista de nomes dos colegas de escola e a confirmação dos pais de que ela não escrevia nenhum diário que pudesse lançar luz sobre sua história. O celular de Allison havia desaparecido com ela, e sua roupa estava toda no armário. A única coisa que faltava, para os pais, era vergonha na cara da filha por ter ido embora de novo sem avisar.

Na sala, uma neblina azulada pairava no ar, fruto da luz emitida pela TV, que passava um programa sobre as Kardashian. Numa poltrona, o sujeito com cavanhaque que tinha atendido a porta fumava um cigarro enrolado e ignorava o inspetor, mesmo ele estando bem na sua frente.

— Este é Alberto, meu cunhado. Está morando conosco há uns meses. Você já conhece a Juana, minha mulher.

A mãe de Allison encarava a TV e só desviou o olhar da tela quando Miller começou a falar.

— Sr. e sra. Hernández — disse —, tenho de informá-los que encontramos Allison.

— Viu? Eu disse que ela ia aparecer. Quando ela vem pra casa? Ela disse? — perguntou Óscar, visivelmente irritado. — Quando vier, vai ver só. Fazer a polícia perder tempo. Vai ficar de castigo até completar vinte e um anos.

— Não... ela não virá. Allison... — Custou a Miller continuar falando. — Allison não vai voltar.

— O quê? — protestou o pai. — Ah, ela vai aparecer pedindo dinheiro quando o novo namorado largar ela. É sempre a mesma coisa. Quando a grana acaba, ela volta pra casa. É pra isso que a gente tem filhos. Para esvaziarem nossa carteira e arrancarem nossos olhos. Corvos em forma de gente. Era assim que meu pai chamava nós dois, eu e meu irmão. O velho estava coberto de razão.

— Ela apareceu morta numa área isolada, em Rockaways — disse Miller, asséptico, tentando não entrar em detalhes.

Fixou o olhar na fotografia sorridente de Allison que ele havia usado em seu arquivo e que publicou por iniciativa própria no site www.missingkids.org, diante da certeza de que os pais não moveriam um dedo quanto a isso. Estava numa pequena moldura dourada de metal, apoiada sobre uma mesa ao lado de um cinzeiro cheio de bitucas.

— E quando ela vem? — perguntou a mãe, que parecia não ter escutado nada. — Ela não levou o lixo pra fora! Uma coisa que tem que fazer! E a avó dela, que mora em Monterrey, sempre liga perguntando por ela, e tenho de ter o desgosto de dizer que a neta é uma vadia.

Juana voltou o olhar para a tela, negando com a cabeça, indignada.

— Acho que não me escutou, senhora — explicou Miller, tão confuso com a reação que demorou a entender o que ela tinha dito. — Sua filha está morta. Estamos tentando esclarecer o que aconteceu.

— Pode repetir? — disse Óscar depois de franzir o cenho. Seu cunhado deu mais uma tragada no cigarro e soprou a fumaça em direção ao teto, e fez isso com tanta calma que desarmou o inspetor. O pai continuou: — Diga onde ela está, que vou dizer umas poucas e boas pra essa garota malcriada. Estou de saco cheio das merdas dela.

— Ela foi assassinada. Ela se foi — sentenciou Miller, parecendo não saber que outra palavra usar para que o compreendessem. — Lamento muito. Descobriremos o que aconteceu e quem é o culpado.

— Culpado? Assassinada? — repetiu a mãe, incrédula.

Enfim ela parecia compreender o que estava acontecendo e, depois de um instante que pareceu longo e denso, gritou tão alto que assustou o inspetor. Alberto se levantou de um salto procurando uma ameaça e rapidamente foi tranquilizar a irmã. Miller ajudou o rapaz como pôde, e o pai, que tinha ficado imóvel enquanto processava aquelas palavras, mudou pouco a pouco a expressão, até ficar suspenso entre a incredulidade e a tristeza onipresente.

— Sr. Hernández, não imagina o quanto sinto pela morte de sua filha — continuou Miller enquanto lutava com o nó que tinha se formado em sua garganta, ao ver os olhos de Óscar fixados nos seus, imóveis.

Percebeu que eles não estavam realmente olhando para ele, mas que navegavam, com os olhos fixos nele, em alguma lembrança que os inundou de lágrimas logo em seguida. Talvez um abraço na menina, um beijo nela no berço. Todas as famílias desfeitas guardam lembranças desse tipo para ressuscitar nos momentos que já não podem reconstruir.

— Minha... menina, minha menininha... — murmurou o pai, quase sem saber o que dizia.

— Se houver algo que eu possa fazer por vocês, não hesitem em me dizer. O trabalho da minha unidade, infelizmente, termina com essa triste notícia, e eu queria contar eu mesmo o que aconteceu. Fui a pessoa da Unidade de Pessoas Desaparecidas encarregada do caso. A morte de Allison agora passará para as mãos da polícia de Nova York. O que não significa que eu não esteja à disposição para o que precisarem e... bom, para informar à Divisão de Homicídios todos os detalhes do caso disponíveis até o momento. Tentarei trabalhar com eles para desvendar o quanto antes tudo o que ocorreu. Ainda não sei o nome da pessoa designada para o caso, mas recomendo que vocês evitem a imprensa e chorem por sua filha na privacidade de seu lar.

Miller havia repetido esse discurso tantas vezes que quase o tinha interiorizado. Nos Estados Unidos, a cada ano, quatrocentos e sessenta mil desaparecimentos de menores são denunciados ou, em outras palavras, um menor de idade desaparece a cada um minuto e sete segundos, cinquenta e dois em uma hora, mil e duzentos por dia. Na Espanha, são vinte mil por ano; na Alemanha, cem mil. É um desespero universal. Um rio constante de telefonemas com gritos de partir o coração, vindos de pessoas que clamam ao ligar para a emergência dizendo "Por favor, encontre meu filho", e outras do outro lado que respondem com um

"Mantenha a calma". A imensa maioria costuma terminar bem. Apenas uma pequena porcentagem, recorrente e dolorosa, é como a de Allison.

A mãe da menina gritava cada vez mais alto, e Alberto se agachou para abraçá-la, vendo-a cair no chão desconsolada. Sussurrou em seu ouvido enquanto ela chorava, e o marido, quase sem compreender, abaixou o olhar e deixou escapar o primeiro soluço. De repente, ele se virou para onde estava a mulher ajoelhada e se agachou para abraçá-la.

Não há nada que prepare os pais para um golpe como esse. Menos ainda quando é inesperado. A confiança de que não deve ter acontecido nenhuma desgraça é uma faca de dois gumes. Todo o sofrimento que eles guardam sem se preocupar durante a busca os atinge com mais força, alimentado pela surpresa. É aí que fica difícil sair do buraco em que entram. A culpa invade a dor, as lembranças e a esperança. Uma busca ativa é diferente: ao longo da jornada, a esperança de encontrar quem desapareceu acompanha as pessoas e, mesmo que pouco a pouco se desvaneça, quando chega a notícia final, o salto para o vazio nunca é tão alto. Eles desceram às profundezas, foram mergulhando na tristeza, até que, quando chegam ao fundo, olham para cima e encontram uma escada, a última coisa deixada pela esperança.

Os pais choraram com tanta intensidade que pareciam crianças que tinham deixado um balão escapar para o céu. Na verdade, pelo histórico distante e conturbado em que a família parecia estar atolada, a impressão é que Allison já tinha perdido os pais havia muito tempo. Enquanto vociferava palavras em espanhol, a mãe de Allison levantou as mãos e gritou:

— Minha menina! O que fizeram com você? Meu Deus, por que não cuidou dela?

Aquela pergunta ressoou na cabeça de Miller, e ele preferiu sair da sala para deixar que chorassem em paz antes de se despedir. Óscar estava agachado com a mulher, ambos destroçados, e, do lado deles, Alberto apoiava a mão no ombro de Juana, como se a estivesse ajudando a derramar as lágrimas. Com os gritos ao fundo, do corredor, o inspetor percebeu que o quarto de Allison estava entreaberto e apresentava o mesmo aspecto que da primeira vez que o visitou, exceto pela sutil e dramática diferença que, a seus olhos, seja pela imagem recente da garota, seja porque buscasse encontrar consolo, acabou sendo muito estranha:

— Onde está o crucifixo que ficava em cima da cama? — perguntou em voz alta.

6.
Nova York
23 de abril de 2011
Três dias antes
Miren Triggs

Se você guarda algo que o faz se sentir vivo,
é provável que já esteja morto.

Eu andava sob a chuva e meu celular tocava sem parar. Na tela, piscava o nome de Martha Wiley, minha editora, a última pessoa do mundo com quem eu queria falar. Desliguei na cara dela seis vezes, e ela me enviou várias mensagens que li com pressa enquanto andava sem saber aonde ir. Na última, ela simplesmente dizia: "Miren, não sei o que está acontecendo. Essa sua atitude me surpreende. Amanhã de manhã precisamos estar no Times Square Studios, para o *Good Morning America.* Não me decepcione. MW".

Esse lembrete parecia mais sério do que seus gritos anteriores, e vê-la assim, desesperada, implorando por mim, fez com que eu me sentisse poderosa pela primeira vez em muito tempo. Quando eu perdi o controle minha vida? Em que momento a árvore que eu tinha conseguido endireitar voltou a entortar?

Então compreendi.

Era como se, com o sucesso do livro, uma parte de mim tivesse se escondido entre aquelas páginas. Nelas, Miren Triggs podia ser quem quisesse. Esconder seus medos, tapar os buracos de suas inseguranças, minimizar danos colaterais. E, a melhor parte, podia se proteger dos perigos e deixar de ser vulnerável. Não se pode destruir a personagem de um livro, mesmo que a pessoa que a inspirou exista em carne e osso e chore à noite, ao chegar em casa, por se sentir dentro e fora de sua vida ao mesmo tempo. A Miren do livro era imortal. Mesmo que destruíssem todos os exemplares, a personagem continuaria existindo para sempre, vagando no limbo das criações, esperando para voltar quando alguém evocasse sua história sem nem precisar saber que a frágil Miren existiu, fraca e cheia de dor. E talvez, com esse escudo falso, eu me convenci de que, enquanto a Miren do livro fosse valente, eu não precisaria ser; enquanto ela controlasse a própria vida, eu não precisaria arriscar a minha; enquanto ela procurasse a verdade, eu poderia me esquivar dela. Mas se eu havia aprendido algo é que a verdade sempre aparece como um clarão no momento certo e, sem dúvida, aquele era o momento.

Eu havia andado sem rumo, perambulando pelo Queens, sem saber onde me metia e sem parar de pensar sobre o que me lembrava do caso de Gina Pebbles. Em meu depósito, eu guardava um arquivo com o nome dela e o havia revisado várias vezes, embora não me recordasse de todos os detalhes.

Gina tinha quinze anos quando desapareceu em 2002, na saída da escola onde estudava. Era uma garota loira, com o sorriso marcado pelos dentes da frente levemente separados, tinha o olhar alegre nas fotos do arquivo, apesar de sua vida complicada.

Ela morava na casa dos tios com o irmão de oito anos, em Rockaways, quando desapareceu. De acordo com o que eu lembrava, os pais haviam morrido um tempo antes, e os tios, Christopher e Meghan Pebbles, acolheram os dois porque eram os parentes mais próximos que ainda estavam vivos.

O desaparecimento de Gina, como tantos outros, não recebeu cobertura da imprensa porque aconteceu num momento inapropriado: outra menina de catorze anos havia sido sequestrada, sob a ameaça de uma faca, na casa de sua família, em Salt Lake, no dia anterior, 2 de junho. Ela vinha de uma família rica e talvez fosse mais bonita. Em geral, a diferença está nesses detalhes. O outro caso acabou sendo o centro das atenções durante aqueles dias, e o foco de todos os recursos e olhos do país, das orações e das vigílias realizadas. E talvez tenha sido por isso que o caso de Gina caiu no esquecimento.

Uma semana depois de desaparecer, encontraram sua mochila rosa com um *patch* de unicórnio numa área isolada de Breezy Point, em frente à praia, a apenas dois quilômetros de onde vivia. Aquela foi a última pista definitiva de Gina, a última marca de sua presença no mundo. Todo o resto evaporou como se nunca tivesse existido.

Mas o que significava a polaroid? Quem tinha tirado aquela foto dela amordaçada? Por que a enviou para mim? Teria sido um psicopata, que guardou uma última lembrança antes de acabar com a vida dela? Ou seria uma pista do arquivo policial que eu nunca chegara a ver? Quanto mais eu pensava, mais me inquietava e precisava resolver o que estava acontecendo. Todas essas perguntas precisavam de resposta; seu olhar de terror na foto exigia que alguém voltasse a lutar por ela.

Parei e chamei um táxi, mas todos os que passavam pela avenida Jamaica, debaixo da estrutura de aço dos trilhos do trem, mostravam a placa "fora de serviço". Olhei a hora na tela do celular e percebi que havia passado da meia-noite.

Fazia mais de uma hora que eu estava andando, abstraída, tentando me lembrar do que sabia sobre Gina, e eu não tinha percebido as ameaças que se escondiam a meu redor. Havia passado de um bairro a outro sem conhecer seus limites e formas e, de repente, quando deixei de encarar a calçada encharcada, notei as sombras escuras da cidade, os olhos ardentes das feras ao anoitecer.

Um sujeito com capuz encostado numa esquina, um morador de rua deitado ao lado de um caixa eletrônico, um casal discutindo por não sei o quê. O tempo todo eu sentia que os desconhecidos me olhavam, mesmo que estivessem de costas. Eu quase conseguia imitar como salivavam ao imaginar minha pele. Sabia que nada disso estava acontecendo, mas era impossível não pensar nessa possibilidade. Como era difícil para mim sair do poço no qual, naquela noite, três caras tinham decidido me afundar para o resto da vida.

Quando pensava nisso, a primeira coisa que invadia minha memória era o cheiro. Em seguida, aquele sorriso brilhante na escuridão, saltando, de maneira súbita, para a carícia do fio de sangue que escorria pela minha virilha. Por fim, eu me ouvia. Como se fosse outra pessoa. Como se nunca tivesse sido eu. Fora do meu corpo, mas dentro dele. Dolorida por dentro e com feridas na pele. Eu ouvia meus gritos à noite enquanto corria machucada. Dizem que há pessoas que criam barreiras para esquecer lembranças traumáticas. Eu não só parecia incapaz de montar essa barreira como também minha mente viajava até lá sem que eu quisesse, para aquela noite em 1997, para encontrar detalhes e reabrir feridas.

Enfim, um táxi parou ao meu lado.

— Nossa, a senhora está toda ensopada — exclamou ele assim que entrei no carro. — Vai estragar o banco.

— Você conhece os depósitos de Life Storage, no Brooklyn, perto do rio?

— Agora? É mais de meia-noite. Não é uma área boa para...

— Tenho de pegar algumas coisas lá. Você me esperaria enquanto faço isso?

O taxista hesitou.

— Olha, moça, sei que estou me metendo, mas isso não é lugar nem hora para andar sozinha.

— Se alguns homens conseguissem manter o zíper fechado, talvez fosse — respondi, irritada. — Vai esperar ou não?

O homem respondeu com um suspiro, mas logo acrescentou:

— Tudo bem, mas o taxímetro vai ficar ligado.

— Esquece o taxímetro. Você não vai encontrar outro cliente a esta hora por aqui. Eu te dou vinte dólares se me esperar na porta. Mais trinta se me levar de lá até em casa, em West Village. Combinado?

O sujeito resmungou, mas por fim vi em seus olhos, pelo retrovisor, que estava cedendo. Ele sabia que eu tinha razão. Era raro que eu não tivesse.

— Tudo bem. Eu levo a senhora e espero dez minutos. Nem um a mais. Por ali costuma ter muito assalto. — O carro começou a avançar, e o taxista parecia querer continuar a conversa. Eu só precisava pensar em Gina. — Eles vêm até você, apontam uma arma e... Deus abençoe a América, certo? A segunda emenda e toda aquela merda. Sabe a que você não tem direito? De não ser baleado enquanto trabalha. Ou de não dispararem em crianças na escola. Isso, sim, é uma desgraça. Mas que país estamos construindo? Qualquer um pode andar pela rua com uma arma, você discute e... *bang!* É um homem morto. Qualquer um entra numa loja, compra uma arma e atira na primeira pessoa que passa. Outro dia mataram um irmão taxista pelo dinheiro do dia. O dia todo na rua, sentindo cheiro de merda e ouvindo besteira, para ser morto por malditos cem dólares. O espelho da frente estava cheio de restos de sangue e pedaços de cérebro. Você não está armada, né? — brincou ele, fixando os olhos no espelho.

— Não saberia nem como carregar uma arma — menti, mas só em parte.

Sim, sabia como carregá-la, ainda que não a tivesse comigo no momento. Fazia semanas que tinha deixado a arma em casa, debaixo do travesseiro, para me proteger dos pesadelos.

Ao ver as instalações da Life Storage, senti um frio na barriga. Uma suave e delicada corrente de nervosismo que subia do estômago até a ponta dos dedos. Por que parei de procurar?

— Espere dez minutos. Volto já.

Cheguei ao meu depósito, que se destacava dos demais pela porta azul-turquesa metálica, e digitei a combinação do cadeado. Era o ano em que minha avó tinha nascido. Fazia frio, mas pelo menos tinha parado de chover. Ao levantar a porta, o rangido do metal enferrujado pareceu o chiado de um morcego, e, ao vislumbrar o que havia lá dentro, senti que recuperava um pedaço de mim que havia perdido em algum momento sem perceber.

Uma dezena de gabinetes de metal bem organizados esperavam por mim encostados nas paredes. Na frente das gavetas, eu lia os números que escrevera em pequenas etiquetas que indicavam as décadas, indo de 1960 até um breve 2000 à direita. Sempre fui muito organizada. Minhas anotações na universidade eram uma maravilha. Vários armários tinham nomes escritos nas gavetas, e lágrimas me vieram aos olhos ao ler o primeiro deles: Kiera Templeton. Quão emocionada eu ficava com essas duas simples palavras. Ao seu lado descansavam Amanda Maslow, Kate Sparks, Susan Doe, Gina Pebbles e um longo et cetera. Gina Pebbles. Ali estava seu caso e quanto eu tinha conseguido investigar sobre ela. Atirei-me sobre ele como saltasse no vazio, e juntei todo o conteúdo do arquivo numa caixa de papelão, que esvaziei sem olhar o que tinha dentro, esparramando o seu conteúdo sem saber que aquele gesto mudaria tudo.

De posse de todas as informações sobre Gina, me preparei para voltar ao táxi e tropecei num dos montes de papel que tinham caído de dentro da caixa. Um punhado de folhas estava espalhado pelo chão do depósito e, para minha surpresa, vi aquele rosto, que pensava ter esquecido, numa foto que eu mesma tinha conseguido depois de lutar com unhas e dentes para reunir dados sobre o estupro que sofri.

A imagem era a ficha policial de um homem de rosto sério e olhos escuros, olhando para a frente, e com o nome escrito na lateral: Aron Wallace. Agachei-me para pegar a foto e a contemplei com a condescendência que, tenho certeza, ele teve enquanto tudo acontecia. Soltei a caixa e procurei o resto dos papéis com uma determinação com a qual era difícil eu me identificar.

Tentava localizar algo concreto. Uma única linha que eu sabia que tinha, mas que não encontrava. O endereço dele. Talvez fosse a hora de procurá-lo. Havia me perguntado várias vezes sobre seguir com o plano, mas as sombras daquela noite e os ecos daquele disparo sempre voltavam para mim como gárgulas famintas pela minha alma. Talvez ter a foto em casa pudesse aplacar a raiva daquela noite.

A buzina do táxi soou ao longe e comecei a andar com a caixa de Gina e a fotografia de Aron, mas, ao me agachar para trancar o cadeado, a ponta de uma folha de papel apareceu debaixo da porta. Tudo teria sido muito diferente se eu tivesse empurrado em vez de puxar...

Vinte minutos depois, eu observava a majestade dos arranha-céus enquanto, no táxi, atravessava a ponte de Manhattan, abraçada à caixa de Gina. Mas aquela luz, aquela beleza na forma de milhares de janelas iluminadas que contrastavam com a tristeza da cidade, não era nada se comparada à adrenalina que eu senti ao pousar meus olhos sobre o papel e ler, na penumbra, a segunda linha daquela folha gasta: "123th Street. 60. 3E".

7.
Nova York
23 de abril de 2011
Três dias antes
Jim Schmoer

Por que as pessoas querem ter olhos se
muitas serão sempre incapazes de ver?

O professor deixou o campus de Columbia pela saída da rua 116 com a Broadway com um gosto ruim na boca. Algum tempo depois, após um longo passeio a pé rumo ao norte, chegou em casa e se jogou, derrotado, no sofá Chester de couro marrom, o móvel mais marcante de sua sala. Ficou um tempo olhando para o teto, esfregando o nariz, depois de afrouxar a gravata de lã xadrez. Antes de subir as escadas de seu condomínio no cruzamento da Hamilton Place com a 141, ele havia parado na delicatéssen da esquina para comprar um *bretzel* sem açúcar para o lanche, um pote de noodles com curry desidratado para o jantar e um *latte* de meio litro para suportar o desgosto. Havia pedido dose tripla de calda de baunilha, mais do que seus quarenta e oito anos permitiriam, mas aquela bomba de glicose era exatamente do que ele precisava.

Em seguida, depois de deixar o café esfriando na bancada da cozinha durante um tempo indeterminado, entre quinze minutos e duas horas, ele se levantou do sofá, sério, e foi até a janela da sala para observar as crianças brincando no parque que ficava na esquina oposta ao cruzamento. Notou como duas menininhas, de cerca de seis e oito anos, se balançavam como pêndulos coordenados nas cadeirinhas vermelhas. Um menino de uns cinco anos estava em cima da gangorra, imóvel, agarrando com firmeza o pegador, à espera de que algum outro garoto que corria por ali subisse do lado oposto. Durante vários minutos ficou olhando para o menino sem que nada acontecesse, e isso o lembrou do que aos poucos vinha se tornando. Em alguém que espera sem se importar ou saber exatamente o quê.

Jim desviou o olhar, indignado, ao constatar que ninguém foi brincar com o menino, e se sentou em frente ao computador, tomando um gole do café com gosto de caramelo.

— Caralho — deixou escapar.

Agradava-lhe o sabor de um café frio com baunilha, mas odiava, com todas as forças, calda de caramelo. O atendente havia se enganado outra vez, e ele estava prestes a descer e exigir que trocassem a bebida, mas precisava organizar o podcast daquela noite.

Ligou seu iMac de vinte e sete polegadas e abriu um documento do Pages no qual tinha preparado o roteiro do que abordaria no programa, que basicamente se resumia a uma hora detalhando um grave surto de botulismo que havia afetado quatrocentos bebês em todo o país e cuja origem parecia estar, segundo suas investigações, num lote de leite em pó Growkids, da empresa farmacêutica GlobalHealth. O lote havia sido retirado do mercado nas semanas anteriores sem explicação ou divulgação em qualquer meio. Nos dias anteriores, ele havia conseguido acesso a um grupo do Facebook chamado Botulismo Infantil, no qual o número de novos infectados havia crescido de forma exponencial em comparação com as publicações do ano anterior. Os comentários no grupo pareciam seguir um padrão: "Não sei como isso aconteceu. Meu filho só toma leite em pó Growkids".

Era um programa que ficaria pronto praticamente sozinho. Tinha tanto material que era impossível encontrar qualquer brecha. Indignado com as palavras do decano, ele até pensou em escrever um artigo. Se engolisse o orgulho, poderia enviá-lo à antiga redação, no *Herald*, onde não pisava desde sua demissão, em 1998. Mas imaginou o burburinho que aquilo causaria entre os antigos colegas que ainda trabalhavam lá.

Jim ligou o microfone, abriu o programa Podcast Studio e, depois de um suspiro, iniciou uma nova gravação:

— Boa noite, investigadores. Hoje, trago para vocês a confirmação de uma notícia que passei dias checando. A empresa farmacêutica GlobalHealth parece estar encobrindo um caso de botulismo que pode ter afetado mais de quatrocentas crianças. Se a população não for alertada, isso poderia significar...

Ele parou a gravação. Teve um mau pressentimento enquanto preparava o começo do programa.

Abriu o Safari e mergulhou no site da universidade, tentando encontrar a seção com a lista de apoiadores. Depois de dois cliques, na guia de colaboradores, como se fizessem algo mais do que colocar dinheiro, lá estava o primeiro de todos, o logotipo da GlobalHealth Pharmaceuticals.

— Merda.

Aquilo teve um gosto pior que o *latte* com caramelo. Perguntou-se o que poderia fazer. Podia transmitir o programa ao vivo, por meio de um link que ele compartilharia no Twitter, e não enviar para download. Assim, se alguém da empresa farmacêutica ou da direção da universidade o procurasse entre sua lista de transmissões para justificar o ataque, não o encontraria. Mas se deu conta de que não seria suficiente. Se ele havia lutado para descobrir a notícia, era exatamente para que viesse à tona e tivesse algum impacto: uma sanção, uma indenização para as famílias, uma mudança nos protocolos para que aquilo não voltasse a acontecer. Apagar o podcast logo depois de transmiti-lo só contribuiria para obscurecer seu trabalho e minar sua imagem. Os vários milhares de pessoas que o ouviam todas as sextas-feiras e sábados veriam que ele excluiu aquele episódio de seu histórico, possivelmente por ceder à pressão dos poderosos, algo contra o que ele sempre lutava. Se transmitisse o programa, como sempre, e o conselho ficasse sabendo, poderia dar por encerrada sua carreira como professor. Era nojento.

Levantou-se da cadeira e voltou para a janela. A gangorra onde o menino estava antes havia sido ocupada pelas duas meninas dos balanços, e o garoto agora estava sentado num deles, com os pés pendurados, imóveis. Jim procurou os pais do menino entre os adultos sentados num banco verde alguns metros adiante, mas pareciam estar em uma conversa tão acalorada que ele tinha certeza de que ninguém percebia a solidão do garoto.

Estava a ponto de ele mesmo descer até o balanço para empurrar o menino, quando, para sua surpresa, começou a chover; todos os pais se levantaram depressa, e as crianças correram assustadas. Em instantes, o parque estava deserto, e aquela imagem, aquele balanço oscilando ao longe, lembrou-o de uma época em que era mais feliz.

Ele pegou o telefone. Depois de alguns segundos, uma voz feminina soou do outro lado.

— Jim?

— Oi, Carol — disse, esperançoso.

— O que você quer? — Ela parecia não esperar a ligação dele.

— Você pode chamar a Olivia?

— Ela está em Long Island. Na casa da Amanda.

Ele suspirou sem que Carol ouvisse, chateado.

— Ah, é? Se eu soubesse que ela não estaria com você, poderia ter vindo passar o final de semana aqui.

— Ela... ela teria dito não. Queria dormir uns dias na casa da amiga. Levou a semana toda negociando comigo e com os pais da Amanda.

— Mas... poderíamos ter ido ao teatro ou...

— Por que isso agora, Jim? — interrompeu sua ex-mulher. — Você só a chama no final de semana do mês que tem de estar com ela.

— Me lembrei de vocês. Só isso. Além do mais, temos de conversar. Um único final de semana me parece muito pouco.

— Você trabalha o tempo todo, Jim. Não consegue cuidar dela.

— Você e eu sabemos que esse arranjo vem da época em que eu ainda trabalhava no jornal. Agora tenho mais tempo livre.

— Não se atreva a seguir por aí. Além do mais, por que isto agora? Olivia tem dezessete anos. Nos divorciamos quando ela tinha três. E... há quantos anos você não trabalha no jornal? Oito? Nove?

— Treze — admitiu ele, num suspiro.

Citar todos esses anos de repente, como se tivessem sido um pequeno lapso de tempo, destruiu seu próprio raciocínio.

— Olha, Jim, estou ocupada. Se quiser, ligue para a Olivia e converse com ela. Não sei o que está acontecendo com você, mas talvez lhe faça bem ouvir ela mesma dizer que está bem. — A ex-mulher percebeu que havia algo mais e não queria tocar em nenhuma ferida. — Você está bem? — perguntou ela, por fim.

— Sim, estou bem. Só que... Bom, queria saber dela. Me lembrei de quando nós três descíamos para o parque.

— Ela está um pouco grandinha demais pra isso. Mas, sim, às vezes eu também me lembro de quanto ela era malandra, conseguindo que as outras crianças no parquinho fizessem o que ela queria.

— Ela era muito esperta.

— Continua sendo, mesmo, bom, estando naquela fase em que prefere... você já sabe, estar com os amigos, como se eu não existisse.

— Entendo — respondeu Jim.

— Tenho que desligar, ok? Andrew e eu vamos sair. Semana que vem eu a deixo aí, tudo bem?

Jim demorou para responder.

— Jim?

— Perfeito, Carol — disse por fim, com dificuldade, por causa do nó que acabava de se formar na garganta.

Voltou para o escritório e fechou o programa Podcast Studio sem salvá-lo. Percebeu que não podia se permitir perder mais nada, então abriu o Twitter e escreveu: “Investigadores, sobre o que querem que eu fale no programa desta noite? Acho melhor que vocês proponham um tema”.

Alguns segundos e duas curtidas depois, a primeira resposta apareceu, anexada à imagem de uma garota sorridente de cabelos castanhos e vinda de um usuário chamado @godblessthetruth, que dizia apenas: “Da morte de Allison Hernández”.

8.
Queens
23 de abril de 2011
Três dias antes
Ben Miller

O problema de procurar a verdade sempre
é a dificuldade de ser capaz de admiti-la.

Miller saiu às pressas da casa dos Hernández, deixando a porta aberta, e se aproximou do carro para pegar o arquivo de Allison no banco do passageiro. Ansioso, espalhou todo o conteúdo pelo capô. Entre os papéis com informações e entrevistas que ele havia coletado nos dias anteriores, retirou várias fotografias.

A primeira imagem era de Allison, com seu cabelo castanho, sorridente e olhando para a câmera, distante e quase escolar. Havia várias fotos de câmeras de segurança de caixas eletrônicos da área onde ela tinha sido vista com vida pela última vez: alguns bancos em frente a uma farmácia, em plena avenida Jamaica, perto da escola onde ela estudava... Aparentemente, alguém havia ligado para Amber, o serviço de alerta de menores desaparecidos, para dizer que havia a reconhecido entre um grupo de garotos e garotas de sua idade na manhã em que ela desapareceu, a cerca de duzentos metros do colégio Mallow. O inspetor tentou seguir essa pista, mas nada se encaixava. Naquele dia, Allison tinha tido aula até a hora do almoço e, segundo o diretor, não era permitido que os alunos saíssem das instalações durante o dia, nem mesmo durante o intervalo, que durava trinta minutos.

Por fim, Miller encontrou a fotografia que procurava sob a luz da lua: tratava-se do quarto de Allison. Nela se podia observar a posição da colcha na cama, o crucifixo acima dela, os livros nas prateleiras, os papéis na escrivaninha, a cadeira... Uma pequena imagem da Virgem Maria numa das prateleiras servia como suporte de livros num dos lados. Ele percebeu que tudo naquele ambiente girava em torno de religião e voltou depressa para a casa, desta vez sem chamar a família, com a imagem na mão.

Da sala ouviam-se os gritos da mãe de Allison, como se fossem sinos de uma ermida voltada para o mar, reverberando pelas paredes de toda a casa. Miller acendeu a luz do quarto de Allison e entrou, com a fotografia na mão, nervoso por causa daquela diferença estranha que se destacava entre o que ele via e a imagem.

Aproximou-se de onde deveria estar o crucifixo e percebeu que sua ausência tinha deixado visível na pintura o contorno exato de onde havia estado. Tratava-se de uma cruz católica de cerca de sessenta por trinta centímetros.

Em silêncio, foi comparando o que via na fotografia com o que o rodeava no quarto. Algo mais lhe chamou a atenção. Na imagem, os livros da prateleira pareciam estar todos empilhados uns contra os outros, segurados pela estatueta da Virgem; em vez disso, naquele momento, ali de pé, ele podia ver que os livros caíam pelos lados, com uma folga sutil que revelava que um deles estava faltando.

De repente, Óscar, o pai de Allison, apareceu atrás dele. Soluçando e com os olhos cheios de lágrimas, perguntou:

— O que você ainda está fazendo aqui? Já não nos machucou o suficiente? Vá embora!

— Por que o crucifixo não está mais em cima da cama? — indagou Miller, com surpresa.

— O crucifixo?

O pai desviou o olhar para a parede, confuso, sem entender o que estava acontecendo.

— Por favor! Allison esteve aqui depois de desaparecer?

— Allison? Como pode...?

— Faltam coisas no quarto. O crucifixo. Um livro também. Tirei essa foto quando denunciaram o desaparecimento. Consegue ver? — disse, apontando para a fotografia.

Os gritos da mulher ao longe desapareceram nesse mesmo instante.

— Coisas? — o pai disse, perturbado. — Não... — acrescentou, com o olhar perdido.

— Quem as levou? Talvez seja importante.

— Não... não sei — respondeu por fim. — Há dois dias...

— O que aconteceu há dois dias?

— Alguém quebrou o vidro perto da cozinha, atrás da sala.

— O quê?

— Quebraram o vidro. Quando vimos os cacos no chão, pensamos que tinham nos roubado. Mas... não achamos nada faltando — disse, quase sem conseguir continuar.

— E por que não denunciaram isso? Estávamos procurando a sua filha. Talvez tivesse sido impor... — parou antes de continuar.

Percebeu que eles já carregavam muita culpa.

— Porque pensamos que havia sido alguns moleques do bairro. Esse... bairro é humilde, os garotos brincam na rua, jogam bola e quebram janelas. Não pensamos que... — Então foi ele quem deixou de falar, não porque não quisesse, mas porque não conseguia.

Cada palavra o lembrava que eles haviam ficado muito tempo sem se preocupar com a filha. O pai assentiu, sem conseguir dizer mais nada. Sob o batente da porta do quarto apareceu a silhueta de Juana com o rosto avermelhado pelas lágrimas e os olhos inchados de chorar.

— Por favor, senhor — disse ela, com dificuldade. — Minha menininha sofreu?

— Vocês são religiosos, certo?

Ambos assentiram em silêncio, com a respiração entrecortada.

— Jesus Cristo sofreu na cruz? — perguntou Miller.

— Não... não sei — respondeu Juana, aturdida.

— Eu... também não sei responder a sua pergunta.

9.
Manhattan
24 de abril de 2011
Dois dias antes
Miren Triggs

Não são todas as portas que se fecham para sempre.

Eu tinha passado a noite inteira sem dormir porque não conseguia deixar de pensar em Gina e em tudo o que precisava fazer para me atualizar. Quando deram as cinco da manhã, tomei um banho, vesti jeans pretos e combinei com uma blusa da mesma cor, como todas as sombras que me perseguiam em cada sonho. Era meu look básico de escritora, o que havia usado em quase todas as sessões de autógrafo, e agora também queria que fosse o de jornalista do *Manhattan Press*.

Quando cheguei em frente ao prédio da redação, em pleno centro de Manhattan, senti que voltava para casa ou, ao menos, para um lugar onde me sentia assim. Eu carregava a caixa com tudo o que tinha sobre Gina, e ao meu redor caminhavam executivos de terno, pedestres aleatórios e turistas que pareciam ter madrugado para aproveitar o circuito turístico de Nova York. Esse circuito começava cedo no Top of the Rock, incluía *cupcakes* na Magnolia, algum tempo na Times Square, uma pausa de alguns minutos em frente ao *Press* e bater perna até chegar à estação Grand Central pouco antes do meio-dia. Depois, ao entardecer, todos pareciam correr em debandada para conseguir um lugar no mirante do Empire State. Os mais sortudos talvez testemunhassem uma tentativa fracassada de suicídio no topo do arranha-céu. Fiz o mesmo itinerário com meus pais na primeira vez em que pisei na cidade, depois de uma longa viagem de carro vindo de Charlotte, na Carolina do Norte, animada para começar a estudar jornalismo em Columbia e ainda sem ter ideia de tudo o que viria depois: dor e verdade, duas palavras que sempre seriam sinônimas.

Kiera Templeton tinha sido o único raio de luz que eu havia experimentado em todos os meus anos na cidade. Não digo que tudo tenha sido escuridão, mas centelhas e momentos de felicidade esporádicos nunca tiveram a intensidade da história dela. Nem sequer a luz daquelas chamas que me abriram as portas do *Press*.

Peguei meu cartão e, quando cruzei a catraca para a redação, o toque dos telefones e o barulho dos teclados dos editores do outro lado da porta pareciam não ter parado um minuto desde a última vez em que eu estivera ali. Uma recepcionista jovem de sorriso robótico e fones de ouvido com microfone, que eu nunca tinha visto, dirigiu o olhar para mim.

— E a senhora é quem?

— Posso falar com o Phil?

— Phil... do quê?

Sorriu para mim mais um pouco, como se minha pergunta fosse absurda. Isso fez com que eu me sentisse desconfortável.

— Phil Marks...

— Vejamos... deixe-me ver...

Ela levou a caneta até a boca. Desejei que estivesse cheia de micróbios.

— Quem quer vê-lo? — perguntou, embora não parecesse de fato se importar.

— Posso entrar e deixamos isso para outra hora?

— Infelizmente não, o acesso à redação é só para funcionários do *Manhattan Press*. Me diga com quem deseja falar, que verei o que posso fazer. Quem você gostaria de ver?

— Já disse. Phil Marks — respondi, irritada, enquanto soltava a caixa de Gina no chão.

— Ele não aparece na minha lista — disse, em tom frio, quase no mesmo instante. — Há outra pessoa com quem poderia conversar? Diga-me seu nome e eu pergunto na redação.

— Phil Marks é o editor-chefe do jornal. O seu chefe, na verdade. E meu nome é Miren Triggs, trabalho aqui. Da equipe de investigação.

Ela fez uma pausa para checar uma lista em sua mesa. Um pouco depois, levantou o rosto com os olhos tão abertos que pareciam ovos de avestruz.

— Não aparece na lista. Sinto muito — sentenciou ela, indiferente. — Vou ter de pedir que vá embora.

— Do que está falando? Trabalho aqui — protestei, irritada.

— Não de acordo com a lista.

— Foda-se essa lista.

— Por favor... não me faça chamar a segurança. Este é um jornal sério...

Olhei em volta exatamente no momento em que dois jornalistas com camisa xadrez, que trabalhavam na seção de política internacional, entravam na redação. Não sabia seus nomes, mas me lembrava de já tê-los visto.

— Desculpem, podem dizer para ela que trabalho aqui? Tenho de ver o Phil.

Os dois se entreolharam, incrédulos. Em seguida, um deles me encarou com olhos tristes, enquanto o outro se animou a falar.

— Miren? Não demitiram você?

— Como assim, me demitiram? Eu estava de licença. Vocês sabem, por causa do livro. Podem dizer para ela me deixar entrar?

Olharam-se de novo por um segundo que pareceu uma eternidade e em seguida um deles respondeu:

— De licença? Não te informaram, então?

— O quê? — perguntei, confusa.

De repente, ouvi uma voz atrás de mim, que reconheci imediatamente:

— Miren?

Era Bob Wexter, o chefe da equipe de investigação. Aquilo foi estranho. Fazia mais de doze anos que eu trabalhava no *Press* e, num segundo, tinha conseguido me sentir uma estranha.

— Bob? Ainda bem que você está aqui!

— Conhece esta moça, sr. Wexter? — intrometeu-se a recepcionista.

— Claro. É a srta. Triggs — respondeu Bob. Em seguida, dirigindo-se a mim, continuou, surpreso por me ver: — O que está fazendo aqui? — Notei certa alegria nele, mas também incredulidade.

— Estou pronta para voltar. Precisei de um tempo e... bom. Aqui estou.

— Quer vir à minha sala e conversamos?

— Sua sala? Te deram uma sala? Como conseguiram fechar você entre quatro paredes?

— Não te contaram? Sou o novo editor-chefe do jornal.

— Sério? Isso é incrível! Parabéns! Espera... E o que aconteceu com o Phil?

— Phil está mal. Entre e eu te conto. Já tomou café? Você está... Santo Deus. Muito mudada. Eu te ouvi no rádio. Vi que seu livro está em todos os lugares.

Caminhei ao lado dele, deixando para trás a recepcionista, que me lançou um último olhar de incredulidade. Senti um leve formigamento ao passar ao lado da minha mesa. Vazia. Vazia demais em comparação com minhas lembranças. Os amontoados de papel haviam evaporado. As bandejas de arquivo tinham desaparecido. Dei-me conta de que a redação, apesar do barulho constante dos telefones e de alguma conversa mais alta, parecia mais vazia do que antes. Quando chegamos à sala onde muitas vezes reclamei com Phil, Bob Wexter se sentou e soltou a bomba:

— Olha, Miren... você não pode voltar.

— Como assim? — perguntei, surpresa.

Eu não esperava aquela punhalada repentina.

— Acredite, não é por sua causa. São os negócios.

— Os negócios? Do que você está falando?

— O conselho está enrolando as velas do navio. Uma tempestade se aproxima. Bom, já estamos nela há algum tempo. Não percebeu que falta metade da redação?

— Achei que era por ainda ser muito cedo.

— No mês passado dispensaram metade do pessoal. Faz vários meses que o número de leitores despencou. Nesse ritmo, em um ano teremos de fechar o jornal.

— Por isso o Phil não está?

— Phil renunciou assim que lhe deram a notícia. Não se via capaz de demitir metade da equipe e continuar à frente disso. Ele se sentia responsável por todos. Como você vê, o clima da redação é outro. Não parece que está… morta?

— E por que você acha que houve essa queda?

— Internet, redes sociais, falta de interesse. Sei lá. As pessoas agora só leem as manchetes no Twitter e isso é o suficiente para elas. Ficamos mal durante um tempo. Phil me falava das preocupações dele. O conselho não parava de pressionar. Esses filhos da puta só querem dinheiro. É a única coisa que importa. As tiragens estão cada vez menores, e monetizar os artigos on-line não é tão fácil. As pessoas não estão acostumadas a pagar por informação na internet.

— A coisa está tão ruim assim? E a equipe? Onde está a Samantha? Quem mais ficou além de você?

— Samantha foi a primeira a sair. Eu… bom, assumi o lugar do Phil, e a equipe de investigação foi desmantelada. Não podemos dispor de duas ou três pessoas para cobrir uma única notícia durante muito tempo. É inviável. Agora estamos todos concentrados em cotidiano e política, que é onde está o dinheiro fácil. Os jornalistas jovens e baratos cobrem cotidiano, resgatando artigos das agências; e política também não tem muita história. Temos vários bons analistas que fazem meio que um resumo para os redatores.

— Você só pode estar brincando.

— Quem dera — afirmou, derrotado. — Olha, Miren, sei que Phil tinha prometido um lugar quando você voltasse, mas as coisas mudaram muito. Dói dizer isso. Você até trouxe… o que você trouxe?

Eu estava em choque. Ouvir Bob me deixou perplexa. Desde que eu me lembrava ele tinha sido o chefe da equipe de investigação do *Press*. Quando entrei em 1998, ele já era chefe. Seu estilo descontraído e sem uma hierarquia rígida fez com que eu me sentisse ligada à equipe desde o primeiro dia. Em parte, isso me permitiu trabalhar por minha conta e crescer. O pessoal sempre escolhia dois ou três temas centrais, investigações que podiam durar meses, e depois cada um tocava um tema paralelo, que conduzia de forma independente do resto dos repórteres. Essa independência foi o que me permitiu seguir com o caso de Kiera. Sentia-me desolada ao ver como tudo estava desmoronando; era como se estivesse diante dos destroços de uma era pela qual, agora, eu ansiava mais do que nunca. Se o jornal desaparecesse, acabaria minha única esperança de recuperar o que havia me mantido cheia de vida.

— É... a história em que eu estava pensando em trabalhar.

— O que é?

— Gina Pebbles.

Ele pensou por alguns segundos. Em seguida perguntou, sério:

— Outra garota? Olha, Miren...

— Não é uma garota qualquer. É uma adolescente que desapareceu em 2002. Saiu do colégio e sua mochila apareceu num parque a dois quilômetros da casa dela. Ninguém nunca mais soube dela.

— E o que tem de especial? Por que ela e não... Allison Hernández, por exemplo?

— Allison Hernández?

— Na noite passada, encontraram o corpo de Allison, uma garota de quinze anos, em Rockaways, numa das instalações de Fort Tilden, o complexo militar abandonado.

— O caso de Gina...

— Encontraram o corpo de Allison Hernández crucificado — ele me interrompeu. — Ela desapareceu na semana passada. Tenho jornalistas de cotidiano trabalhando nisso. Publicamos uma pequena prévia na versão on-line e a matéria em papel sairá amanhã, quando tivermos mais alguma informação. Algo breve. Não quero dedicar muito espaço para isso. Todos os olhos agora estão na Síria, que está cada vez mais inflamada, e manter correspondentes lá custa muito dinheiro para desviar nossa atenção. A situação está dramática, e temos de concentrar nossos esforços lá. Mesmo que as demais mídias locais publiquem o caso de Allison, tudo ficará sepultado pelo turbilhão de histórias que vêm do Oriente Médio. Miren, o que eu estou dizendo é que este mundo é uma merda. Desgraças estão acontecendo o tempo todo, e temos de saber muito bem onde focar. Lamento muito, mas não posso oferecer sua antiga vaga, muito menos para uma história assim. Tenho de escolher bem os temas e publicá-los no momento em que poderão ter o máximo de alcance possível.

— Caralho... — exclamei, suspirando. Uma garota de quinze anos crucificada. O mundo inteiro vinha abaixo enquanto assistíamos na televisão, como se o colapso fosse um espetáculo que não nos afetaria.

— Estou esperando o momento oportuno para publicar algo um pouco mais detalhado sobre a história de Allison. Algo mais elaborado do que... acabou saindo. Pode ser uma boa história para a seção nacional, se conseguirmos alguns detalhes dos agentes que vazam esses crimes para nós.

Então me arrisquei:

— Bob, ontem à noite, alguém me deixou isto — eu disse, jogando a polaroid na mesa dele.

— O que é? — perguntou.

Um jovem redator que eu não tinha visto antes bateu à porta e foi dispensado sumariamente.

— É Gina Pebbles, num furgão, amordaçada. Parece uma foto antiga, tirada na época em que ela desapareceu, mas talvez signifique alguma coisa. Com a agitação do livro e Kiera… parece que o lunático que fez isso quer me colocar à prova e ver se sou capaz de encontrá-la. Algo me diz que eu preciso tentar.

Bob ficou olhando para a fotografia alguns instantes, concentrado.

— Você já mostrou para a polícia?

Neguei com a cabeça. Logo acrescentei, porque sabia que ele desaprovava aquilo:

— Ainda não. Farei isso assim que tirar uma cópia. Conheço o inspetor Miller, da Unidade de Pessoas Desaparecidas, vou deixar uma com ele. Tenho certeza de que ele conhece o caso.

— O inspetor Miller?

— Foi a pessoa designada para o caso de Kiera. Há anos somos… amigos.

Ele fez uma longa pausa. Eu sabia o que isso significava. Ele ia ceder.

— É uma boa história, Miren. Não vou negar. Mas não posso contratá-la. Não há dinheiro para isso. Além do mais, provavelmente não é mais do que um beco sem saída. Já se passaram… oito, não, nove anos. Você sabe tão bem quanto eu. Não posso te oferecer uma vaga.

— Não quero dinheiro. Não preciso. Só quero voltar. Esta é… a minha casa.

— Não posso ter uma das melhores jornalistas do país sem pagá-la. Não. Mesmo que seja algo a que estamos condenados, se não conseguirmos deter a fuga dos assinantes, me nego a participar dessa vergonha. Um país disposto a deixar a imprensa livre morrer é um país disposto a deixar a democracia morrer.

Em parte, ele tinha razão, embora talvez não estivessem nos deixando morrer, mas nos alertando sobre como andávamos trabalhando mal.

— Você entende isso, certo? Acredite, sou o primeiro a querer que você esteja aqui e que tudo volte a ser como antes. Você sabe que eu não gosto de estar no comando. Fico desconfortável. Sempre preferi estar… mais perto das explosões. E você é como eu, Miren. Mas, acredite, você não vai querer estar dentro do prédio quando ele desabar.

Esperei em silêncio. Aquela porta fechada não estava nos meus planos. Durante os últimos anos, o *Press* havia sido meu lar, um lugar onde eu podia lutar para salvar o mundo. Talvez, também, o lugar de onde o mundo lutava para se salvar. Éramos um bote salva-vidas no meio de um naufrágio. Não havia espaço para todos.

— Tem de haver uma maneira de eu voltar, Bob.

— Miren... você não precisa de nós para investigar essa garota. Você consegue fazer isso, escrever outro livro e sair deste buraco.

— Eu sei.

— Então por que veio aqui?

— Porque este é o meu buraco.

Ele suspirou.

— Aqui eu sou... aqui eu sou eu mesma. É como você disse, Bob. Sempre preferiu estar perto das explosões. Trabalhando aqui sou algo mais do que... Miren Triggs. Aqui sou uma jornalista. Aqui posso mudar as coisas.

Talvez fosse um erro lhe mostrar minhas inseguranças. Mas, se aquela porta se fechasse, o que mais eu poderia fazer? Ele me observou, sério. Em seguida, seus olhos se voltaram para a fotografia de Gina.

— Vamos fazer o seguinte — disse ele, finalmente. — Você entra em cotidiano, mas com uma página completa. Um artigo por semana. Será uma mistura de investigação e temas cotidianos. Acho que algo assim pode funcionar.

— Fantástico.

— Você vai ganhar por artigo, um bom valor. É menos do que você ganhava antes, mas as coisas mudaram.

— Sem problema. Concordo.

— Mas eu decido os temas. E você tem de contribuir com algo novo. Um ponto de vista singular. Em primeira pessoa. Não basta só um relato dos fatos, quero algo que venha de dentro de você. As pessoas já te conhecem. Gostam de você. Vamos aproveitar isso. Talvez assim eu consiga vender ao conselho esse negócio de contratar alguém.

— Hummm... claro.

— Eu gosto do caso da Gina, mas você e eu sabemos que é uma reportagem sem prazo de conclusão. Você vai começar com um artigo para o próximo domingo, 1º de maio.

— Bob...

— Você acredita em Deus?

Levantei uma sobrancelha, surpresa.

— Quê?!

— Bom, tanto faz. Allison Hernández. Vá para Rockaways, pergunte nas igrejas, fale com as pessoas do bairro e com os amigos dela. Torne-se amiga de algum reverendo. As pessoas se preocupam com a fé, e quando souberem como ela morreu, levarão as mãos à cabeça. Não é a sua Gina Pebbles, mas tenho certeza de que você entende que não posso encarregá-la de alguma coisa sem saber se há algo sério por trás. Trabalhe nesse caso em suas horas livres.

— Você disse Rockaways? É o mesmo lugar onde... — Mas eu me calei; se mencionasse de novo o nome de Gina, arriscaria a chance de investigar sua história. — Não pretendo me aproximar da família de Allison, Bob. Você sabe que sou contra sensacionalismo.

— Eu sei. Sem problema. Não quero que mexa com a dor deles. Quero a sua visão da história. Dê um jeito de se enfiar naquela comunidade religiosa. Seja criativa. Tenho certeza de que vai pensar em algo. Você tem uma semana. Bom, seis dias. Quero o artigo, o mais tardar, no sábado à noite.

— Na comunidade religiosa? O que isso significa?

— Igrejas, capelas, colégios, academias. Para mim, é tudo a mesma coisa. Presbiteriana, protestante, católica ou que adore o próprio diabo. Conte o cerne da história. Descubra no que Allison acreditava e vá em frente. Tente averiguar por que ela acabou numa cruz. Fale com a polícia de lá, com o pessoal da Unidade de Homicídios ou com quem achar que seja conveniente. Mas quero você dentro do artigo. É a melhor nisso. O que me diz, Miren? Topa? — disse ele, estendendo-me a mão por cima da mesa.

Fiquei sem saber o que dizer. Não esperava que ele fosse me propor algo assim. Mas o que eu poderia fazer? Não sabia que, se respondesse sim, minha vida estaria por um fio. Mas, se dissesse não, teria me sentido uma morta-viva.

— Topo — afirmei.

O que eu não esperava é que, nessa mesma tarde, as histórias de Gina Pebbles e de Allison Hernández, com nove anos de diferença, iam se conectar, quase de mãos dadas, por meio de uma ligação que fez com que tudo saísse do controle.

10.
Nova York
23 de abril de 2011
Três dias antes
Jim Schmoer

Poucas vezes a gente percebe que, no futuro,
o presente será só uma lembrança ruim.

Jim Schmoer releu várias vezes a resposta de @godblessthetruth. Ficou surpreso porque, de acordo com o que havia lido, Allison Hernández havia desaparecido uma semana antes e ele não fazia ideia de que houvessem encontrado o corpo sem vida da jovem.

Ele seguia bem de perto os desaparecimentos. Era um dos temas recorrentes em seu programa, apesar de nunca investigar por muito tempo aqueles que logo chamavam a atenção da mídia. Preferia trazer à luz os casos esquecidos, aqueles em que um menor desaparecia no momento inoportuno, uma vez que o foco da mídia, das redes e dos jornais estava voltado para o aumento de impostos, para um protesto por direitos trabalhistas ou para algum senador que não consegue manter o zíper fechado.

Digitou o nome de Allison Hernández no Google para ler as últimas notícias sobre ela e descobriu que, durante os últimos dias, haviam sido publicados alguns artigos com a foto de seu rosto em destaque sob o anúncio de alerta Amber. Filtrou os resultados por artigos postados nas últimas horas e não achou nenhuma informação nova. Passou de um jornal a outro, de uma agência de notícias a outra, tentando encontrar uma chamada que detalhasse onde e quando o cadáver tinha sido achado, mas não havia nada.

Finalmente, depois de alguns minutos, respondeu ao tuíte com uma sensação estranha, embora não tenha dado importância a ela: "Allison Hernández continua desaparecida. Deixemos que as autoridades trabalhem para encontrá-la com vida".

Ele passou a ler o restante dos comentários. Alguns de seus seguidores propuseram que falasse sobre política, algo que detestava. Outro usuário pediu que falasse sobre o trabalho precário nas fábricas das grandes empresas de tecnologia na Ásia. Um adolescente perguntou se ele seguia os Knicks.

Sentiu-se desanimado. Pensou que talvez fosse melhor não gravar naquele dia. Não era fácil publicar uma história quando nenhuma parecia ter a ver com ele. Deu uma olhada nos *trending topics* durante alguns segundos, mas não havia nada de interessante: condolências a um famoso que não morreu, a pré-estreia de um filme que estava pensando em assistir, o nome de duas bandas que não lhe interessavam. Uma hashtag havia alcançado o primeiro lugar, #KUWTK. Clicou nela e descobriu rapidamente que se tratava da expectativa para a transmissão do reality da família Kardashian, que ainda não havia começado.

De repente, viu que havia recebido uma mensagem direta pela plataforma. Jim gostava de permitir que qualquer pessoa lhe escrevesse em particular, porque isso era, para ele, parte indispensável do jornalismo. Na maioria das vezes, as grandes histórias começavam assim: alguém ressentido dava uma pequena dica à imprensa com uma ligação anônima, enviava um e-mail com arquivos particulares de uma conta temporária, enfiava um envelope por debaixo da porta. Aquela caixa de mensagens aberta era isto: uma porta para qualquer um que quisesse denunciar algo que acreditava merecer vir à tona.

A mensagem era de @godblessthetruth, enviada às 19h05, segundo indicava a página da web, sendo apenas uma imagem. Ao abri-la, demorou alguns segundos para a mente de Jim Schmoer elaborar o que os olhos viam naquela foto escura e desfocada.

No centro da imagem havia uma cruz de madeira em pé, apoiada no chão, e parecia que uma figura esbranquiçada em forma de mulher havia sido crucificada. Duas silhuetas escuras seguravam as laterais da cruz e, pela postura, se esforçavam para arrastá-la para trás, em direção a uma parede cheia de grafites. Demorou um pouco mais para Jim assimilar o que aparecia nas laterais da imagem, mas à esquerda dava para ver o que parecia um ombro, coberto com um traje branco, de alguém que observava a cena. À direita, ele identificou várias cadeiras vazias, alinhadas na direção da cruz.

— Que diabos é isso? — exclamou Jim, confuso.

Baixou a imagem e a salvou na área de trabalho. Em seguida, printou a conversa em que se via o usuário e a hora em que ele havia enviado a imagem. Antes de responder, refletiu sobre o que fazer. Não entendia o que estava vendo, mas sabia que não era nada bom.

Clicou no perfil de @godblessthetruth e se incomodou mais ainda quando percebeu que a resposta à pergunta de Jim era o único tuíte da conta. A imagem do perfil era um ovo branco com fundo laranja e, segundo constava ao lado do nome de usuário, a conta havia sido criada naquele mesmo dia.

Decidiu responder à mensagem, medindo bem as palavras. Possivelmente era algum espírito de porco com a intenção de fazer uma brincadeira, mas a mera possibilidade de a imagem ser real e aquela garota ser Allison Hernández fez com que Jim avançasse com toda a cautela: "Esta é Allison? De onde você tirou esta imagem?".

Passaram-se vários minutos em que o professor se perguntou que brincadeira macabra era aquela. A internet era um poço de lama no qual, em todo canto, sempre alguma barbaridade estava à espreita, e aquilo parecia exatamente isso. Em certas ocasiões, inclusive, havia flertado com a escuridão da *deep web*, depois de instalar o navegador Tor e conseguir uma lista de acesso privada para um dos links mais perturbadores que povoavam a internet. A imagem que @godblessthetruth havia enviado o lembrou das que encontrara disseminadas por fóruns clandestinos sobre sectarismo, ainda que a enorme diferença entre a foto recebida e as postadas nesses fóruns era que estas últimas pareciam inofensivas e apenas se limitavam a queimar algumas folhas no bosque ou a oferecer pombas e ratos mortos em sacrifício diante de uma cruz pagã. Aquela, embora tivesse certa semelhança, mostrava uma garota na cruz cristã, com o sol entrando por um dos lados da imagem, no que parecia um galpão abandonado, mas cheio de gente.

De repente, @godblessthetruth respondeu.

Tratava-se de um link para o arquivo de notícias do *Manhattan Press*, uma seção que o professor visitava com frequência para conferir artigos dos anos anteriores e que estavam à disposição de qualquer um que desejasse se informar sobre o passado. Ao entrar e ler a manchete "Você viu Gina Pebbles?", a inquietação que Jim sentia, o nervosismo que aquela conversa inesperada estava causando nele, explodiu pelos ares de forma incontrolável.

Observou a data em que o artigo havia sido publicado e verificou que se tratava de uma notícia de junho de 2002. Lembrava-se daquele caso, embora estivesse em algum canto de sua memória. Aconteceu um dia depois de terem sequestrado, sob a ameaça de uma faca, uma adolescente em Salt Lake City, e ninguém, exceto por um pequeno artigo na página doze do *Manhattan Press*, havia coberto o caso, que logo caiu no esquecimento. Ele revisou tudo o que se sabia na época, inclusive tentando conseguir acesso ao processo sobre o desaparecimento da menina, para conversar sobre ele nas aulas e discutir sobre oportunismo informativo, mas tudo estava tão distante que ele só recordava alguns detalhes.

Notou quem assinava a notícia e não conseguiu deixar de esboçar um sorriso: Miren Triggs. Embaixo da manchete, o artigo relatava a última vez que haviam visto Gina com vida, a roupa que estava usando e o lugar isolado em Rockaways onde sua mochila havia aparecido, em Breezy Point Tip, uma praia pouco movimentada, cheia de arbustos e lixo, situada na ponta da península, frequentada apenas por pescadores no inverno e surfistas no verão. A notícia era acompanhada por uma imagem frontal de Gina, com seus longos cabelos loiros e o sorriso iluminado. Mais abaixo, e depois de algumas descrições da área e dos arredores onde sua mochila tinha sido encontrada, estava a fotografia de um grupo de adultos e jovens no local, entre os quais se destacavam um homem e uma mulher com olhares tristes, abraçados a um menino de oito anos que chorava desconsolado. Parecia que os três estavam ao lado de um grupo de voluntários e que todos se organizavam para realizar as buscas. Nos créditos da imagem, lia-se: "Christopher e Meghan Pebbles, tios de Gina, participam das buscas por sua sobrinha. O irmão da jovem, Ethan Pebbles, de oito anos, chora desconsolado por conta do desaparecimento".

Jim voltou para a conversa com @godblessthetruth sem compreender ainda a magnitude do que estava acontecendo e as implicações daquelas mensagens. Então perguntou, temeroso da resposta: "A garota da cruz é Gina?". Alguns segundos depois, o usuário respondeu: "Não". Jim insistiu: "É Allison Hernández?". A resposta foi imediata: "Sim". O professor não esperou: "Onde ela está?".

Ele teve de aguardar a resposta outra vez. Jim olhava fixamente para a tela enquanto desejava que em algum momento aquela brincadeira sinistra acabasse. Pensou que talvez pudesse ser algum dos seus alunos. Tinha uma relação intensa o bastante com os do terceiro ano, com provas contínuas e investigações complexas, para esperar algo do tipo. Vários rostos vieram à sua cabeça, Alice e Samuel, seus melhores alunos, e sem dúvida capazes de idealizar uma história desse tipo para testar a perspicácia do professor. Além do mais, tinham acabado de estudar a teoria da desinformação e de que forma, como resultado do uso de emoções fáceis e impulsivas — dor, raiva, tristeza ou desespero —, era possível tornar crível uma história que de outro modo teria sido desde o início descartada por completo. Releu mais de uma vez o artigo que @godblessthetruth havia enviado com a história de Gina. Buscou várias vezes no Google o nome de usuário que ele usava, mas foi tudo em vão. Não havia nenhum outro usuário na rede, em nenhuma plataforma, que usasse esse nome.

Cansado de esperar, decidiu insistir mais uma vez: "Você sabe algo sobre Allison Hernández? É isso o que quer me dizer?". Enfim, a resposta veio: "Logo você saberá". Jim ficou desconcertado: "O que você quer dizer com isso?".

Mas não houve resposta. Jim Schmoer esperou durante uma hora interminável algum tipo de réplica, enquanto se levantava da cadeira algumas vezes, realmente inquieto. Já havia descartado a ideia de gravar o programa e tuitou para seu grupo de seguidores que seria impossível fazer isso, o que lhe rendeu doze mensagens indignadas. Voltou ao perfil com a intenção de ler a primeira mensagem que lhe haviam deixado e notou algo que havia passado despercebido desde o começo: @godblessthetruth não possuía seguidores e tinha publicado apenas um tuíte; mas ele seguia duas pessoas. Ao verificar, Jim ficou aturdido: os nomes dos usuários eram Miren Triggs e o seu.

11.
Escritório do FBI
24 de abril de 2011
Dois dias antes
Ben Miller

Não existe quebra-cabeça antigo que ainda tenha todas as peças.

Era uma hora da madrugada quando Ben Miller chegou ao escritório do FBI, em Nova York, e entrou sem cumprimentar a dezena de agentes que ainda permanecia em suas mesas repletas de papéis, copos de café e desesperança. Apesar da hora, a agência não parava, embora fosse perceptível que à noite o ritmo diminuía: os movimentos eram mais lentos, as vozes eram mais baixas, os telefones tocavam menos. O ambiente a essa hora costumava ser desolador: os agentes sempre tinham um ar de tensão e tristeza — muitas vezes ambos os estados coincidiam no mesmo rosto. Os que estavam ali a essas horas acabavam de encontrar ou de perder alguma coisa, e qualquer uma dessas notícias, quando chegava até a central, não era boa. Os casos que se resolviam por si sós, sem incidentes (algum menor que aparecia na casa de um amigo depois de sair sem avisar ou os que voltavam depois de uma discussão típica de adolescente) costumavam ser despachados pela central telefônica depois do aviso dos denunciantes. Processos desse tipo davam baixa sem fazer mais estardalhaço do que a felicidade daqueles lares e um muito obrigado por nos avisar.

Mas os que precisavam de um encerramento detalhado, aqueles que necessitavam da assinatura do inspetor, eram situações com final trágico. Allison pertencia a este grupo. Sem dúvida o telefone que tocou a quatro mesas de distância, ao lado do computador de um tal Wharton, que olhou para o dispositivo com cara de desespero, estava à espera de um processo que teria esse mesmo destino. Se uma pessoa vivesse naquele escritório sem ter contato com o mundo exterior durante um ano, pensaria que a vida consistia apenas em nascer, crescer, amar e desaparecer — isso se a pessoa tivesse a sorte de completar as três primeiras etapas antes de chegar à última.

Miller passou um tempo digitando o relatório do aparecimento de Allison Hernández, compilando a documentação num arquivo compactado para transferir o processo para a Divisão de Homicídios da polícia local de Nova York. A descoberta do corpo mudava o protocolo do caso ao desativar o alcance e as ações que poderiam ser realizadas pela unidade do FBI que investigava desaparecimentos infantis. Chegado este momento, ele deveria preparar tudo, não importava a hora, para acelerar o protocolo de investigação criminal. Uma nova unidade já estaria no galpão de Fort Tilden colhendo amostras, impressões digitais, pistas e declarações da dupla de adolescentes que havia encontrado o cadáver. Assim que ele enviasse o processo, outra unidade se apresentaria na casa da família Hernández, a máquina do Ministério Público seria acionada e, se algum jornalista inconveniente revelasse as condições em que Allison havia sido encontrada, sem dúvida ele teria de lidar com repórteres querendo estender o assunto.

Antes de dar por encerrado o processo de Allison, o inspetor deveria registrar os últimos dados no ViCaP, o programa de apreensão criminal violenta, introduzindo os detalhes gerais, como a data e o lugar em que a garota tinha sido vista pela última vez, onde o corpo apareceu, sua fotografia e uma descrição fria dos principais detalhes para que servisse como base estatística da criminalidade de cada distrito e incidência de determinados tipos de casos.

Ele navegou no ViCaP para marcar, num mapa, as coordenadas na frente de uma farmácia na avenida Jamaica, a duzentos metros do colégio Mallow, tentando quatro vezes pôr o marcador bem no lugar da calçada onde a imagem de satélite permitiria identificar um borrão retangular em forma de banco. Ali, de acordo com a declaração da mulher que atendia na farmácia, foi a última vez que Allison foi vista com vida. Em seguida, ele sobrevoou o mapa digital para colocar esse mesmo ponto em cima de um retângulo cinza que emergia da área verde de Fort Tilden, na península de Rockaways, no extremo sudeste do Queens, onde o corpo havia aparecido naquela cruz que ele ainda tinha gravada na memória.

Estava prestes a passar para o software centralizado do alerta Amber e desativar a busca, quando desviou o olhar do mapa para ver a distância entre um ponto e outro. No painel, era possível observar centenas de marcadores coloridos que determinavam o status de um caso: em verde, os casos ainda abertos e com busca ativa; vermelho para os já encerrados, com a pessoa procurada falecida; laranja para os casos abertos, mas que haviam chegado a um beco sem saída e cujas equipes de busca aguardavam alguma pista nova para prosseguir.

Ele diminuiu tanto a imagem que percebeu que havia pouquíssimas áreas sem um marcador vermelho, como se fossem gotas de sangue salpicadas sobre uma tapeçaria de ruas e parques. Os pontos verdes eram muito mais numerosos, mas duravam apenas algumas horas naquele mapa. Os casos que terminavam bem, que eram a maioria, saíam do registro visual e só permaneciam os arquivos pessoais para que fosse possível resgatar informações se algo voltasse à tona.

Os marcadores em laranja, por outro lado, eram menos frequentes, mas dolorosos. Cada um era uma nota de esquecimento, uma família desolada e sem esperança. De olho, Miller contou uma dezena só no Queens e, para sua surpresa, um deles estava sobre o colégio Mallow, o mesmo que Allison frequentava.

— Quem mais desse colégio desapareceu?

Clicou no ponto, e um pequeno balão com um texto em negrito foi exibido, deixando-o completamente perplexo: "Gina Pebbles, 3 de junho de 2002".

Lembrava-se de Gina. Havia sido um desses casos impossíveis que ele havia, inclusive, esquecido e só guardava na memória como estatística para se martirizar. Havia apagado os detalhes de sua mente, mas, ao ver o nome dela sobre o colégio Mallow, lembrou-se de ter perguntado a alguns de seus colegas se haviam visto algo. Aquilo podia ser uma coincidência, ter desaparecido uma segunda aluna do mesmo lugar nove anos depois; mas, em sua mente, uma nova suspeita começou a surgir, embora não soubesse se estava certo. Pensou em clicar no nome para acessar o arquivo, mas percebeu que um dos marcadores havia se destacado dos outros. Estava localizado em Breezy Point, no extremo sudoeste de Rockaways e a apenas trezentos metros de Fort Tilden, onde Allison havia aparecido. Ao clicar nele, um balão laranja foi exibido, no qual era possível ler: "Mochila de Gina Pebbles, 5 de junho de 2002".

Miller sentiu a empolgação de ter descoberto o que achava ser uma conexão, voltou ao ponto inicial para clicar no nome de Gina Pebbles e acessar os documentos. Uma mensagem se destacou na tela: "Conteúdo arquivado. Processo 172/2002".

Levantou-se rápido e discou um número de telefone. Um pouco depois, uma voz feminina e quase mecânica respondeu do outro lado.

— Sim?

— Jen?

— Miller? Não enche, Ben. Estava tirando um cochilo.

— Preciso acessar um processo.

— Ninguém consulta o arquivo a esta hora. Por que acha que pedi o turno da noite?

— Para ver com mais frequência o segurança Markus.

— É tão óbvio assim?

— Você poderia separar o processo 172/2002?

— Hum, 2002? Deixe-me ver... Isso está... Acho que... Sim, tem de estar embaixo. Para quando precisa dele?

— Seria pedir muito se for para agora?

Jen bufou do outro lado da linha.

— Sabe? Estava sonhando que tinha ganhado na loteria e que trabalhava no arquivo usando roupão de veludo.

— Você ganha na loteria e continua trabalhando aqui?

— O que você faria sem mim?

Miller sorriu.

— Tudo daquela época está um pouco bagunçado. Outro dia vieram para continuar com a digitalização.

Miller fungou antes de continuar.

— Vou esperar na minha mesa.

— De quem se trata? Você pode me contar algo? — perguntou Jen, curiosa.

— É uma... suspeita.

— Você tem café? Vou demorar um pouco.

— Vou pegar da máquina. Pego um para você, pelo processo.

— Não sei por que gosto de você, Miller.

— Porque somos muito parecidos. Uma parte de nós odeia estar aqui. A outra, porém, faz com que seja impossível nos afastarmos deste edifício.

— Para mim, essa parte se chama Markus — respondeu Jen.

Ben não conseguiu segurar uma risada antes de desligar.

Algum tempo depois, após Miller ter completado os últimos trâmites da transferência do processo para a Unidade de Homicídios, uma mulher de meia-idade com o cabelo preso e sem maquiagem apareceu no fundo da sala carregando com dificuldade uma caixa de papelão marrom. Ao chegar perto da sala do inspetor, deixou-a cair na mesa como se fosse um cadáver.

— Onde está meu café? — disse, cumprimentando-o.

— Isto é tudo? — brincou Ben, aproximando-se com um copo descartável fumegante. — Duas colheres de açúcar?

— Se não estivesse casado e fosse tão feliz com a Lisa, você seria o meu Markus.

— E quem iria querer o Markus? — respondeu Ben, agradecendo o elogio.

— Eu não disse que seria fiel.

— Touché — sorriu Ben.

Em seguida, ele abriu a caixa e dispôs os papéis e pastas empilhados na frente do teclado.

— Muito problema? — perguntou Jen, uma última vez.

Ben ficou em silêncio, inquieto ao ver a primeira página do relatório de desaparecimento: uma foto de Gina Pebbles olhando para a frente, loira, animada, com a pele tão branca que talvez brilhasse na escuridão.

— Se precisar de mais alguma coisa, me diga, tá?

Uma parte de Miller assentiu para Jen e lhe disse até logo; mais tarde, porém, não recordaria ter se despedido dela.

Passou os olhos rapidamente pelas entrevistas, relendo o caso com uma atenção cada vez mais vaga. Estava cansado, mas aquela caixa e a conexão das duas com o colégio dispararam o alarme. Ele deu vários goles no café enquanto lia no escuro. Decorreram-se horas enquanto ele passava por declarações em que ninguém dizia nada, até que chegou à entrevista de um agente chamado Warwick Penrose com o garoto Ethan Pebbles, irmão de Gina e então com oito anos.

12.
Manhattan
24 de abril de 2011
Dois dias antes
Miren Triggs

Todos os erros têm um princípio, mas não um fim.

Saí da sala de Bob com o coração acelerado. Eu estava voltando para o *Press*. Mas a condição era me aprofundar no que havia acontecido com Allison Hernández, me misturar num ambiente estranho para mim e rezar para não tocar demais em minhas próprias feridas ao narrar aquela história a partir de um ponto de vista pessoal. Como se fosse fácil expor minhas entranhas ao mundo quando nem eu mesma me reconhecia. Meus pesadelos haviam me invadido tanto que muitas vezes os confundia com minhas aspirações. Um dia sonho que estou ganhando o Pulitzer; no seguinte, que estou pulando de uma ponte.

Fiquei esperando o pessoal dos Recursos Humanos prepararem outra vez a minha antiga mesa. Bandejas para papéis, lápis, etiquetas, um telefone fixo. Mandaram também um garoto de uns trinta anos com um laptop preto IBM que eu não pretendia usar muito. O que eu tinha antes só usava quando precisava escrever, coisa que acontecia com pouquíssima frequência, ou para ler mensagens que não poderia abrir em meu e-mail pessoal. Quando recebíamos algum vazamento de uma história que estávamos preparando com a equipe de investigação, ele tinha que ser armazenado num servidor seguro e não sair das instalações do *Press* até que a reportagem estivesse nas bancas do país. Para usar no meu dia a dia, preferia meu próprio MacBook Pro de treze polegadas com um novíssimo processador i5, que havia comprado alguns dias depois de receber o segundo pagamento antecipado pelo livro, tornando-se tudo de que eu precisava desde o primeiro dia com ele.

Olhei meu celular e vi que Martha Wiley havia me ligado cinco vezes esta manhã. Também tinha me enviado uma mensagem de texto que dizia apenas: "Miren, você está cometendo um erro. Acho que podemos encontrar um equilíbrio para você se sentir confortável. Por favor, me ligue". A verdade é que eu não sabia como gerenciar aquele assunto, mas, no fundo, mais cedo ou mais tarde, teria de encontrar uma solução.

— Mais um pouco... — disse o técnico sentado no meu lugar enquanto preparava o equipamento para que eu pudesse usar — e eu acabo de sincronizar sua caixa de e-mails. Quando você saiu, não excluí sua conta. Sabia que voltaria — acrescentou, com um olhar que me deixou um pouco confusa.

— Obrigada... — respondi, esperando que me dissesse seu nome.

— Ah, sou o Matthew, mas todo mundo me chama de Matt.

— Matt — sorri. — Você também trabalha aos domingos?

— Sou responsável pela parte de informática. Imagine se a internet do *Press* cai? Ou se nossos servidores forem hackeados e tiverem acesso às informações dos assinantes? Eu sei. É uma merda estar sempre disponível, mas... aqui é o *Press*. Ou você mergulha cem por cento ou não trabalha. O mundo precisa de nós, não é?

— Diga isso para todos os que foram embora. — Examinei a sala com a sensação de estar no meio de um deserto.

Ele passou os olhos ao redor e logo voltou ao computador. Matt digitou algumas senhas, instalou programas que eu nunca usaria e, em seguida, fez um rufar de tambores com as mãos na mesa.

— Espere um segundo e... tchãram. Pronto.

De repente, a caixa de entrada do Outlook encheu com trezentos e cinquenta e-mails que eu não pretendia responder.

— Você quer que eu limpe?

— Não, deixe aí. Tudo bem. Assim não vou ficar entediada.

— Perfeito. Se precisar de alguma coisa, estou no segundo andar.

— Obrigada, Matt.

— E... se quiser ficar para tomar algo, posso te dar meu número.

Ele me estendeu um papel, que peguei, surpresa.

— Hã... eu não...

Uma parte minúscula de mim sentiu pena. Outra, porém, a mais dominante, medo. Apesar de tudo, apesar dos anos, aquela cicatriz ainda estava ali, lembrando-me de que eu não podia me deixar levar.

— Desculpe se fui muito... — Ele fez uma pausa, como se tivesse que pensar bem no que queria dizer. — Sempre gostei muito de como você escreve.

— Obrigada, Matt. Não tem problema. Se eu precisar de alguma coisa, vou chamá-lo.

— Quando quiser — disse ele, num tom que parecia ter se esquecido da proposta.

Foi curioso. Até me oferecer seu número, eu não havia olhado para o Matt como alguém do sexo oposto. Porém, na verdade, ao não dar nenhuma importância à minha negativa, ele ganhou vários pontos. Notei que era magro, usava uma camiseta de linho de manga curta e o cabelo caía na testa como se não se preocupasse demais com a aparência.

— Olha, talvez eu ligue para você — eu disse, tentando redirecionar minha surpresa inicial.

Por que eu falei aquilo? Não sei. Talvez estivesse tentando lutar contra meus demônios.

— Legal — respondeu ele, surpreso.

Em seguida, voltou o olhar para a tela do meu laptop para configurar a impressora e alguma coisa da internet.

— Tenho um computador novo que eu deveria... aproveitar — acrescentei. Eu era péssima nisso.

— Legal — repetiu ele, imóvel.

Ele estava perdendo em segundos tudo o que tinha conquistado com sua segurança. Voltou à caixa de e-mails para configurar minha assinatura corporativa.

— Vou testar o SMTP para ver se está funcionando e... sim, funciona. Ué! Isto é estranho — disse Matt, surpreso ao ver a tela. — Chegaram dois novos e-mails do mesmo remetente.

— O que disse?

— Dois da mesma pessoa. Deve ser um erro do servidor... espere. Vou remover os duplicados e...

Eu me aproximei para olhar por cima do ombro dele o nome de quem os tinha enviado e quase fiquei quase sem ar.

— Você conhece um tal... Jim Schmoer? — perguntou, ao mesmo tempo em que eu lia o nome.

— Jim? — respondi, surpresa.

— Certo, isso é um sim.

— Você terminou? Pode me deixar sozinha? — cortei.

— Ah...

Ele se levantou da cadeira e disse alguma coisa, mas não prestei atenção. Sentei-me e ele voltou a falar, embora nesse momento eu só escutasse a minha mente.

— Perdão? — perguntei, distraída.

— É... seu namorado?

Bufei. Em seguida, dei um sorriso condescendente. Tinha aprendido a fazer isso durante a infância, ao ver minha mãe sorrir assim para meu pai quando ele inventava alguma desculpa para explicar por que chegava tarde do trabalho. Quando você é mulher, é inevitável aprender a sorrir desse modo. Estranho. Atento. Agressivo. Esse tipo de sorriso é o sinal de que você não é idiota. Minha mãe não era, e meu pai sabia.

— Olha, Matt, você é um amor, mas eu...

— Perdão, você tem um parceiro — disse ele, interrompendo-me. — Entendo. Não... não tem problema. Me meti onde não...

— Calma, Matt. Ele não é meu namorado. Mas... não é assunto seu. Você não deveria ler os e-mails dos outros. Além do mais, tenho coisas para fazer. Só isso. Obrigada por... deixar tudo pronto.

— Está bem. Sinto muito se...

— Esqueça isso — interrompi.

Sorri de novo como minha mãe. Eu estava tomando gosto por aquilo.

Ele se virou, pronto para ir embora, e eu me senti uma merda. Sem querer, pois isso é algo que ninguém quer, eu tinha aprendido a afastar qualquer um que representasse uma ameaça à minha solidão com a mesma facilidade com que aqueles três caras haviam me usado como um trapo. Aquela noite estava sempre à espreita, a todo instante. Então, o disparo soou em minha cabeça, e voltei àquele momento no beco. Meu peito ardia. Em minha boca, sentia o sabor da justiça e, em seguida, eu me sentia péssima. Sempre na mesma ordem, sempre a mesma... tristeza.

Nos anos anteriores, eu não tinha permitido que alguém se aproximasse de mim. Afastava-os, distanciava-me, desaparecia. Minhas feridas me impediam de amar, porque, no fundo, sentia que todo mundo poderia me machucar. A única pessoa que havia conseguido romper minha armadura tinha sido Jim, mas também para ele eu havia levantado um escudo invisível quando percebi que se aproximava demais. Para mim, era impossível agir de outra maneira. Aquela raiva havia se instalado de maneira definitiva em algum lugar do meu interior, como se fosse uma fera de três cabeças que guardava as portas do meu próprio inferno.

— Matt! — gritei enquanto ele se afastava. — Obrigada.

Ele levantou a mão gesticulando um de nada, mas fez isso acompanhado de um sorriso igual ao meu. Ele havia aprendido rápido.

Em seguida, suspirei e me concentrei nos e-mails que Jim tinha me enviado. Queria me livrar deles antes de me conectar ao site do *Press* para ler logo a prévia sobre Allison. O primeiro era um texto curto de poucas linhas, enviado à meia-noite, que me deixou inquieta: "Miren, é o Jim. Parabéns pelo sucesso do livro. Tentei ligar, mas parece que você trocou de número. Preciso falar com você. É urgente. Com carinho, Jim".

Depois daquele inesperado acidente de carro, Jim foi me visitar no hospital várias vezes. Sempre mantivemos certa proximidade, mas também uma leve distância, e aquelas visitas me sobrecarregaram. Lembro que até minha mãe me perguntou por que meu antigo professor de Columbia me visitava tanto. Admito que eu era incapaz de definir minha relação com Jim e odiava ter que fazer aquilo. Eu gostava dele, mas também detestava sua preocupação e sua atenção constantes. Um dia, no hospital, despertei de um longo cochilo com o som de uma conversa ecoando na minha cabeça: Jim e minha mãe papeavam enquanto eu dormia, ambos com um café na mão. Fingi por um tempo que estava dormindo e ouvi os dois falando sobre mim. Sou jornalista, é impossível segurar minha curiosidade. Eu o escutei dizer à minha mãe que se importava comigo. Que me via como alguém especial. Aquilo me fez sentir tanta vertigem que simulei um grito de dor para que as enfermeiras viessem e os tirassem dali sem que eu precisasse dizer nada.

Seu carinho me machucava. Eu ficava angustiada por ele me entender tão bem. Ele era mesmo a única pessoa que tinha conseguido isso em todos esses anos?

Quando enfim recebi alta do hospital, decidi não o avisar e pus um ponto-final naquilo. Também não comentei que estava me mudando da minha antiga casa, no Bronx, para um pequeno estúdio em West Village. Troquei o número de telefone e, por um tempo, tentei esquecê-lo. E mais, se não fosse por esses e-mails, nossa distância aumentaria ainda mais e, com o tempo, aquele vínculo que nos unia talvez acabasse desaparecendo. Uma parte de mim desejava isso. Não por vontade própria, mas por medo. Estive prestes a excluir as duas mensagens, mas, por que tive que abrir a segunda? Talvez tudo tivesse sido diferente se eu não tivesse feito aquilo.

Havia sido enviada às sete da manhã, uma hora antes da minha chegada ao edifício do *Press*.

"Miren. Eu não insistiria se não fosse realmente importante. Sei que talvez eu tenha sido um pouco cansativo no hospital, mas acho que tenho algo para você. É sobre Allison Hernández. Li a prévia sobre a descoberta do cadáver no site do *Press* há alguns minutos. Não tenho outro jeito de entrar em contato com você. É sério. Também é sobre Gina Pebbles. Talvez você se recorde dela. Ligue para mim no 555-0134. Jim."

No texto do e-mail, o nome de Gina Pebbles se destacava do resto como duas palavras capazes de acabar com tudo. O de Allison parecia ganhar impulso sem que eu soubesse como aquela história começava a crescer para se espalhar na minha frente como cartas de baralho. Peguei o telefone nesse mesmo instante e disquei o número.

E ouvi a voz dele. Tão calorosa e indiferente. Tão próxima e ao mesmo tempo distante.

— Sim?

— Prof. Schmoer?

— Miren?

— O que você tem sobre Allison e Gina Pebbles?

— Quanto tempo! Fico... fico feliz que tenha me ligado.

— Sim, bom... estou um pouco ocupada.

— Eu sei. Vi seu livro nas vitrines. Parabéns... Acho que não há ninguém que mereça mais do que você.

Fiz uma pausa. Eu não sabia como responder àquilo.

— Vi seu e-mail — acrescentei, por fim.

— Podemos nos ver? É profissional. Sei que talvez eu tenha feito você se sentir um pouco desconfortável. Só... estava preocupado com você.

— Não preciso que ninguém me proteja. Você sabe, né?

— Sei. Por isso não insisti. Quando você saiu do hospital, achei que demoraria um tempo para nos vermos.

— Por que me escreveu?

— Acho que pode te interessar.

— Não pode me enviar por e-mail?

— Preferiria mostrar pessoalmente.

Respondi com um silêncio. Eu não gostava de implorar.

— Estou enrolada. Voltei para o jornal e...

— Ontem, no começo da noite, um perfil anônimo me enviou uma fotografia de Allison Hernández... crucificada. Suponho que você saiba que o corpo dela apareceu, assim como a cidade toda já sabe.

— Sim. Acabei de voltar e vou começar com um artigo sobre ela. Algo que estenda a notícia além dos... bem, dos fatos.

— Miren, ainda não publicaram em lugar nenhum que ela foi crucificada.

— Não?

— O *Press* só deu a notícia de que o corpo havia aparecido, como os outros jornais e canais de televisão. Suponho que, enquanto não tiverem uma confirmação oficial, não vão querer brincar com algo tão escabroso. Consegui falar com a comissária de polícia de Rockaway. Eles não me confirmaram nada, mas o silêncio diante das minhas perguntas é muito revelador.

— E você disse que alguém te mandou uma fotografia da Allison?

— Isso. Alguém me enviou a foto dela às sete da noite. O artigo do *Press* diz que os dois garotos encontraram o corpo às oito. Me mandaram a imagem uma hora antes de o cadáver ser descoberto.

— Ainda não tive tempo de ler... Você pode me enviar essa fotografia?

— Não se for publicá-la.

— Jim...

— Na foto, ela parece estar com vida. É a imagem de uma garota prestes a morrer.

— Você mostrou para mais alguém? Para a polícia?

— Ainda não...

— Jim... isso não...

— Vou mostrar mais tarde. Primeiro, precisava falar com você.

— Por que comigo?

— A pessoa que me enviou a imagem de Allison também mandou um artigo seu de 2002, na época em que Gina Pebbles desapareceu.

Era como se o nome de Gina estivesse ganhando vida própria. Estava em todos os lugares e, ao mesmo tempo, em nenhum. Era um fantasma onipresente desde a noite anterior: na polaroid, em meus sonhos, nas recordações, em Rockaways.

— Por que acha que enviaram meu artigo para você?

— Você se lembra do caso?

— Passei a noite toda lendo o processo policial. Consegui uma cópia na época.

— Olha! E por que isso agora? Você também relacionou as duas?

— Relacionei? Não, eu... — hesitei, sem saber se contava a ele que alguém havia deixado a polaroid de Gina para mim na sessão de autógrafos, e que os dois casos tinham acontecido na mesma região.

— Você vem aqui em casa? No cruzamento da Hamilton Place com a 141.

Suspirei.

— Estava pensando em passar por Rockaways à tarde e perguntar em algumas igrejas. Talvez eu possa dar um enfoque diferente ao artigo que preciso escrever. Você pode vir comigo e me contar tudo? Traga a foto.

— Combinado — respondeu ele.

— Eu te busco. Tenho um carro novo que quase não uso.

— Quando?

— Agora mesmo — afirmei, pouco antes de desligar.

13.
Nova York
24 de abril de 2011
Dois dias antes
Jim Schmoer

Não é fácil dissimular a emoção que nasce
quando você admite que não acabou.

Assim que acabou de falar com Miren, Jim imprimiu a fotografia e a conversa com @godblessthetruth. Tomou um banho rápido para se recuperar da noite passada em claro lendo tudo o que havia sido publicado sobre Gina Pebbles. Era pouco, mas, quanto mais lia, menos dúvidas tinha de que o desaparecimento dela estava ligado à morte de Allison. Vestiu uma calça jeans, uma camiseta branca, os óculos e um suéter. Assim que ficou pronto, desceu para a rua, entrou na delicatéssen e pediu um *latte* com baunilha para viagem e uma coca-cola para Miren. Durante todas essas etapas, não perdeu de vista o cruzamento das ruas onde Miren deveria buscá-lo, na Hamilton Place com a 141.

Era meio-dia, e tudo parecia indicar que aquele café seria seu almoço. Esperou esfriar um pouco para dar o primeiro gole e, bem quando ia fazer isso, um New Beetle bege buzinou duas vezes.

Levantou-se depressa e viu Miren ao volante.

— Eu comprei uma coca-cola para você — disse ele, como se tivessem passado apenas cinco minutos, e não vários meses, desde que tinham se visto.

— Hummm... Obrigada — retrucou ela, confusa.

— Quer que eu abra?

— Deixa no porta-copos — pediu Miren.

Ela arrancou na direção leste pela 141 e, de repente, encontrou-se circulando na Harlem River Road para atravessar o Queens pela ilha de Randalls. Ambos ficaram alguns minutos em silêncio, talvez procurando as palavras certas, talvez pensando em seus erros, quando, de súbito, Miren foi direta:

— Não foi bom você ter ido tanto ao hospital. Minha mãe pensou que tínhamos alguma coisa.

— Entendo.

— Ela me perguntou desde quando eu estava saindo com meu antigo professor.

— Sério? Em todas as vezes que falei com ela, tomava cuidado para não dizer nada que sugerisse isso.

— E as flores?

— Você estava internada num hospital. É comum levar flores para pacientes.

— E os bombons?

— Você não gosta de chocolate?

— Não se faça de bobo.

— Olha, Miren, vou ser muito franco. Talvez eu tenha sentido que você estava sozinha. Inclusive, sua mãe me contou que nenhum colega do jornal tinha ido te ver. Apenas sua editora. Gostei muito dela, na verdade.

— Você foi me ver por pena?

— Não quis dizer isso.

— Parece que sim.

— Senti que você precisava que alguém além de seus pais estivesse lá. Mas... pelo visto me enganei.

— Não preciso de ninguém. Ficou claro? Minha vida está bem assim. Sem gente que se preocupa comigo porque estou sozinha. Você me perguntou como eu queria estar? Tem quem goste da solidão. Nem todo mundo precisa estar com alguém o tempo todo se intrometendo em suas coisas. Eu não sou assim. Gosto de ler. Gosto do silêncio. Não quero perto ninguém que... — interrompeu o que ia dizer.

Jim suspirou e a incentivou:

— Continue com o que tem que dizer. Parece bom.

— Não. Acabei.

— Olha, Miren, minha vida é um desastre, e você não conhece nem um décimo dela. A última coisa que quero são mais complicações. Eu me importo com você porque acho que seu jornalismo é... diferente. Como deveria ser. Pessoalmente, você é apenas uma boa ex-aluna que quero que continue lutando pela verdade. Não tenho nenhuma intenção além do estritamente profissional. E este assunto sobre Allison Hernández é sério.

Miren não respondeu, mas pegou o volante com um gesto que Jim entendeu como aquelas últimas palavras a haviam afetado.

— Nem sei por que te liguei — afirmou ela.

— Eu sei — disse Jim —, porque acho que a história que se esconde aqui é maior do que Allison.

— Eu também acho, embora ainda não saiba o porquê — respondeu Miren, dessa vez engolindo o orgulho.

Uma parte dela queria continuar sozinha. Outra, porém, precisava de alguém em quem se apoiar.

— Ok, tem algo que você não me contou, certo? — descobriu o professor.

Miren se conteve alguns instantes, protegendo aquele segredo, mas em seguida admitiu.

— Abra o porta-luvas — disse ela.

O professor abriu e encontrou a polaroid da garota amordaçada. No rodapé da imagem, o nome de Gina se destacava ao lado do ano em que ela tinha desaparecido. Ele observou a imagem por alguns segundos antes de falar.

— É ela? Esta é a Gina?

Miren assentiu em silêncio.

— Quem lhe deu a foto?

— Não sei. Alguém deixou isso para mim ontem à noite, durante a última sessão de autógrafos do livro. Estava dentro de um envelope que dizia "Quer brincar?". Não sei de mais nada.

— Você viu quem deixou o envelope?

— Tinha muita gente na sessão, não consegui ver. Deixaram sobre a mesa sem dizer nada.

— Você tem certeza de que é Gina Pebbles?

— A foto está um pouco embaçada, e a mordaça cobre parte do rosto, mas parece ela. Está com a mesma roupa que usava quando desapareceu em 2002. O cabelo loiro. Magra. Pela posição das pernas, eu diria que mede um e sessenta. Como Gina.

— Então essa foto é de 2002?

— Exato. Sem dúvida a pessoa que deixou o envelope foi responsável por sequestrá-la e tirar essa fotografia. Antes de... Deus sabe o que fez com ela depois. Provavelmente Gina está enterrada num lugar que nunca será encontrado.

— Não acha que ela está viva?

— Nove anos depois? Impossível. Quem tem a capacidade de fazer uma foto assim só pode ser um sádico. Um fetichista que a tirou para servir de recordação. Li muito sobre eles. Pegam suas vítimas, brincam um pouco até se cansar e... fim.

Jim pegou o celular e tirou uma foto da polaroid, para caso ela se perdesse ou estragasse. Depois perguntou:

— E por que acha que a deram para você agora?

— Não sei. Acho que ele leu minha reportagem sobre Kiera e ficou incomodado que eu troquei Gina por ela. Talvez ele queira me desafiar, ou queira que eu volte ao caso.

Jim ficou em silêncio. Nesse instante, eles se aproximavam da ponte Marine, que conectava a parte continental do Queens com a península de Rockaways.

— Encontraram a mochila de Gina na área mais isolada de Rockaways, em Breezy Point, entre arbustos e lixo acumulado.

— Eu sei. Li no texto que ele me enviou. Fiquei a noite toda passando de uma notícia a outra.

— Você acha que os dois casos estão conectados? — perguntou Miren, sem querer contar ainda suas suspeitas.

— Tenho um mal pressentimento.

— Por quê?

— As duas estudavam no colégio Mallow, no Queens.

— Sério?

— Eu chequei. Passei a noite toda tentando entender o motivo de @godblessthetruth ter me enviado a fotografia de Allison e o artigo.

— Pode ser que seja a mesma pessoa que foi à minha sessão de autógrafos e deixou para mim o envelope.

— Mas por que ele avisaria a nós dois? Se ele quer que você procure Gina, não teria por que me avisar também.

— Você aparece no meu livro. Você é... o mentor. Talvez ele fantasie sobre jogar contra nós dois. Ou talvez quisesse garantir que alguém procurasse a garota. Que pelo menos um entrasse no jogo dele.

O professor assentiu, conformado, enquanto ainda segurava na mão o café intacto. Eles atravessaram a ponte e, ao chegar do outro lado, parecia que estavam em outra cidade. Espaços amplos, construções baixas. Era como se tudo ali, em Rockaways, tivesse se espalhado pelas ruas depois de cair do céu. Estacionaram o carro numa esplanada ao lado do parque Riis e caminharam alguns minutos na direção do centro de Roxbury, um dos bairros que ocupavam a península. Jim carregava numa mão a pasta, e na outra o café frio. Miren levava a coca-cola e uma mochila onde havia guardado alguns papéis do caso de Gina e um gravador Zoom H4n, que comprara havia alguns anos.

— Você carregou esse café no carro o caminho todo e ainda não tomou um gole. Você planeja beber ou está usando o copo como acessório? — perguntou Miren em tom jocoso.

— Eu gosto de tomá-lo frio.

— E por que você não pede com gelo?

— Não teria o mesmo sabor. O truque está na proporção de água, leite e baunilha. Se encher de gelo, estraga a mistura.

Miren riu e se surpreendeu ao escutar o próprio riso. Em seguida, Jim levou o copo à boca e finalmente deu um gole, que cuspiu como se tivesse bebido água sanitária.

— O que foi? — gritou Miren.

— Caramelo. Ele pôs calda de caramelo outra vez. O barista me odeia.

O professor se aproximou de uma cesta de lixo e jogou o copo sem hesitar.

— Bem. Qual é o plano? — perguntou Jim, sem parecer se importar por ter acabado de jogar o café fora. — Quem você veio ver em Roxbury?

Miren olhou para ele admirada.

— Uma hora esperando o café esfriar para jogar fora? Que diferença faz se é caramelo ou baunilha? É doce. É usado para adoçar. Não tem importância.

O professor parou de repente, enquanto Miren sacudia a cabeça, incrédula, e arqueava as sobrancelhas.

— Quando eu era pequeno, meus pais faziam panquecas todos os domingos no café da manhã. Era um acontecimento. Eu gostava de jogar calda de caramelo e pedaços de banana por cima delas. Um dia, levantei antes de todo mundo, fui à cozinha, peguei a calda de caramelo e bebi como se fosse uma garrafa de leite.

— E não passou mal?

— Claro que sim. Passei uma semana grudado no banheiro, sem dormir. Por que acha que sou incapaz de tomar calda de caramelo?

— Você acabou de inventar essa história, né?

— Bem que eu queria. Sinto falta da felicidade que era comer algumas panquecas com caramelo sem vomitar de nojo.

Miren deixou escapar um sorriso, que não demorou para desaparecer. Em seguida, apontou uma cafeteria que havia na esquina, em pleno centro de Roxbury, chamada Good Awakening, e acrescentou:

— Eu te convido para um café e você me mostra a foto e o que mais tiver.

— Ali?

— Quero... conversar com as pessoas do bairro. A família de Gina vivia a uns cem metros daqui. Os grupos de busca se organizavam todas as manhãs no Good Awakening. Os tios de Gina pagavam cafés aos voluntários, decidiam que áreas rastrear e, no fim da tarde, voltavam para afogar as mágoas.

— Como você sabe de tudo isso? — perguntou Jim, confuso.

— Acompanhei o caso e participei das buscas. Não chegamos a nada, apesar de a mochila ter aparecido em Breezy Point, aquela área abandonada na ponta de Rockaway. Publiquei um artigo, esse que enviaram a você, mas depois... Fora a mochila, nunca mais apareceu nada. Não encontraram nada que indicasse o que poderia ter acontecido. A polaroid é... alguma coisa, acho.

— Você chegou a falar com a família dela?

— Diretamente? Acho que uma vez falei com o irmão, quando ele tinha oito anos. Eu era mais uma no grupo de busca, embora não muito bem recebida. Quando publiquei o artigo, alguns viram a minha presença ali com suspeita, então tentei não me misturar com ninguém. Depois, quando o grupo de voluntários foi ficando cada vez menor, deixei de vir. Todos os vizinhos de Roxbury a procuraram durante um mês. Alguns colegas da classe dela também se juntavam ao grupo à tarde. Era... como se o mundo a tivesse engolido.

— Não sabia que você tinha ficado tão por dentro do caso.

— Estive perto, não "por dentro". Depois, quando a febre para encontrar a menina passou, eu me concentrei no caso de Kiera e... mudei o foco. Não tinha chegado a lugar nenhum... Ninguém parecia querer falar. Todos queriam encontrar Gina, mas ninguém parecia ter visto nada. Vamos entrar?

— Você não deu nem um gole na sua coca-cola.

— Preciso de algo mais... forte. Você não é o único que passou a noite sem dormir.

14.
Roxbury
4 de junho de 2002
Relatório da conversa entre Ethan Pebbles e o agente Warwick Penrose

Consta no presente relatório que Ethan Pebbles, menor de idade, nascido em 25 de março de 1994, está acompanhado de seus tios Christopher e Meghan Pebbles, residentes em Roxbury, no Queens, e tutores legais de Gina e do próprio Ethan, que consentiram que fosse realizada a seguinte conversa. A dra. Sarah Atkins, psicóloga infantil, encontra-se presente para dar assistência a Ethan se necessário.

TRANSCRIÇÃO DA CONVERSA

AGENTE WARWICK: Olá, Ethan. Quero só fazer algumas perguntas pra gente poder encontrar logo a Gina. Tudo bem?

ETHAN PEBBLES: (*Assente.*)

WARWICK: Quando foi a última vez que você viu sua irmã?

ETHAN: Ontem de tarde na saída da escola. Depois que a gente passou na ponte, ela disse para eu continuar, que logo me veria em casa. Ela foi na direção de Neponsit e eu continuei vindo pra cá, pra Roxbury.

WARWICK: Ela deixou você voltar sozinho?

ETHAN: (*Assente de novo.*)

WARWICK: Você voltou andando da escola? Não tem um ponto de ônibus aqui do lado?

ETHAN: Fazemos uma parte do caminho a pé e outra de ônibus. Quase sempre fazemos assim. Descemos ou subimos no ponto que tem do outro lado da ponte. A gente sai de casa às oito e vai junto para o ponto de ônibus. Quando o tempo está bom, atravessamos a ponte andando e adiantamos vários pontos. O ônibus dá uma volta completa por aqui antes de voltar para… o Queens e ir para a escola.

WARWICK: Quando você diz "por aqui", está se referindo a quê?

ETHAN: A Rockaways. Você sabe. O ônibus vai pegando gente até Breezy Point e em seguida volta para Seaside. Ali ele dá a volta, vai de novo para Roxbury e atravessa a ponte para o Queens. Ontem fizemos isso. O tempo estava bom, então caminhamos e pegamos o ônibus no ponto que fica do outro lado, a dez minutos do colégio. Na saída fizemos a mesma coisa. Pegamos o ônibus ao lado do colégio e descemos antes de atravessar a ponte, para evitar essa volta toda.

WARWICK: E por que tanta dificuldade para percorrer esse trecho? Não seria melhor subir no ponto aqui em Roxbury e fazer o trajeto de ônibus desde o começo?

ETHAN: Eu fico enjoado. Assim ficamos menos tempo no ônibus. Gina faz isso por mim. Ela também gosta de passar pela ponte. Tem uma vista bonita.

WARWICK: Mas é uma boa caminhada. A ponte é longa. Quanto tempo vocês levam andando? Quarenta e cinco minutos daqui até o ponto do outro lado?

ETHAN: Sim, mais ou menos. O ônibus leva o mesmo tempo para dar toda a volta por Rockaway, porque as paradas demoram bastante enquanto esperamos as outras pessoas. Não ganhamos nem perdemos tempo e aproveitamos essa meia hora para caminhar e chegar antes que ele volte de Roxbury. Gina gosta de ver a água e os barcos passando debaixo da ponte. Às vezes, a gente brinca de contar os carros de uma cor. Ontem chegamos na escola na mesma hora de sempre. Me despedi dela na entrada, e ela foi com o pessoal da sala dela.

WARWICK: Entendo. Então, na volta da escola, vocês fizeram isso?

ETHAN: Na saída pegamos o ônibus em frente à escola. Quando começo a ficar enjoado, descemos um pouco antes de entrar na ponte. O ônibus faz o mesmo caminho, mas no sentido contrário, e tem que passar por Rockaway inteiro antes de parar em Roxbury. Atravessar a ponte a pé leva o mesmo tempo, mas evita o meu enjoo. E foi isso o que aconteceu ontem.

WARWICK: Ok. O que você diz se encaixa com o que... Hannah Paulson, colega de classe da sua irmã, nos contou ontem. Ela viu Gina descer com você do ônibus no ponto que você menciona, do outro lado da ponte. Aconteceu alguma coisa ontem, enquanto vocês atravessavam a ponte num sentido ou no outro? É uma caminhada e tanto. Passam muitos carros. Sobre o que vocês conversavam na volta?

ETHAN: Nada. Fazia um tempo que ela mal falava comigo. Parecia que eu tinha feito alguma coisa e ela estava chateada. Eu disse que não me importava em aguentar um pouco e continuar no ônibus, mas ela... quis descer e caminhar. Ficou em silêncio o tempo todo, e quando eu perguntava alguma coisa, ela me... me ignorava. Ela não estava muito a fim de brincar. Eu contei quarenta carros vermelhos. Ela contou trinta e um. Lembro disso porque ela sempre conta mais que eu. Menos ontem. Eu disse que ela tinha pulado alguns de propósito.

WARWICK: Aconteceu alguma coisa nos últimos tempos que a fez ficar mais distante de você?

ETHAN: Ela disse que não entendo ela. Que sou criança.

WARWICK: Faz tempo que ela está assim, diferente?

ETHAN: Sim, ela conversa comigo, mas... está... mais triste. Faz uns seis meses talvez. Desde... o Natal.

WARWICK: Ela não contou o motivo?

ETHAN: (*Nega com a cabeça, em silêncio.*)

WARWICK: Sr. e sra. Pebbles, vocês se importariam de nos deixar a sós?

MEGHAN PEBBLES (*tia de Gina*): Claro que nos importamos. Não queremos que vocês o destruam com suas perguntas. Ele é apenas uma criança, pelo amor de Deus. Só tem oito anos. Já está se esforçando bastante, vocês não acham?

WARWICK: Ele estará bem amparado pela dra. Atkins.

MEGHAN PEBBLES (*tia de Gina*): Não vamos deixar Ethan sozinho. Ethan, querido, não responda se não quiser.

ETHAN: (*Começa a chorar.*)

WARWICK: Ethan... sei que é difícil, mas tem que fazer um esforço. Sua irmã precisa de você. Pode me contar qualquer coisa que o esteja incomodando.

MEGHAN PEBBLES (*tia de Gina*): Isso é realmente necessário? Enquanto estamos aqui, nossa sobrinha pode estar em qualquer lugar. Sabia que isso era um erro e uma perda de tempo.

WARWICK: Por favor... pode ser importante.

ETHAN: (*Faz um gesto para falar, mas se arrepende.*)

WARWICK: Você se lembra de Gina ter falado alguma coisa ontem? Qualquer coisa. Mesmo que você ache que não é importante.

ETHAN: Sim. De manhã, ela me... me disse que tinha que falar com o Tom, o namorado dela.

WARWICK: Namorado? Ela tem namorado? Os colegas de classe não mencionaram isso.

ETHAN: Sim. É... o Tom Rogers. Um garoto da escola. Acho que é da turma dela. Ele veio várias vezes em casa. Depois parou de vir.

WARWICK: Você sabe por que ele deixou de vir? Eles terminaram ou algo assim?

MEGHAN PEBBLES (*tia de Gina*): Isso é necessário?

WARWICK: Pode ser que seja, senhora.

MEGHAN PEBBLES (*tia de Gina*): Esse garoto não é bem-vindo aqui. Não queremos nada com ele.

WARWICK: Por quê? Ele se comportou mal com Gina? Ele fez...?

MEGHAN PEBBLES (*tia de Gina*): Precisamos falar disso? Só saber suas intenções lascivas é mais do que o suficiente para que não volte a pisar neste lar. Ele é um degenerado. Um perturbado sexual. Na idade dele, deveria estar ajudando a comunidade, e não pensando em desvirginar meninas que ainda têm idade para brincar de boneca.

WARWICK: Perdão?

MEGHAN PEBBLES (*tia de Gina*): Ele só queria... deflorar a Gina. Não vai à igreja. Não reza. Eu o vi beijar Gina no quarto dela quando veio fazer um trabalho de escola. Eu o expulsei e disse para não voltar mais. Minha sobrinha não vai sair com alguém que não crê na bondade de Nosso Senhor e no respeito à família.

WARWICK: Está bem. Entendo. Quando isso aconteceu?

MEGHAN PEBBLES (*tia de Gina*): Faz dois meses.

WARWICK: Dois meses. Certo. Ethan, você sabe se eles continuaram se vendo?

ETHAN: (*Fica em silêncio, cabisbaixo.*)

Consta que o sr. CHRISTOPHER PEBBLES, tio de Gina, saiu do recinto.

WARWICK: Sua irmã contou para você se ela tinha algum problema na escola?

ETHAN: Não. Nada. Só que... bom, que não gostava de rezar.

WARWICK: Suponho que vocês sejam religiosos em casa.

ETHAN: Acho que sim.

WARWICK: O que você quer dizer?

MEGHAN PEBBLES (*tia de Gina*): Somos uma família cristã, caso seja a isso que se refere, agente. Claro que acreditamos em Deus e tentamos incutir nas crianças a educação religiosa que eles não receberam em casa. Minha cunhada era uma boa mãe, mas quando as crianças vieram para cá, tentamos compensar todos os anos de anarquia espiritual. Acho que o que aconteceu com os pais deles foi um castigo divino por todos aqueles pecados.

WARWICK: O que aconteceu com eles? Você poderia me dar alguns detalhes?

MEGHAN PEBBLES (*tia de Gina*): A casa deles pegou fogo à noite, enquanto dormiam. Eles morreram queimados. Graças a Deus as crianças saíram pela janela. Não desejo isso a ninguém, mas vendo a vida que minha cunhada e o marido levavam, acho que foi o melhor que poderia acontecer para as crianças.

ETHAN: (*Começa a chorar.*)

DRA. ATKINS: Acho que deveríamos falar sobre isso em outro momento. Já é o suficiente. Não?

MEGHAN PEBBLES (*tia de Gina*): Eles bebiam, não rezavam, não iam à igreja. Minha cunhada não merecia ter filhos. Ela sempre foi uma sortuda mal-agradecida.

ETHAN: Minha mãe era boa. Não era como você. Gina te odeia. E por isso ela não está aqui! E eu também te odeio!

MEGHAN PEBBLES (*tia de Gina*): Por favor, Ethan, você diz isso porque está bravo. Nós te amamos. Cuidamos de vocês. Damos a melhor educação possível.

ETHAN: Mas você nunca vai ser como ela!

Por recomendação da dra. Atkins, a conversa é adiada para outro momento.

15.
Roxbury
24 de abril de 2011
Dois dias antes
Miren Triggs

De onde você pode saltar sem se quebrar em mil pedaços?

Assim que entramos na cafeteria Good Awakening, me dei conta de que tudo estava mais ou menos como eu lembrava. O ambiente triste, a madeira das mesas sem pintura, com um banco de cada lado, em vez de cadeiras. Ao fundo, encostado no balcão, um cara de uns sessenta anos era tão familiar que me deu a impressão de que fazia uma década que ele estava ali, tomando o mesmo café. Um alvo para dardos decorava uma das paredes laterais ao lado de uma flâmula dos Knicks, que parecia ter acumulado toda a poeira da cidade. Sobre uma prateleira havia uma televisão na qual passavam as notícias da NBC, inundando o ambiente com a tristeza da realidade. Além do homem mais velho, dois outros com barba espessa e boné bebiam cerveja, sentados numa das mesas da entrada, e uma senhora de meia-idade olhava absorta para a tela enquanto comia um sanduíche e tomava uma fanta laranja vermelha demais para ser daquele sabor.

O professor procurou a mesa mais distante da porta e esperou que eu me sentasse primeiro.

— Então era aqui que eles organizavam as buscas? — perguntou, acomodando-se.

Em seguida, olhou para o velho no balcão como se quisesse começar uma conversa com ele.

— Garoto! — gritou o homem para uma janelinha que dava para a sala atrás do balcão. — Chegaram clientes. Acorde!

Jim achou graça naquele gesto. Eu fiquei incomodada. A noite sem dormir, o som de um tiro.

— Você está bem? — perguntou Jim.

— Sim — respondi com um suspiro, intuindo o que estava prestes a acontecer.

De repente, um garoto saiu pela porta da sala e vagou atrás do balcão, nervoso. Agachou-se várias vezes, como se procurasse algo, e em seguida apareceu de novo com uma comanda na mão, sacudindo o pó com a outra. Aproximou-se de nós vestindo um avental branco com manchas de ketchup.

— Olá — cumprimentou-nos com a voz entrecortada. — O quê... o quê... vocês querem beber? Ou comer? Se quiserem comer algo... eu preferiria que... que não. A cozinheira não está, e sou eu que vou fazer. Ainda não me entendo bem com... com a chapa.

O velho sacudiu a cabeça, em silêncio, como se tivesse acabado de ver alguém cair num desses programas de videocassetadas.

— Dois cafés, pode ser? E o que você tem aí que não precisa usar a chapa?

— Pacote de batata chips. Isso... isso sim vai sair direito.

Jim deu uma gargalhada. Ele não sabia por que eu o tinha levado a essa cafeteria, mas preferi esperar. Tentei me conter, pois estava a ponto de explodir.

— Parece bom. Dois cafés e dois pacotes de Lays. Você tem Lays?

— Só tem Herr's de queijo.

Jim estalou a língua.

— Batatinha sabor queijo e café.

— Eu... eu sinto muito — acrescentou o garoto. — São as favoritas do seu Marvin, e ele sempre vem.

— E o sanduíche que aquela mulher está comendo? Você poderia fazer dois?

— É frio. De bacon.

— Cru?

O garoto assentiu, como se admitisse o desastre.

— Melhor a batata. Certo, Miren? — ele perguntou, me tirando do meu silêncio.

— Hã... sim. Melhor a batata. Meu café é puro, por favor.

O garoto saiu e eu o observei até que Jim se adiantou.

— Você quer ver a foto de Allison? — perguntou ele, abaixando o tom.

— Sim, claro.

Ele tirou da pasta uma impressão da fotografia e da conversa no Twitter. Eu me inclinei sobre elas como se estivesse prestes a cheirá-las.

— Não dá para ver muito bem. Desculpe. Minha impressora não tem muita qualidade.

— Ben Miller deveria vê-la. Você não acha? A foto de Gina também.

Ele assentiu, e eu observei a imagem em silêncio. O que vi foi pior do que tinha imaginado.

— É Allison mesmo?

Senti que ele confirmava, mesmo que eu não estivesse olhando para ele.

Sem dúvida era a fotografia mais enigmática que eu já tinha visto: a maneira como um borrão esbranquiçado em forma de mulher estava erguido na cruz, com uma atitude quase relaxada, e como duas silhuetas escuras das quais não se via o rosto a empurravam para o fundo. Via-se que a luz dourada do sol entrava por uma das janelas quebradas e como, à esquerda, apareciam um ombro e uma orelha de alguém vestido de branco e, à direita, várias cadeiras alinhadas para a frente.

— Quando você disse que foi enviada?

— Às sete da noite, mais ou menos. Como eu já disse, dois garotos encontraram o corpo por volta das oito. Por que a pergunta?

— Queria calcular se daria tempo de ele ir do lugar onde a imagem foi tirada até a livraria em que eu estava dando autógrafos ontem à noite.

— E?

— De sobra. Terminei a sessão por volta das dez da noite. Ele poderia estar em Fort Tilden no momento em que crucificaram Allison, ter enviado a imagem para você do celular e, em seguida, ido tranquilamente ao lançamento deixar a foto de Gina na minha mesa.

— Você acha de verdade que é a mesma pessoa?

— Há coincidências demais entre os dois casos, não acha? Ambas estudavam no mesmo colégio. Gina vivia aqui em Roxbury, e Allison, no Queens. Por outro lado, a última notícia que tivemos das duas é a mochila de Gina em Breezy Point e o corpo de Allison em Fort Tilden, lugares separados por... quanto? Quinhentos metros?

— Poderia ser aca...

— Acaso? Um acaso que @godblessthetruth parece que se empenhou para coordenar — questionei.

Ele me olhou arqueando as sobrancelhas e depois insistiu, como sempre fazia:

— Acha que só há uma pessoa por trás disso?

— Na fotografia de Allison parece que várias participam. Não sei. Não gosto disso. Além disso, a cruz...

— É um bom método para matar. O peso do corpo deixa sem ar em poucos minutos. O assassino nem precisa estar presente quando a vítima falece. Sim... é horrível. Não quero imaginar o que essa pobre garota sentiu nem o que os pais dela devem ter sofrido quando descobriram como a filha morreu.

— Eu vi os tios de Gina naquela época. Estavam realmente aflitos. Acho que posso intuir como eles vivenciaram aquilo.

— Mas não o que sentiram. Você só descobre se alguém tirar de você o que você mais ama. Acho que é como se... roubassem sua vida.

Eu me calei. Conhecia muito bem aquela emoção: vazio, solidão e uma tristeza que invade tudo. Eu era assim, em cada poro da minha pele, em cada gota de suor. Um corpo vazio, a inocência roubada; embora Jim parecesse ter esquecido a dor que sempre invadia a minha vida. Não o culpei. Eu nunca falava disso.

— Você sabe quando perderam Gina de vista? — perguntei, tentando estabelecer as bases de tudo o que sabíamos.

— Não. Sei que foi ao sair do colégio. Ela estava com o irmão, que tinha oito anos na época. Separou-se dele para ir à... à casa de uma amiga?

— Mais ou menos. Gina e o irmão Ethan saíram do colégio Mallow, no Queens, e subiram no ônibus rumo a Rockaways. Ambos desceram no ponto um pouco antes da ponte, porque parece que ela gostava de caminhar por ali. Eles atravessaram juntos e, uma vez do outro lado, já perto de casa, Gina disse para o irmão continuar sozinho até Roxbury, porque ia visitar o namorado Tom Rogers, que vivia no bairro vizinho, em Neponsit, na direção oposta a Roxbury.

— Neponsit?

— Fica a uns dois quilômetros daqui, quando você deixa Fort Tilden e o parque Jacob Riis pra trás, com casas que não têm nada a ver com as de Roxbury. São residências de luxo que parecem sempre recém-pintadas. Jardins bem cuidados, bons carros. Um lugar de gente mais próspera. Aqui em Roxbury... bom, há de tudo. É uma área cercada de ruas não pavimentadas, nas quais a areia da praia serve de estrada. As casas se empilham umas nas outras, como se tivessem sido amontoadas, tentando aproveitar um pedaço gigantesco de areia vazia. Há poucas coisas em Roxbury, exceto esta cafeteria, uma igreja e... bom, um enigma.

— Está bem.

— Depois que eles se despediram, nunca mais souberam de Gina. As câmeras da ponte gravaram os dois correndo juntos. Eles apareceram nas imagens feitas na entrada da ponte, na saída e nas duas torres intermediárias. Uma vez em Rockaway, não havia mais nada. O rastro se perdia. De acordo com o irmão, eles se despediram no cruzamento da ponte com o Rockaway Point Boulevard. Ele andou sozinho uns trezentos metros até chegar a Roxbury, pela calçada. Ela foi no sentido contrário, para Neponsit. Ethan disse que a viu atravessar para a ciclovia que tem do outro lado da rua, e a partir daí se acredita que ela dobrou a esquina do parque Jacob Riis, seguiu pelo estacionamento da Beach Boulevard para chegar a Neponsit. Se estava indo à casa do namorado, esse tal Tom Rogers, teria demorado uns vinte ou trinta minutos andando. Mas nunca chegou. O namorado ficou esperando a tarde toda. Ninguém a viu seguir por esse caminho nem denunciou nada estranho. Vários veículos estavam parados no estacionamento por onde Gina teria que passar, mas eram todos de gente que estava na praia aproveitando o dia ensolarado. Parece que ninguém a viu durante o trajeto.

— Como você sabe de tudo isso?

— Na noite passada analisei todo o arquivo de Gina. Eu não conseguia dormir. Ela vestia calça jeans azul, tênis vermelho tipo All Star, uma camiseta cinza com o nome Salt Lake estampado e uma mochila branca com um pequeno unicórnio bordado. Exatamente a mesma roupa que está usando na polaroid.

— Deve ter sido pega durante o percurso, alguém a jogou num furgão, amordaçou e... fim.

Ele se encostou na cadeira, derrotado, como se tivesse acabado de descobrir o cadáver de Gina em algum lugar da península de Rockaway.

— E o que você está pensando em fazer, Miren? Como você acha...?

— Espere — interrompi.

O garoto voltou com os cafés, e Jim e eu nos calamos, embora não tenha dado tempo de tirar a fotografia de Allison da mesa.

— Aqui estão os... dois cafés... e já trago as...

Ele parou de repente e nos olhou com uma expressão surpresa. Parecia que tinha visto algo que não deveria ter testemunhado. Saiu com pressa para detrás do balcão e ao chegar ali começou a recolher as coisas, nervoso.

— Você viu o que eu vi? — perguntou-me o professor, confuso. — Parece que esse garoto... sabe de alguma coisa.

— Você acha? — perguntei, tentando guiá-lo para o meu plano.

— Ninguém reage assim a uma foto escura que quase não dá para ver direito o que é. Deve saber do que se trata.

— Pode ser. Você acha que ele sabe de algo?

— Ou isso, ou está apaixonado por você.

— Você sabe por que viemos parar aqui, Jim?

— Você sabe de algo que eu não sei, certo?

Eu sorri, pronta para lançar a bomba:

— O garoto que está nos atendendo é Ethan Pebbles, o irmão de Gina.

16.
Escritório do FBI
24 de abril de 2011
Dois dias antes
Ben Miller

Qualquer momento passado te lembra o que você já não tem.

O som de um telefone e das risadas de dois agentes o despertaram pela manhã. Miller tinha desabado durante a noite, enquanto revisava o relatório de Gina Pebbles.

— Olha só ele. Como dorme! — sussurrou um dos agentes. — Parece uma criança depois de brincar no parque... e que de repente envelheceu setenta anos.

— Está na merda. Não encontra ninguém. Coitado. Vamos ver se ele se aposenta agora. Quantos anos ele tem? Com essa idade não deveria ter problemas para dormir? — perguntou o outro.

— Cala a boca que ele vai acordar! — resmungou a outra voz, entre gargalhadas.

Quando o inspetor abriu os olhos, a luz brilhante das lâmpadas do escritório o cegou por um tempo, e ele demorou para reconhecer as vozes de Malcolm e Ashton, dois agentes da Unidade de Pessoas Desaparecidas que estavam na casa dos trinta anos, cada um sentado de um dos lados da mesa, esperando Ben Miller despertar.

— Bom dia, Ben! Como dormiu, anjinho? — cumprimentou o debochado agente Malcolm.

— Não tem graça — pigarreou Ben com a voz rouca.

— Olha, eu trouxe o café e o jornal do dia pra você, mas não consegui encontrar nenhuma pantufa por aqui — disse Ashton, um cara de Boston com cabelo partido de lado e sorriso de comercial de pasta de dente.

— Que horas são?

O telefone tocou de novo enquanto Malcolm, com um bigode proeminente que parecia ter saído dos anos 1980, continuava com a brincadeira:

— Ben, não seria melhor, sei lá, começar a deixar as coisas complicadas para quem tem energia, como nós? Sua mesa está num lugar perfeito. Perto da janela, no fundo, com a tela de costas pra todo mundo. Quantas vezes você não ficou assistindo pornô nesse computador sem ninguém ver...

— Vocês não têm ninguém para procurar, não?

— Ah, sim. Estou com o caso de um avô que sumiu de casa. A família está louca atrás dele. Vou esperar um tempinho para ele poder se divertir um pouco antes que o levem de volta — disse Ashton, irônico.

— Sabia que muitas vezes se trata de uma pessoa com Alzheimer que se perdeu? Talvez ele precise de medicação — disse Miller, irritado.

— Calma, calma... — gesticulou Ashton, como se pudesse controlar o que acontecia fora do escritório. — Segundo disseram, ele foi embora em uma scooter elétrica. É um negócio que não corre muito, né? Ele não pode ter ido longe. Vai aparecer depois que fumar uns baseados e curtir um pouco.

O telefone continuava a tocar. Ben apertou a ponte do nariz como se esse gesto fosse cafeína e o fizesse despertar.

— Vi o que aconteceu com Allison Hernández — disse Malcolm, num tom ambíguo entre tristeza e ironia, que se confirmou assim que continuou a frase: — Horrível, de verdade. Não sei por que você dá tanto azar nos seus casos. De verdade, não queria estar no seu lugar.

Miller ainda se sentia um pouco deslocado ao despertar fora de sua cama. A noite o havia engolido entre páginas de declarações, fotografias, imagens de câmeras de segurança e mensagens de texto enviadas entre o grupo de amigos de Gina Pebbles.

— Com quem está agora? Gina... Pebbles — leu Malcolm num dos papéis que havia sobre a mesa. — Boa sorte com... uma garota de 2002? Caramba!

— Que tal me deixar em paz?

O telefone voltou a tocar, e enfim Miller o atendeu, irritado.

— Quem é? — gritou ele, como se estivesse atendendo a um vendedor de enciclopédias.

— Onde diabos você está, Ben?

— Lisa?

— Entendo que o seu trabalho é muito importante, mas e eu? Por acaso nosso casamento não é importante?

— Do quê...?

Lisa explodiu do outro lado da linha.

— Não vou mais te esperar. Lembrei você ontem à noite, antes de você sair. Vou ao cemitério. Espero que nosso filho saiba, onde quer que ele esteja, que pelo menos um de nós continua pensando nele. O reverendo Carlson vai celebrar um culto em memória do Daniel. Você não precisa vir.

A mulher desligou.

O inspetor levou as mãos à cabeça. Tinha esquecido. Levantou-se depressa e correu até a porta, ouvindo as risadas de Malcolm e Ashton, que se olharam desconcertados.

Dirigiu o mais rápido que o trânsito da manhã permitia. Atravessou a ponte do Brooklyn e entrou na rodovia 278, permeando o distrito até a ponte Verrazano-Narrows, que cruzou mudando de faixa a cada poucos metros para ultrapassar todos os veículos à sua frente. Pouco depois, estacionou na entrada do cemitério de St. Peters, em Staten Island, situado a apenas cinco minutos de onde moravam. Ligou para o celular de Lisa assim que saiu do carro, mas ela desligou na cara dele.

Miller caminhou com pressa pelo cemitério, ziguezagueando entre lápides cinza que emergiam da grama como pequenas torres retangulares de mármore. Ao longe, viu a esposa diante de uma delas, imóvel e com os olhos fechados. Assim que chegou ao lado da mulher, tocou-lhe a mão para que soubesse que estava ali.

— O reverendo foi embora há quinze minutos — disse Lisa, visivelmente magoada, mas sem abrir os olhos.

— Eu... eu sinto muito, Lisa.

— Sou eu que sinto muito, Ben. Achei que ele sempre nos uniria, sabe?

— Eu fiquei até tarde no escritório. Foi tudo um pouco... traumático.

— Sabe o que é traumático? Que seu marido não esteja ao seu lado quando você precisa, porque está procurando não sei quem, em vez de abraçar a esposa que passou a noite chorando.

— Por favor, não vamos fazer isso na frente dele — protestou Miller, quase num sussurro, tentando evitar o que sabia que estava prestes a acontecer.

— Dele? Pelo amor de Deus, Ben. Daniel não está aí. Nunca esteve. Hoje faz trinta anos. Trinta anos! Meu Deus! Parece que foi ontem. Trinta anos desde que ele desapareceu. Nunca vou superar. Você entende? Ele nunca estará aí porque nunca saberemos o que aconteceu.

Ben ficou em silêncio, tentando se recompor.

— E você acha que eu vou superar? Não entrei na Unidade de Pessoas Desaparecidas para encontrá-lo? Abri mão de tudo. De tudo, Lisa. Eu estava na contabilidade forense e era bom naquilo. Eu troquei tudo para procurá-lo. Para nunca perder de vista o mais importante.

— É o que você sempre foi, Ben. Um simples contador brincando de detetive, mas sem encontrar quem realmente importa: nosso filho. Quando você parou de procurar? Há quanto tempo não tenta achar novas pistas?

— Você está sendo injusta, Lisa. Você sabe que a realidade é avassaladora. Os casos não param de chegar, e... não sobra tempo para nada.

— Há quanto tempo?! — gritou Lisa.

Ben olhou para a lápide de Daniel. Não havia reparado que Lisa colocara um pequeno porta-retratos dourado com uma foto de quando seu pequeno tinha sete anos, a idade com que desapareceu.

— Desde quando colocamos esta lápide. Há quinze anos — admitiu ele, por fim.

Doeu-lhe perceber que há anos nem pensava que o filho poderia precisar dele. Imaginou que, se estivesse vivo, teria trinta e sete anos. A essa altura, poderia ter tido uma família e ter lhe dado netos. Vidas imaginárias costumam nos destruir por dentro, porque sempre estão cheias de grandes momentos. Era isso o que ocorria com Ben, que se imaginava numa cena em que, no Dia de Ação de Graças, lhe contavam a notícia de que a nora estava grávida; ou na qual discursava no casamento do filho que, emocionado, o abraçava. Fantasiou orgulhoso ele se formar na universidade e se perguntou, por um instante, com que Daniel trabalharia; talvez tivesse virado engenheiro ou astronauta, como queria aos sete anos. Imaginou-o sorridente, bebendo cerveja ao seu lado, conversando no quintal sobre a eleição de Obama para presidente dos Estados Unidos. Aquela vida que havia evaporado passou diante dele no mesmo instante em que Lisa se virou e o deixou sozinho diante da lápide.

Ela sacudiu a cabeça, com os olhos inundados de lágrimas que já haviam regado muitas vezes a grama do cemitério, e parou antes de ir embora de vez, acrescentando:

— Daniel desapareceu há trinta anos, Ben. Sabe quantas vezes imaginei que você voltava para casa com a notícia de que tinha encontrado o corpo dele?

Ben não respondeu.

— Todos os dias. Cada maldito dia que você voltava pra casa depois do trabalho. E toda noite, enquanto você dormia, eu chorava a morte dele. Porque preferia acreditar que ele tinha morrido e não precisava de nós, do que pensar que ele precisava e não conseguíamos encontrá-lo.

Ben se agachou sobre a lápide e Lisa se foi, deixando-o sozinho. Ele não conseguiu segurar o choro ao recordar o instante em que encontrou a bicicleta de Daniel jogada na calçada, sem sinal dele em lugar nenhum.

17. Roxbury 24 de abril de 2011 Dois dias antes Jim Schmoer e Miren Triggs

O problema de perseguir a verdade é que nunca sabemos para onde ela nos levará.

Ethan percebeu que Jim e Miren olhavam para ele e tentou escapar, escondendo-se na outra sala. Lá dentro, ele se encostou na porta e ouviu que o chamavam:

— Desculpe! — gritou Miren, depois de se levantar da mesa e se aproximar do balcão. — Você poderia nos ajudar com uma coisa?

O velho olhou para ela, estranhando, e depois gritou:

— Ô, garoto! Que jeito de atender é esse? Sai daí e vem atender essa linda jovenzinha.

Miren devolveu um sorriso para o velho e esperou em vão algum sinal vindo da outra sala. O professor permaneceu sentado à mesa, tentando assimilar que esse garoto era o irmão de Gina e se perguntando como diabos Miren tinha descoberto que ele trabalhava ali.

— Ethan, é importante — disse ela por fim. — Talvez você possa nos ajudar a entender algumas coisas. — Ela esperou, tensa, acreditando que a qualquer momento o garoto poderia sair correndo e que eles o perderiam de vista. — Não é nada de ruim, Ethan. Por favor. Tenho certeza de que você pode nos dar uma ajuda — acrescentou. — É sobre Gina.

A porta se abriu devagar, e ela viu primeiro os dedos de Ethan segurando a porta, depois a orelha e, por último, o rosto com uma expressão preocupada.

— Vocês são policiais? Como sabem meu nome? — perguntou ele, inseguro. — Não quero falar com mais ninguém. Eu não sei de nada. Já contei tudo que sabia.

— Policiais? Ah, não, não se preocupe. Só estamos tentando entender o que aconteceu com Allison, e gostaríamos de fazer algumas perguntas sobre esta região. O corpo dela apareceu a apenas trezentos metros daqui. Sabemos que Gina desapareceu por aqui também. Em algum trecho do caminho para a casa do namorado desde a última vez em que... que você a viu, por aqui, perto da ponte, em Neponsit. Só... estamos tentando descobrir se há alguma conexão entre as duas histórias. Só isso.

— Conexão?

— Sabemos que tanto Gina quanto Allison estudavam no Mallow. Na sua escola — acrescentou Miren.

Ethan assentiu e encostou no balcão. O velho se aproximou para escutar.

— Poderíamos ter esta conversa com mais privacidade? — sussurrou Miren, inclinando a cabeça para mostrar que o velho estava tentando ouvir.

— Posso sair do trabalho um pouco antes, sr. Davis? Só faltam quinze minutos para o meu horário.

O velho estava prestes a protestar, mas sabia que não entraria nenhum outro cliente e que todos que estavam ali já tinham pagado a conta.

— Deixaremos cinquenta dólares de gorjeta — disse Miren, lançando uma oferta irrecusável.

— Está bem. Mas não conta pra Louise que te deixei sair antes. Ela me mataria.

— Não se preocupe, sr. Davis — respondeu o garoto com franqueza. — Obrigado, de verdade — afirmou, olhando-o nos olhos.

Ethan tirou o avental e o dobrou com cuidado antes de sair de trás do balcão. Dirigiu-se à mesa onde Jim estava sentado e esperou Miren escolher um lugar para, logo depois, ele mesmo se sentar numa cadeira que tinha puxado. Estavam longe o bastante do sr. Davis para falar de coisas confidenciais. O professor observou Ethan, um adolescente alto e de pernas finas, mas com as costas bem desenvolvidas, o que o lembrou de quando ele próprio era jovem e estava na equipe de remo da faculdade. Tinha o rosto cheio de sardas, bronzeado, o cabelo bagunçado e os olhos azuis, que brilhavam de maneira intensa por causa da luz que entrava pela janela à sua frente.

— O que querem saber? — perguntou ele com a voz baixa.

— Meu nome é Miren Triggs — apresentou-se ela, tentando plantar uma semente de confiança —, jornalista do *Manhattan Press*, e esse é... Jim Schmoer... — Buscou em sua mente algum adjetivo que servisse. — Um jornalista investigativo independente. Estamos fazendo uma reportagem sobre o que aconteceu com Allison e estamos falando com as pessoas que vivem nesta área para ter uma visão um pouco mais... próxima.

— E o que isso tem a ver com a Gina? Por que vocês têm de desenterrar tudo aquilo? Não quero... não quero voltar a mexer naquela merda.

— Como falei, achamos que elas estão relacionadas. De verdade. Ainda não entendemos como, e por isso precisamos que você nos ajude.

— Como vocês me encontraram?

— Pelo Facebook — respondeu Miren. — Não foi difícil achar você. Devia colocar seu perfil como privado. Também tem seu relacionamento visível com uma certa... Deborah, se me lembro bem.

Ethan sacudiu a cabeça, com o olhar perdido.

— Allison estudava na mesma turma que eu, mas, por favor, não... não tenho nada a ver com o que aconteceu.

— Na sua turma?

— Sim. Ela parou de ir pra escola faz uma semana. Me lembrou um pouco o que tinha acontecido com a Gina, mas não... não sei. Minha irmã nunca... nunca apareceu. Pelo menos, com Allison... vão ter um lugar para chorar.

— Deve ter sido difícil para você crescer sem ela.

— Difícil? Vocês não conhecem os meus tios. Sabem o que é ter que agradecer a Deus por cada prato de comida que tem na mesa, quando ele tirou de você seus pais e sua irmã? Deus é um filho da puta. Ele não dá a mínima pra gente. E eu vivo com dois psicopatas que não param de lamber a bunda dele. Deus não olha a quem castiga. Ele só levanta o dedo e... ordena... Você, sofra. E tudo o que pode acontecer com você acontece. Meus pais morreram poucos meses antes da minha irmã desaparecer. Meus tios dizem que foi coisa do diabo. Se o diabo fez isso, eu odeio Deus por ficar sentado, observando sem fazer nada.

— Seus tios são muito religiosos?

Ele se inclinou sobre a mesa e sussurrou.

— São fanáticos. Parecem formar uma seita dos infernos. São como no colégio. Quero que o ensino médio acabe logo para eu não voltar nunca mais. Assim que terminar, com o que eu economizo trabalhando aqui, vou embora com a Deborah.

— O Mallow é tão religioso assim? Na época, pensei que era cristão, sim, mas nunca o vi como algo... tão obscuro.

Ele olhou para os lados, nervoso. Depois abaixou o olhar e deu a impressão de que estava com medo de falar.

— Religioso? Vocês já passaram por ali? Rezamos antes de toda as aulas, rezamos no pátio. Se você comete um pecado, o reverendo, que é tipo o diretor, te manda fazer uma penitência. É horrível se ele não vai com a sua cara. Perdi a conta de quantas vezes tive que atravessar o pátio de joelhos. Ele me odeia.

— Penitência? — perguntou Miren, incrédula.

— Um castigo por pecar — esclareceu o professor. — Buscando uma espécie de... redenção.

— É a pior coisa do Mallow. Pode perguntar a qualquer um, mas duvido que alguém vá contar alguma coisa para vocês. Somos proibidos de falar sobre o que acontece lá dentro. Apesar de os mais velhos estarem um pouco de saco cheio...

eles só quebram uma regra ou outra. Alguns fumam maconha... — Ele parou e se inclinou na mesa, para dizer, num sussurro: — E até transam. Não dá pra controlar todo mundo, a escola sabe disso. O problema é se descobrirem. Se isso acontecer, eles estão fodidos.

— É um centro cristão?

— A direção diz que sim, mas... sempre teve alguma coisa mais sinistra acontecendo ali. A escola não é regida por nenhuma norma clara nem estão ligados a nenhuma... doutrina? — hesitou ele, tentando encontrar a palavra adequada. — Não são evangélicos nem presbiterianos. Juntam as regras e crenças que mais convêm de cada denominação e... e destroem a nossa vida.

— Por que você diz isso?

— O reverendo Graham. Odeio aquele cara. Vocês deveriam falar com ele. Vão entender o estou dizendo. Se tem alguém que vocês deveriam investigar sobre o que aconteceu com Allison... é ele.

O professor anotou o nome do reverendo num caderno preto que carregava.

— Por quê?

— É ele que manda. Dirige o centro. Quando quer, chama as pessoas no escritório dele pra se confessarem. Quando você peca... é ele quem escolhe os castigos. É... — Guardou para si o que ia dizer.

— Você acha que vai ser difícil falar com ele? Estamos tentando... dar uma olhada nas duas histórias.

— Esse cara é... o câncer de Mallow.

— Você contou isso à polícia?

— Falei para os dois que vieram hoje de manhã e para um cara do FBI que foi no colégio quinta-feira perguntar o que sabíamos sobre Allison. Ele me deu um cartão. Deve estar na minha carteira. Ele me disse para guardar caso soubesse de alguma coisa. Também vi ele falando com vários outros garotos que estavam no pátio. Inclusive... — hesitou alguns segundos e continuou: — Falou com todo mundo que estava lá.

— Ele era da Unidade de Pessoas Desaparecidas?

— Acho que sim. Ele nos abordou separadamente no recreio. Se apresentou como se fosse um... um vendedor de enciclopédias e nos bombardeou com perguntas na frente da prof. Harris. Perguntou onde vimos Allison pela última vez, se ela estava estranha, se tinha namorado. Essas merdas que costumam perguntar nos filmes.

— E o que você respondeu?

— A verdade. Que Allison não aparecia na aula há vários dias.

— A pessoa que falou com vocês se chamava Ben Miller? — questionou Miren, parecendo tê-lo reconhecido naquela descrição.

Ethan tirou a carteira e estendeu um cartão com o nome de Miller acima das iniciais da Unidade de Pessoas Desaparecidos do FBI e um número de telefone.

O prof. Schmoer entrou na conversa, interessado em algo que Miren não tinha reparado.

— O que você ia dizer antes? Por que parou?

Ethan tirou as mãos da mesa e se balançou, nervoso. Levantou-se e voltou com um copo de água que havia pegado de uma pequena torneira ao lado da de cerveja. Bebeu-a de um gole antes de falar. As mãos dele tremiam.

— A gangue da classe. Eu não... — vacilou. — Eles são os Cor... — Parecia que ele ia dizer algo proibido, mas se conteve no último momento, aflito.

— Pode falar tranquilamente, Ethan — disse Miren, em tom caloroso e despreocupado. — Você não está contando nada proibido... nada de novo também.

— Você não sabe... não sabe do que está falando. Se eles descobrirem...

— Eles quem?

— Não posso dizer. Não.

Miren e o prof. Schmoer se apoiaram no encosto da cadeira. Se Ethan se fechasse, os caminhos a seguir desapareceriam num segundo. De repente, Miren se endireitou, séria, e disse:

— Sabe, eu também tinha uma gangue na classe. Bob, Sam, Vicky, Carla, Jimmy e eu. Nós nos chamávamos de Estrelas Cadentes. Era um clube... secreto, entre aspas, pois todo mundo sabia quem éramos. Nós nos juntávamos na garagem de Jimmy para fumar erva e ouvir música. Achávamos que seríamos grandes estrelas da música e do cinema, e que em algum momento da vida fracassaríamos por completo e acabaríamos de novo naquela garagem.

— Sério? E seus pais sabiam disso? — perguntou ele, curioso com aquele tipo de vida sem regras.

— Ah, claro que não. Eles achavam que tínhamos que fazer trabalhos em grupo. Eu tinha uma queda pelo Jimmy. Inventava um monte de tarefas para fugir para a garagem dele.

— E mentia para seus pais porque gostava do Jimmy?

Miren pegou seu café e deu um gole antes de responder. O prof. Schmoer soltou a caneta na mesa, para acompanhar aquela emoção que Miren tentava transmitir para ele. Se o garoto o visse tomar notas, poderia achar que aquilo traria consequências e deixaria de falar.

— Naquela época, acho que eu teria feito qualquer coisa pelo Jimmy — sussurrou Miren, decidida. — Acho que a idade faz você perceber que nem todas as pessoas merecem tanto investimento pessoal. Depois você entende que quase ninguém merece. Mais tarde, descobri que Jimmy só pensava com quantas de nós ele conseguia ficar.

— E você era capaz de pecar por um garoto?

Miren percebeu que a mente de Ethan sempre girava em torno de pecados, religião, medo de errar. Era possível notar em suas palavras que uma parte dele queria escapar dali, romper com tudo, e talvez daí nascessem suas inseguranças. Falava com confiança sobre as regras que alguns descumpriam no colégio, mas não parecia se sentir muito confortável com quem fazia isso. Dava a impressão de que os entendia, pois também queria escapar daqueles métodos doentios, mas tinha medo de dar aquele passo.

— Acho que sim — continuou Miren —, porque era divertido pensar que já tínhamos assumido o fracasso como inevitável, o que fazia com que vivêssemos, pelo menos naquela garagem, sem preocupações. Se achar que a vida vai sorrir e depois bater em você sem piedade, o golpe dói menos.

Ethan negou com a cabeça.

— Não, srta. Triggs, não funciona assim. Os golpes em geral doem menos quando você está acostumado com eles. Aparece um calo na cicatriz. Com a pele dura, a gente sofre menos.

— Você passou por momentos difíceis quando Gina desapareceu, não foi?

Ele evitou olhar nos olhos de Miren e apertou a mandíbula. Um fino fio avermelhado circundou suas pálpebras até que, finalmente, uma lágrima escapou assim que ele disse estas palavras:

— Ela me deixou sozinho... me abandonou com meus tios. Às vezes, penso que eu deveria ter feito a mesma coisa e ido embora. Porém... nunca fui capaz. Mas eu tenho um plano, sabem? No final do ensino médio, vou embora e eles nunca mais vão me ver. Vou mandar uma carta do México e veremos se eles vão ser capazes de me encontrar.

— Você acha que a Gina foi embora?

— Não... não sei. Só sei que ela não teve que viver com meus tios durante todos estes anos e com... bom, o reverendo. Ainda me lembro dela dizendo que ia para a casa do Tom Rogers e de como atravessou a rua para a estrada de Neponsit. Depois, simplesmente... desapareceu. Ela não chegou à casa dele. Meu... meu anjo da guarda evaporou, sabem?

— Ela era boa com você?

— Era a melhor pessoa. Era tudo o que... o que se pode pedir de uma irmã. Ela me protegia, cuidava de mim. Foi... foi ela que me salvou do incêndio de casa, sabia? Me fez descer pela janela do quarto quando o fogo já tinha bloqueado as saídas. Ela me olhou nos olhos quando me segurou pelas mãos, com os pés voando sobre os arbustos do jardim, e disse: "Não tenha medo, vou estar com você". Depois me fez descer e então pulou. Ela me abraçou enquanto observávamos o fogo destruir tudo. No começo nem pensei nos meus pais, mas, quando vi Gina chorar desesperada até os bombeiros chegarem, me dei conta do que tinha acontecido. Apesar de tudo que ela sofreu, sempre tentou cuidar de mim e me fazer feliz. Mas, na casa dos meus tios, ela começou a mudar. E depois, em poucos meses... desapareceu.

— Posso perguntar uma coisa? — interrompeu Miren, que precisava de uma resposta para uma intuição.

Ethan assentiu enquanto secava as lágrimas com a mão.

— Você conhecia bem Allison? Antes, quando... viu a foto, você ficou um pouco nervoso.

— Hoje de manhã, dois agentes me contaram o que aconteceu com a Allison. É horrível. Quando vi a cruz... pensei nela na mesma hora.

— Não me respondeu. Você a conhecia bem?

— Ela estava na minha turma. Era uma boa garota, embora tivesse fama de... de se divertir mais do que os outros. Não sei se vocês entendem.

— Acha que ela fazia parte da gangue que você mencionou?

— Não... não sei. Mas vi ela várias vezes nos últimos meses com... — hesitou antes de continuar. — Não posso. Por favor, não façam isso comigo. Eles vão saber que fui eu que contei e vão tornar minha vida impossível no colégio.

— Ethan... Allison morreu. Você realmente acha que é hora de brincar de clubes secretos?

— Vocês... vocês não conhecem eles.

— Não conhecemos quem?

— Não posso... de verdade, não posso.

— Quem?!

— Eu não posso contar...

— Quem, Ethan?! — Miren ergueu a voz, irritada.

— Os Corvos de Deus! — Ethan gritou com ira.

Assim que percebeu o que tinha feito, abriu os olhos para conferir se alguém o havia escutado: os dois homens que tomavam cerveja se levantaram e pareciam estar indo embora; a mulher do sanduíche olhava absorta para a televisão; o sr. Davis tinha se metido atrás do balcão e ligado o vaporizador da máquina de café para fazer a limpeza. Por um momento, Ethan achou que o haviam escutado e todos estavam disfarçando, mas, na verdade, seu berro tinha coincidido com o sibilo ensurdecedor da cafeteira soltando fumaça.

— Os Corvos de Deus? — perguntou Miren, preocupada. — O que é isso?

— Por favor, não... — suplicou ele, segurando as mãos para evitar que tremessem mais do que já tremiam.

— Ethan, por favor. Nos ajude. Talvez a gente consiga descobrir quem fez isso com Allison.

O professor colocou mais uma vez a imagem de Allison na mesa, bem na frente de Ethan, que ofegava por causa da armadilha.

— O que são os Corvos de Deus?

— Um grupo de pessoas da escola — admitiu ele por fim, como se estivesse se desfazendo de um peso insuportável. — Como a gangue que falei antes. Não sei muito mais do que todo mundo no colégio. James Cooper, um dos... populares de Mallow, parece que está dentro, e, se você quiser entrar, tem que falar com ele. Vi o inspetor se aproximar dele e perguntar por Allison.

— James Cooper? — O professor anotou aquele nome.

— Ele mora por aqui? — perguntou Miren, tentando ir além.

— Não que eu saiba. Ele mora perto do colégio, do outro lado da ponte. Não deveria estar contando isso para vocês... — lamentou-se.

— Está nos ajudando muito, Ethan.

— Você viu Allison com James Cooper ultimamente?

Ethan respondeu assentindo com a mandíbula apertada.

— Conte o que sabe. Qualquer detalhe pequeno pode ser útil.

— São algumas pessoas do colégio, de várias turmas diferentes. Há também os que não estudam no Mallow e vêm de Manhattan para as reuniões.

— E o que eles fazem quando se reúnem?

— Rezam. Eles se juntam e... e falam de Deus. É como uma fraternidade, dessas universitárias, mas... com um ar secreto. Alguns de Mallow querem entrar, mas poucos conseguem. Dizem que o grupo nasceu no mesmo ano que o colégio e que passa de geração em geração.

— Por quê?

— Porque eles pensam que o que é ensinado em Mallow sobre religião não é bem contado. Não sei muito mais do que isso.

— Você acha que Allison estava com os Corvos? — insinuou o professor, tentando compreender por que o garoto relacionava os temas.

— Ela parecia um pouco... infeliz na aula. Sempre estava... flertando com os garotos. Tinha fama de fácil. Vocês sabem. Dormiu com vários deles. Todo mundo sabia disso. Não seria estranho ela fazer parte, procurando o que não conseguia encontrar sozinha. Dizem que, uma vez que você entra para os Corvos... nunca passa fome. As portas da... felicidade e da abundância se abrem para você.

O professor desviou o olhar para Miren, confuso, e tentou entender do que Ethan falava. Não conseguiu evitar uma pergunta.

— Passar fome?

— Só sei o que cochicham nos corredores de Mallow.

— Você sabe por que eles têm esse nome? — Miren seguiu com o interrogatório.

— Em Mallow, estudamos religião. Relemos a Bíblia o tempo todo. Dizem que o nome é por causa de uma passagem bíblica sobre os corvos e o profeta Elias.

Miren não entendeu a referência e deixou que Ethan percebesse isso no silêncio dela.

— Primeiro Livro de Reis, capítulo dezesseis, versículo dois. Alguns corvos enviados por Deus salvaram Elias, um profeta do Antigo Testamento, de morrer de inanição.

— É um nome bíblico?

— Em Mallow tudo gira ao redor da religião. Tudo.

— Você poderia nos ajudar a falar com alguém desse... desse grupo?

— Não sei. Pergunta pro James Cooper. Talvez ele saiba de algo. Não sei se ele está dentro, mas é quem se encarrega de... falar sobre os Corvos com o resto dos alunos. Parece conhecer todas as lendas e rumores.

— Segunda-feira de manhã, que horas vocês têm aula? Acha que poderíamos falar com ele?

— Vocês vão ter de pedir permissão pro reverendo Graham. Tudo tem que passar por ele. Mas, por favor, não falem que eu...

— Pode ficar tranquilo, Ethan — disse Miren, tocando na mão dele. — Ninguém vai saber o que você nos contou.

Ethan observou seus arredores, procurando olhos distantes que lhe dissessem que ele tinha ultrapassado muitos limites, mas não os encontrou e suspirou fundo.

— Posso perguntar mais uma coisa? — Miren tentou, uma última vez, encontrar a relação entre Mallow e a morte macabra de Allison.

Ethan se conteve por um instante, mas depois assentiu com a cabeça.

— Isso é um erro. Você não deveria...

— Você acha que o reverendo conseguiu descobrir que Allison era... um pouco... solta com os garotos?

— O quê?

— Se todo mundo sabia que Allison era um pouco... fácil, como você diz, talvez os rumores tenham chegado até ele.

— Não... não sei.

— Antes você mencionou que o reverendo Graham é muito rigoroso. Ele poderia ter exagerado com... a penitência.

— Crucificando ela? — perguntou Ethan, surpreso. — Ele é um filho da puta, mas... acho que é demais até para ele. As pessoas o respeitam e gostam dele. Os professores o adoram.

— Mas você o odeia — afirmou Miren.

— Como não odiar quem faz da sua vida um inferno?

— Ethan... estamos tentando ajudar — interrompeu o professor, irritado. — Allison... morreu. Não está vendo essa fotografia? Tudo isso que você nos conta do reverendo, essa opressão. Depois esse grupo de... Não sei o que você está tentando nos dizer. Acho que está claro que o que quer que tenha acontecido com a Allison tem a ver com o Mallow. E tenho a sensação de que sua irmã sofreu o mesmo destino.

— Minha irmã não tem nada a ver com a Allison. Todo mundo adorava minha irmã na escola. Todo mundo. O reverendo sempre a usava como exemplo de uma boa... cristã. Ela tirava ótimas notas, cuidava de mim. Não compare ela com a Allison, porque elas não se parecem em nada.

— Exceto pela vida das duas ter acabado em algum lugar de Rockaways — afirmou o professor.

18.
Roxbury
24 de abril de 2011
Dois dias antes
Miren Triggs

Às vezes, é melhor não reviver as recordações,
mas deixá-las permanecer perfeitas na memória
para não estragá-las com a realidade.

Nos despedimos de Ethan com a sensação de que tínhamos encontrado um fio para puxar, mas sem saber o que estaria na outra ponta. Era evidente que o irmão de Gina tinha ido embora da cafeteria arrependido de ter falado conosco. Por mais que eu tivesse prometido que ninguém saberia que ele havia mencionado os Corvos de Deus, ele acreditava ter passado dos limites e que seria difícil evitar as consequências.

Paguei ao sr. Davis os cinquenta dólares de gorjeta que havia prometido e mais dez pelos cafés e pacotes de batata que nem abrimos. Quando saímos, Jim me perguntou sem constrangimento:

— Você acreditou nessa novela dos tais Corvos?

— Não sei — respondi —, mas é o que temos até agora. Além disso, o diretor do Mallow parece ser um déspota religioso. Isso me dá calafrios.

— Sim. Tive um professor que era um verdadeiro filho da puta, mas não chegava nem perto.

— Tenho a impressão de que no Mallow eles levam muito a sério os... pecados e os castigos.

— Sim, mas... a ponto de crucificar uma garota?

Suspirei. Aquela pergunta também tinha ficado incrustada na minha cabeça enquanto Ethan nos contava aquilo e falava da personalidade um pouco mais... liberal de Allison.

— Pode ser que os rumores de que Allison fazia sexo com alguns garotos tenham chegado à direção, eles a castigaram e perderam o controle.

— Miren... estamos falando de uma crucificação. Não de rezar quatro ave-marias ou caminhar descalço por um tempo.

— Essa história toda é muito nebulosa.

— E o que você está pensando em fazer?

— Quero falar com os tios de Ethan. Não gosto nada desse... ódio que Ethan sente por eles. Se levaram Gina e Ethan para o Mallow é porque consentiram com esse tipo de tratamento. Você ouviu. O garoto disse que eles são muito religiosos.

— Sabe onde moram?

— Aqui em Roxbury. Logo depois... da igreja.

— Sério?

Assenti com uma sensação indefinida. Em 2002, quando Gina desapareceu, aquele aspecto religioso que agora invadia tudo nunca tinha sido parte da investigação. Eu sabia que o Mallow era um centro religioso e que os tios iam aos cultos com frequência, mas na minha cabeça isso nunca teve grande importância. Porém, agora, depois do que aconteceu com a Allison, esse tipo de informação era mais relevante do que nunca.

— Talvez seja um bom momento para falar com eles, sem a presença do Ethan. Ele seguiu na direção contrária à da casa dos tios.

— Acha que eles podem nos contar algo que a gente não saiba?

— Sabe, é curioso. Quando o caso de Gina veio à tona, tudo se reduziu a seguir os passos dela. Procurá-la no caminho que tinha feito da ponte até a casa do namorado. Perguntar para os amigos o que eles tinham visto e investigar a área em busca de alguma pista que nos levasse a encontrá-la viva ou... morta. Agora, com o que aconteceu a Allison, tudo parece ter um tom... obscuro. A crucificação e o fato de estudarem no mesmo colégio... mudaram tudo. É esse tipo de peça do quebra-cabeça que dá sentido ao desenho. No começo, você vai encaixando sem compreender o que está construindo até que, de repente, coloca mais uma peça e tudo fica claro. Sabe qual é o problema? — perguntei, inquieta.

Jim não respondeu, mas me fez um gesto esperando que eu continuasse.

— Ainda faltam muitas peças.

Entramos em Roxbury, tentando achar o caminho por corredores estreitos e cantos escondidos entre as casas. Aquele era um bairro sem ordem nem planejamento, cujas moradias tinham sido construídas para aproveitar ao máximo cada centímetro do terreno a oeste da ponte Marine que margeava a baía. A maioria das ruas não estava pavimentada, e a areia da praia, trazida pela força do vento que soprava do Atlântico, amontoava-se ao lado das construções de madeira com pintura carcomida pela maresia.

Os tios de Gina moravam numa casa de madeira cinza de dois andares com os batentes das portas e janelas pintados de branco, numa das ruelas internas de Roxbury. Não era fácil chegar ali sem ter algum conhecimento do local. A referência que eu tinha, segundo minhas próprias lembranças, era que ficava no final de uma espécie de beco sem saída, na parte de trás da igreja comunitária.

O professor me seguiu em silêncio, e aquela companhia calma foi estranhamente agradável para mim. Não entendia muito bem por que ele estava fazendo aquilo, por que me acompanhava, se podia se esconder em sua sala e viver uma vida tranquila, sem sobressaltos e estresse. No caminho, pensei em parar e dizer para ir embora, que não precisava dele — nunca havia precisado de ninguém —, mas talvez eu não quisesse me sentir... sozinha. Sorri discretamente quando o ouvi resmungar que havia entrado areia nos sapatos dele.

— É aqui — afirmei, por fim, quando passamos entre as casas e aparecemos logo atrás de onde os Pebbles moravam.

Rodeamos o imóvel até alcançar a entrada e subimos na pequena varanda, fazendo a madeira ranger debaixo de nossos pés. Jim me encarou e desejou sorte com o olhar. Eu sentia que, embora estivesse comigo, ele só queria apoiar minha busca, e talvez por isso tenha visto aquele gesto em seus olhos emoldurados pela armação marrom-escura.

Bati com a aldrava três vezes e esperei, recuperando o fôlego. O ambiente não me agradava. Na verdade, aquele labirinto de casas dilapidadas e apertadas não era nada acolhedor; era bastante pesado. Em instantes, uma mulher de cerca de quarenta anos e cabelos loiros cacheados abriu a porta com uma expressão confusa.

— Olá — cumprimentou com a voz entrecortada, como se fosse um alto-falante. — Em que posso ajudá-los?

— Meghan Pebbles?

— Sim? — sussurrou, como se tivesse medo de falar conosco.

— Então... somos Miren Triggs e Jim Schmoer, jornalistas investigativos. Estamos analisando o caso de Gina, sua sobrinha, e gostaríamos de saber se poderia responder a algumas perguntas.

— Já não nos vimos antes? — disse ela para mim, enquanto se apoiava no canto da porta, insegura. — Não conversamos em outra ocasião?

— Sim... bom, eu participei das buscas por Gina quando... ela desapareceu. Estive em algumas delas.

— Você é a jornalista que participou das buscas e publicou aquele artigo no *Manhattan Press*.

— Sim. Exatamente.

— Não ficou com vergonha?

— Perdão?

— Eu lembro bem. Publicaram uma foto do Ethan chorando.

— Bom... eu não escolho as fotos que ilustram os artigos. Aquilo foi... o jornal.

— Pois foi muito ruim. Nosso Ethan chorando por ter perdido a irmã, e vocês... bom, fazendo o que fazem. Explorando a situação.

— Olha... acho que não me... — titubeei.

— Não tenho nada para conversar com vocês. São o câncer deste país. Se alimentam da dor dos outros. Espero que tenham te pagado muito bem por aquela história e que com o dinheiro você pelo menos tenha ajudado os menos favorecidos.

Jim interveio ao ver que eu era incapaz de lidar com a situação. Eu não esperava aquela pancada quando ela abriu a porta, e muito menos que se lembrasse do artigo.

— Veja, sra. Pebbles, viemos exatamente para lhe pedir desculpas. Sentimos, de coração, pela publicação da fotografia de Ethan, e por isso mesmo estamos aqui. Não é uma atitude de bom cristão perdoar os erros dos outros? Errar é humano, mas...

— Perdoar é divino... — disse ela, convencida com aquela frase que parecia gravada a fogo em sua mente.

— Gina era uma boa cristã. Minha... companheira se juntou às buscas porque é cristã e... como poderíamos deixar de ajudar uns aos outros? Com todas essas... manipulações e esses grupos que dizem seguir a palavra de Deus que inundam o nosso país, ela achava que estava fazendo a coisa certa. Presbiterianos, apostólicos, protestantes... Nenhum deles sabe de verdade o que Deus queria dizer e o que... significou a palavra de...

— Jesus Cristo... — sussurrou Meghan, que parecia fervorosamente convencida do que ouvia.

Jim esboçou um sorriso, e a sra. Pebbles, cuja idade talvez fosse próxima da dele, pareceu cair no feitiço de suas palavras e no seu encanto de bom samaritano.

— É... importante que nos ajudemos. A srta. Triggs está aqui para lhe pedir perdão. Certo?

— Sim, senhora. Acho que foi um erro publicar aquela foto. Sinto muito.

Eu de fato achava aquilo, mas o jornal tinha liberdade para escolher o layout do conteúdo da reportagem (em colunas, com fotografias, sem imagem ou nem mesmo publicar o texto) e incluir as ilustrações que pudessem ajudar a contextualizar o que aconteceu.

Naquela época, eu infelizmente não prestava atenção em como os meus textos eram publicados. Estava cansada. Escrevia durante o dia, fazia minhas pesquisas à tarde e investigava os homens que me estupraram à noite. Havia muitas coisas ocorrendo ao mesmo tempo que ocupavam minha mente com merda e dor.

Meghan sorriu para mim e, de repente, me cercou em um abraço. Eu não soube como reagir e fiquei imóvel como um bicho de pelúcia, esperando que ela terminasse.

— Está perdoada, filha — sussurrou ela em meu ouvido.

Os pelos de minha nuca ficaram arrepiados ao ouvir sua voz falha tão de perto.

— Poderíamos falar com a senhora alguns minutos? — perguntou Jim, tentando me livrar daquela prisão improvisada.

— Ah... sim. Entrem. — Ela me soltou como se o abraço não tivesse acontecido e balançou a mão para nos convidar a entrar. — Vou avisar Christopher, meu marido. Ele está lá embaixo, com seus... soldadinhos. É apaixonado por esses bonequinhos.

Ela nos deixou esperando no corredor, de onde se podia observar uma sala não muito promissora. Móveis de mogno, fotografias em preto e branco de um jovem casal em molduras douradas, estampa de flores no sofá. A sra. Pebbles apareceu de novo com o marido, que tinha óculos redondos na altura das bochechas rosadas. Ele parecia um pouco confuso, mas, assim que nos viram esperando, ambos sorriram intensamente, quase desencaixando as mandíbulas.

— Entrem, sentem-se. Que modos os meus! Deveria ter oferecido água. Desculpem-me, de verdade. "Tive fome e me destes o que comer; tive sede e me destes o que beber." A Bíblia não disse isso?

— Não... não se preocupe, sra. Pebbles, ficaremos pouco tempo — disse Jim, que parecia saber como lidar com ela.

No fundo, ele parecia mais... caloroso do que eu. Tinha a capacidade de olhar nos olhos de quem estivesse diante dele e compreender quem aquela pessoa era e, principalmente, o que precisava ouvir.

— Eu sou Christopher — disse o sujeito.

— Soldadinhos de chumbo? — perguntou Jim, cumprimentando Christopher Pebbles. — Você também?

— Não me diga que você coleciona... — disse Christopher com entusiasmo, estendendo a mão. — Que batalhão, poderia me dizer?

— O meu é só... um pequeno hobby. Comecei faz pouco tempo com alguns soldados do exército da União.

— Sério? Eu tenho vinte. Se você tiver tempo, eu posso...

— Não, não. De verdade. Agradecemos muito. Só viemos...

— Sim... sim. Perguntar sobre Gina — interrompeu se lamentando e mudando o tom. — Meghan já me contou. Queiram se sentar... sejam bem-vindos. Já contamos tudo dezenas de vezes, mas, se puder ajudar a encontrá-la, não vejo por que não.

— Obrigado, Christopher — respondeu Jim, que parecia ter ganhado os dois em apenas alguns segundos.

Sentamos no sofá dos Pebbles, e olhei as fotografias penduradas nas paredes. Não havia nenhuma de Ethan e Gina, mas estava repleto de imagens dos jovens Meghan e Christopher, recém-casados, vestidos de noivos.

— Ethan não está, certo? — perguntou Jim, sabendo a resposta.

— Ah, não. Aos domingos, quando ele acaba de trabalhar, vai com os amigos para o refeitório comunitário ajudar um pouco os mais necessitados. É um garoto muito bom... Vai ser uma grande pessoa. Christopher e eu nos esforçamos para que... não falte nada a ele.

— Não sei se vocês sabem o que aconteceu com meu irmão e a mulher dele — interrompeu Christopher. — Foi uma desgraça. Uma verdadeira desgraça.

— Sim... estamos cientes — respondi, tentando não ficar fora da conversa.

— Menos mal que as crianças... Só de pensar me dá um nó no estômago. Horrível. Horrível, sabem? Eu tive que reconhecer o cadáver carbonizado do meu irmão e da minha cunhada. Foi Gina que salvou Ethan, sabem? Aquela garota era... um anjo. Ela era muito boa. Não merecia o que aconteceu. Era uma boa cristã. Rezava, cuidava do irmão, não se metia em problemas.

— Ela não era problemática?

— Problemática? Ah, santo Deus, não — exclamou Meghan. — Era muito boa. Estava sempre pronta para ajudar. Lia a Bíblia todas as tardes, era dedicada aos estudos. Tanto que... todos queriam se aproveitar dela. Incluindo aquele porco... o menino dos Rogers.

— Você está falando de Tom Rogers?

— Esse mesmo — confirmou a sra. Pebbles. — Eu não gostava nem um pouco dele. Naquele dia, veio aqui em casa perguntar onde Gina estava. Ele a enganou para que fosse à casa dele fazer Deus sabe o quê. E ela não chegou. Ele apareceu aqui e nos acusou aos gritos de ter feito algo com Gina. Que tínhamos batido nela e que ele tinha visto os hematomas. Hematomas em nossa menina? Por que ela teria hematomas? Criamos os dois como se fossem nossos filhos, fizemos o melhor para eles. Pelo amor de Deus. Aquilo foi a gota d'água. Amaldiçoei como nunca o que ele fez com ela e até hoje ele não pediu perdão a Deus.

— Hematomas? — perguntei, surpresa.

Eu havia lido o relatório do desaparecimento de Gina durante toda a noite. Todas as entrevistas, os caminhos que ela fez. Aquele episódio com Tom Rogers não era mencionado em nenhum lugar.

— Sim. Aquele garoto veio e disse que nós batíamos nela e que por isso ela tinha ido embora de casa. Uma verdadeira estupidez.

— Vocês batiam nela? Não quero julgá-los — perguntou Jim, em tom sério. — De verdade, só estamos tentando... saber o que aconteceu. Fico triste ao pensar que alguém a sequestrou naquela estrada depois que ela se despediu do Ethan e... — Omitiu o desfecho. — Se Gina está morta... é muito triste pensar que não recebeu o enterro que merece.

— Claro que não batíamos nela! — afirmou Meghan, parecendo ter tomado o controle da conversa.

— Querida... — disse Christopher, aflito. — Passou muito tempo... Deus já nos perdoou... Acho que podemos contar para eles.

— Aquilo? Foi só uma vez. E ela mereceu, Christopher. Você concordou. Não tem nada a ver.

— Eu não...

— Cala a boca. Aquele Tom Rogers... era...

— Meghan, pode ser que ajude...

— Não, Christopher — interrompeu-o. — Não mancharemos a imagem...

— Me deixa falar, Meghan! — explodiu o marido, numa atitude que eu não tinha previsto.

Parecia que ele estava se contendo enquanto a mulher falava sobre felicidade e um lar acolhedor, mas aquela reação fez com que Meghan arregalasse os olhos, como se não reconhecesse o marido.

— Vejam... — disse ele, que parecia ter necessidade de contar algo que o fazia queimar por dentro. Meghan cobriu o rosto com as mãos, pois sabia o que o marido ia dizer. — Nunca contamos isso, mas... uma vez... Meghan encontrou Gina e Tom... — Ele fez uma pausa e percebeu que a mulher o olhava como se estivesse cometendo um erro. Preparei-me para quase tudo... — Se beijando no quarto.

Jim assentiu, com expectativa. Eu permaneci imóvel, sentindo a dor na voz dele.

— Nós a castigamos e a proibimos de sair do quarto para que rezasse e se arrependesse. Mas... ela escapou. Quando fomos chamá-la mais tarde para jantar, ela tinha saído pela janela.

— Ela fugiu?

— Procurei em toda parte. Em todos os lugares. Ethan era pequeno, acho que nem percebeu. Meghan ficou aqui em casa com ele enquanto eu percorria Rockaways, desesperado. Pensei no pior. Voltei para casa à meia-noite, sem sucesso. Quando penso naquele dia... a única coisa que me vem à cabeça é... como minha mulher chorava na cozinha. Estávamos tentando ser bons pais, mas... não era fácil. Ninguém nos prepara para isso, sabem?

— E o que aconteceu? No processo não consta nenhuma denúncia anterior ao desaparecimento, no dia 3 de junho de 2002.

— Às duas e meia da manhã, ela bateu na porta. Chorei de felicidade. Mas... não podia ignorar o que ela tinha feito a gente passar.

— Ela disse onde estava?

— Isso foi o pior — interrompeu Meghan, desolada. — Lembro de suas palavras como se ela estivesse me dizendo agora mesmo. Sabem o que foi?

— O quê?

— "Acabei de transar com o Tom."

Desviei o olhar para Jim, que havia mergulhado no papel de bom cristão e negava com a cabeça. Depois ele acrescentou:

— E o que vocês fizeram?

— O que tínhamos de fazer! — gritou Meghan.

— Como foi? — Jim continuou perguntando.

— Trinta e nove golpes de cinta — disse Christopher por fim. Depois abraçou a mulher e tentou se justificar. — Chorei enquanto fazia aquilo. Mas ela... parecia que não dava a mínima. Ela se deitou na cama e... esperou que eu terminasse.

— Vocês são uns filhos da puta — soltei, sem conseguir me conter.

— Perdão? — perguntou a sra. Pebbles para mim.

— Miren — repreendeu-me Jim, embora eu o tenha ignorado.

— Isso mesmo. Vocês estão doentes. O fato de Gina estar em sua responsabilidade não lhes dava o direito de... decidir por ela e muito menos açoitá-la como se fosse um pedaço de couro curtido.

— Mas ela tinha quinze anos! Era uma menina! Fui virgem até me casar com Christopher.

— Bom pra você. Mas... o corpo de Gina não era sua propriedade. Não podia decidir por ela. Vocês criam traumas com seu maldito... virginismo. Criam inseguranças e... o pior, essas merdas se arrastam pela vida toda. Talvez por isso você seja uma amarga e Ethan queira ir embora daqui! — explodi.

Ver como queriam controlar Gina me afetou de verdade, como se ela fosse um saco de carne pertencente aos que decidiam quando e como comer. Eu já vivia cheia de medos e destruída porque um grupo de animais quis decidir por mim. Isso parecia uma nova versão daquela noite.

— Ethan? Ir embora daqui? — perguntou ela, com uma mescla de surpresa e raiva. Depois acrescentou: — Saiam da minha casa.

— Sra. Pebbles... acho que... — disse Jim, desculpando-se, como se eu também quisesse me desculpar.

— Fora! — berrou ela com força. — Sabia que era um erro. Vocês não vieram ajudar a encontrá-la. Vieram para desenterrar merda!

— Sabe de onde você não pode desenterrar merda? — afirmei, indo em direção à porta, para onde Jim me seguia aos tropeços. — De onde não tem — concluí.

19. Colégio Mallow 25 de abril de 2011 Um dia antes Ben Miller

Muitas vezes, o silêncio soa mais alto
do que a resposta mais sincera.

Miller passou a tarde toda de domingo em casa, esperando Lisa voltar. Ligou várias vezes para o celular dela, mas ela não atendeu. Tentou aplacar o nervosismo limpando a casa e preparando um jantar de desculpas, mas quando deram onze da noite e ela ainda não havia aparecido, decidiu ligar para a casa de Claire, sua cunhada.

— Ben? — disse Claire, do outro lado da linha.

— Ela está aí?

— Você sabe que é um merda, né?

Ele suspirou e depois acrescentou, com a voz apagada:

— Eu... errei, certo?

— Você acha?

— Você fala igual a ela.

— Ela é minha irmã. Crescemos juntas.

— Pode dizer que preparei uma lasanha vegana? É a comida preferida dela. Para me desculpar.

— Ben... Lisa vai ficar uns dias aqui. Um prato de comida não vai te tirar dessa. Você estragou tudo.

— Posso falar com ela?

— Sinto muito, Ben. Ela não quer falar com você.

— Pode pelo menos dizer que liguei?

— Olha, eu sei que você é uma boa pessoa. Mas... se vocês não se apoiarem um no outro para enfrentar o que aconteceu com o Daniel... vai ser difícil.

— Eu a apoio. Ela sabe disso.

— Quando foi a última vez que vocês falaram dele? Perguntou nos últimos tempos se ela pensa nele? Sabia que no último ano ela passou a escrever um diário com todas as recordações que tem dele? Ela me mostrou. É lindo, Ben.

Miller ficou em silêncio. Não sabia de nada daquilo.

— Você se esqueceu de ser um marido. Tudo bem que está tentando... salvar o mundo. Mas, e a sua mulher? Você... bom, pelo menos sente que está sendo útil. Mas ela... você deixou ela de lado, Ben. Parece que ela não faz parte da sua vida. E... muito menos o Daniel. Você age como se ele nunca tivesse existido, e isso é muito pior do que o que aconteceu.

Claire era o tipo de pessoa próxima o suficiente para saber de seus erros e distante o bastante para dizer as verdades na sua cara, sem se importar em que feridas tocava. Aquela frase tocou em todas como uma agulha coberta de sal.

— Diga a ela que sinto muito, ok? — disse, tentando disfarçar quanto aquelas palavras o tinham afetado.

Embora Claire não pudesse vê-lo, ele chorava.

— Vou dizer, Ben. Mas ela precisa de um tempo, tá? Conheço minha irmã. Você não pode achar que vai ficar tudo bem de um dia para o outro.

— Quanto tempo?

— Isso só ela sabe — observou Claire, antes de desligar.

Aquela conversa deixou Ben tão destruído que ele desabou na cama ainda de terno.

Às cinco da manhã, despertou com um pesadelo recorrente, em que via a roda de uma bicicleta girando no ar numa sala escura com o chão coberto de azulejos vermelhos. Não era um sonho aterrador, mas era muito inquietante. Um daqueles sonhos em que não entender o que acontece gera mais ansiedade e palpitações do que um rosto irreconhecível perseguindo você por um corredor interminável.

Já era segunda-feira, e ele ainda carregava a ressaca emocional da discussão com Lisa. Sentiu-se tão sozinho ao ver o outro lado da cama arrumado que decidiu tentar reconstruir sua vida, que desmoronava como se não tivesse nada que ele pudesse fazer. Tomou banho, fez a barba, vestiu um terno limpo e recolheu os pratos de lasanha fria que tinha deixado intactos na mesa na noite anterior. Ligou para o escritório para dizer que não passaria por lá e entrou em seu Pontiac cinza para seguir até o colégio Mallow, o lugar que parecia conectar as duas histórias.

Ele chegou no momento em que vários ônibus estacionaram na frente da porta da escola e alunos de todas as idades começaram a descer. Havia estado ali na semana anterior questionando os colegas de classe de Allison, mas não tinha conseguido nenhuma declaração reveladora.

A fachada do Mallow era decorada com um vitral colorido no formato de uma cruz gigantesca, e embaixo dele ficava a porta principal, por onde os alunos entravam. Agora que sabia o que tinha acontecido com Allison, aquela imagem era perturbadora. Ele se aproximou da entrada, onde uma mulher o interceptou:

— Olá, inspetor Miller, outra vez por aqui? Ficamos sabendo que a Allison apareceu... uma verdadeira tragédia. Hoje preparamos algumas orações especiais para que... para que a alma dela viaje a salvo até o céu. Os professores estão bem abalados, e vamos conduzir algumas conversas especiais com os jovens da turma dela. Eles precisam de um pouco de orientação espiritual para assimilar essa dor.

— Eu queria tirar algumas dúvidas que ficaram no ar. Precisava falar com o reverendo e, se possível, com os colegas de sala dela.

— Ah, santo Deus, não. Eles estão destruídos. Não é o momento de afundá-los ainda mais nessa dor. Alguns pais nos pediram... para falarmos com os alunos e cuidarmos disso nos próximos dias.

— Sim. Mas é importante descobrir o que aconteceu.

— Pensei que você procurasse pessoas desaparecidas. Allison apareceu, não é mesmo? O reverendo Graham tem uma agenda muito apertada. Em uma hora ele vai celebrar um culto na capela do colégio para os alunos que quiserem participar. Eles terão permissão para sair da aula. Depois disso, ele tem um encontro ao meio-dia com dois policiais. Você deveria ter avisado que queria falar com ele. Além disso... o fato de ela ter aparecido não torna seu trabalho desnecessário?

— Há nove anos, Gina Pebbles, aluna do Mallow, também desapareceu. Meu trabalho aqui não terminou. No seu colégio, parece que ninguém se preocupa com o fato de que duas alunas tenham sumido nos últimos dez anos. Leve-me para falar com o reverendo ou terei de voltar com um mandado, e sem dúvida também com um de detenção por obstruírem a investigação.

O inspetor desviou da mulher e entrou no colégio. Lá dentro, no corredor, dirigiu-se à direita, onde uma secretária atendia um adolescente de uniforme, uma calça cinza e uma camisa branca. Abriu a porta e entrou na área em que ficava a direção e onde, na semana anterior, tinham o recebido de maneira discreta. A mulher que estava na entrada o seguiu aos tropeções com ar preocupado.

— Não pode entrar aí. O reverendo... está preparando o culto.

— Então a celebração vai ter que esperar. Preciso falar com ele.

— Sr. Miller, por favor, não me faça...

O inspetor chegou à porta da sala do diretor e tentou abri-la. Estava trancada. Ele bateu com urgência enquanto a mulher, ao seu lado, não parava de falar. Mas ele não escutava o que ela dizia.

— Reverendo Graham! Abra a porta. Preciso falar com o senhor. — Bateu na porta com mais intensidade, e a secretária da administração saiu da sala para ver o que estava acontecendo.

— Senhor... o reverendo não gosta que o perturbem quando está preparando a missa. Vou ter que pedir que saia e volte em outro momento.

— Reverendo Graham!

De repente, a fechadura foi destrancada e, enfim, o reverendo surgiu e o cumprimentou, confuso, sem soltar a porta.

— Inspetor Miller? — disse. — O que está acontecendo? O que não pode esperar?

O reverendo Graham era um homem de uns cinquenta anos, grisalho e com barba, vestido com calça cinza plissada, sapatos escuros, um suéter com decote em V e embaixo uma camisa branca abotoada até o pescoço, que quase lhe sufocava.

— Preciso falar com o senhor.

— Ah... é por causa de Allison? Que desgraça. Aquela garota era... uma simpatia. Não merecia acabar assim. Mas os caminhos do Senhor... você sabe. O que nós, cristãos, dizemos. Não compreendemos a vida, muito menos a morte quando é tão trágica e chega para alguém tão jovem.

— É sobre Gina. Gina Pebbles. Ela estudava aqui. Como Allison. Pode ser que as duas tenham sofrido o mesmo destino. Então, estou tentando desvendar o que não sabemos.

— Gina Pebbles? — Ele esboçou uma expressão confusa, mas em seguida continuou: — Estou ocupado, inspetor Miller. Não tenho tempo. Marque um horário com a sra. Malcolm. Vou garantir que reservem um tempo para você. Estamos numa época complicada, com as parciais e avaliações do conselho de educação comunitária.

— Sei que tem um culto agora, porém é importante. Dez minutos.

Ele vacilou, mas olhou para trás, deixando à vista o interior de sua sala: lá dentro havia uma adolescente com cabelos castanhos lisos e saia plissada, sentada na frente da mesa do diretor.

— Você se importa de continuarmos depois? — disse ele para a garota.

Ela negou com a cabeça, em silêncio. Levantou-se e saiu da sala passando ao lado de Miller, que a encarou, intrigado.

— Entre, por favor. Vamos acabar com isso de uma vez — declarou o reverendo Graham.

20.
Roxbury
24 de abril de 2011
Dois dias antes
Jim Schmoer e Miren Triggs

O fogo dança mesmo quando você não olha para ele.

— Mas o que foi aquilo, Miren? — perguntou o prof. Schmoer assim que eles saíram da casa dos Pebbles, chateado com a conduta de Miren. — Você perdeu a cabeça? Estávamos indo bem. Estávamos conseguindo alguma coisa. Cadê a jornalista que você é? Quando entrevista alguém, tem de deixar de lado toda a sua merda. Você sabe disso melhor do que ninguém.

— Não me venha com lições, Jim.

— Todos sentimos esse tipo de coisa, Miren. Todos. Mas isso não é motivo para jogar tudo para o alto. Você tem de aguentar firme.

— Eles são uns filhos da puta, e alguém tinha de dizer isso. Açoitaram Gina por causa de um beijo? Pelo amor de Deus... Todos cometemos loucuras quando somos jovens. Isso não dá o direito de... destruírem a nossa vida, nem de nos transformarem em vítimas por sermos mulheres.

— Seu trabalho não é convencer os outros a serem boas pessoas, Miren, mas fazer com que o mundo saiba a verdade sobre Gina e Allison. Descobrir o que toda essa gente esconde e trazer à luz. O mundo se encarrega de falar por você. O mundo mudará se a verdade é uma merda. Você só tem de encontrá-la e falar sobre ela do melhor jeito que conseguir.

— Isso tudo é que é uma merda. Eu não deveria ter dito pra você vir, Jim. Sinto que você está... me tratando como uma criança. Agora vem me dar lições. Para sua informação, a única jornalista aqui sou eu.

— Sério? Acha que eles teriam deixado você entrar se não fosse por mim? Você não inspira confiança, Miren. Salvei sua pele. Você se comporta como...

O professor estava prestes a terminar a frase, mas a deixou no ar. Ele se deu conta de que Miren não merecia aquilo.

— Continua. Agora fala — repreendeu ela, erguendo a voz, colérica.

— Não, Miren... Vamos nos acalmar, ok?

— Você é um covarde de merda — disse ela, furiosa.

— Deixa pra lá, Miren. Isso não serve pra nada.

Ela bufou, mas em seguida continuou, com raiva:

— Por isso sua mulher te abandonou, Jim. Porque você não tem culhões para enfrentar ninguém — afirmou ela, ferindo-o sem pensar.

Esses tipos de dardos em geral eram muito afiados e costumavam ser lançados no alvo com os olhos fechados.

— O que você sabe da minha relação com a minha mulher? Não sabe nada sobre o motivo de termos nos separado. Nada. E ficar com raiva não te dá o direito de falar sobre os outros como se fossem de pedra. Não somos todos como você, que não dá a mínima. Seu umbigo, seu trauma. Sempre estive aqui pra te ajudar. Sempre. Se você está no *Manhattan Press*, é por minha causa — concluiu ele.

— Vá embora — ordenou ela, magoada.

O professor percebeu que havia revidado com a mesma moeda e tentou, em vão, recuar. Quando uma discussão chega a esse ponto, qualquer palavra se transforma numa faca de dois gumes.

— Miren, eu...

— Me deixa em paz! — gritou ela, andando entre as casas, saindo de Roxbury e deixando Jim falar sozinho.

Ela percebeu que anoitecia e andou em direção ao entardecer, percorrendo a Rockaway Boulevard até Breezy Point. Jim a observou se afastar sozinha e, embora num primeiro momento tenha pensado em segui-la e se desculpar, sabia que isso só complicaria as coisas.

Assim que sentiu que Jim estava longe o suficiente, Miren deixou a primeira lágrima escapar. Em seguida veio outra e muitas mais. Não suportava que as pessoas a vissem chorar e precisava da solidão como quem abraça o travesseiro no meio da noite. E no transcorrer desse choro abafado, que ninguém viu, ela percebeu que havia chegado, sem querer, no final da península de Rockaways. Nesse momento, o sol estava prestes a se pôr, e ela decidiu caminhar para a praia, atravessando a área de terra e arbustos que separava a estrada da orla.

Ali, contemplou o pôr do sol, enquanto se debatia com seus demônios interiores. Ela se perguntou por que era assim, por que toda a sua vida girava em torno de afastar quem se aproximasse. Sentia-se abatida e miserável, afundada e despedaçada. Olhava para os recônditos de seu coração com o mesmo distanciamento com que lia um jornal e só encontrava momentos em que havia se sentido sozinha, triste e desolada.

Pegou o celular e procurou nos contatos a única pessoa que podia tirá-la daquela espiral. Depois de tocar várias vezes, uma voz feminina e calma soou do outro lado:

— Miren? Que alegria você ligar. Estava preparando o jantar e... Você não vai acreditar, estamos fazendo tomates verdes fritos. Você adorava quando era pequena.

Ela esboçou um sorriso assim que ouviu a voz da mãe, apesar de algumas lágrimas ainda deslizarem em seu rosto, como se competissem para ver quem chegava primeiro ao canto dos lábios.

— Miren? Está me ouvindo? Ah, antes que eu me esqueça: a sra. Peters, a vizinha, não para de me pedir que você autografe um livro. Ela anda por aí se gabando por ter trocado suas fraldas quando você era bebê. Uma vez! Ela fez isso uma vez durante um churrasco aqui em casa e já acha que merece parte de seus royalties. Coisa de louco. Autografe, mas não escreva nada bonito.

Miren respirou fundo antes de tentar falar. Não queria que a mãe percebesse como ela estava, mas todas as mães reconhecem as lágrimas dos filhos.

— Miren, você está bem, filha?

— Tomates verdes fritos — disse ela, enfim, com um nó na garganta. — Eu... eu adorava. Queria estar aí agora com você e o papai. — Diante de Miren, o oceano Atlântico balançava suavemente, e ela percebeu de repente que uma onda havia tocado a ponta de seus pés.

— Seu pai não vai jantar. Ele se empanturrou hoje à tarde com seis bolinhos e eu o proibi de se aproximar da cozinha até amanhã. Os tomates são para mim e a vovó.

Miren voltou a sorrir quando ouviu que sua avó estava em casa.

— Como a vovó está?

— Compramos uma scooter elétrica pra ela e agora ela percorre metade de Charlotte em dez minutos. Está adorando essa vida. Ela me pediu para não contar, mas... arrumou um namorado.

— A vovó? — perguntou, rindo.

Aquela notícia foi como um farol distante brilhando em sua direção.

— Ela merece, sabe? É um cara do lar de idosos. É encantador. Ele também tem uma dessas scooters e andam juntos por aí. Você tem que ver. Parece uma debutante, com sua moto, suas besteiras e suas risadas de menina.

— Fico... fico tão feliz por ela, mãe.

— Ah, filha. Eu sei...

Um silêncio invadiu a conversa e enfim a mãe insistiu, aproveitando o momento oportuno:

— Você está mesmo bem, Miren?

— Não, mãe — disse ela, desabando.

Sua voz rasgou como se fosse um pano velho e ficou reduzida a um punhado de fios mal entrelaçados.

— Algum rapaz?

— Não, mãe — respondeu ela com dificuldade.

— O trabalho?

— Sou eu, mãe. O que acontece comigo? Por quê... por que nunca vou conseguir me sentir como os outros? Por que todos pensam que sou fria, que não sofro, que não... que não sou uma pessoa? Faço o que posso. Juro que faço. Só que... que... não quero que ninguém volte a me machucar. Não quero que ninguém volte a pensar que sou vulnerável e me leve a um parque e... e que tudo volte a se repetir.

— Querida... — sussurrou a mãe do outro lado —, isso não é verdade, meu amor. Você tem sentimentos como todo mundo tem.

— Não é verdade, mãe. Nunca consegui gostar de ninguém. Nunca. Já não sinto as coisas. Vivo minha vida como se... como se ela estivesse acontecendo com outra pessoa. Estou nela, sim. Mas... tudo está fora de mim. Não me importo com ninguém. Nada me faz feliz, mãe.

— Me escuta, e vou ser muito sincera, filha. Sei que foi muito difícil o que aconteceu, Deus sabe disso. Todo dia penso que não a protegi como deveria.

— Não foi você...

— Me deixa terminar — ela ergueu a voz, irritada com o mundo. — Mas... você tem que tentar seguir em frente, filha. Se você se ancorar naquela noite, se tudo girar em torno dela, você vai se consumir. Não percebe? Você vai se acabar. Já se passaram muitos anos e ainda parece que foi ontem. E esse é o problema. Você precisa viver. Precisa virar a página. Fazer com que aquilo se transforme numa lembrança ruim, e é isso. Não houve justiça. Foi tudo um despropósito, filha. Mas você deve se concentrar em você e na sua felicidade. Isso que você faz, procurar pessoas e ajudar os outros, é lindo. E deve continuar fazendo.

— E quem me ajuda, mãe? Quem?

— Só você pode ajudar a si mesma, querida. Mas só poderá fazer isso quando conseguir consertar aquela noite.

Aquelas palavras ressoaram na cabeça de Miren como os conselhos que recebia na época em que vivia em Charlotte. Naquele instante, sua mente voou para uma lembrança em que ela brincava com os pais, correndo pela casa inteira. Em seguida, relembrou como a mãe sujava seu nariz com nata quando assavam bolinhos aos domingos e, mais uma vez, aquelas imagens idílicas se embaçaram com a escuridão de um parque do centro de Manhattan e com silhuetas escuras em cima dela.

— Obrigada, mãe — disse, afinal, com a voz séria.

— Não quero te ver mal, querida. Se precisar, eu e seu pai vamos te visitar por uns dias.

— Não precisa, mãe. De verdade. Vou ficar bem.

— Certeza? — perguntou ela com o tom sério que só as mães eram capazes de ter.

— Sim, mãe — respondeu Miren antes de desligar.

O sol havia se posto enquanto ela falava com a mãe e, assim que terminou a conversa, percebeu que algumas motos e bicicletas começavam a chegar àquela área isolada de Breezy Point, em diferentes grupos. Os condutores se cumprimentavam, alegres. Miren notou que todos pareciam adolescentes e não havia nenhum que fosse maior de idade.

Ela observou por alguns instantes a distância do horizonte no oceano, mas ficou inquieta ao descobrir que o grupo de garotos era cada vez maior e barulhento. Ao olhar para trás, reconheceu Ethan Pebbles rindo entre vários deles. Em seguida, percebeu que o adolescente se aproximava de uma garota que parecia ser sua namorada, vestindo um moletom cinza, e lhe deu um beijo enquanto agarrava a bunda dela. Dois garotos despejaram gasolina num monte de lenha e, um instante depois, a chama acendeu após uma garota derrubar sobre a madeira o cigarro que fumava. Eles se comportavam como se Miren não estivesse ali, e ela ficou fascinada ao observar como aquelas garotas pareciam ser muito mais livres do que ela já tinha sido. Viu-as dançando na frente do fogo, ao som de uma música que não conhecia. Uma garota loira beijou um garoto e, pouco tempo depois, fez o mesmo com uma garota. Aproveitavam sem pensar, sem sentir mais nada. Porém, logo depois, um dos jovens de gorro na cabeça apontou para Miren, e todos olharam para ela no mesmo instante.

Ela estava prestes a se virar e caminhar na orla, como se não os tivesse visto, mas estava num daqueles momentos em que enfrentaria qualquer coisa. Decidiu se aproximar do grupo e perguntar:

— Alguém de vocês sabe algo sobre os Corvos de Deus?

Ethan olhou para ela surpreso, mas se manteve em silêncio, em segundo plano, enquanto os demais olhavam uns para os outros, com ar confuso.

— Conhecem esse grupo? Sabem o que é?

Ethan meneou a cabeça, decepcionado, como se Miren tivesse cometido um erro grave. Um casal que estava sentado na areia se beijou como se ela não estivesse ali.

— Ninguém? — insistiu ela, mais alto.

Todos a encararam em silêncio, como se tivessem feito um pacto. Miren percebeu que tiraria pouco daquela conversa.

— Ok. O que tenho que fazer? Ninguém vai falar com quem não faz parte dos Corvos. Digam, o que preciso fazer para entrar?

Uma garota de cabelo castanho, lábios carnudos e olhos afiados riu.

— Não sei o que tem que fazer... mas, se soubesse... não é um pouco velha para os Corvos? — disse ela, em tom irônico.

Alguns garotos riram no mesmo instante. Outros ficaram em silêncio, atentos.

— O que preciso fazer? Não importa o que seja. Não se alcança a felicidade fazendo parte dos Corvos?

— Como você conhece os Corvos? — perguntou a jovem, curiosa.

Ethan observava em silêncio, com ar preocupado.

— Estou interessada no que acontece num lugar onde assassinaram uma garota. E onde outra desapareceu há muitos anos.

Um garoto da mesma idade de Ethan, de cabelos castanhos e queixo quadrado, se levantou e se meteu na conversa.

— Dizem... que não dá pra pedir pra entrar nos Corvos — explicou o garoto. — Eles é que escolhem a pessoa. Mesmo que você soubesse como entrar... não ia adiantar nada se não te aceitarem — concluiu.

— Você é James Cooper? Do Mallow, certo?

— Você me conhece? — o garoto riu. Depois se voltou para o grupo e se gabou. — Até as mais maduras já sabem sobre mim.

— Ouvi dizer que você sabe como entrar para os Corvos.

James ergueu o canto dos lábios com um sorriso zombeteiro e, por fim, respondeu.

— Dizem que existe um jogo. Não conheço, são só rumores. Mas... quem sabe. Se você está procurando os Corvos, talvez eles também estejam procurando você.

— E como faço para que me encontrem?

— Você tem coragem. Sem dúvida. É melhor parar com essas brincadeirinhas. Nos Corvos tudo é mais complicado do que você imagina.

— Vou repetir a pergunta: como faço para que me encontrem? — insistiu ela, apertando a mandíbula.

— Relaxa. Você quer? Tenho certeza de que eles já a encontraram — declarou o garoto, virando-se.

— O que isso significa?

— Você se importa? — respondeu James, cansado das perguntas dela. — Estamos tentando nos divertir. Está... cortando nossa vibe.

— Vocês sabem que, há nove anos, a mochila de Gina Pebbles apareceu aqui após ela sumir, certo?

— Talvez ela também tenha vindo aqui se divertir naquela época, não acha? Todos temos direito de... brincar um pouco. Inclusive você. Se não, o que está fazendo aqui? Estava chorando? É o que parece, pelos seus olhos — bufou ele, com uma risada tímida que escapou entre os seus lábios.

— Deixa ela, James — disse a voz de um garoto ao fundo. — Não percebeu que ela nem sabe onde tá? — Miren desejou que fosse Ethan, mas não parecia.

Aquele desprezo a pegou de surpresa, e ela não soube como reagir. Sua mente voltou para a adolescência, quando era ignorada pela classe por ser uma aluna dedicada. Fazia tanto tempo isso que ela tinha esquecido como era se sentir isolada do riso cúmplice da maioria.

— Se acalme, senhora... — interveio a garota de cabelos castanhos que havia falado com ela no começo. — Não está se sentindo bem? Não percebe o prazer da falta de fôlego para... chorar? Adoro chorar... Quem dera eu pudesse ficar chorando o dia todo. Isso faz eu me sentir mais viva do que... uma boa trepada.

— Quantos anos você tem? — perguntou Miren, surpresa com aquele discurso.

A garota soltou uma gargalhada e acrescentou:

— Vá embora, senhora, acho que já teve conversa suficiente por hoje. Vim para... me divertir. — A garota se virou e deixou Miren falando sozinha.

Miren percebeu que o grupo começou a ignorá-la e voltou a fazer suas coisas, rindo. Logo depois, a garota deu um grito quando outro adolescente colocou para tocar na caixa de som outra música que Miren também não conhecia. Buscou os olhos de Ethan, mas ele havia se afastado com a jovem que tinha beijado ao chegar. Devia ser Deborah.

Miren não tinha mais nada para fazer ali. Lamentou-se por ter andado até aquele lugar por causa da discussão com Jim e lembrou que seu New Beetle a esperava em Roxbury, a alguns quilômetros de distância. Porém, bem no momento em que se virou, todos começaram a rir em uníssono, com gargalhadas estridentes que eram dirigidas a ela. Risos de vários timbres se misturavam ao som leve das ondas do mar. Ela começou a andar, afastando-se deles e seguindo para Roxbury, quando de repente percebeu que algo pesado tinha caído ao seu lado.

Depois, sem tempo de entender que objeto havia desabado na areia perto dos seus pés, sentiu um forte golpe na cabeça, e na mesma hora tudo ficou preto.

21.
Breezy Point
Madrugada de 25 de abril de 2011
Um dia antes
Miren Triggs

Nem todos os finais merecem um beijo.

Acordei num quarto que não reconheci, atordoada e com uma dor de cabeça que parecia ter vida própria. As cortinas vermelhas pendiam de uma minúscula janela por onde uma luz azul intermitente entrava. Embaixo dela, reconheci minha mochila aberta numa poltrona cinza cujos braços estavam cheios de pequenos buracos que pareciam marcas de cigarro.

Uma torneira aberta soava do meu lado esquerdo, mas era difícil mover a cabeça para olhar para lá. Percebi que estava deitada numa cama sobre uma colcha com uma estampa florida tão horrível quanto o latejar que eu sentia no alto da cabeça. Confirmei com alívio que continuava vestida. O que tinha acontecido? Onde eu estava?

A meus pés, a uns dois metros da cama, havia uma televisão ligada e sem som, sintonizada no canal de notícias vinte e quatro horas da NBC. Tentei identificar que dia era pelas notícias, e quando vi na tela Obama fazendo um discurso percebi que não devia ter passado muito tempo desde as minhas últimas lembranças. De repente, uma voz surgiu de onde vinha o som da torneira aberta, e a reconheci de imediato.

— Ah, você acordou... — sussurrou o prof. Schmoer, como se tivesse medo de me quebrar com seu timbre de voz.

— Jim? — Esforcei-me para mexer a cabeça na direção dele e consegui com dificuldade, apesar de aquele gesto fazer a dor se irradiar para meu ombro e meu pescoço.

Ele entrou no meu campo de visão, com o cabelo bagunçado. Estava com a mesma roupa com que o vi da última vez na casa da família Pebbles, então deduzi que era o mesmo dia ou um pesadelo.

— Onde estou? O que... aconteceu?

— Alguém... bateu na sua cabeça com uma pedra. E... bom, encontrei você na praia, inconsciente. Por favor, me desculpe, mas saí para procurá-la depois de terem passado muitas horas e você não ter voltado para o carro. Achei que precisava ficar sozinha um tempo e deixei você em paz. Mas... quando anoiteceu, decidi dar uma volta pela região para onde você tinha ido. Achei que a encontraria e que poderíamos conversar com mais calma, mas... quando a vi no chão, na praia, fiquei assustado. Você tinha uma bela contusão na cabeça. Te carreguei como pude até aqui.

— Não viu ninguém por lá? — perguntei.

À minha mente vinham imagens borradas de um grupo de adolescentes na praia, ao lado de uma fogueira.

— Você estava sozinha, Miren. Não havia ninguém lá. E ainda bem que encontrei você. A maré poderia ter subido e... melhor nem pensar.

— Não viu uns garotos?

— Garotos? Enquanto eu caminhava para Breezy Point, vi vários grupos vindo de bicicleta na direção contrária. Acha que eles fizeram isso com você?

— Não sei, Jim. Estou... confusa. Ai... como dói.

Tentei me endireitar, mas uma dor inesperada me fez emitir um gemido involuntário.

— Ei, ei... relaxa, Miren... você tem de descansar. — Ele se inclinou para mim, tentando me manter na cama. — Limpei a ferida como pude. Ainda tem areia no cabelo e no pescoço, mas acho que fiz um bom trabalho.

— Onde estamos?

— No motel New Life, em Breezy Point. Sei que esse lugar parece ruim, mas... era o mais próximo de onde a encontrei. O recepcionista insistiu que você deveria ver um médico, mas achei que, se eu te levasse a um hospital, seria você quem acabaria batendo na minha cabeça.

— Que horas são? — perguntei.

Fiquei tonta ao tentar procurar um relógio em algum lugar do quarto, mas não encontrei nada que me desse uma pista.

— É meia-noite — disse ele com um tom caloroso, depois de conferir seu relógio de pulso. — Descanse.

— Meia-noite? Há quanto tempo estou...?

— Te encontrei há algumas horas. Por volta das nove. Você dormiu bem. Eu... estou acabado. Estava pensando em ficar a noite toda acordado, verificando se você estava bem, mas agora que acordou... admito que estou morto. Vou dormir nessa cama aí, se não se importar. Mas... se você preferir, posso pegar outro quarto. O recepcionista me disse que o motel está vazio. Duvido que vá me cobrar muito por algumas horas.

— Não — neguei, acabada. — Fique. Não... não tem problema.

Ele fez uma careta, que interpretei como sinal de aprovação. Em seguida, aproximou-se e me ofereceu água num copo que pegou na mesinha de cabeceira.

— Obrigada, Jim — agradeci. — Não sei por quê... eu... — Tentei me desculpar, mas ele me interrompeu, calmo.

— Descanse, Miren.

— Não. Escuta... Quero que saiba que... mesmo que muitas vezes eu não consiga expressar o que... sinto... — Me custou horrores dizer isso em voz alta. — Garanto que... sou grata por você estar aqui comigo, me ajudando.

— Miren... eu sei. Não precisa dizer nada. Estávamos chateados e... eu não tinha compreendido que o seu passado não é o meu. Que minhas experiências não são as suas, e que meus medos, em especial eles, não se parecem com os que atormentam você. Nossa vida é subjetiva, e eu não sou ninguém para questionar as suas causas e as suas batalhas. Nem todos partimos do mesmo ponto na vida, e ela nunca machuca duas pessoas diferentes da mesma maneira, mas todos procuramos avançar por ela tentando não perder muitos pedaços de nós mesmos nessa estrada cheia de buracos e acidentes inesperados.

Ele fez uma pausa e eu percebi que pela primeira vez em muitos anos alguém expressou em palavras uma luta interna que eu nunca compreendera. Quando olhava para os outros e os via felizes, tristes, emocionando-se ou chorando, amaldiçoava meu infortúnio por minha falta de sentimentos. Mas talvez o professor tivesse razão e todos estivéssemos condenados a avançar por uma estrada impossível, tentando nos desarmar o menos possível durante o percurso, mas só dependia de nós curar nossas próprias feridas.

Endireitei-me com dificuldade e apoiei minhas costas na cabeceira, em silêncio. Minha cabeça ainda doía, tudo ainda dava voltas ao meu redor, mas eu sabia que precisava daquele momento. Peguei sua mão e ele me observou de pé. Notei as sombras em seu rosto desenhadas pela luminária da mesinha de cabeceira. Lembrei-me de todas as vezes, nos últimos anos, em que ele havia estado ao meu lado, sempre, como professor e companheiro, como mentor e algo mais, como amigo e confidente.

Puxei-o um pouco para mais perto de mim e ele seguiu meu comando silencioso para se sentar na cama. Ele me observava, atento, como se estivesse analisando minha cabeça. Eu tinha certeza de que ele sabia o que eu estava pensando, mas não havia como ele enxergar o quadro completo. Minha mente era inexplicável até para mim mesma, e talvez por isso ele estivesse tão atento, talvez numa tentativa de desvendar os meandros inertes da minha alma ferida.

Acariciei o cabelo dele. Brinquei por alguns segundos, enroscando meus dedos em seu cabelo emaranhado. Ele tinha a expressão séria. Eu olhava para ele, nervosa, e tirei seus óculos. O último passo. Coloquei-os na mesinha de cabeceira com cuidado. Ele seguiu com os olhos o movimento da minha mão até a mesinha e depois os fixou de novo nos meus. Inclinou-se até mim com suavidade e parou perto o suficiente para que eu sentisse sua respiração. Por que isso era tão difícil de encontrar? Ele era a única pessoa com quem eu me sentia segura? Avancei. E senti meus lábios arranharem a pele dele.

E de repente acabou.

Um estrondo quebrou a janela do quarto em mil pedaços e despejou sobre nós uma chuva afiada de cacos de vidro. Jim se levantou e olhou em todas as direções, sem entender nada. Havia uma pedra no fundo do quarto, que tinha batido na porta do armário e ricocheteado até cair na cama, perto da minha perna esquerda. O professor abriu a porta e saiu. Tentei ficar em pé, mas percebi que estava descalça, e o chão estava coberto pelos cacos da janela quebrada.

— Jim? — gritei, ao perdê-lo de vista.

Alguns segundos depois, ele apareceu do outro lado da porta, praguejando.

— Filhos da puta. Foram alguns pirralhos de moto. Contei três motos se afastando entre risadas, mas não consegui ver nenhuma placa.

Olhei para a pedra ao lado da minha perna e a peguei. Era do tamanho de uma manga, e nela tinham escrito uma palavra e alguns números com tinta vermelha: "JOÃO 8,7".

22.
Colégio Mallow
25 de abril de 2011
Um dia antes
Ben Miller

O que nos faz cair na armadilha de acreditar que uma autoridade ocupa tal posição porque a merece?

O reverendo Graham ainda não tinha se sentado à mesa de sua sala quando o inspetor Miller lhe fez a primeira pergunta:

— Costuma ter conversas a portas fechadas com... seus alunos, reverendo?

— Por que diz isso? Ah. Refere-se à Deborah? É... complicado de explicar. Mas sim. É algo comum em Mallow.

— Tenho tempo, não se preocupe — afirmou Miller.

O reverendo suspirou, e o inspetor notou que ele tinha um ar diferente do que da primeira vez que se falaram. Naquela ocasião, Miller foi para o colégio com a firme convicção de que Allison havia fugido de casa, como das outras vezes, e ainda que algumas declarações dos colegas de classe a pintassem como uma garota mudada que agora se dedicava aos estudos, a história dela parecia invadir qualquer conversa. O próprio reverendo explicou que Allison havia ido várias vezes conversar com ele porque estava cansada dos boatos que circulavam pelo colégio de que era uma garota muito "solta", algo que, apesar disso, ele confirmou. Aquela declaração coincidia com a dos colegas e com o histórico de fugas, por isso seu desaparecimento foi tratado com relativa despreocupação, pois sem dúvida ela estaria com algum de seus namorados mais recentes e, mais cedo ou mais tarde, voltaria para casa, como havia feito das outras vezes.

— Bom... vamos ver. Todos os dias, no início da manhã, reservo duas horas para tratar eu mesmo das inquietações dos nossos alunos e tentar guiá-los espiritualmente. Essa idade é muito complicada, cheia de infortúnios, inseguranças e caminhos equivocados. Tento ser um diretor acessível. Qualquer estudante sempre pode vir à minha sala para pedir conselhos, se confessar ou apenas conversar.

Afinal, acho importante romper barreiras, abrir portas e estar ao lado dos nossos alunos nessa idade em que... — Fez uma pausa. — O mal está à espreita.

— O mal? São só... adolescentes. Fazem coisas de adolescentes.

— Sim. O mal. É na adolescência que ele se faz mais presente, inspetor. O mal oferece tentações que levam a decisões erradas, miragens que desviam do caminho. Promete felicidade e você acaba adorando o próprio diabo. É importante que os garotos recebam uma educação e uma orientação clara, para não acabarem... ignorando os desígnios do Senhor.

— Teve alguma dessas conversas com... Gina Pebbles?

— Gina... Você nem imagina o quanto rezei por aquela menina. De vez em quando me lembro dela. Foi um verdadeiro golpe para a escola. Ela era um anjo, sabe? Eu nunca tinha visto uma garota como ela. Rezava com mais fervor do que qualquer um da classe. Ajudava sempre que podia. Cuidava muito bem do irmão. Todos gostavam dela. Uma de nossas melhores alunas, sem nenhuma dúvida. Sempre a tenho como exemplo do que um aluno de Mallow deve ser: religioso, zeloso e inteligente. Aquilo foi... uma desgraça.

— Como a de Allison — disse o agente, tentando guiá-lo de modo paralelo para os dois assuntos.

— Sim, sem dúvida. Tocou a nós todos. Já faz tempo o que aconteceu com Gina... E agora que começamos a esquecer o assunto... acontece isso. Tem sido muito difícil convencer os pais de que este é um lugar seguro, sabe? Na verdade, ele é. Mas essas coisas pesam muito. Estamos pensando em enviar uma carta aos pais de Allison para expressar nossas condolências e... bom, oferecer o apoio necessário para passar por este momento tão difícil.

— Falei com eles e estão realmente tristes. Sabe, reverendo, me surpreende que uma família como a de Allison tenha conseguido matriculá-la em um colégio como este. Pelo que entendi, a mensalidade aqui é... — Buscou em sua mente uma palavra adequada. — Inacessível.

— Bom... não sei se é inacessível, mas está de acordo com o que oferecemos. Um ensino de qualidade e religioso, porta de entrada para as melhores universidades do país. Cinquenta por cento dos nossos alunos acabam em universidades da Ivy League, portanto estamos mais do que satisfeitos com o que oferecemos.

— Sim, mas... como a família dela conseguia pagar por isso?

— Allison tinha bolsa. Aqui tentamos oferecer oportunidades para alunos com menos recursos, como parte do nosso trabalho educativo e de inclusão social.

— E vocês dão bolsa para qualquer um que a solicite?

— Gostaríamos, inspetor. Mas nossos recursos são limitados; nos últimos quatro anos, tentamos oferecer quatro ou cinco bolsas por ano. É uma boa oportunidade, financiada com os fundos da igreja. Uma educação de qualidade abre portas e rompe barreiras.

— Posso lhe perguntar uma coisa?

— Claro, o que precisar. Estou aqui para ajudá-lo. Essa é uma tragédia que precisamos resolver o quanto antes. A cada dia que não sabemos o que aconteceu é mais um que os pais de nossos alunos consideram cancelar a matrícula de seus filhos em Mallow.

— Gina Pebbles e o irmão dela tinham bolsa? — perguntou rápido o agente.

— Os Pebbles? Não sei dizer. Não lembro. Eu teria de ver. Mas confirmarei para você.

— O irmão dela continua estudando aqui, certo?

— Continua, sim. Agora que você mencionou isso, acho que sim. Acho que tinham bolsa. Acredito que eram crianças que mereciam. Eles conseguiram bolsas de estudo mais cedo, mais jovens, mas o caso deles era especial. Os pais haviam falecido e... os tios Christopher e Meghan, se lembro bem, queriam uma boa educação para os sobrinhos. Sim. Acho que sim. De todo modo, confirmarei e lhe digo assim que souber.

— Interessante, para dizer o mínimo.

— Por que diz isso?

— Não lhe parece muita coincidência que duas alunas do colégio, ambas bolsistas, tenham desaparecido em nove anos? E as duas da mesma idade?

— O que está insinuando, inspetor? Está dizendo que Mallow tem algo a ver com isso? Está nos culpando por essa desgraça?

— Não, só estou dizendo que...

— Também culpa os colégios onde um estudante possuído metralha seus colegas? Porque é exatamente o que está fazendo. É como se, em vez de culpar o governo por permitir que qualquer um compre uma arma, você responsabilizasse os professores pela morte de crianças em nossas escolas.

— Olhe, reverendo... não quis...

— Não somos responsáveis pelo que acontece da porta para fora, inspetor. Tecnicamente, Gina desapareceu ao sair da aula, e Allison veio naquela manhã, como eu disse, mas faltou nas últimas três horas. Saiu do colégio para fazer algo e... bom, não podemos controlar mais de quatrocentos alunos, muito menos aqueles que não querem ser controlados. Até mesmo os professores estavam muito preocupados com a atitude dela nos últimos meses. Era um pouco... libertina, como você já sabe — enfatizou outra vez a questão. — Eu não queria dizer essas coisas, mas... se você não conseguir que o Senhor olhe para você com bons olhos, o próprio diabo o fará.

Miller suspirou. O reverendo sabia como se esquivar dos assuntos, e ele percebeu que precisaria adotar uma postura mais enérgica, ou não esclareceria nada.

— É uma pena o que aconteceu com Allison — continuou o reverendo. — Deus sabe que rezamos por ela, e por isso mesmo organizamos um culto em sua homenagem, para que seus colegas possam chorar o ocorrido. Se você vem aqui insinuar que somos... culpados pelo que aconteceu, tenho de dizer que... talvez tenha alguma razão.

— O que disse?

— Somos culpados no sentido de que não fomos capazes de ver que Allison nos pedia ajuda. Suas ações... libertinas não eram nada mais do que o reflexo de ela estar infeliz. Sabíamos disso. Aqui em Mallow estamos atentos a todos os alunos e a como eles agem. Fizemos nossas próprias perguntas e todos concordaram que Allison havia se tornado uma...

— Uma o quê?

— Uma vadia — concluiu o reverendo. — E você tem de admitir que isso não é algo com o que uma garota possa se sentir... orgulhosa. Ela tinha vários parceiros. E... bom, como você sabe, este é um centro cristão que desaprova todas essas... atividades lascivas. Ela era uma pecadora. Como a mulher que vivia na casa do fariseu e lavou os pés de Jesus Cristo. Mas o Senhor não nos deu uma lição? Não nos ensinou que, quanto maior o pecado, maior é o perdão?

— Desculpe a minha ignorância, mas... não sou uma pessoa muito... religiosa.

— Veja, Jesus entrou na casa de um fariseu e deixou que uma prostituta lavasse seus pés. Além disso, não só deixou que aquela pecadora o tocasse, como também perdoou seus pecados. Você entende o que eu estou dizendo?

— Não estou acompanhando, reverendo.

— O que eu tenho para lhe contar é que fizemos um trabalho com Allison para perdoá-la. E ela começou a mudar e a se dedicar mais aos estudos, tirou notas melhores. Mas... às vezes, nossas melhores ovelhas saltam do penhasco, então só podemos lamentar o que perdemos e virar a página o quanto antes para cuidar do resto do rebanho e impedir que mais alguma se aproxime do desfiladeiro.

Miller assentiu preocupado e demorou alguns segundos para assimilar o que aquela frase significava. Antes de continuar, olhou a sala com interesse. Observou a estante atrás do reverendo Graham, repleta de textos religiosos. Na parede à sua esquerda estava pendurado um crucifixo de madeira escura com a figura de Cristo prateada, tão brilhante que Miller se sentiu vigiado. Fazia tanto tempo que tinha se afastado da religião que aquela opressão de repente lhe pareceu asfixiante.

— E o que me diz sobre Gina? Tinha conversas com ela também? Ela confessou algo que o perturbou? Li no relatório do caso que ela tinha um namorado. Um tal de Tom Rogers.

— Faz muitos anos que Gina desapareceu, e tudo o que eu sabia contei na época. Ela era uma boa aluna, mas não conseguia tirar a morte dos pais da cabeça. Claro que eu conversava com ela, tentava orientá-la e dar conselhos. Quando uma desgraça assim acontece, ou nos agarramos a Deus, ou caímos no abismo.

— E o que ela lhe contava nessas conversas?

— Preocupações. Sobre o irmão, que queria o melhor para ele, que não queria que ele sentisse a ausência dos pais. Foi muito traumático. Mas ela era... adorável. Se estava saindo com algum garoto, era normal. Não que eu aprovasse, mas era inevitável. Era uma garota com rosto angelical. Além do mais, muito sorridente. Muito. Lembro-me dela sempre sorrindo.

— O que você acha que aconteceu?

— Não sei, inspetor. Talvez... Não sei, algum desalmado a raptou ao sair da aula e... bom. Tenho certeza de que Deus abriria as portas do céu para ela.

— Entendo — disse Miller.

Naquele momento, bateram à porta e apareceu uma mulher de touca branca na cabeça e rosário no pescoço.

— Reverendo. Estão ligando para o senhor da arquidiocese. É importante...

— Você me daria licença por um instante? — perguntou ele de maneira retórica, enquanto se levantava.

— Claro. Quanto precisar.

— Não vou demorar. Garanto que tentarei responder a todas as suas perguntas e ajudá-lo no que puder.

— Eu sei, reverendo Graham.

O reverendo saiu da sala, e o inspetor ficou pensativo durante alguns minutos. Havia algo que não se encaixava, embora a disposição do reverendo em conversar e ajudar na investigação o tivesse deixado desconcertado. Miller pensou em quantas vezes duas garotas desaparecidas tinham estudado no mesmo lugar ou que, inclusive, tenham sumido na mesma área ou no mesmo bairro, e não conseguiu lembrar nenhum caso. Aquela coincidência devia esconder algo mais.

Ele se levantou, inquieto pela maneira como Jesus Cristo parecia observá-lo da cruz, e olhou para os livros da prateleira, entre os quais encontrou várias versões da Bíblia. Pegou uma delas e virou algumas páginas sem chegar a ler nenhuma frase completa. Tudo lhe era tão estranho que, mesmo que tivesse lido, teria tido pouca importância. Percebeu que havia diversas passagens destacadas com um marcador azul, circulando versículos ou passagens completas. Virou vários blocos de páginas, pulando do Novo para o Antigo Testamento até que, sem querer, chegou à primeira folha, na qual leu, inesperadamente, escrito numa letra arredondada perfeita que ele já tinha visto antes, o nome de Allison Hernández.

23.
Breezy Point
Madrugada de 25 de abril de 2011
Um dia antes
Jim Schmoer e Miren Triggs

O medo é a única emoção que cresce
sem que você saiba por quê.

Miren e Jim observaram a pedra apreensivos. Em seguida, Jim se aproximou de Miren, preocupado.

— Você está bem? — perguntou ofegante.

— Sim... Não... não me acertou. O que acha que isso significa? — perguntou ela, confusa e com a adrenalina ainda pulsando na ponta dos dedos. — "JOÃO 8,7."

— Conhece a Bíblia? — respondeu ele com outra pergunta, olhando atento para a pedra.

Miren negou com a cabeça, e o professor vasculhou as gavetas do quarto.

— O que está fazendo? — perguntou Miren.

— Deve ter uma em algum lugar. — Ele examinou as gavetas do móvel da televisão, onde descobriu um minibar escondido em seu interior. — Todos os quartos de hotel deste país têm uma Bíblia, e também uma arma embaixo dos travesseiros.

Finalmente, depois de abrir a segunda gaveta da mesinha de cabeceira, ali estava: uma Bíblia dos Gideões. O nome vinha dos Gideões Internacionais, uma associação cristã que, no início do século, dedicou-se a colocar uma Bíblia em cada quarto de hotel dos Estados Unidos. Quando um novo hotel era inaugurado, a associação entrava em contato e distribuía exemplares suficientes para todos os cômodos, sem que o dono tivesse de gastar um dólar. Havia sido sem dúvida uma boa campanha de marketing.

— Aqui — disse Jim enquanto abria o exemplar e tentava encontrar a passagem indicada na inscrição da pedra.

— Encontrou?

— João... capítulo oito... versículo sete...: "Mas, como insistiam em perguntar,

Jesus se levantou e lhes disse: 'Quem dentre vós estiver sem pecado seja o primeiro a lhe atirar uma pedra'".

Miren observou a pedra e em seguida olhou para Jim, que estava visivelmente preocupado.

— Não gosto nada disso, Jim.

— Talvez devêssemos ir embora daqui — disse ele. — Está claro que os garotos de Rockaway não querem que a gente fique perguntando o que aconteceu com Allison.

— Sou eu quem eles não querem aqui, Jim. Lembro de ter visto Ethan na praia com um grupo de garotos e garotas. Parecia que ele queria me dizer para ir embora. Ele me olhava preocupado. E depois... talvez um deles tenha me dado a pedrada na praia. Insisti para que eles me contassem o que sabiam dos Corvos... Sim, eu sei, outra mancada. Ethan nos avisou. Pode ser que... esse grupo, o dos Corvos, esteja por trás disso. Talvez tenham sido eles que fizeram aquilo a Allison.

— O que acha que querem nos dizer com esse versículo da Bíblia?

— Que eles são puros e estão livres de pecado. E que nós... ou melhor, eu não estou. Talvez tenha acontecido o mesmo com Allison. Talvez também... com Gina.

— Acha que o colégio tem algo a ver com isso? Que o reverendo... Graham está envolvido?

— Não sei, Jim. Mas de manhã quero falar com ele.

— Não vou poder acompanhá-la, Miren. Tenho aula, e as coisas estão tensas na faculdade. Queria ficar, não me entenda mal. Mas não posso perder meu emprego. Estou tentando conseguir... que revisem os dias que minha filha passa comigo. E Carol, minha ex-mulher, não vai facilitar se eu perder meu posto em Columbia.

— Não se preocupe, Jim. Você já fez muito. Vou sozinha.

— Quero que você fique bem, Miren.

— Pare de se preocupar comigo, Jim. Eu estou bem. Vou ficar bem. Não... não preciso que ninguém cuide de mim. Ok?

Jim sorriu e em seguida acrescentou:

— Como está sua cabeça?

— Melhor. Pelo menos o chão parou de se mover.

— Você consegue ficar em pé sozinha? Deixa eu pegar seus sapatos. O chão está cheio de cacos.

O professor calçou um deles no pé de Miren, que estava pendurado na lateral da cama. Em seguida, antes de agachar para pegar o outro sapato, olhou-a nos olhos, querendo continuar o que ficou pairando no ar. O coração de Miren estava acelerado, e Jim viu como ela o observava, atenta. Jim se abaixou para ficar na altura dela, e eles se beijaram. Seguiram assim por um tempo, enquanto ele arranhava com a sola do sapato os cacos do chão, que chiavam como se fossem pedrinhas arrastadas pelas ondas do mar. Jim se deixou cair sobre ela, e Miren agarrou a nuca dele, beijando-o com intensidade. Mas, de repente, sentiu uma pontada aguda no peito e fechou os olhos com força, incapaz de curar aquela ferida que a perseguia e que ainda não havia cicatrizado em sua pele.

— Não consigo, Jim. Por favor, pare! — gritou Miren irritada de repente, numa explosão que, para ele, pareceu uma agressão inesperada.

— O que aconteceu? — perguntou ele, confuso.

— Não consigo, Jim — disse ela, antes de inspirar com força, como se estivesse sem ar.

O professor olhou para Miren, contrariado, e largou o sapato em seu colo. Depois se levantou e pegou suas coisas em silêncio.

— Se você está bem, talvez seja melhor voltarmos para casa — disse ele em tom seco. — Eu dirijo, ok?

— Jim...

Miren respirou fundo e tentou trancar outra vez aquele guardião interior que surgia de forma inesperada diante de qualquer demonstração de carinho, tentando protegê-la de um inimigo inexistente. Havia lutado contra ele muitas vezes nos últimos anos, sempre em vão. Ele sempre ganhava, sempre pronto para ferir. Mostrava suas presas e armava suas garras, como se fosse um cachorro espancado que late diante da mão que se aproxima para acariciá-lo.

— Deixo o carro na porta da sua casa e pego um táxi. Assim você não terá de dirigir sozinha — afirmou o professor, mais sério que o habitual.

Ainda era noite quando saíram do quarto e pagaram ao recepcionista do New Life pelos danos. Depois caminharam juntos por um tempo, de Breezy Point até Roxbury, onde estava estacionado o carro. Durante o trajeto, permaneceram num silêncio incômodo, em que Miren se perguntava mais uma vez o que havia acontecido para que Jim ficasse assim. Entraram no veículo e, quando chegaram ao West Village, onde Miren morava, às duas da manhã, Jim se despediu rapidamente:

— Diga-me se descobrir alguma coisa sobre Allison ou Gina. Você tem meu telefone.

— Jim, eu...

— Não precisa dizer nada, Miren. Talvez eu não saiba me comportar com você do jeito que você precisa. Não sei o que quer de mim. Não sei o que estou fazendo de errado. Talvez sejamos tão diferentes que nada disso... seja possível. Não acha?

Ela o encarou em silêncio e assentiu com um nó na garganta. Em seguida, virou-se e subiu as escadas da casa, pensando que em algum momento do trajeto encontraria as palavras adequadas. Olhou para trás uma última vez, mas Jim já caminhava em direção à rua Hudson, onde passavam os táxis e veículos que iam na direção norte.

Quando Miren enfiou a chave na fechadura, uma lágrima escorreu de sua bochecha para sua mão, como um floco de neve derretendo na pele. Subiu a escadaria do edifício suspirando e, ao fechar a porta atrás de si, deu um grito abafado que só a sua alma escutou. Desabou em prantos, com as costas apoiadas na porta, sentindo-se como uma criança que ninguém nunca conseguiria amar. Perguntou-se por que era assim, pensando se alguma vez esteve bem da cabeça, e se sentiu tão mal por ser como era que a ideia de desistir de tudo e se refugiar para sempre numa solidão tentadora e implacável se instalou em sua mente.

Ela era incapaz de compreender aquele vazio que crescia nela e controlar o demônio que sempre devorava as demonstrações de amor que recebia, como um Saturno faminto por seus filhos. Durante anos, aquela raiva inesperada a havia afastado de tudo o que importava, isolando-a cada vez mais numa fortaleza interior na qual ninguém conseguia penetrar. De repente, um fogo em forma de dor irreparável outra vez se agarrou às suas entranhas e cresceu ali. Ela não teve escolha se não voltar, mais uma vez, ao instante em que a fera entrou nela pela primeira vez. À noite no parque. À dor na vagina. Aos gritos ausentes enquanto corria para casa, machucada e sem consolo, como a cada uma das noites em que rememorava aquele instante que havia se cravado nas profundezas de sua alma como um espinho invisível. E então ela gritou.

24.
Nova York
25 de abril de 2011
Um dia antes
Miren Triggs

Não existe fio invisível mais resistente do que aquele que une uma pessoa a quem te feriu.

Na manhã seguinte, acordei quase ao meio-dia com o celular tocando perto do meu ouvido. Tinha tido um pesadelo horrível, no qual eu estava num quarto escuro e apontava uma arma para a cabeça de um homem que dormia. Sabia quem era o sujeito, e a tranquilidade dele ao dormir me perturbou tanto quanto a minha tranquilidade ao segurar a arma.

Olhei para a tela do celular e vi que era Bob Wexter, do jornal. Atendi sem me levantar da cama.

— Bob?

— Miren, como está indo? — disse ele, tendo ao fundo o som da redação.

— Mais ou menos. Começando. É mais complicado do que eu imaginava, e... não consegui muita coisa até o momento — disse, inventando desculpas, embora de fato tivesse avançado pouco com a história de Allison. — Ontem estive em Rockaways para fazer algumas perguntas e sofri um... acidente.

Toquei meu crânio e notei que parte de meu cabelo havia grudado nos restos de sangue.

— Que tipo de acidente?

— Alguém me... me deu uma pancada na praia. A culpa foi minha... não devia ter ido sozinha pra lá.

— O quê?

— Não sei... a coisa não parece boa, Bob. Depois, mais tarde, uns garotos quebraram com outra pedra a janela do motel onde ficamos em Rockaways.

— Ficamos? Você ficou num motel?

— Sim… um amigo… me encontrou inconsciente na praia e me levou pra lá. Depois… bom… teve a segunda pedra.

— Caralho… Você acha que alguém não te quer lá? Se isso vai te colocar em risco, não quero continuar, Miren. Me custou horrores convencer o conselho, e a última coisa de que preciso são más notícias.

— Tem algo que pode nos colocar no caminho certo, Bob, embora ainda seja um pouco… inconsistente. Não sei se vai nos ajudar a avançar no caso de Allison, mas não parece coisa boa.

— Por que diz isso?

— Existe um grupo no colégio Mallow, onde Allison estudava, chamado Corvos de Deus. É um tipo de gangue que… que parece seguir regras próprias, e é algo hermético.

— Os Corvos de Deus… Considerando como Allison Hernández foi encontrada… acho que é uma linha que você deveria seguir. Mas não se isso representar algum risco para você.

— Vou ficar bem, Bob.

— Acha que vai conseguir falar com alguém desse grupo?

— Já fiz isso, mas não consegui muita coisa. Estão com receio de falar. Além disso, um garoto do Mallow… — Preferi omitir que se tratava de Ethan Pebbles, para que ele não concluísse que eu estava tocando as duas histórias ao mesmo tempo — … me contou que viu Allison com um dos integrantes antes de ela desaparecer.

— Gosto da história, Miren. Seja cuidadosa, por favor.

— Certo, Bob. Vou tentar.

— Estamos ficando sem tempo.

— Como sempre, não é?

Percebi que Bob deu uma leve risada do outro lado da linha e, antes de se despedir, acrescentou:

— O conselho me pediu um rascunho para saber que tipo de enfoque terá sua nova seção. Acha que poderíamos ter algo amanhã à tarde?

— Bob…

— Não tenho escolha, Miren. Escreva o artigo com o que você tem, e nós resolveremos isso. Você já sabe que odeio esse ritmo e que, numa investigação, dedicávamos meses para cada história, mas… não estamos mais naquela época. Precisamos ir mais rápido, mesmo que as coisas estejam em andamento.

Suspirei.

— Está bem. Vou tentar arranjar mais alguma coisa. Hoje irei ao Mallow para ver se consigo conversar com algum dos garotos e se me contam algo mais sobre os Corvos de Deus.

— Tenha cuidado, Miren. Ok? Se achar que corre algum tipo de perigo, deixe esse assunto. Não precisamos disso. Eu resolvo com os de cima. De acordo?

— Não será necessário, Bob. Não vou te deixar na mão. Você lutou muito por mim e amanhã terá seu texto.

— Obrigado, Miren.

Depois de desligar, levantei-me rápido. Havia dormido com a roupa do dia anterior e manchado a cama de sangue. Entrei debaixo do chuveiro e relaxei com a pressão da água escorrendo pelo meu corpo. Estava quente — senti o vapor subir assim que tocou minha pele. Enchi a boca com água do chuveiro, cuspindo assim que senti o gosto de calcário da cidade. As imagens do pesadelo voltaram à minha cabeça, os olhos vigilantes daquele homem me encaravam na penumbra, o choro de uma criança penetrou em minha memória. Bem nesse instante, bateram na porta.

— Quem é? — perguntei alto, enquanto saía do chuveiro e enrolava uma toalha no corpo.

Tentaram de novo, dessa vez na campainha, e quase escorreguei quando pisei nos ladrilhos do corredor. Olhei pelo olho mágico para ver quem era, e do outro lado havia um homem de uns quarenta anos, vestido de terno e gravata. Tive a impressão de que era um dos corretores da imobiliária da qual eu tinha alugado o apartamento e talvez por isso tenha cometido o erro de responder.

— Quem é? — ergui a voz, para que ele me ouvisse.

— Você é Miren Triggs? — perguntou ele, com um tom que me fez sentir que já sabia a resposta.

— Quem é? — respondi, observando-o pelo olho mágico.

Ele enfiou a mão na jaqueta e senti um calafrio percorrer minha nuca quando tirou um distintivo da polícia de Nova York.

— Agente Henry Kellet, da polícia de Nova York. Tem um minuto para conversar?

— Um segundo! — gritei. — Você me pegou no chuveiro!

Corri para o guarda-roupa e coloquei uma calcinha e um jeans, mas não vi nenhuma camiseta no cabide. Deviam estar todas para lavar. Meu cabelo estava encharcado e sentia os fios molhando meus ombros. Então, procurei um sutiã, mas não havia nenhum na gaveta. Enquanto procurava algo para vestir, vi os papéis que tinha retirado do depósito em cima da mesa.

O policial bateu na porta de novo, e senti meu coração sair pela boca.

— Caralho — praguejei, enquanto colocava rapidamente os papéis na lata de lixo.

— Srta. Triggs? São só umas perguntas — gritou ele do outro lado da porta.

Procurei em várias gavetas — estava claro que as coisas da casa ainda não estavam arrumadas —, até que por fim encontrei embaixo do travesseiro a camiseta com o logotipo dos Knicks que eu usava pra dormir e a vesti com pressa.

— O que você quer? — perguntei assim que abri a porta, insegura.

Na verdade, agora me dava conta do seguinte: nos poucos meses em que estava morando no West Village, era a primeira vez que alguém além de um entregador de comida batia à porta.

— Srta. Triggs? Você é Miren Triggs, certo?

— Eu mesma.

— Estou aqui por um motivo... que não me agrada nada, mas que acho que é importante. Sou o agente Henry Kellet. É uma... boa notícia, eu acho. Ontem à noite... ontem à noite um homem que morava no Harlem se suicidou com um tiro na cabeça.

— Não estou entendendo o que isso tem a ver comigo — respondi, quase inerte.

— Pois então, srta. Triggs, trata-se de Aron Wallace, de quarenta e cinco anos. — Fiquei imóvel e inexpressiva enquanto o agente Kellet continuava. — Ele deixou um bilhete manuscrito na casa dele antes de estourar a cabeça com uma Glock de nove milímetros. Na mensagem, ele confessa ter participado de um estupro coletivo em... — ele hesitou e teve de consultar uma pequena pasta que carregava — 1997. Trago o bilhete, caso queira ver.

— Não sei do que... do que você está falando — declarei, nervosa.

— Tudo bem se eu entrar? — perguntou o agente Kellet fazendo um vaivém com o corpo, como se indicasse o caminho da minha própria casa. Aquele interesse me deixou perplexa.

— Hã... estou com pressa — hesitei. — Estava prestes a sair.

— Vou ler para você: "Peço perdão pelo que fiz à garota do parque Morningside em 1997".

Permaneci imóvel, atenta.

— Curto, mas esclarecedor. Aron Wallace parece confessar ter participado do seu estupro, srta. Triggs. Sei que talvez você tenha tentado esquecer isso, mas nós... não esquecemos. Checamos, e a sua identidade bate com as informações. Ao colocar o nome dele no computador... apareceu tudo. Você denunciou um estupro em 1997, e ninguém nunca foi condenado. Em sua declaração, você alegou que havia três homens no parque Morningside quando a estupraram. Um deles foi identificado, Roy Jamison. Sei que o caso foi arquivado porque não havia provas, e a única testemunha ocular retirou sua versão. Embora você não soubesse, tomamos medidas para poder seguir Roy assim que ele estivesse livre, na tentativa de identificar o resto da gangue dele e ver se cometeria algum erro. O telefone dele foi grampeado.

— Eu não sabia de nada — menti. — Faz muito tempo e... tentei virar a página. Não é algo que alguém queira carregar consigo.

— Bom, Aron Wallace foi identificado como um dos amigos de Roy Jamison e saía com ele e outro sujeito com frequência. Concluímos que estava ligado ao seu processo e... bom, a um monte de outros delitos menores, mas este bilhete... confirma tudo.

— Não direi que não fico contente que ele tenha morrido se confessou que participou.

— Bom... acho que você tem razão. É um pouco triste, porque... ele tirou a própria vida com a filha de sete anos em casa. Aconteceu esta manhã. Alguns vizinhos arrombaram a porta ao ouvir os gritos da menina e encontraram o cadáver de Aron no chão da sala e a garota ao lado dele chorando sem parar. A cidade está cheia de suicídios desse tipo, mas... deixar uma filha para trás... não sei. Nunca é uma coisa agradável.

— Onde está a mãe? — interessei-me.

— Pelo visto, morreu no parto. Acho que a guarda irá para o Serviço Social e de lá para uma família adotiva. Felizmente, ela não crescerá perto do pai, embora eu sinta pena dela. Alguns de nós viemos a este mundo para sofrer, não acha?

Assenti com a cabeça.

— Bom, há outra coisa que talvez também lhe interesse, srta. Triggs. Já que estou aqui, vou contar. É também o motivo pelo qual decidi enfim vir vê-la.

— O quê?

— Em 2002, assassinaram Roy Jamison com um disparo num beco em pleno Harlem, de madrugada. Não houve testemunhas. Ninguém viu nada. Supôs-se que foi um acerto de contas ou um roubo. Roy Jamison estava metido em todos os tipos de problema.

Meu peito ia explodir, senti a ponta dos dedos formigando, como se estivesse recordando a vibração da pistola depois do disparo.

— E sabe com que arma o mataram? Vai se surpreender. Com uma Glock nove milímetros. Pode ser uma coincidência, essas pistolas vendem como rosquinhas, mas não deixa de chamar a atenção, não acha? Mandamos analisar o invólucro, por precaução. Protocolos, protocolos e mais protocolos. Isso funciona assim. Mas, bom, graças a eles é que pegamos bandidos. E acredite em mim. Pegamos esse pessoal. Mesmo que demore um pouco... em geral chegamos ao fundo de tudo — disse ele, de um jeito tão sério que, para mim, foi difícil identificar seu tom amigável do início.

— Me desculpe de verdade, agente Kellet. Mas tenho de terminar de me arrumar e estou com pouquíssimo tempo.

— Com o que você trabalha, se não for curiosidade demais?

— Sou jornalista. E você sabe como é esse mundo. As melhores notícias são as de quinze minutos atrás. Tem alguma para mim?

Ele me devolveu um sorriso tão falso que o imaginei prestes a pegar as algemas.

— Boa tentativa, mas não.

Imitei o sorriso dele. Depois tentei despachá-lo antes que continuasse a fazer perguntas:

— Você me dá licença? Realmente vou me atrasar.

— Claro, sem problema, srta. Triggs. Só achei que... bom, que gostaria de saber que... duas das pessoas que foram consideradas suspeitas... estão mortas. Talvez... a ajude saber disso. Eu conheci minha mulher em aulas de defesa pessoal após um ataque que ela sofreu num parque. Sei o que ela vive e o medo constante que sente quando anda sozinha pela rua; então, posso entender você. Essa gente causa um dano irreparável. Pensei que... bom, que saber que essas duas pessoas já não estão aqui... faria você viver um pouco mais... tranquila.

— Obrigada, agente — respondi.

— Posso perguntar uma última coisa? — disse ele, com um tom que parecia o de uma bomba-relógio.

— Claro, o que quiser. Gosto de ser quem responde às perguntas de vez em quando — ri de maneira falsa.

— O que você fez ontem à noite, srta. Triggs? — perguntou ele, sério.

Sorri de novo, embora pudesse notar que ele esperava que eu de fato respondesse. Não sei quanto tempo demorei para fazer isso, mas, se eu fosse refletir a respeito, deve ter sido bastante tempo.

— Estava aqui em casa, dormindo. Voltei do Queens às duas da manhã. Um amigo me acompanhou. Pode falar com ele.

— E teria o nome do seu amigo? Você sabe. Protocolos, protocolos, protocolos. Você nem imagina quantos formulários temos que preencher. É um pouco... caótico.

— Hummm... sim, claro. Ele se chama Jim Schmoer. É professor da Universidade Columbia. Posso dar o número dele se precisar.

— Não se preocupe. É só... rotina. Sabe como é. Embora, bom, também tenhamos verificado o seu registro de armas.

— Ah, sim?

— Fiquei feliz de saber que você não tem nenhuma. Facilita muito a papelada.

Sorri uma última vez, e ele se despediu com uma frieza que me fez, assim que fechei a porta, recordar tudo o que fiz na noite anterior e sentir como se todo o meu mundo desmoronasse sob meus pés.

25.
Colégio Mallow
25 de abril de 2011
Um dia antes
Ben Miller

O diabo sempre se esconde onde
ninguém pode encontrá-lo.

Miller se surpreendeu ao ler o nome de Allison numa das Bíblias que havia na sala do reverendo Graham. Leu várias vezes o nome para se certificar de que tinha visto direito, que não era um truque sujo do seu subconsciente. De repente lhe vieram várias perguntas, e ele começou a duvidar de cada objeto que havia ali. Essa Bíblia poderia ser o livro que pareciam ter levado do quarto de Allison junto com o crucifixo? Por que ela estava com o reverendo? As passagens sublinhadas esconderiam algo? Cada pergunta que fazia a si mesmo era como um dardo mortal que alimentava a sombra escura que pairava sobre o reverendo.

O inspetor ficou pensando no que fazer. Estava sozinho. Aquela descoberta não renderia mais do que uma culpabilização circunstancial, e ele sabia bem disso. A Bíblia poderia ter chegado à sala do reverendo de um milhão de formas diferentes. Todas legítimas, todas honestas. Um presente de agradecimento que ela teria assinado, ou poderia se tratar apenas de outra Allison Hernández com uma letra parecida, algo implausível, considerando que ela era a única aluna do centro com esse nome.

Miller começou a virar as páginas para a frente e para trás, tentando identificar ou ler alguma das notas e passagens sublinhadas que se espalhavam por todo o livro. Procurava algo que pudesse indicar o que preocupava Allison ou que tipo de mensagens ela havia considerado importantes. Parou na primeira delas e, assim que leu, percebeu que tudo aquilo era muito mais obscuro do que havia imaginado. Tratava-se de um fragmento do Livro dos Reis, marcado com grifos azuis que começavam no capítulo seis e abarcavam os versículos vinte e oito e vinte e nove:

O rei perguntou: "Que te aconteceu?". E ela: "Esta mulher me disse 'Entrega teu filho, para que o comamos hoje, que amanhã comeremos o meu'. Cozinhamos pois o meu filho e o comemos; no dia seguinte, eu lhe disse: 'Entrega teu filho para o comermos', mas ela ocultou seu filho".

Não estava familiarizado com a Bíblia, para ele o livro compilava textos nos quais se adorava um Deus em que ele não acreditava mais. Sua maior proximidade com essa história tinham sido as missas a que assistiu quando a morte do seu filho foi oficializada, apesar de nunca terem encontrado o corpo. Doeu-lhe ver um senhor rezar para um túmulo vazio, suplicar a Deus que levasse a alma de um corpo inexistente; e aqueles fragmentos lidos por um padre que Lisa havia pedido não poderiam ter soado mais falsos para Miller.

Virou de novo as páginas até encontrar outro trecho sublinhado, que leu rápido ao ouvir passos se aproximando pelo corredor.

Não seja ela como um aborto que, saindo do ventre de sua mãe, tenha a carne já meio consumida.

Tratava-se de um fragmento do Livro de Números. Como não sabia se levaria ou não a Bíblia consigo, tentou memorizar os capítulos e versículos de cada parte marcada. Aquele que falava sobre um feto morto e meio comido ao nascer foi fácil: 12,12. No final, em outro texto, no livro do Apocalipse, capítulo doze, encontrou outro trecho marcado e o leu:

O dragão postou-se diante da mulher que estava para dar à luz, pronto para lhe devorar o filho, tão logo nascesse.

De repente, o reverendo apareceu na porta e dali ergueu a voz, em tom sério:

— Sabia que é errado bisbilhotar os pertences dos outros, inspetor? Em especial sem um mandado de busca.

Miller levantou o olhar das páginas e esperou que o reverendo continuasse antes de decidir o que responder. Precisava de mais informações. Tinha muitas perguntas na cabeça, todas sem resposta. Todas esperando que ele encontrasse uma conexão entre os enigmas que se revelavam na sua frente, como um quebra-cabeça de fé, perda e desesperança.

— O fato de que aqui cuidamos das leis e dos mandamentos do Senhor não significa que não conhecemos as leis e os direitos civis. Mas não se preocupe. Vou ignorar seu atrevimento. Entendo que só quer descobrir o que aconteceu com Allison e... bom, também com Gina. E tomara que consiga.

— Tem razão, reverendo. Sou uma pessoa pouco religiosa e nunca havia... prestado atenção no que dizem as Escrituras. Só estava dando uma olhada.

— E do que acha que falam nossas Escrituras, inspetor?

— Não sei. De morte e injustiças. De fetos nascidos meio comidos e de mães devorando os filhos por fome. Não é um mundo em que alguém gostaria de entrar, na verdade.

— Esse é o nosso mundo. O que todos compartilham. E nele há injustiças, dor e morte. Mas Deus veio nos salvar de todo esse sofrimento.

— Cheguei num ponto da vida que só lembro do meu sofrimento, reverendo. Parece que Deus não resolveu as coisas muito bem.

— Não aqui, inspetor. Aqui já estamos condenados. Maldade demais, pecados demais. Aqui já não temos perdão. Talvez do outro lado, mesmo que nenhum de nós tenha as portas do céu abertas.

— Nem mesmo você, certo?

— Muito menos eu, que escuto os pecados dos outros e deixo que me devorem por dentro.

Miller fez uma longa pausa tentando encontrar um sentido naquela última frase, mas se sentia tão mal pelas passagens que havia lido que só enxergava culpa em tudo o que o reverendo dizia.

— Por que está com a Bíblia de Allison Hernández? — perguntou de repente, levantando o exemplar fechado para que o reverendo pudesse vê-lo.

— O quê? — perguntou o homem, num tom que navegava em águas de confusão e indiferença.

O reverendo se aproximou de Ben, confuso, e deu uma olhada rápida com cara de quem não sabia do que o inspetor estava falando.

— Esta Bíblia é de Allison — disse Ben. — Por que está com ela?

— Não sei do que está falando, inspetor. É a primeira vez que a vejo. Não checo... que Bíblia uso, sabe? Elas são todas igualmente válidas. Deixaram aqui e eu... me confundi ao organizar minhas coisas. Como já lhe disse, meus alunos têm as portas da minha sala sempre abertas para eles. Ela vinha de vez em quando. Precisava conversar. Tinha uma família complicada, sabe?

— Ela também vinha vê-lo para essas conversas privadas?

— Sim. Sem dúvida. Todos os meus alunos precisam de conselhos. E sempre estou disponível para eles. Não há nada pior que uma ovelha desgarrada que não sabe o caminho de volta para o rebanho.

Miller estava incomodado. Não conseguia compreender como a Bíblia de Allison havia acabado na sala do reverendo. Olhava de um lado para outro, pensando, quando seus olhos se depararam com o crucifixo da sala. Poderia ser, pelo tamanho, o da garota.

— E este crucifixo? É seu?

— Este crucifixo está aqui desde a inauguração do colégio Mallow, em 1987. E vai ficar aqui enquanto eu seguir dirigindo este centro.

— Tem provas disso? Ele se parece muito com um crucifixo que desapareceu do quarto de Allison, na casa dela. Se você está com a Bíblia dela...

— Não espera que seja eu quem tenha que provar que esta cruz está conosco todos estes anos, certo?

— Serei muito sincero, reverendo. Há algo que não se encaixa em toda essa história, e posso lhe jurar uma coisa: se você ou alguém desta escola está por trás do que aconteceu com Allison ou com o desaparecimento de Gina Pebbles, saiba que vou descobrir e não descansarei um só instante até saber que diabos o fez fazer isso.

— Esta é uma instituição educacional e religiosa, inspetor. Aqui amamos a vida acima de todas as coisas. E a única coisa que queremos é que encontrem o culpado pelo que aconteceu. Coloco minha mão no fogo que ninguém desta escola encostou um dedo em Allison Hernández.

— Tenha cuidado, reverendo, pois pode se queimar. E esse tipo de queimadura é a que deixa marcas por toda a vida.

— *E aquele cujo nome não foi inscrito no livro da vida foi lançado no lago de fogo* — disse ele solene, citando uma frase da Bíblia. — Não temo o fogo, inspetor, mas sim que meu nome não conste no livro da vida.

— Agora entendo por que Allison sublinhou na Bíblia dela passagens tão... sinistras.

— Sinistras? Não há nada obscuro na Bíblia, inspetor. Não há nenhum versículo que não possa ser compreendido como um feixe de luz a ser seguido. Só é preciso saber ler.

Miller estava confuso. Cansado das idas e vindas, arriscou-se a perguntar sem hesitar:

— Vocês eram próximos? — indagou, levantando a voz. — Sobre o que conversavam quando Allison vinha vê-lo? Ela disse algo... algo que o preocupasse?

O reverendo suspirou, sentando-se outra vez na cadeira, um tanto derrotado. Enfim admitiu:

— Está bem. Vou lhe contar. Mas só para que acabemos com este teatro de uma vez por todas e você pare de insinuar repetidamente que temos algo a ver com o que aconteceu.

— Continue — incitou o agente.

— Nas últimas semanas, ela veio duas vezes conversar comigo — disse ele, suspirando. — Na primeira, me contou que se sentia muito sozinha. E eu acredito ter compreendido muito bem o que estava acontecendo. Para ela, era complicado fazer amigos em Mallow. Afinal... há uma diferença clara entre os alunos que são bolsistas e os que não são e, embora a gente tente fazer com que não notem que eles vêm de origens diferentes, sempre é um pouco difícil para eles... se integrarem com os demais. Ela estudava aqui há vários anos e... bom, talvez os colegas não tenham sido muito receptivos com ela.

— Eles a perseguiam?

— Não diria isso... Só... a ignoravam. Ou, pelo menos, foi o que ela me disse. Alguns grupos são muito fechados e não querem que ninguém diferente faça parte de seu círculo.

— Achei que a religião ensinava a ajudar quem tem menos e amar ao próximo, e todas essas coisas que falam quando passam o cesto do dízimo.

— Uma coisa é o que tentamos ensinar e outra, muito diferente, é o que os garotos fazem depois. Esse assunto me preocupa. O diabo sempre sussurra em nosso ouvido quando estamos sozinhos. Por isso, decidimos integrar alguns alunos como Allison... obrigatoriamente nos grupos dos populares, por assim dizer, para os trabalhos de classe.

— Quando foi isso?

— Vai fazer... umas três semanas?

— Quem está nesse grupo? Você tem os nomes desses alunos?

— Bom... não é que haja uma lista oficial. É algo mais... não saberia lhe dizer: garotos e garotas que parecem ter mais fama que os demais. Você me entende. Acontece em todas as escolas. O que tentamos é que as pessoas mais vulneráveis sejam apoiadas pelos mais... importantes do lugar. Desse jeito, criam-se vínculos que vão além do... do... dinheiro sujo.

— Quem especificamente?

— Bem, Deborah, James, Ethan, Arthur...

— Ethan Pebbles? O irmão de Gina?

Ele assentiu. Miller enxergou um elo entre os dois casos, ainda que bastante fraco.

— E do que vocês conversaram na segunda vez? Disse que ela veio duas vezes.

— Veja... inspetor. Não é fácil lhe contar isso. Mas acho que você precisa conhecer a história toda.

— O que aconteceu?

— Allison... veio até a minha sala e confessou... que tinha ficado grávida.

26.
Nova York
25 de abril de 2011
Um dia antes
Jim Schmoer

O amor é a única coisa que nos conecta com o que mais importa.

O prof. Schmoer passou a noite acordado por conta de como os acontecimentos com Miren tinham se desenrolado. Por mais que se esforçasse em decifrá-la, por mais que tentasse compreender suas inquietações e os entreveros de sua alma, tinha cada vez mais dúvidas sobre como deveria se comportar com ela. Era estranho, considerando que ele sempre soube como tratar as mulheres, sem precisar se esforçar demais para criar empatia, e entendia do que precisavam. Ele costumava ter um charme natural e uma compreensão genuína delas. Tinha sido criado com duas irmãs mais velhas que eram gêmeas e sempre o protegeram e o mimaram como se fosse o menininho da casa. E, na verdade, ele era. O pai de Jim, William Schmoer, havia morrido na guerra do Vietnã em 1967, quando ele tinha quatro anos, e isso fez com que se transformasse no único homem de um lar em que a diferença de sexos nunca existiu, a não ser para estabelecer a ordem de acesso ao banheiro. Elas foram suas melhores tutoras para saber como tratar uma mulher. Durante anos, as gêmeas lhe contaram as inquietações e os segredos mais profundos que tinham e, quando ele tinha doze anos, elas lhe deram um sutiã recheado com limões para ensiná-lo como abrir um.

Mas Miren era diferente. Ao mesmo tempo tão hermética e espontânea, tão misteriosa... Nessa noite, desde que havia chegado em casa, ele ficou jogado na cama tentando descobrir o que diabos estava escondido nos recônditos da cabeça dela. O esforço para decifrar aquele enigma impossível foi interrompido quando o despertador tocou às oito horas da manhã, e ele percebeu que já estava atrasado para dar aula na universidade.

Tomou banho, vestiu-se e passou a manhã toda explicando aos alunos os pormenores da liberdade de imprensa e quanto ela era vital para uma democracia.

No entanto, enquanto ensinava, uma parte dele estava imersa na lembrança dos olhos de Miren e em como ela o olhava deitada na cama do motel New Life. Também relembrava o cheiro dos seus lábios e da sua pele. Pensou no aroma inconfundível que invadiu seu nariz enquanto a beijava: uma mistura suave de água salgada, baunilha e aloe vera. Talvez fosse o xampu, talvez um perfume que emanava de um lugar indeterminado de seu colo.

Sentia o estômago formigar ao pensar nela e no que significava se sentir vivo de novo. Durante os anos anteriores, tinha estado imerso nas aulas e no podcast, no qual tratava de atualidades, investigações que fazia por conta própria e notícias que passavam despercebidas, e assim podia manter a mente ocupada para que não percebesse quão vazia e arruinada havia se tornado a sua vida.

A esposa se separara dele em 1996, quando Olivia, a filha deles, tinha dois anos. No começo, ele pensou que seria provisório, uma crise temporária que tinha explodido por causa de uma aventura que ele havia tido com uma colega da redação do *Herald*, onde trabalhava na época. Ele se arrependeu, pediu perdão e prometeu que colocaria um fim no relacionamento com a amante. Porém no mesmo dia em que Carol, sua ex-mulher, voltou para casa com Olivia nos braços, ele tinha aceitado uma promoção na redação que o obrigava a trabalhar na mesma equipe da amante. Embora a infidelidade nunca tenha se repetido, Carol não conseguiu viver com a sensação de que, cada vez que Jim saía de casa de manhã, compartilharia projetos, trabalhos, artigos e flertes com uma pessoa com quem já tinha transado. Dois meses depois, e após uma discussão na qual floresceu a desconfiança que havia surgido com aquela relação, Carol fez as malas e foi embora para a casa da mãe com a pequena Olivia, que na época não tinha consciência de que era uma vítima colateral de um lar murcho regado diversas vezes com as mentiras de um jornalista que amava a verdade.

Jim se sentiu vazio durante toda a aula. Falava com paixão para alguns alunos que só anotavam o que ele dizia por medo de cair na prova. Várias vezes usou alguns de seus truques para chamar a atenção: rasgar um jornal em mil pedaços para criticar uma notícia sensacionalista, lançar perguntas aleatórias sobre a verdade e suas implicações, contar alguma anedota da época em que descobriu um sério esquema de pirâmide que girava em torno de algumas marcas ou madeireiras. Antes de ir embora, e para a surpresa dos alunos, terminou a aula com uma última pergunta que ficou pairando no ar:

— Se um bom jornalista tem que escolher entre publicar uma notícia não verificada ou deixar a própria mãe morrer de fome, de que cor devem ser as flores que depositará no caixão dela?

A classe riu, pelo menos uma vez, e ele saiu dali pensando em Miren e se deveria tentar voltar a falar com ela.

Chegou em casa ao meio-dia e se sentou à escrivaninha para rever o que sabia sobre Gina Pebbles e Allison Hernández. Percebeu que, além de Miren, não conseguia tirar esse assunto da cabeça. Pensou na pedrada que haviam levado no motel e na conversa de Meghan e Christopher Pebbles. Também no que Ethan tinha contado, e como tudo parecia girar em torno de Deus e da fé. A cruz em que Allison havia sido colocada, a devoção doentia dos Pebbles ou mesmo o colégio Mallow e o reverendo Graham. Até o perfil do Twitter que lhe enviou a imagem de Gina tinha um nome de usuário relacionado à religião: @godblessthetruth. "Deus abençoe a verdade".

O professor achou que deveria reunir o máximo que pudesse sobre Gina, então checou suas anotações do dia anterior para recapitular o que Ethan tinha contado. Havia registrado dois nomes, destacados em seus papéis como se fossem a única coisa que poderia segurar para continuar puxando o fio: "Tom Rogers" e "James Cooper". O primeiro era o namorado de Gina Pebbles na época em que ela tinha desaparecido; o segundo, um garoto do Mallow que parecia saber mais sobre os Corvos do que os demais. Segundo Ethan, era um garoto popular, mas talvez o fosse exatamente porque fazia parte dos Corvos e todos intuíam isso.

Sentou-se na frente do computador e fez algumas buscas sobre Tom Rogers, tentando descobrir se havia se mudado ou se continuava a morar na sua antiga casa em Neponsit, o lugar para onde Gina estava indo quando desapareceu. Talvez, se conseguisse falar com ele, o rapaz lhe contaria o que preocupava Gina e por que, segundo o irmão dela, ela havia mudado depois de ir para o colégio Mallow. Procurou-o no Facebook pelo nome, mas não conseguiu localizá-lo. O nome era tão comum que se tornava o disfarce perfeito, pois era impossível identificar a pessoa certa. Havia milhares de Tom Rogers na internet, com domicílios tão espalhados pelo planeta que parecia mais um vírus do que uma pessoa. Encontrou Tom Rogers distribuídos por Austrália, Nova Zelândia, Estados Unidos, Reino Unido, Alemanha, Dinamarca, África do Sul e até na China, onde parecia estar na moda usar nomes e sobrenomes ocidentais para parecer mais integrado ao mundo global.

Ele entrou no Google Street View e fez o caminho que Gina deveria ter feito em 2002, atravessando a ponte com o irmão até se despedir dele do outro lado. Depois, o professor vagou pela região em direção a Neponsit, fazendo o trajeto mais lógico que Gina deveria ter feito por uma ciclovia que desembocava diretamente na rua onde Tom Rogers morava. A trilha que ela provavelmente tinha percorrido margeava o estacionamento do parque Jacob Riis, um complexo de tijolos de Fort Tilden e várias esplanadas e terrenos abandonados no meio do nada. Já em Neponsit, ele cruzou virtualmente uma rua e virou à direita para chegar ao final da via, onde ficava a casa que a família Rogers tinha em 2002, na rua 149, uma construção de madeira com telhados verdes e grades de ferro, aonde ela nunca chegou. Gina havia se perdido em algum lugar ao longo dessa jornada. Alguém poderia ter parado um furgão ao lado da ciclovia ou mesmo no gigantesco estacionamento que ela precisava margear ao chegar da ponte e tê-la levado para fazê-la desaparecer para sempre. O mais estranho do caso de Gina era que sua mochila havia aparecido em Breezy Point, na praia, numa área que estava na direção oposta à rota que o irmão a viu seguir naquela fatídica tarde de 2002.

O professor pensou outra vez em Miren e considerou, durante alguns segundos, a possibilidade de ligar para ela. Mas era complicado dar aquele passo. Talvez só conseguisse afastá-la ainda mais. Depois, sem saber o porquê, enquanto ainda contemplava a casa de Tom Rogers na tela, lembrou-se de um de seus próprios conselhos, que sempre repetia: "Procure a fonte".

Levantou-se e andou de um lado para o outro da casa, pensando nas possibilidades. Por fim, revirou as gavetas da mesa até encontrar o gravador. Tateou o armário atrás da mochila preta que usava quando precisava carregar para cima e para baixo documentos contábeis vazados por administradores que queriam denunciar alguma irregularidade em diversas empresas listadas. Enfiou na mochila o gravador, o caderninho preto, um par de canetas e vários artigos impressos sobre Gina, na intenção de reconstituir seus últimos movimentos, caso pudesse haver algo neles que o ajudasse a seguir em frente. Quando colocou a mochila nas costas, se deu conta de como se sentia ao carregar o peso de uma busca impossível.

Estava ao mesmo tempo nervoso e animado. Talvez Miren tivesse chegado em sua vida para lembrá-lo de quem era. Há pessoas que você conhece durante o caminho para ajudá-lo a permanecer nele e, às vezes, mesmo quando vão embora, você só consegue olhar para trás com gratidão. O prof. Schmoer amava dar aula, mas sem dúvida nada o fazia sentir aquele formigamento como bater numa porta e lançar perguntas difíceis para a pessoa que o atendia com cara de quem não o esperava ali.

Desceu a rua e entrou na delicatéssen, mais sério que o normal.

— Um café *latte* como sempre? — perguntou o atendente paquistanês, que já estava pegando o maior copo de papel.

— Sim, mas sem calda.

— Está de dieta?

— Não — respondeu ele, sério. — Estou mudando.

27.
Harlem
Madrugada de 25 de abril de 2011
Miren Triggs

Nada é mais doloroso do que ser arrastado, sem perceber,
para uma espiral de erros da qual não se pode escapar.

Havia esquecido como pode ser estimulante se sentir uma ameaça. Saber que ninguém pode feri-lo e que você é todo feito de espinhos. Quando caminha sem medo pelas ruas de uma cidade como Nova York, talvez seja você que os outros temam. Eu havia saído de casa com o rosto inundado de lágrimas por ser incapaz de me deixar amar. Uma parte de mim rejeitava qualquer gesto de carinho, e outra precisava disso para não perder a sanidade.

Ainda tinha a cabeça dolorida por causa da pedrada e eu não quis notar, ou melhor, quis ignorar o destino de meus longos e decididos passos na direção norte. Caminhei mais de uma hora evitando as ruas principais e mudando de calçada quando avistava um caixa eletrônico cuja câmera pudesse registrar meu percurso. Durante todo o trajeto me lembrei das palavras de minha mãe e da felicidade recobrada de minha avó, de como ela tinha sido capaz de reconstruir a vida ou sua felicidade, apesar de ter sido espancada durante anos pela pessoa que supostamente deveria amá-la.

Minha avó havia se tornado para mim um farol distante, do outro lado da baía, uma luz intensa que me mostrava o caminho para seguir adiante, mas tinha uma diferença sutil e flagrante: meu avô estava morto, e meus agressores, pelo menos dois deles, haviam se instalado em minha mente, sentados numa poltrona feita com meus gritos daquela noite, comendo um punhado de pipocas enquanto observavam, atentos, como o monstro que criaram com seus golpes me engolia por dentro. Só encontrei uma solução.

Antes de sair de casa, asfixiada pela dor e entre suspiros de impotência, vesti um moletom preto e procurei minha pistola na gaveta em que guardava as meias.

Uma Glock de nove milímetros que havia comprado alguns anos antes e que nunca registrei. Assim que a peguei, senti que aquilo era um erro. Mas um erro desses que a gente fica adiando, postergando a decisão até o momento crucial que eu precisava enfrentar. Esse tipo de erro é inevitável, já que, só de pensar em cometê-lo, você muda para sempre; mas eu não podia seguir assim. Ou mudava, ou continuava lutando contra a solidão.

Eu estava transtornada, mas ao mesmo tempo estava nervosa e furiosa, cheia de emoções contraditórias, pois sentia que já não restava nada do que eu algum dia tinha sido: alegre, sorridente, despreocupada.

Quando percebi, estava na frente do número 60 da rua 123. Tratava-se de um prédio avermelhado de três andares, e no térreo havia um mercado chamado Best Grocery NYC. Estava fechado com um portão preto que sem dúvida rangeria assim que o abrissem, mas não havia ninguém à vista. Alguns carros se dirigiam para o sul a uma velocidade cadenciada e tranquila, o que confirmava que era noite e que seus condutores preferiam estar na cama. Eu era incapaz de pensar em dormir.

Notei que numa das laterais do prédio havia uma escada de incêndio solta o suficiente para que eu pudesse alcançá-la e subir sem dificuldade até o terceiro e último andar. Parei ao lado da janela e tive medo de que estivesse fechada, como se fosse um derradeiro sinal de alarme que me dissesse: "Deixe isso pra lá, Miren". Mas, ao puxá-la para cima, descobri que, além de não estar fechada, dava acesso direto ao quarto onde um homem dormia profundamente, sem se lembrar de mim e do que havia feito comigo.

Deslizei para dentro e caminhei na penumbra até ficar ao lado dele, perto da cama. Observei-o durante um breve instante enquanto dormia. Estava barbeado com perfeição e tinha um nariz arrebitado que poderia pertencer a qualquer um. Ele não era ninguém e tinha me transformado no mesmo que ele. Uma casca vazia. Vestia uma regata e estava coberto por um lençol branco que parecia difícil de limpar.

Saquei a pistola e apontei para a cabeça dele. Podia ter sido rápido. Numa fração de segundo, poderia ter acabado com tudo, mas, ao carregar a arma, o som fez com que ele despertasse e abrisse os olhos com tal intensidade que me pareceram dois ovos prestes a escapar das órbitas oculares. Respirou fundo e interpôs a mão entre o cano da minha arma e o próprio rosto, como se isso servisse para algo.

— Ei, ei, ei! — exclamou, numa espécie de súplica. — Não tenho dinheiro em casa. Não tem nada.

Hesitei. Demorei demais e escutei a voz dele. Era ao mesmo tempo áspera e vulnerável. Eu não sabia que isso complicaria as coisas.

— Levanta — ordenei, segurando o pulso e sem deixar de apontar a arma para ele.

— Pega o que quiser, por favor... não me machuca. Sou trabalhador, irmã. Não tenho luxo. Pode levar a TV se quiser. Ou o micro-ondas. Me custou cinquenta dólares. Pode levar. Mas não atira.

— Não vim para roubar — afirmei. — Só quero que pague pelo que fez. Já que você não consegue manter essa porra de zíper fechado.

De repente, ele mudou a expressão de terror para tristeza, numa espécie de alívio que me deixou perplexa.

— Caralho... foi o Magro que mandou você aqui?

— O quê?

— Já disse pra ele que vou pagar quando juntar o dinheiro. Estou vendendo coisas. Diz pra ele me dar uma semana. Aquele filho da puta pede demais pelas vaquinhas dele, e a última não foi pra tanto.

Esperei que ele continuasse. Uma sensação estranha percorreu meu corpo.

— Elas não custam nada pra ele. Nada! Elas caem do céu e deixam ele gravar... Que inveja daquele canalha. E todo mundo pensa que ele é um cara legal, que se preocupa com as garotas. Tem um negócio vantajoso. Diga a ele que vou pagar na semana que vem, ok? Tive uma semana difícil e não consegui vender nenhum vídeo. Minha ex-mulher está em cima. Não tenho como conseguir compradores assim.

— Quem é o Magro? De que vídeos você está falando? — Minhas próprias palavras me pegaram de surpresa.

— Caralho... você não trabalha pra ele? — ele respondeu, confuso.

Lamentou-se e balançou a cabeça, como se tivesse cometido um erro grave. Não sabia o quanto.

— Quem é o Magro e do que você está falando? Diga ou estouro sua cabeça agora mesmo! — gritei, enquanto o incitava com a arma.

Ele emitiu um suspiro longo e depois respondeu:

— Ninguém. Não é ninguém.

— Quem é esse puto do Magro e de que vídeos você está falando? — insisti num tom mais calmo, prestes a explodir.

Ele permaneceu em silêncio por um período longo, no qual dei um passo para a frente e coloquei a arma na boca dele.

— Que vídeos? É a última vez que pergunto.

Por fim, ele apontou com os olhos um objeto azul que parecia um pequeno fichário na parte de baixo de um móvel, coberto por um cachimbo e vários cinzeiros cheios de bitucas de cigarro. Eu me aproximei sem deixar de apontar a arma para Aron Wallace e abri o zíper, nervosa com o que encontraria ali. Ao abri-lo, descobri cerca de vinte DVDs inseridos em envelopes, nos quais se liam apenas nomes femininos. Havia quatro discos rotulados em azul com o nome de Molly, dois com Adriana, três com Jennifer e cinco com Laura, organizados em várias páginas, como se fosse a maleta de um DJ da perversão.

— O que é isto?

— Pornografia — respondeu ele, sério.

— Só pornografia?

Ele assentiu, ainda que eu tenha notado um pequeno ar de dúvida nele, o que me fez insistir naquela última pergunta que ele não havia respondido e cuja resposta precipitou tudo.

— Quem é o Magro?

— É o diretor de um centro de... — ele hesitou em continuar a frase, mas não precisou terminar para que eu compreendesse o que queria dizer.

— De menores?

Ele assentiu, em silêncio.

— Os vídeos são com as garotas do centro?

Ele voltou a assentir, e um calafrio percorreu meu corpo, como se fosse o sussurro da vingança.

— De que centro?

— O... o Happiness Shelter. Mas eu não tenho nada a ver. Eu... vendo o que me dão. Ganho a vida. Poderia vender drogas, mas isso não prejudica ninguém.

— Não prejudica ninguém? Que merda tem de errado com essa sua maldita cabeça para... destruir a vida dessas meninas desse jeito?

— Destruir a vida delas? São elas que precisam de dinheiro. Ele só... oferece alternativas. São garotas que não têm nada. Ele... as sustenta. Dá um futuro para elas.

— São meninas, seu degenerado. Gente como você não muda, né? Depois de experimentar é impossível parar. — Levantei a arma, segurando-a com força. — Vocês estão doentes, e para vocês não existe cura. Apodrecem tudo o que tocam, e o problema é que não dá para impedi-los de colocar as mãos em tudo. Meninas, menores ou... ou universitárias que cometem o erro de confiar na pessoa errada e acabam indefesas no parque Morningside, onde um grupo de três degenerados faz o que quer com ela.

— Hã? — perguntou ele, como se eu tivesse revelado um dos segredos obscuros que ele achava que tinha esquecido.

— Lembra de mim, filho da puta?

— Você? É... — hesitou, confuso. — Isso foi há... Como você me...?

— Procure um papel. Venha!

— O que disse?

— Sabe escrever? Procure um papel e escreva o que eu vou ditar — impeli-o com a arma.

Conduzi-o para fora do quarto até uma sala maior de onde se viam os móveis da cozinha e os da sala de estar no mesmo cômodo. Ele procurou na penumbra, numa cesta na bancada da cozinha, e rasgou um pedaço de um dos envelopes da conta de luz. Nervoso, acendeu uma pequena lâmpada que iluminava apenas o suficiente para ver as condições lamentáveis daquele lugar: a capa do sofá estava com os braços rasgados pelo uso, a pia estava cheia de pratos sujos que pareciam estar ali há dias, a mesinha da televisão tinha as quinas levantadas pela umidade. Ele encontrou uma caneta Bic na fruteira e se curvou assustado para seguir minhas instruções:

— Escreva: "Peço perdão...".

— O quê?

— Escreva! "Peço perdão... pelo que fiz... à garota do parque Morningside em... 1997."

Ele parou e começou a chorar. Primeiro emitiu um gemido, depois se agachou, derrotado. Observei-o, incomodada, enquanto ele desabava no balcão. Eu não esperava aquilo e fiquei sem saber o que fazer.

— Eu... eu sinto muito — suspirou ele, por fim.

— Não! Você não tem ideia de tudo... de tudo o que você quebrou em mim naquela noite. Você, Roy... e...

— Tenho... tenho uma filha — ele soluçou.

— O quê?

— Ela se chama Claudia. Está dormindo naquele quarto. Por favor, não atire. Ela vai ficar sozinha.

— Está mentindo — declarei.

Ele respirou fundo, embora eu não tenha conseguido perceber se era por culpa ou medo.

— Eu... eu sinto muito — disse ele mais uma vez.

— Não! — gritei. — Isso não funciona assim, entendeu? — Eu me preparei para atirar.

— O que você vai fazer? Por favor, não... Claudia... Por favor. Estou mudando. Prometo que não...

— Que não o quê? Que não vai voltar a agredir uma garota indefesa? Você acha mesmo que alguém tem o direito de fazer esse tipo de promessa, como se fosse algo que deveria acontecer assim? Que mundo seria esse se tudo fosse perdoado com um simples sinto muito? — Percebi que eu também estava chorando e que as lágrimas escorriam pela minha bochecha como se minha alma descesse às profundezas dos meus medos. — Não aguento mais carregar você dentro de mim. Entendeu? Não consigo! Cada vez que fecho os olhos, vocês três estão lá, sorrindo na escuridão. Não importa quantos anos se passem, o quanto eu tente esquecer. Sempre. E eu já não sei sentir. Já não sei como me sentir protegida, porque fecho os olhos e vejo vocês. Não consigo nem sorrir sem pensar que se fizesse isso compartilharíamos a mesma emoção. Eu não tenho nada a ver com vocês, nem mesmo a felicidade triste e inerte. Só compartilhamos aquele momento em que vocês entraram à força na minha vida para não sair nem mesmo quando eu durmo.

Fiquei em silêncio, e ele me contemplou com verdadeiro terror. Percebi o medo dele. E admito que gostei.

Ele chorava. Nós dois chorávamos, mas não era o mesmo tipo de choro. Minhas lágrimas eram de impotência; as dele, de culpa. E esse tipo de lágrima poderia levá-lo a um caminho sem volta, para o qual eu poderia empurrá-lo.

— Você tem mesmo uma filha? — perguntei em voz baixa, quase sem conseguir falar.

Ele assentiu, olhando para o chão.

— Quantos anos ela tem?

— Sete... — ouvi, com dificuldade.

— E acha que você é um bom exemplo para ela? Acha que vai ficar orgulhosa quando descobrir o que você é?

Ele levantou o olhar para mim, como se tivesse mais medo dessa descoberta do que da minha arma.

— Porque ela vai descobrir. E pode ser que agora ela não entenda, mas cedo ou tarde isso vai acontecer. Quando tiver treze, catorze ou vinte anos. Alguém vai lembrá-la dos vídeos. E que se dane. Em algum momento ela vai descobrir o que você era e então vai querer esquecê-lo, como eu. Vai chorar à noite desejando não ter nascido. E vou compartilhar com ela esse sentimento de nojo, repugnância e ódio. E, embora a gente não se conheça, vamos amaldiçoar juntas a má sorte de ter estado perto de você.

— Ela não pode saber de... tudo isso. Por favor... — implorou ele. — Ela não merece isso...

— Você tem duas opções, Aron. Atiro em você e acabamos logo com isso. Levo o fichário, entrego tudo à polícia e sua filha descobre que você sempre foi um monstro. Ou deixo para você a pistola, vou embora e você se mata. Quando cumprir sua parte, eu queimo tudo, e sua filha não precisa saber o que você fazia com essas meninas do centro de menores. Se não cumprir a sua parte, amanhã o fichário estará nas mãos da polícia.

— Mas...

— De uma maneira ou de outra, Aron — continuei —, o seu caminho acaba aqui. Porém você decide como contar a história. Que versão prefere que sua filha conheça. A do monstro ou a do pai mergulhado numa depressão?

Ele foi até a porta que havia apontado ao dizer que tinha uma filha e, por um momento, pensei que eu tinha caído numa armadilha. Ele chorava com mais intensidade que antes, mas não senti nenhuma pena. De repente, olhou para mim em silêncio e desabou junto à porta.

— Promete que vai cumprir a sua parte — sussurrou ele com a voz fraca.

Interpretei que ele tinha decidido escolher o único caminho que permitia esconder a verdade da filha e assenti.

Peguei o bilhete que ele havia escrito e o coloquei no bolso. Limpei a pistola e a deixei sem o carregador no balcão. Em seguida, joguei o carregador aos seus pés, para dar tempo de eu ir embora antes de ele montar a arma. Depois, fui para o quarto, peguei o fichário e, antes de sair pela janela, olhei para trás. Vi-o observando a arma enquanto acariciava a maçaneta, inundando de lágrimas todas as decisões horríveis que o haviam levado até ali.

Saí pela escada de incêndio e senti o frio da noite de Nova York bater em meu rosto. Esperei ali um longo minuto em silêncio, pensando que talvez eu tivesse cometido um erro, dando-lhe a oportunidade de fazer as malas e desaparecer. Mas, de repente, o som de um tiro retumbou no interior do imóvel. O estrondo soou mais alto do que eu me lembrava e, no silêncio da noite, pareceu um rugido iniciando a contagem regressiva para que eu fugisse dali.

No entanto, voltei. Não podia ignorar o porquê de eu estar ali. Entrei na sala e o vi caído no chão, com uma poça de sangue crescendo embaixo da cabeça dele. Tinha cumprido o trato. Olhei para ele indiferente e tirei o bilhete do bolso. Li-o com tristeza, sabendo que não tinham sido palavras sinceras e que ele só as havia escrito porque tinha uma arma apontada para a cabeça. Deixei-o em cima da mesa e voltei a lê-lo porque era exatamente o que eu precisava ouvir. Deixei também o fichário com os discos. Ele estava morto, eu não tinha por que cumprir com minha palavra. Aquilo serviria para a polícia descobrir o que acontecia naquele centro de menores. De repente, ouvi a voz da criança, do outro lado da porta, e fui embora dali antes que ela me visse.

Pensei em minha avó. Não sei por que pensei nela. Talvez porque gostava da ideia de me libertar do meu passado. O que eu não sabia era que, com aqueles erros intransponíveis, eu condenava o meu futuro.

28.
Colégio Mallow
25 de abril de 2011
Um dia antes
Ben Miller

Abandonar aquele que fraqueja não é um ato de bom senso, mas de covardia.

Ben Miller sentiu um calafrio ao escutar o reverendo Graham dizer que Allison estava grávida. Naquele momento, a imagem dela na cruz o atingiu na retina e ele permaneceu em silêncio alguns segundos antes de começar a falar. Aquela morte parecia mais atroz ainda, e a forma como o reverendo parecia querer virar a página era nauseante. Ele ainda não havia recebido a autópsia de Allison, na qual aquele dado deveria aparecer, e as palavras do reverendo caíram como uma pedra no peito do inspetor.

— O que você disse?

— Odeio lhe contar isso, inspetor, sabendo como tudo acabou — respondeu o reverendo Graham —, mas acho importante que saiba. Talvez o ajude.

— Grávida? Tem certeza?

— Tudo bem. Eu vou contar. Um dia, uma semana antes de desaparecer, ela veio, se sentou aí e... confessou. Garanto-lhe que fiquei mais surpreso do que você. Havíamos dado a ela tantas oportunidades... Havíamos nos esforçado tanto para que ela fosse uma boa... cristã. E o pior é que ela admitiu não saber quem era o pai.

— E por que você não me contou isso quando denunciou o desaparecimento dela? Eu o entrevistei, e você não me disse nada.

— Inspetor, mesmo que não acredite, só Deus pode conhecer os pecados que alguém confessa. Ela confiou em mim. E eu lhe impus a penitência: um convite para abandonar Mallow enquanto fosse possível esconder a gravidez do resto dos alunos. Esforcei-me para não a expulsar de imediato para que ela avançasse nos estudos. Garanto-lhe que eu queria o melhor para ela, e Allison aceitou minha decisão entre lágrimas. Prometeu-me que ninguém saberia e que, quando não houvesse mais jeito, renunciaria à bolsa sem fazer muito estardalhaço. Isso convinha tanto para o centro quanto para ela. Ninguém daqui descobriria que ela era uma pecadora. Ofereci a ela que voltasse assim que possível e se formasse. Acho que fui muito compreensivo.

— E não teria sido mais fácil que ela abortasse e seguisse com os estudos?

— Esse é sem dúvida o mundo que estamos criando, inspetor. Um mundo no qual se privilegia o prazer, ignoram-se as consequências e se acaba com a vida sem pensar no que fazemos. Não, senhor. Aqui, em Mallow, nos encarregamos de manter firme a única coisa que nos faz humanos: não devorar uns aos outros. O que seria da humanidade se nos desfizéssemos de tudo o que nos incomoda? Aliás, por que não propomos também assassinar moradores de rua? Ou matar idosos? Se algo que criamos nos atrapalha, eliminamos, certo? Essa é a sua ideia? O único que cria e acaba com a vida é Deus, e ele é o único que deve decidir quando isso acontece.

— Ela lhe pediu isso, certo? — suspirou Miller.

— O quê?

— Ela lhe pediu ajuda e permissão para abortar. Por isso veio vê-lo. Ela era de uma família sem recursos. Não podia pagar o procedimento. E... confiava em você.

— Não sei do que está falando — rebateu ele.

— Por isso Allison sublinhava essas passagens da Bíblia — respondeu Miller. — Para lhe mostrar que na Bíblia também se fala sobre filhos que nascem mortos ou mães que devoram seus filhos.

— Inspetor, não venha me dar lições sobre o texto que mais li na vida. Vou lhe dizer apenas uma vez e espero não precisar repetir: aqui somos a favor da vida. E Allison...

— Por isso ela lhe contou que estava grávida. Confiava em você e... você a abandonou, a expulsou.

— Ela não era um bom exemplo para os demais alunos. Você tem que entender. Somos compreensivos, mas... há casos intoleráveis.

— E tudo isso que você me contou sobre perdão?

— Ah, nós a perdoamos. Não se engane. Mas... quando você cruza certas linhas, nem mesmo Deus o protege — declarou ele. — Olha... não é fácil dizer isso. Mas Allison tinha um problema afetivo, e talvez por isso... tenha engravidado. Queria chamar atenção, não importa como.

— E a expulsaram.

— Não se engane, inspetor. Ela se abandonou. Não é crime proteger a integridade e a imagem do nosso centro. E, por favor — acrescentou, depois de se levantar —, se não se importa, tenho de celebrar um culto. Já perdi muito tempo com isso. Peço que saia por onde entrou. Não venha à nossa casa para questionar a nossa fé. Em Mallow, nos preocupamos com nossos alunos. E eu sempre tive mente aberta para tudo o que ocorre aqui dentro. Tivemos essa atitude com Gina e voltamos a ter com Allison. Não nos culpe por termos má sorte. Porque todos fomos, somos e seremos desgraçados de algum modo. Só que talvez nem todos estejam de acordo sobre quando e como isso acontece.

O inspetor seguiu até a porta, indignado, mas antes de sair parou e se dirigiu uma última vez ao reverendo.

— Talvez não seja crime expulsar uma aluna grávida, reverendo, mas não tenho dúvida de que seu Deus e sua religião estão por trás do que aconteceu — respondeu ele irritado, batendo a porta e fazendo o crucifixo da parede vibrar.

29.
Rockaway
25 de abril de 2011
Um dia antes
Jim Schmoer

A vida consiste em repetir os mesmos erros até
não ter mais tempo para uma última vez.

O prof. Schmoer sentiu um formigamento estranho quando o táxi em que estava começou a atravessar a ponte Marine em direção a Rockaway. Tinha pedido para o motorista deixá-lo em frente à grande esplanada onde estavam localizadas as instalações do Fort Tilden, abandonadas à própria sorte para que a vegetação e o vandalismo as engolissem do mesmo modo com que haviam tragado Gina Pebbles. Quando desceu do carro, suspirou profundamente ao pensar que num dos galpões abandonados daquele complexo militar haviam cometido a crueldade com Allison Hernández. Era uma área cercada, onde se localizavam cerca de vinte edificações de concreto e ferro enferrujado, que em algum momento da história recente tinham sido habitadas por um formigueiro de militares e soldados em formação. Agora, porém, parecia um terreno baldio engolido por arbustos, latas de cerveja amassadas e tinta spray.

Observou com atenção a área da Rockaway Boulevard e avistou a extremidade da ponte onde Ethan se despediu da irmã em 2002. Dali, o prof. Schmoer atravessou para a ciclovia, para onde o menino disse que Gina tinha ido na última vez que a viu, e observou a área com preocupação. Estava deserta. Naquele instante ninguém caminhava por ali, e não parecia que muita gente fazia isso com frequência. Pelo menos não àquela hora. No estacionamento, ao lado do parque Jacob Riis, havia uma dezena de carros e cerca de vinte trailers estacionados. Ele tirou uma foto com o celular e caminhou na direção deles.

Pelo aspecto, percebeu que alguns pareciam ter se instalado ali de forma permanente, chegando inclusive a estender toldos e varais, nos quais os inquilinos secavam roupa. Ao lado de um deles, havia um senhor de uns sessenta anos, com longos cabelos grisalhos, sentado numa cadeira enquanto tomava o sol da tarde com a camisa aberta.

— Olá — disse Jim, erguendo a voz com um meio-sorriso no rosto —, o senhor mora aqui?

— O que acha? — respondeu o velho, com sotaque sulista. — Do jeito que os preços estão na cidade... acha que pessoas da minha idade podem morar em algum outro lugar?

— É verdade... o preço dos apartamentos está lá em cima. É um absurdo — admitiu Jim.

— Olha... se veio me vender alguma coisa, acho que já deixei claro que não tenho muito. Siga para Neponsit. Lá as pessoas têm dinheiro e vão comprar o que você está vendendo. Eu... sou apenas um velho aposentado que gosta do cheiro do mar. Lembra a minha infância e... os tempos em que a gente era feliz.

— Faz tempo que vive no trailer?

— Pff... — bufou ele. — Quinze anos. Desde que minha mulher morreu. Não fazia sentido continuar naquela casa. Eu a via em cada canto e recordava muitos bons momentos.

— É muito tempo na rua — surpreendeu-se Jim, com ar sério. — Sua esposa deve ter morrido jovem.

— Cinquenta anos. Um aneurisma fulminante no chuveiro. Desde então, foda-se esta vida. Vendi a nossa casa e comprei esse trailer. Fiquei um tempo morando em frente ao Grand Canyon. Depois, dois meses em Yosemite. São lugares bonitos, mas, para passar as noites num trailer, são horríveis. A solidão engole a gente. Os sons dos ursos são assustadores. Depois, viajando pela costa, vi alguns garotos surfando aqui em Rockaways e, bom, me fixei neste lugar sem hesitar. Comprei uma prancha pra relembrar os velhos tempos e... continuo aqui. Já estou um pouco velho pra ficar nela de pé, mas ainda sou um verdadeiro lobo do mar. Aprendi a surfar nos anos 1970, sabe? Naquela época...

Jim interveio para tentar reconduzir a conversa. Se não fizesse isso, o velho iria de uma recordação para outra, estendendo-se por várias horas.

— Me chamo Jim Schmoer, prazer — disse ele, quando teve oportunidade.

— Marvin — disse o velho, sem acrescentar o sobrenome.

— Já vivia aqui em junho de 2002? — perguntou Jim, conduzindo-o.

— Ah, sim. Claro. Estou lhe dizendo... estou aqui... há quinze anos. Sim. Somos poucos os que ficamos aqui desde essa época. Em geral as pessoas vêm, passam o final de semana e vão embora. Pouca gente realmente gosta da vida no trailer. Não é fácil, sabe? Encher o depósito de água, esvaziar os excrementos, o cilindro para aquecer água, gasolina para o gerador. Isso se você quiser ter luz lá dentro à noite, claro.

— Você se lembra do desaparecimento daquela garota? — interrompeu-o outra vez, antes que continuasse a divagar de um lado para outro. — Gina Pebbles. Acho que foi um escândalo aqui.

— Ah... Claro que lembro. Eu já estava aqui há alguns anos. Que pena o que aconteceu. Participei das buscas, sabe? Me fez mal vê-la naquele dia, assim, tão... triste. Era uma boa garota. A gente notava isso na maneira como ela falava.

— Você a viu no dia em que ela desapareceu? — perguntou Jim, incrédulo.

— Ah, claro. De vez em quando ela se aproximava pra ver meus quadros. Foi um verão intenso, e o desaparecimento dela fez vários concertos e exposições programados na área de recreação do parque Jacob serem cancelados. Sei disso porque eu comecei a pintar. Nada profissional, veja bem. Mas não me saía tão mal. Consegui que expusessem alguns de meus quadros na sala, nas atividades culturais programadas para aquele verão. Me achei aí, sabe? Surfar e pintar quadros. Já não tenho energia pra nenhuma das duas coisas. Como disse, eu os expunha ao lado do trailer e, às vezes, ela vinha vê-los. Numa ocasião, ela me disse que gostava de como eu pintava as ondas do mar.

— Conversava com ela?

— Sou uma pessoa sociável. Gosto de me conectar com os outros. Faz eu me sentir... vivo.

— Sim, não há dúvida.

— Depois... deixei de fazer aquilo. De pintar, digo. Me cansei daqueles pivetes que perambulavam pela área rindo de mim. Ela... ela era diferente. De vez em quando, parava pra cumprimentar. É raro encontrar gente educada hoje em dia, sabe? Todos desconfiam de todos, como se nossos vizinhos fossem assassinos. Na minha época, brincávamos na rua, e a única preocupação de nossos pais era que lavássemos as mãos antes do jantar. Agora... ninguém cumprimenta ninguém. Nós temos medo. O mundo foi à merda. E, bom... os jovens não têm respeito pelos mais velhos. Na verdade, juro que prefeririam que estivéssemos mortos. Assim economizariam alguns dólares em impostos. Somos isso. Um peso. Minha geração sempre pensou em melhorar as coisas para a próxima, mas parece que agora não fariam o mínimo esforço para nos proteger. Vamos de mal a pior, não tenho dúvida.

— E o que Gina disse naquele dia?

— Não consegui falar com ela. Eu tinha saído do trailer pra esvaziar o depósito ali — disse ele apontando para um bueiro de esgoto a uns cem metros, perto da estrada. — Mas tenho certeza de que era ela. Quando voltei, vi que ia para Neponsit.

— E como sabe que ela estava triste?

— Tive a impressão de vê-la chorando. Secava as lágrimas. É um gesto que a gente vê de longe.

— E você contou tudo isso para a polícia?

— Sim, claro. Mas acho que não ligaram muito pra mim. Admito que naquela época eu... bebia e fumava bastante erva.

— Erva?

— Nem sempre fui um velhote. Também me diverti, sabe? Talvez por isso a polícia não me deu muita bola. Depois, encontraram a mochila em Breezy Point Tip, perto da outra ponta de Rockaways, na praia, e nunca mais voltaram pra me perguntar nada.

— Entendo. As coisas não costumam ser... fáceis. Vários agentes cuidam desses casos, e cada um considera importante uma coisa diferente; e todos os detalhes acabam se perdendo entre tanta burocracia.

— Você está procurando a menina?

O professor assentiu, em silêncio. Depois continuou:

— Posso te pedir um favor?

— Claro. Estamos aqui pra nos ajudar, né?

— Se importa de deixar eu ver o interior de seu trailer? — perguntou o professor, depois de se lembrar da foto de Gina, em que ela parecia estar amordaçada dentro de um furgão.

— Pra quê?

— Gostei disso que você contou sobre suas viagens. Parece bonito. Talvez eu compre um — disse, num tom em que nem ele mesmo conseguia acreditar.

— Uau. Fico feliz! É uma vida complicada, não vou negar. Mas a liberdade que dá... é inigualável. Os melhores anos da minha vida foram com minha mulher. Mas este amigo cuidou bem de mim. Entre. Não repare. É um pouco velho, mas tem seu encanto. Agora há outros modelos mais modernos, com camas ocultas que aparecem quando você aperta um botão, mas essa joia tem um charme que os novos modelos nem sonham em ter.

— As paredes de dentro são brancas? — perguntou Jim, com interesse.

— Entre e veja você mesmo. Não repare. Está tudo um pouco bagunçado. Terá que me desculpar.

O velho fez gestos com a mão para que ele subisse, e o professor aceitou.

Porém, bem no instante em que pôs um pé lá dentro, escutou o som de uma arma sendo carregada às suas costas, ao mesmo tempo em que a voz envelhecida do sujeito lhe dizia:

— A quem pretende enganar, amigo? Vá embora agora mesmo se não quer que eu estoure sua cabeça.

30.
Nova York
25 de abril de 2011
Um dia antes
Miren Triggs

A única regra do jogo da alma é que você não jogue se não suportar perdê-la.

Depois da visita do agente Henry Kellet, pensei que talvez tivesse sido um erro deixar aquele bilhete de suicídio. Decidi aquilo num impulso frio, na tentativa de que pelo menos a polícia recebesse o recado de que nunca menti nem inventei nada. Lembrei-me do olhar dos dois agentes que receberam minha denúncia na delegacia na manhã seguinte. Lembrei-me de suas perguntas dolorosas, de seus olhos incrédulos:

— Onde você diz que foi? — disse então o policial calvo de meia-idade, sério, sentado diante de uma máquina de escrever.

— No parque Morningside. Fui lá com um garoto que havia conhecido e... com Christopher. Ele se chama Christopher. Eu não tinha certeza do que... Vieram três caras. Não... não lembro bem.

O outro policial, de pé ao lado dele, bebia café num copo descartável, imóvel e com a cara caída, como se estivesse vendo um artista de rua e considerasse dar para ele uns dólares. Senti-me um macaco de feira ao denunciar o estupro.

— Tinha bebido, senhorita? — perguntou o que estava sentado, balançando a cabeça.

— Hã... um copo, mas... acho que... não me caiu bem.

Parei de falar quando os dois agentes se olharam com cumplicidade, e quase pude ouvir as gargalhadas na cabeça deles. Um dos dois, inclusive, bufou alto e depois continuou:

— Você costuma... ir a parques com homens no meio da noite?

— Bom, eu...

— Lembra-se de algo que nos ajude a começar? Algum rosto, algum nome.

Sabe onde esse tal Christopher mora? Precisaremos da declaração dele. Dê-nos algo com que possamos... procurar quem a agrediu.

Voltaram a se olhar daquele jeito. Senti seus risos em minha cabeça. E comecei a chorar. Minha virilha doía, os joelhos, a sola dos pés por ter corrido descalça, fugindo sem olhar para trás. A força e a segurança que eu havia sentido ao entrar na delegacia se dissiparam nas águas daquela incredulidade asfixiante.

— Hum... não se preocupe — disse o que estava sentado de frente para mim. — Abriremos um processo e... mandaremos uma unidade para revistar a área, câmeras e tudo mais. Você tem um atestado médico?

Neguei, entre lágrimas.

— Tomou banho antes de vir fazer a denúncia?

Assenti. E eles voltaram a se olhar. Como se tentar me limpar daquela sujeira, do sangue e dos... dos restos da podridão deles fosse um crime pior do que o estupro.

Com o tempo, descobri o motivo daquela pergunta: conseguir material genético dos agressores, mas me lembro de quão miserável fizeram eu me sentir, como se fosse minha culpa que aqueles caras escapariam sem condenação. O bilhete de suicídio era minha maneira de dizer à polícia: "Vocês foram patéticos".

Troquei de roupa e dei duas mordidas num enroladinho de canela da Sun-Maid, desses que vendem em pacotes de pão, fatiados, como se fossem saudáveis. Assim que entrei no carro, me armei de coragem para ligar para o inspetor Miller. Eu tinha adiado isso, mas tinha chegado o momento de lhe contar sobre a existência da polaroid. Alguns segundos depois, do viva-voz do veículo soou a voz de Miller, que respondeu a ligação com um tom de relativa felicidade.

— Miren? É você?

— Ben, tenho algo. Podemos nos ver? — falei para cumprimentá-lo.

— Fico feliz em saber de você. Vi seu sucesso com o livro. Você merece, sem dúvida.

— Obrigada. — Dispensei logo seus elogios. — Podemos nos ver ou não?

— Hã... estou na periferia. Agora não posso.

— Quando você pode?

— Estou no Queens. Revendo um caso antigo. Não sei se você sabe, mas no sábado encontraram o cadáver de... Allison Hernández. Horrível. Você não vai querer saber como ela foi encontrada. Graças a Deus a imprensa não divulgou a notícia com muitos detalhes, senão isso seria impossível.

— Crucificada. Certo? O *Press* estava considerando publicar, mas acho que decidiram não dar muitos detalhes até que fosse confirmado. Estou com um artigo sobre ela, mas não sei o que pensar.

— Não posso lhe contar nada, Miren. É uma investigação em curso e qualquer detalhe...

— Não, não estou ligando para lhe pedir informação.

— Por quê, então?

— Tenho algo que acho melhor você ver. Onde você está?

— Saindo do colégio Mallow. Não tenho um bom pressentimento sobre este lugar. Allison estudava aqui.

Ao escutar esse nome, percebi que ambos avançávamos, sem saber, para o mesmo caminho. Não sabia se me adiantava e contava para ele ou se esperava encontrá-lo.

— Outra garota também, que desapareceu em 2002... — continuou ele, confirmando minha teoria de que teríamos chegado à mesma conclusão.

— Gina Pebbles — declarei.

— Lembra-se dela, certo? Acho que você chegou no mesmo ponto que eu: o colégio Mallow.

— Por isso estou ligando para você, Ben. É importante, e... apareceu uma prova nova. Alguém me entregou uma fotografia de Gina.

— Do que você está falando? Uma fotografia de quê?

— Me espere aí, sim? Melhor que a veja por si mesmo.

31. NEPONSIT 25 DE ABRIL DE 2011 UM DIA ANTES JIM SCHMOER

Nem todas as pessoas solitárias estão loucas, mas todos os que vagam na loucura se sentem sozinhos.

O prof. Schmoer se virou e viu o cano de uma Colt apontada para a sua cabeça.

— Vá embora agora mesmo ou eu atiro.

— Ei. Ei. Só queria ver o interior do trailer — gritou o professor, nervoso por dar um passo em falso.

— Pra quê? O que você procura?

— Gina Pebbles.

— Já não contei que eu mesmo a procurei? O que está acontecendo? Só porque eu vivo aqui num trailer sou um perturbado que faria aquilo?

— Está sozinho. A solidão é muito exasperante... Eu queria apenas... conferir. Você estava aqui quando ela desapareceu. Precisava checar como era o interior do trailer pra descartá-lo.

— Nem todas as pessoas solitárias estão loucas, sabe? Prefiro a minha solidão, meu surf, morrer perto do mar. Você não tem o direito de vir aqui e... insinuar que fiz algo àquela pobre menina.

— Abaixe a arma, sim? Foi um erro. Desculpe-me, por favor. Mas não atire.

O velho hesitou alguns segundos até que finalmente abaixou a arma. Em seguida, não demorou para disparar uma frase que destruiu Jim por dentro.

— Prefiro continuar sozinho a vida toda a voltar a perder alguém. Já perdi minha mulher. Escolhi a solidão porque não queria sofrer outra vez. Pode me chamar de covarde, se quiser. Mas eu nunca colocaria a mão numa adolescente. Muito menos em alguém como ela.

— Entendo. Imploro que me desculpe... — suplicou Jim uma última vez, ainda com as batidas do coração reverberando por todo o corpo.

— E agora desapareça da minha frente.

Jim se afastou do estacionamento num passo acelerado, com um nó na garganta que mal o deixava respirar, e continuou para Neponsit, percorrendo a ciclovia que margeava o centro recreativo de Jacob Riis. Era a primeira vez que alguém lhe apontava uma arma, e não era algo que ele queria que se repetisse. Quando chegou à área residencial, virou à direita na rua 149, perto do caminho mais curto pelo qual Gina devia ter passado no dia em que desapareceu depois de se despedir do irmão. Enquanto caminhava até a casa dos Rogers, no fim da rua, ele notou que eram todas moradias elegantes de madeira recém-pintada. Notava-se que era uma área próspera pelo aspecto bem cuidado dos jardins, pelos amplos espaços entre as casas e pelos carros de alto padrão estacionados nas garagens. Aquele local destoava muito de Roxbury, a apenas dois quilômetros dali. Se a casa onde os Pebbles moravam estava perdida num labirinto de corredores e becos, a da família Rogers se destacava reluzente no final da rua asfaltada, com uma bela varanda sustentada por colunas vitorianas, grades de ferro, telhado verde e uma garagem coberta, com uma linda porta de madeira.

Dali, enquanto subia as escadas, o mar parecia tão próximo que o professor teve a sensação de que poderia ser engolido por uma onda. A casa se encontrava a apenas vinte metros do acesso a Rockaway Beach, e o vento estava impregnado de um aroma salino que o catapultou para o momento em que encontrou Miren na praia inconsciente. Perguntou-se como ela estaria e se deveria ligar para ela. Desejou que ela tivesse se recuperado bem do golpe na cabeça. Sem dúvida, para o professor, Miren havia se tornado uma pessoa tão complexa e incompatível que era óbvio que não poderiam manter uma conversa sem que terminasse numa discussão exaustiva. Mas, ao mesmo tempo, ela era tão enigmática que não conseguia tirá-la da cabeça, como um quebra-cabeça impossível, cheio de charadas, esconderijos e segredos, que sentia que talvez um dia conseguisse decifrar.

Bateu à porta dos Rogers e esperou. Alguns segundos depois, um rapaz moreno e barbeado na casa dos vinte anos abriu-a, confuso. Vestia calça jeans e uma camisa polo branca e, depois do gesto inicial de surpresa, sem saber quem era, sorriu.

— Olá, posso ajudá-lo? — cumprimentou, interessado e atento.

— Eu poderia... falar com Tom Rogers, por favor? — disse Jim.

Em sua mente, calculou a idade que Tom Rogers deveria ter agora e pensou que podia estar diante dele.

— Sou eu. Aconteceu alguma coisa? O que você quer?

— Olá, Tom, me chamo Jim Schmoer, sou jornalista investigativo independente. Estou retomando o caso de uma garota que desapareceu nesta área em 2002. Acho que você sabe de quem estou falando.

No mesmo instante, a expressão de Tom foi de um sorriso para preocupação e, com cara de tristeza, ele tentou fechar a porta, mas o professor se adiantou e a segurou com o pé.

— Por favor, Tom. É importante. Sei que deve ter sido difícil para você, e por isso lhe peço ajuda para encontrá-la. De verdade, não serão mais que cinco minutos.

— Não quero voltar àquilo, sabe? Tentei virar a página. Demorei um tempo para reconstruir minha vida. Agora estou terminando um mestrado em cinema e quero deixar tudo aquilo para trás. Quando terminar os estudos, vou me mudar para Los Angeles.

— Encontraram o cadáver de uma garota da idade que a Gina tinha na época em que sumiu em Fort Tilden, aqui ao lado.

Tom soltou a porta demonstrando surpresa. Parecia aflito.

— Gina? É a Gina? — perguntou, prestes a desabar.

— Não, não. É outra garota que desapareceu semana passada, e encontraram o corpo dela num dos galpões abandonados das antigas instalações militares. Allison Hernández. Estudava em Mallow, como Gina.

— Caralho... Por isso tinha tantos carros de polícia perambulando por Rockaway nos últimos dias?

— Tem algum problema se conversarmos? Estou tentando reconstituir tudo o que aconteceu na época para tentar descobrir se Gina poderia... ter sofrido o mesmo destino.

— Não acho que...

— Allison Hernández estudava em Mallow, como Gina. — O professor fez uma pausa e depois continuou. — Tom... sei que isso é a última coisa da qual você gostaria de falar, mas talvez possamos descobrir quem raptou Gina e o que fez com ela.

Tom engoliu em seco e aceitou.

— Está bem, entre.

— Está sozinho? — perguntou Jim, assim que se sentaram na sala.

— Meu pai está na garagem entretido com os móveis. Ele é bom com trabalhos manuais; está fazendo uma escrivaninha para o meu quarto.

— Uau. O único móvel que montei foi uma estante Billy da Ikea.

Tom sorriu, mas não por muito tempo.

— Sim, bom, ele gosta de trabalhar com madeira. Montou uma oficina caseira na garagem e passa o dia ali. Essa estante? Ele que fez. As esquadrias da casa também. Minha avó está no quarto dela vendo TV. Ninguém consegue tirá-la de lá.

— Acho que quando ficamos mais velhos, desenvolvemos manias e encontramos uma forma de nos sentirmos mais confortáveis. Se servir de consolo, meu pai tem medo de sair à rua durante a tarde.

— Talvez, algum dia, todos tenhamos medo de sair à rua. Não parece um lugar seguro, dado o que aconteceu com Gina. — Fez uma pausa, para depois acrescentar: — Desculpe, quer algo para beber?

— Não se preocupe, Tom. Obrigado. Tentarei ser rápido para não lhe tomar muito tempo. Você se importa se eu gravar nossa conversa? Assim, iremos mais depressa.

— Está bem. O que quer saber?

— Quero que me conte um pouco como era sua relação com Gina. O que aconteceu naquele dia em que ela desapareceu.

— Eu já contei tudo para a polícia. Isso...

— Eu sei, Tom. Só estou tentando reconstituir os passos que foram dados. Talvez agora, com o tempo, a memória consiga lhe dar algum dado a mais que possa ajudar a entender o que aconteceu.

— Está bem — disse ele. — Já faz muito tempo desde que ela... evaporou. Ela me deixou... destruído, sabe?

— Vocês saíam juntos, certo?

— Sim. Gina e eu... nos encaixamos muito bem. Ela entrou na turma já com o ano em andamento e, acho que desde o primeiro dia, gostamos um do outro. Lembro como ela me olhou aquela primeira vez, enquanto a professora a apresentava. Então eu me ofereci para que se sentasse comigo e para ser seu guia em Mallow. Não sei se você a viu, mas ela era muito bonita. Tinha o nariz arrebitado e as maçãs do rosto arredondadas. A pele branca e... não saberia lhe dizer. Eu realmente gostava dela. Agora que penso nisso, faz tempo que não... Talvez eu tenha gostado do nariz dela porque lembra o da minha mãe. Os pais dela haviam morrido um pouco antes de ela entrar em Mallow, e os tios acolheram tanto ela quanto o irmão Ethan. Ele tinha uns... oito anos, se lembro bem. Eu gostava dele. Fui à casa deles algumas vezes e jogamos video game. Acho que ele também gostava de mim.

— Ele me disse que vocês se davam bem.

— Sim, bom. Não o vi muitas vezes antes de Gina... Quando começamos a sair, tentamos não deixar ninguém saber que estávamos juntos. Na sala, sentávamos um ao lado do outro, mas como colegas, e só nos víamos na casa dela ou na minha. Às vezes, íamos a Breezy Point Tip, no fim da praia, para ficarmos sozinhos e conversar. No começo, como ela dizia que os tios eram muito religiosos e desaprovariam qualquer romance entre nós, nos encontrávamos para fazer os trabalhos da escola na casa dela ou aqui. Ou, se íamos a algum parque, não deixávamos ninguém saber. Tínhamos em comum algo dramático do nosso passado, e acho que aquilo nos uniu mais.

— O quê?

— Minha mãe também morreu quando eu era pequeno. Nada une mais que a dor, certo? O problema começou quando nos beijamos numa tarde na casa dela e a tia dela viu. Ela ficou uma fera e me expulsou de lá aos pontapés, colérica. Me chamou de estuprador. Me insultou e disse que eu nunca mais veria a Gina.

— Quando isso aconteceu?

— Alguns meses antes de ela... ir embora.

— Acha que ela foi embora?

— Sempre achei que sim. Gina não aguentava mais os tios. Se continuava com eles, era para cuidar do irmão e porque não tinham nenhum outro lugar para ir. Mas talvez tenha acontecido alguma coisa com eles que ela não chegou a me contar e, por isso, decidiu ir embora.

— Na denúncia do desaparecimento, consta que na última vez que foi vista Gina vinha para a sua casa. Ethan desceu do ônibus do outro lado da ponte e eles a atravessaram juntos. Ao chegar deste lado, ele se despediu dela e a viu seguir para a ciclovia e se dirigir para esta área. Já em Rockaway, e depois de se despedir do irmão, foi como se o mundo a tivesse engolido. Encontrei um homem que afirma tê-la visto mais tarde naquela estrada, e confirmou que ela vinha para Neponsit. Só pode ter acontecido algo com ela nesse trecho, do estacionamento até aqui.

— Tínhamos combinado de nos encontrar depois da aula. Ela andava estranha há várias semanas, um tanto ausente. Se esquivava de mim e parou de se sentar ao meu lado na aula. Finalmente, naquele dia, disse que precisava falar comigo, mas que não podia ser em Mallow. Ela desceu do ônibus do outro lado da ponte com o irmão e me disse que caminharia até a minha casa. Pedi para que ficasse no ônibus e descesse em Neponsit. Disse que o irmão poderia fazer o trajeto completo e descer direto em Roxbury, perto da casa deles. Mas naquele dia Ethan ficou enjoado, e ela desceu com ele antes de atravessar a ponte para evitar toda a volta em Rockaway. Me ofereci para ir com eles, mas ela disse que precisava caminhar um pouco para pensar direito no que tinha a dizer. Desconfiei de que terminaria comigo, e por isso não quis forçar a situação e lhe dei espaço, mas nunca cheguei a saber.

— Entendo... E por que acha que ela começou a se comportar de um jeito diferente com você? Quando se deu conta disso?

— Deixe-me ver... — hesitou. — Isso não é fácil de contar.

— Por favor, Tom... pode ser importante — insistiu Jim.

— Começou quando a tia dela nos descobriu — disse depois de um suspiro. — Naquele dia, ela fugiu de casa e apareceu na minha porta. Havia chovido e ela estava ensopada. Subiu ao meu quarto e eu lhe disse que ela precisava voltar para casa. Então ela tirou a roupa e... me beijou. Fizemos amor, quase em silêncio, porque meu pai estava aqui embaixo, na sala. Foi muito intenso. Lembro disso como... a melhor noite da minha vida.

— O que aconteceu depois? — interessou-se o professor.

— Eu disse que ela precisava voltar para a família dela, pois deveriam estar preocupados.

— O que ela fez?

— Ficou furiosa comigo. Nunca a tinha visto daquele jeito.

— Ela se sentiu traída. — O professor pensou em Miren, lembrou a raiva dela e como os dois conseguiram se reconciliar.

— Eu... eu queria o melhor para ela. Os tios deviam estar preocupados. Era quase meia-noite. Continuava a chover, então meu pai se ofereceu para levá-la embora. É uma estrada curta, mas à noite, e com aquele tempo, não podia deixar que fosse sozinha. Naquele dia, antes de sair por aquela porta, ela me olhou nos olhos, desolada. No dia seguinte, já estava diferente. Me evitava e não queria nada comigo. Você não pode imaginar o quanto eu a amava e o que os dois meses depois daquela noite significaram para mim. Por isso, o desaparecimento dela me destruiu por dentro. Quem me dera que não... tivesse sido assim. Queria pedir perdão a ela, mas não sabia como. Ela havia se fechado e se distanciado sem explicação. Quando disse que queria falar comigo, achei que era uma boa oportunidade. Quando cheguei do colégio, nem mesmo almocei. Arrumei meu quarto, colhi algumas flores do jardim que deixei sobre a cama e lhe escrevi uma carta. Passei a tarde toda esperando que ela batesse na porta. Lembro que minha avó estava no quarto vendo TV e meu pai estava na garagem, como hoje. Algumas pessoas não mudam, acho. Agora que pensei nisso, é como se o mundo tivesse congelado naquele dia. É triste, para dizer o mínimo, pensar que a vida continua, que todos continuamos com nossas coisas, mesmo que uma tragédia atinja você tão de repente.

— E o que aconteceu depois?

— Liguei para a casa de Gina para saber dela e a tia gritou comigo. Me perguntou o que eu havia feito com a sobrinha dela. Então, fui para lá procurá-la e seu irmão me explicou que ela havia vindo para a minha casa. A partir daí, o mais absoluto nada.

— Você participou das buscas? — indagou o professor.

— Nos primeiros dias, sim. Depois... conforme os ânimos foram se arrefecendo, os tios dela não queriam me ver lá. Me culpavam por tudo. Eu tinha certeza de que eles estavam me castigando por ter encostado nela. Quando a mochila dela apareceu em Breezy Point, tudo foi pelos ares. Aquilo confirmava que ela não tinha vindo para a minha casa, mas que havia ido na direção contrária, ou seja, para a ponta de Rockaway. Aquela é uma área deserta, não sei se ela esteve lá. Sei que gostava de olhar o mar. Acho que você já sabe o resto da história.

— Em Mallow, alguma vez aconteceu algo... estranho?

— Mallow era um caso à parte, com suas regras estritas, mas nenhuma loucura. Religioso, sim, mas ninguém sai de lá santo. Não sei se me entende. Sou ateu e estudei lá. E acho que a maioria dos alunos acaba rejeitando a religião por causa da insistência em só se falar dela.

— E os castigos?

— Bom, acho que depende do que você está falando. Eram criativos com isso, mas não era algo que acontecia toda hora. Na maioria das vezes, consistia em rezar e pedir perdão. Quando eu estudava lá, o máximo que faziam era obrigar você a segurar vários livros até não aguentar mais, e era mais como uma espécie de brincadeira na frente da classe.

O professor suspirou. Aquela história não esclarecia nada, pelo contrário, obscurecia ainda mais tudo o que ele sabia.

— Acho que isso é o suficiente — disse Jim. — Você me ajudou muito, Tom. Obrigado.

— De nada, sr. Schmoer. A verdade é que... conversando com o senhor, me lembrei de quanto eu a amava. Não esqueci o rosto dela. Às vezes, penso nela, sabe? E tenho a sensação de vê-la diante de mim, sorrindo. Isso se transformou numa... lembrança recorrente. E me dói que seja assim. Tomara que um dia eu saiba o que aconteceu com ela e por que foi embora.

Jim interrompeu a gravação e se levantou. Tom o acompanhou até a porta e, antes de se despedir do jovem, o professor parou na varanda, com a intenção de lhe contar por que realmente estava ali. Talvez isso o ajudasse a não se sentir culpado.

— A morte dessa outra garota de Mallow não é o único motivo pelo qual estou investigando o caso de Gina, Tom. Há algo mais — confessou.

Tom Rogers ergueu as sobrancelhas, confuso, esperando que ele continuasse:

— Uma jornalista do *Manhattan Press* recebeu uma fotografia de Gina, da época em que ela desapareceu. Na foto, ela aparece amarrada dentro de um furgão. Digo isso porque assim você saberá que ela não foi embora de forma voluntária, mas que alguém fez algo a ela. Você não teve culpa, Tom. Alguém a machucou, e por isso ela não chegou em sua casa.

Tom engoliu em seco, pois não esperava esse golpe. Depois perguntou:

— Isso é verdade?

O professor assentiu, em silêncio.

— Posso vê-la? Você está com a foto aí?

Jim lembrou que havia tirado uma foto da polaroid com o celular.

— Sim, mas não acho que seja uma boa ideia...

— Por favor — suplicou, nervoso. — Passei os últimos nove anos achando que ela tinha ido embora por algo que fiz. Não faça isso comigo.

Jim hesitou alguns instantes, mas por fim aceitou. Pegou o celular e mostrou a fotografia a ele. Tom a observou com interesse durante alguns instantes e, de repente, quase às lágrimas, declarou com um suspiro:

— Esta não é a Gina.

32. Colégio Mallow 25 de abril de 2011 Um dia antes Miren Triggs

Uma faísca, e tudo muda num mistério,
mas também no amor.

Algum tempo depois, estacionei o carro em frente ao colégio Mallow, na calçada oposta, e procurei a cafeteria onde Miller tinha concordado em me esperar. Notei que havia quatro ônibus amarelos parados diante do colégio e imaginei Gina e Ethan saindo da aula e subindo num deles em direção a Rockaway. No instante em que saí do carro, soou o sinal do colégio e, poucos segundos depois, as portas do Mallow se abriram para deixar sair uma torrente incessante de alunos que andavam em todas as direções. Alguns entravam nos ônibus, outros se sentavam em grupos nos bancos próximos para conversar. Alguns pegavam a bicicleta e iam embora, outros se aproximavam de um grupo de motos estacionadas na lateral da rua e subiam em duplas. Havia vivacidade ali, os alunos pareciam felizes, e aquela imagem contrastava com a que eu formara de Mallow, tanto pelo que Ethan contara como, e em particular, pelo destino de Gina e Allison.

Vi o inspetor acenar do outro lado do vidro da cafeteria e fui para lá, séria. Ele tinha um café e um prato com migalhas de pão na mesa, e vestia um terno cinza com gravata preta.

— Miren, não sei como consegue, mas você está sempre em tudo. Achava que... com seu livro você teria... se afastado um pouco desse mundo. A propósito, parabéns, você não me deu chance de lhe dizer nada antes. Vi que está nas vitrines de todas as livrarias. Fico feliz de verdade. O que você fez por Kiera... acho que mostra o quanto é necessária neste mundo. Você sabe como ela está?

— Não. Os pais dela me ligaram várias vezes, mas... não tenho muito mais o que fazer na vida deles. Tentei me afastar. Acho que ninguém mais precisa se intrometer no caminho deles, não acha?

— Bom, você ajudou aquela família de uma forma que ninguém pode agradecer o suficiente. Tenho certeza de que só querem vê-la para agradecer pelo que fez — disse ele, num tom reconfortante que eu quis ignorar.

— Falou com alguém do colégio? — perguntei. — O que disseram?

— Miren... não posso contar nada.

— Está bem. — Então joguei a polaroid de Gina em cima da mesa.

Ele demorou alguns segundos para entender do que se tratava, mas o nome escrito na margem inferior não permitia muito erro.

— O que é isto?

— Me entregaram num envelope anônimo em que estava escrito: "Quer brincar?".

— Você tem esse envelope?

— Se você pergunta isso para saber se poderia ser uma prova, temo que será de pouca utilidade. Me deram há vários dias, durante uma sessão de autógrafos, e lembro que ficaram passando os presentes e as cartas que me deram de um lugar para outro até eu terminar. Deve estar muito amassado para que você ainda possa encontrar alguma coisa nele.

— Bom, podemos tentar descobrir impressões digitais ou DNA.

— Está no carro. Depois dou a você.

— E... qual é a sua teoria? O que acha que essa foto significa? E por que a deram para você?

— Conte o que sabe sobre o colégio Mallow e eu conto o que sei — desafiei-o.

Apesar de ele confiar em mim, eu era um alto-falante potencialmente perigoso, se você considerar que informação é algo capaz de abrir feridas.

— Ah, vamos, Miren. Você sabe que não posso fazer isso. É uma jornalista.

— Não vou publicar nada que não seja aprovado por você, Ben. Além disso, você sabe que nesse assunto estamos no mesmo barco.

— Não sei, Miren. Não acho que estejamos no mesmo barco. Você quer uma lancha rápida, e eu não posso avançar assim. Não acho que deva...

— Eu conto o que sei e depois você me conta. Não publicarei nada que não aprove. Revisaremos juntos. Você sabe que a única coisa que me importa é a verdade, assim como pra você.

— Está bem — aceitou ele enfim, com relutância. Era o que eu esperava dele. — O que você sabe? — perguntou.

— Semana passada você esteve aqui, em Mallow, interrogando alguns alunos. Ethan, o irmão de Gina, que ainda estuda aqui, me contou. Sei que o reverendo tem fama de ser um filho da puta e que tanto Allison quanto Gina frequentaram essa escola. Também sei como Allison foi assassinada, crucificada num dos galpões abandonados de Fort Tilden. Há um grupo de garotos em Mallow chamado

Corvos de Deus, uma espécie de fraternidade clandestina da qual é difícil participar. Parece uma coisa de adolescentes, mas... pelo visto existe há muitos anos. Eles se reúnem, rezam, falam de Deus. É o que disse o Ethan.

— Como sabe de tudo isso? — perguntou Ben.

— Perguntando e procurando. Por acaso há outro jeito?

— Está bem — concordou ele. — O que é esse negócio de Corvos de Deus?

— Não sei. Parece uma gangue, mas não sei de nada concreto. Ethan viu Allison com alguns deles antes de desaparecer. Pelo visto, esse grupo já existia na época em que Gina estava no Mallow.

— Você sabe o nome dos garotos que participam?

Neguei. Em seguida, continuei:

— Mas há um grupo de garotos em Rockaway que parece não querer que eu investigue. Atiraram em mim uma pedra na praia e depois quebraram a janela do motel onde eu estava com outra, e tinha uma citação da Bíblia escrita nela. Acho que você conhece: "Quem dentre vós estiver sem pecado...".

— "... seja o primeiro a lhe atirar uma pedra" — completou ele.

— Pois muito bem, acha que ainda não sei que o colégio Mallow tem algo a ver com o que aconteceu com Allison? Sua vez. O que você sabe?

— Nada disso pode ser publicado, está bem?

— De acordo. Você decide o que pode ou não ser publicado.

Ben ficou pensativo por um momento até que por fim começou a falar:

— Allison estava grávida — declarou ele.

— O quê?!

— O reverendo Graham me contou. Parece que ele tentou ajudar, embora eu não confie nele. Enquanto esperava você chegar, liguei para o departamento forense encarregado da autópsia e eles confirmaram. Allison estava grávida de dois meses.

— Meu Deus...

— Nem pense em publicar isso, Miren. Por favor. É confidencial.

— Pode contar com isso. O que mais?

Ele tirou uma Bíblia da maleta e a deixou em cima da mesa, de frente para mim.

— O que é?

— A Bíblia de Allison Hernández. Estava na sala do reverendo Graham. Tinha desaparecido do quarto dela, junto com um crucifixo que ficava em cima da cama. Há partes sublinhadas nas quais é possível ver que ela se preocupava com o que a Bíblia dizia sobre aborto. Minha teoria é que ela queria abortar, e o reverendo negou categoricamente. Então ela procurou passagens que falavam da morte de bebês ou de mães que comiam seus filhos. Li esta, por exemplo — ele apontou uma passagem: — "Não seja ela como um aborto que, saindo do ventre de sua mãe, tenha a carne já meio consumida". Ou também esta outra: "O rei perguntou: 'Que te aconteceu?'. E ela: 'Esta mulher me disse "Entrega teu filho, para que o comamos hoje, que amanhã comeremos o meu"'. Cozinhamos pois o meu filho e o comemos; no dia seguinte, eu lhe disse: 'Entrega teu filho para o comermos', mas ela ocultou seu filho".

— Sério que a Bíblia diz isso? — perguntei, confusa.

— Acho que ficamos os dois surpresos. Ao que parece, fala sobre tudo. Por ser uma mistura de muitos livros diferentes, em um ou outro há passagens desse tipo. Bom, e ainda piores.

— E o que você sabe sobre o reverendo? É como Ethan Pebbles o pinta? Pelo que me contou, parece que maltrata os alunos.

— Não sei o que pensar dele. É sinistro, sem dúvida nenhuma, mas não sei muito mais. Não está sendo fácil falar com alguém em Mallow. Uma coisa nele me pareceu muito estranha.

— O quê?

— O reverendo tem conversas privadas com os alunos a portas fechadas. Ele disse que é normal, mas esta manhã, ao chegar, ele estava com uma garota da... da idade de Allison. A porta estava trancada.

— Acha que... que faz algo com eles?

— Não sei. Ele disse que a vida toda... foi muito acessível aos alunos, que confiam nele para contar seus problemas. Não sei em que acreditar.

— Verificou o histórico dele? — perguntei.

— Não. Ele não estava na mira... até agora.

— Poderia checar isso? Se é um doente, essas coisas são comuns. Uma pequena acusação de adolescente, um toque inapropriado, uma namorada que o denuncia por fetiches estranhos... Há centenas de casos de igrejas e colégios religiosos envolvidos em abusos sexuais de alunos. Muitos para ser uma coincidência.

— Acredita que o reverendo...?

— Você acha que uma pessoa como ele não seria capaz de crucificar uma garota a quem... sem dúvida considera... uma pecadora? Ethan me contou que as penitências em Mallow são horríveis. Talvez essa tenha saído do controle.

Ele ficou pensando em silêncio. Percebi que o dono do café nos observava para indicar que ou pedíamos mais alguma coisa, ou era melhor partir dali.

— E o que sabemos sobre Gina? — ponderou Miller. — Pelo que entendi, era uma garota bondosa e muito religiosa. Não faz sentido que tenha tido o mesmo destino de Allison.

— Você conhece os tios de Gina e Ethan? — respondi com outra pergunta. Tudo parecia estar se revelando.

— Christopher e Meghan. Falei com eles há anos. Foram dedicados em sua busca. Eram um pouco estranhos, mas pareciam boas pessoas. Uma pena não terem tido mais recursos para procurá-la.

— Falei com eles — declarei.

— E?

— São muito religiosos. Acho que isso não o surpreende. Por isso colocaram Gina e Ethan em Mallow. E... aqui vem o melhor. — Resolvi lançar aquela associação a mais entre os dois casos. — Eles me contaram que um dia Gina ficou chateada com eles e fugiu. Apareceu à noite, depois dos tios a procurarem por toda Rockaway. E sabe onde ela disse que estava?

Ele negou, esperando que eu continuasse:

— Na casa de Tom Rogers, seu namorado à época, transando com ele. Se o reverendo ficou sabendo, e sem dúvida os Pebbles contaram, para ele Gina também havia se tornado uma... pecadora, como Allison agora. Pode até ser que estivesse grávida. Se é um centro religioso, duvido que tenham muitas aulas de educação sexual e sobre como usar contraceptivos.

— Caramba, gosto cada vez menos do reverendo. Pedirei o histórico dele. Onde entram os Corvos de Deus nisso tudo?

— Não sei. Talvez o reverendo também esteja no meio. Se for algum tipo de seita ou culto privado, eles costumam ter um guia espiritual.

— A ponto de crucificar alguém?

— Está claro que... quem quer que tenha feito, sabia que tanto Allison como Gina mantinham relações sexuais e... mereciam um castigo — concluí.

As coincidências entre as duas eram cada vez mais verossímeis.

— E a polaroid? Você a mostrou para Ethan? Ou para os tios? Acho que não deveria...

— Quem viu foi você, Jim Schmoer e... eu.

— Jim? Ele também está nisso?

— Alguém na internet enviou para ele uma foto do momento em que crucificavam Allison, como se tivesse sido tirada pouco antes de ela ser colocada na cruz. Na foto, parece que havia várias pessoas presentes. Jim me encontrou na praia, inconsciente, depois de levar a pedrada na cabeça. Se não fosse por ele, talvez eu tivesse me afogado com a subida da maré.

— Caramba, não estou gostando nada disso. Você tem essa imagem? O e-mail foi enviado de onde? Por que não nos entregaram antes? Talvez sirva para encontrar o culpado. Somos amigos, Miren, mas isso é ocultação de provas.

— Precisávamos checar se era verdade, Ben. Não... se pode desistir de uma história como essa.

— Caramba, Miren. Ter informação sobre um crime e não contar é um delito.

— Ben... sinto muito...

Ele bufou, furioso. Na verdade, eu o compreendia, mas o conhecia havia anos, sabia que iria ceder.

— Vou ver o que digo para salvar a pele de vocês — aceitou por fim. Depois passou a me fazer mais perguntas.

— Como vocês conseguiram a foto?

— Pelo Twitter. Tenho uma cópia impressa no carro. Vamos sair daqui e lhe dou? — propus.

— Talvez deva falar com Jim. O pessoal da tecnologia deve conseguir rastrear de onde ela foi tirada ou até mesmo o IP de onde foi enviada. Você pode pedir para ele me ligar?

— Aqui está o telefone dele.

Mostrei a tela do meu celular com o número, para eu não precisar falar com Jim. Depois da nossa discussão, não me atreveria a telefonar para ele se pudesse evitar.

— Está bem. Ligarei para ele. Tem mais alguma coisa? Alguma teoria de como encaixar tudo isso que me contou? Quanto mais eu sei, mais nebuloso me parece.

— Vamos ver. Tenho uma teoria que pode não ser muito sólida, precisaria confirmar algumas suposições para saber os próximos passos.

— Me conta.

— Pode ser que o reverendo faça parte dos Corvos. Pode ser que ele encoraje os alunos a entrarem e... bom, explique a parte mais obscura da Bíblia aos alunos mais... curiosos. Mas não acho que seja algo inocente. Ethan nos contou que não é fácil saber quem faz parte dos Corvos. Que há, inclusive, gente de diferentes cidades e que nem estudam mais em Mallow. Talvez o reverendo tenha descoberto que Gina havia transado com Tom, isso sem dúvida confessado pelos tios dela, e a castigou do mesmo jeito que fez com Allison. A única diferença é ela foi encontrada por dois garotos que vasculhavam a área, e Gina... não sabemos onde a enterraram. Talvez pensassem em ocultar o cadáver de Allison, como podem ter feito com Gina, mas ela foi encontrada antes que pudessem fazê-lo.

— Não acho que seja isso — ele me corrigiu. — Se fosse assim, não teriam dado a você a polaroid nem enviado a imagem de Allison para o prof. Schmoer. Querem que saibam e que investiguem, mas... por quê?

Aquela pergunta ficou pairando no ar o tempo exato para que, de repente, um forte estrondo retumbasse na rua e o alarme de um carro começasse a tocar com intensidade.

— Que merda...?! — gritei.

33.
Colégio Mallow
25 de abril de 2011
Um dia antes
Ben Miller e Miren Triggs

É impossível controlar um incêndio depois de
acender uma fogueira num coração inflamável.

Miller saiu do café atrás de Miren para verificar o que tinha sido aquele estrondo que ainda reverberava em seus tímpanos. Os dois haviam identificado o som do alarme de um carro e, assim que pisaram na rua, o inspetor percebeu que ainda havia dezenas de alunos do Mallow reunidos em grupos e que os ônibus ainda aguardavam mais velhos entrarem. Todo mundo olhava para os dois com atenção e, no começo, eles não entenderam por quê. Era como se estivessem esperando a reação deles, em silêncio e vigilantes. O som vinha do carro de Miren, cujo alarme apitava com força, e, quanto mais eles se aproximavam, mais estridente se tornava.

— O quê...? — O inspetor Miller, que vinha atrás de Miren, não terminou a pergunta.

De repente, ele compreendeu do que se tratava: a janela traseira do carro de Miren tinha sido atingida e havia pequenos fragmentos de vidro espalhados pelo chão e no assento de trás, como se fossem diamantes brilhando com a luz da tarde.

Miren procurou em volta, tentando encontrar o culpado, mas todos os rostos a olhavam com a mesma indiferença. Miller experimentou uma estranha vertigem ao sentir que um daqueles alunos poderia ter destruído a janela do carro e, ainda assim, ser capaz de ficar tranquilo, sem se entregar.

— Quem foi?! — gritou Miren, furiosa, num berro que surpreendeu o inspetor. — Quem?!

Miren percebeu que uma das garotas fazia parte do grupo que ela tinha visto na praia e se dirigiu a ela:

— O que vocês querem? O quê? Vocês se sentem intocáveis com o seu silêncio, mas saibam que também são vítima dele — gritou Miren.

De repente, percebeu que vários alunos que estavam do outro lado da calçada, garotos e garotas entre quinze e dezesseis anos, sorriam em silêncio. Não era um sorriso de felicidade, mas de satisfação. Como se aquela explosão de Miren fosse a dança das chamas de uma fogueira que tinham acendido com interesse. A buzina do ônibus soou junto ao zumbido do alarme de Miren, e os alunos que estavam por ali foram embarcando sem deixar de encará-la.

Miller tentou tranquilizá-la, mas em vão. Numa das portas do carro, tinham usado algo afiado para rabiscar a palavra "JOGUE".

— Filhos da puta... — sussurrou Miren, ao ver aquilo. — Jogar o quê? — gritou na direção deles.

Do ônibus, todos os alunos encostaram no vidro e a olhavam, atentos. Miller se aproximou para acalmá-la.

— Está claro que não nos querem aqui — disse ele, sério.

— Pois não vou embora até descobrir o que aconteceu com as garotas. O que está acontecendo nesse colégio? Todos perderam a cabeça?

De repente, Miren notou que um pequeno papel amarelado se sobressaía, preso na janela do motorista entre o vidro e a porta.

— O que é isto? — exclamou Miren.

O inspetor se aproximou, confuso, pisando em alguns pedaços de vidro que estalaram embaixo de seus pés como se ele caminhasse sobre cascalhos. Era um bilhete escrito com tinta preta e, quando Miren o leu, sentiu que seu coração lhe pedia aos gritos para que não fosse adiante. O texto dizia:

SE VOCÊ QUER ENTRAR PARA OS CORVOS DE DEUS,
TEM DE VENCER O JOGO DA ALMA.

REGRAS:

I. CAMINHE DO LADO DE FORA DO PARAPEITO DA PONTE.
II. QUEIME ALGO IMPORTANTE PARA VOCÊ.
III. SUBA NA CRUZ DE OLHOS VENDADOS.

Miren apertou a mandíbula e respirou com força, tentando compreender as implicações daquela mensagem. Não sabia o que era aquilo, mas lembrou que James Cooper havia lhe contado na praia, antes do incidente, que para entrar para os Corvos de Deus teria de passar por alguns testes. Procurou nos olhos dos alunos nos ônibus algum sinal e, de repente, notou que James estava lá dentro, nas últimas filas, olhando para ela com a mesma cara de indiferença satisfeita do restante dos que a observavam com atenção. Um bando de animais vendo como a presa entrava na caverna sem saída. Com água na boca, os olhos brilhando de fome. O ônibus em que James estava partiu e seguiu para a direção leste, e Miren percebeu que não tinha muito tempo.

— Está bem! — gritou na direção do ônibus. — Se quer que eu jogue, jogarei! — declarou com raiva, enquanto abria a porta do carro e entrava.

— Aonde você vai, Miren? — perguntou Miller, erguendo a voz para ela. — É o que eles querem. Deixar você desesperada. Não faça nenhuma besteira. É perigoso, Miren.

— Ben — disse Miren de dentro do carro, antes de fechar a porta —, se eu não voltar hoje à noite, venha me procurar.

— Do que você está falando? — gritou o agente.

— Vou ficar bem. Descubra o que o reverendo Graham está escondendo. Eu descobrirei quem está por trás deste maldito jogo. Talvez Allison tenha jogado e por isso... — Miren fechou a porta sem terminar a frase.

— Miren, espere! — o agente vociferou uma última vez, bem no instante em que ela arrancava para alcançar o ônibus.

Entre aceleradas e freadas, Miren ziguezagueava pela rua, trocando a todo momento de faixa para evitar ao máximo causar um acidente. Quando enfim conseguiu ficar ao lado do ônibus, os dois veículos entraram na ponte Marine sentido Rockaways, com as duas torres de aço conduzindo a estrutura rumo ao céu. Ao ver o ônibus cheio de alunos do Mallow, Miren imaginou Gina e Ethan descendo no lugar por onde tinha acabado de passar, para atravessar a ponte pela pista externa. De repente, Miren acelerou uma última vez, ouvindo o rugido do carro entrar pelo vidro quebrado. Ao ultrapassar o ônibus, fez uma manobra brusca e atravessou seu caminho, obrigando-o a frear de uma vez. As rodas deslizaram por vários metros até que enfim pararam com um chiado que fez os alunos do Mallow prenderem a respiração. Miren fechou os olhos ao perceber que aquela manobra havia sido um erro e agarrou o volante com força, sabendo que o ônibus estava prestes a atropelá-la.

— Não! — berrou.

34.
Neponsit
25 de abril de 2011
Um dia antes
Jim Schmoer

Às vezes, a verdade se revela tão tarde
que não há mais nada a fazer.

— Como não é a Gina?

— Essa menina não é a Gina, sr. Schmoer. Não é ela — respondeu ele, num tom tão sério que era impossível encontrar uma fissura em sua afirmação.

— Tem certeza?

— É parecida, sim, mas não é ela — confirmou Tom. — Fizeram uma piada de muito mau gosto com o senhor. Essa garota não é a Gina.

— Olhe bem para a foto, Tom, por favor. Ela está com a mesma roupa que Gina usava quando desapareceu. A camiseta cinza do Salt Lake, os tênis vermelhos...

— Lembro bem da Gina, senhor. Não é ela mesmo. A forma do rosto... inclusive... o braço direito, veja.

— O que tem o braço direito? — perguntou Jim, incrédulo.

— Ela tinha uma queimadura no braço por conta do incêndio, e esta garota não tem nada. Ou... as queimaduras desapareceram, ou não é ela. Essa garota não é a Gina. Sinto muito — disse, num tom que ia entre o alívio e a tristeza.

— Caralho... — praguejou o professor, com o coração na mão. Um nó se formou na garganta dele, e Jim tentou reconstituir e compreender o que estava acontecendo. — Se esta garota não é a Gina... quem é?

— Não sei, senhor. Mas quem quer que tenha lhe entregado essa imagem está brincando com o senhor.

— Comigo não — disse ele. — Mas sim com... — Fez uma pausa ao se lembrar de Miren. — Tenho de contar a ela.

Procurou o celular e buscou entre seus contatos o número de Miren. Ligou para ela, nervoso, enquanto Tom o observava sem entender nada. Depois de vários toques, ouviu a voz de Miren do outro lado, tão longe que parecia mostrar quão distantes eles realmente estavam.

— Sim?

— Miren?

De repente, um rangido metálico soou do outro lado da linha, seguido de um ligeiro grito de Miren, que Jim não soube interpretar. Sem que ele esperasse, apareceu do outro lado o som intermitente da chamada sendo encerrada.

— Miren?! — disse ele ao telefone. Confuso. — Miren?!

Tentou ligar para ela mais algumas vezes, mas o celular estava sem sinal. A princípio, o prof. Schmoer pensou que algo havia acontecido e olhou para o próprio celular, intrigado. Conhecendo Miren, imaginou que ela seria capaz de desligar na cara dele.

Tom suspirou profundamente e ouviu a voz de uma mulher idosa falar com ele do alto da escada.

— Tom? Com quem está falando? — disse ela.

Ele suspirou outra vez e gritou para dentro de casa:

— Já vou, vovó! — Voltou o olhar para Jim sem saber como se despedir. — Eu... eu sinto muito. Tenho coisas para fazer. Minha avó...

— Muito obrigado, Tom. Você me ajudou muito. Não se preocupe.

— Se precisar de qualquer outra coisa...

— Não se preocupe. Vá ajudar sua avó — disse Jim. Depois continuou: — Acha que eu poderia falar com os vizinhos, para saber se viram algo? Analisei o processo de Gina e notei que não pegaram declarações de nenhum deles. Ninguém disse tê-la visto naquele dia, exceto... um homem que falou comigo, um cara que tem um trailer no estacionamento.

— Ah, sim. O velho Marvin. É um cara bom. Um pouco taciturno, mas acho que é a única pessoa decente por ali. Todos os outros em Rockaway... parecem ter segredos. Acho que ninguém se salva. O velho Marvin sempre ajudou o máximo que pôde todo mundo. Acho que não tem ninguém em Rockaway que não o conheça. Às vezes, as pessoas mais estranhas são as mais gentis.

Jim assentiu, embora estivesse prestes a lhe contar que o velho Marvin havia apontado uma Colt para ele. Em seguida, Tom continuou:

— A respeito dos vizinhos... pode perguntar a quem quiser. Eu falei com todos na época, e ninguém a viu. Era um horário complicado. Todos estavam comendo em casa ou tinham saído para trabalhar. Não havia ninguém na rua naquele momento. Mas você pode tentar. Não são más pessoas. Um pouco distantes, mas acho que todos são assim agora.

— Obrigado, Tom — disse Jim, se despedindo. — Sinto muito que Gina tenha desaparecido.

— Eu também, sr. Schmoer — respondeu ele.

* * *

Jim saiu da casa dos Rogers nervoso, sem saber como assimilar que a garota da polaroid não era Gina Pebbles. Sua mente foi atingida por perguntas cada vez mais complexas, e nenhuma parecia ter uma resposta clara. Se aquela garota não era Gina, quem era? Quem havia tirado aquela fotografia, copiando milimetricamente as roupas que Gina usava para que a confundissem com ela? E a pergunta que o consumia por dentro: quem tinha dado aquela imagem para Miren, e por quê? Que tipo de jogo macabro pretendia jogar com ela?

Achou que por trás daquela foto poderia estar o mesmo usuário do Twitter que havia enviado para ele a imagem de Allison, e aquilo o incomodou ainda mais. Ligou de novo para Miren, sem sucesso. O telefone dela parecia ter morrido no mesmo instante em que ela o atendeu, e uma parte dele preferiu pensar que só havia ficado sem bateria. E não que ela estivesse furiosa com ele.

O professor perambulou pela rua 149 de Neponsit analisando as casas e, quando finalmente clareou as ideias, bateu na primeira delas, sem resposta. Apesar de estar bem cuidada, parecia não ter ninguém. Bateu em várias outras, com o mesmo resultado. Percebeu que, exceto por três casas em toda a rua, ninguém tinha carros estacionados, e supôs que aquelas eram residências de férias, que ficavam vazias durante grande parte do ano. Por fim se aproximou de uma que tinha um Vauxhall azul com placa de Nova York na frente da garagem. Foi atendido por uma mulher loira de cabelos cacheados. Parecia ter interrompido o primeiro gole do chá favorito dela, e ela o cumprimentou tomada pela confusão ao ver um homem desconhecido bater em sua porta. Usava um terno vermelho elegante e tinha as sobrancelhas marcadas com maquiagem.

— O que deseja? — disse ela, arqueando as sobrancelhas escurecidas.

— Olá. Me chamo Jim Schmoer e sou um jornalista investigativo independente. Estou revendo o caso de uma garota que desapareceu aqui em 2002. Você se lembra?

— Ah... estava prestes a... — disse ela, tentando acabar com a conversa.

— É só um momento. De verdade — suplicou Jim, com olhar preocupado.

— Não gosto... de falar dos outros, sabe? Aquilo foi uma desgraça, e é uma pena o que aconteceu com aquela garota, mas eu não gostaria de... mexer nisso, entende? Nos anos posteriores ao desaparecimento, o valor das casas desta área diminuiu. Quem iria querer se mudar para uma vizinhança onde uma garota havia sumido? Um lugar assim não é adequado para formar uma família.

— Mas...

— Ah, lembro que os Rogers ficaram destruídos com aquilo. O preço da casa despencou, veja só, bem quando eles a estavam vendendo. Não, por favor. Não traga isso à tona de novo. Vai afundar meu negócio, sim?

— Seu negócio?

— Sou corretora de imóveis. Se quiser, lhe dou meu cartão. Não viu os cartazes? Olá? — disse como se ele fosse obrigado a conhecê-la. — Minha foto.

Jim olhou ao redor e notou que em várias casas havia cartazes de uma imobiliária chamada Evans Properties, com a fotografia da sra. Evans sorridente, de terno e com o mesmo sorriso perfeito com que olhava para ele.

— Cubro todas as casas de Neponsit. É meu... terreno de caça. Se quiser uma casa aqui, ganho uma comissão. Cinco por cento. Dez, se quiser que eu consiga uma hipoteca. Não está procurando casa, certo?

— Uau. Acho que vai se sair bem, então.

— Bem? Em que mundo você viveu nos últimos quatro anos? Acabamos de passar pela maior crise do século. Há anos não vendo uma maldita casa. E agora que as coisas parecem estar se recuperando, você vem com isso. Não. Eu me recuso.

— Os Rogers estavam vendendo a casa?

— Bom, sim. Queriam se mudar e, você sabe, procurar algo mais econômico, mas, quando a namorada do filho deles desapareceu, o valor da casa despencou cinquenta por cento. E dos vizinhos, trinta por cento. Não parece muito, mas é o suficiente para que você não consiga cancelar a hipoteca para a venda, e com isso acaba arrastando uma dívida horrível.

— Como você sabe de tudo isso? Quem te contou que eles queriam se mudar?

— O próprio sr. Rogers. Eu estava vendendo a casa dele. Havia mostrado o lugar para várias famílias e era perfeita. Muito conservada. Esse homem é um faz-tudo, e deu a ela o toque perfeito com esse telhado verde. É uma casa muito linda, parece um conto de fadas, sério. Mas claro, a cinquenta por cento... como iria vendê-la?

— Pelo visto não conseguiram. Continuam vivendo aí.

— Bom, foi tudo muito triste, e acho que o sr. Rogers tentou resolver o assunto o melhor que pôde. Posso garantir. Ele tinha uma oficina na garagem e, para aumentar um pouco o preço da casa, ele mesmo substituiu a madeira externa, trocou o telhado por um novo e melhorou a garagem. Aquele homem sempre foi muito trabalhador. Ficou um bom tempo fazendo obras ali. Mas, claro, queria economizar para a faculdade do filho e... bom, às vezes as coisas não dão certo. Nem todos os que moram aqui são ricos, entende? Há quem tenha dinheiro, sim. Mas alguns só pegaram um bom vento e logo depois... precisaram dobrar as velas e voltar a ser o que eram.

— Quer dizer que os Rogers não têm tanto dinheiro para ficar aqui? — perguntou o professor.

— Vamos ver... estou contando tudo isso porque achei você muito bonito — sorriu ela, deixando Jim desconcertado. — Mas... tem de me prometer que não vai publicar nada.

— Só estou tentando saber o que aconteceu com Gina Pebbles. Não é para um artigo. Não trabalho em nenhum jornal, caso esteja preocupada.

— Olha, quando a coisa começou a melhorar e os preços subiram de novo, na época em que o rebuliço da garota desaparecida passou, fui visitá-lo de novo. Eu tinha vários compradores interessados. Um casal queria oferecer para ele uma verdadeira fortuna.

— E o que aconteceu?

— Ele recusou. Disse que não sairia dali. Um ano de obras na casa, parecia até estar construindo um centro comercial, e, quando consigo um comprador que oferecia mais do que o sr. Rogers pedia no começo, ele recusou a oferta. Acredita nisso? Em seguida veio a crise e, bom, quase vendi mal a minha própria casa por causa dos bancos e das malditas hipotecas. Quer um conselho? Se puder, nunca faça uma hipoteca. Eles cobram de todos os lados e, no mínimo, arrancam seus olhos.

— Incluindo sua comissão, claro — soltou Jim, incapaz de se calar diante daquela explosão.

— É como as coisas são, amigo. Boletos para pagar. Sabe como é. O que posso dizer que você já não saiba? Temos mais ou menos a mesma idade.

— Ele disse que não queria vender a casa?

— E ofereceram meio milhão a mais do que ele pedia. Poderia ter pagado a faculdade do filho.

— E por que acha que ele fez isso? — perguntou Jim, com interesse.

— Deve ter se apegado à casa. Já contei que é linda e muito confortável. Ao lado da praia, sobrado... garagem-oficina. Conseguiria dinheiro de outro jeito, ou sei lá.

— Entendo. Muito obrigado, senhora... Evans.

— Quer entrar para tomar um... chá?

— Não, de verdade... Obrigado.

— E para transar? — disse ela de repente, apoiando-se no batente da porta.

— Perdão? Acho que... tenho... que ir. Tenho que...

— Você é gay?

— Não, mas é que... tenho... Olha... agradeço o interesse — titubeou Jim, por não saber como escapar daquela situação. — Mas... estou ocupado.

— Quando não estiver mais, me ligue — disse ela, mudando o tom para uma ou duas oitavas abaixo. — Pode pegar meu número nos cartazes das casas à venda.

— Obrigado, sra. Evans — respondeu Jim, que não esperava aquela investida súbita.

A sra. Evans se despediu dele fazendo com a mão um gesto que imitava um telefone antes de fechar a porta, e o professor se afastou da casa com um incômodo que, no começo, não chegou a compreender. Olhou outra vez a casa dos Rogers.

Sem dúvida, ela se sobressaía se comparada às outras. Era pintada de um amarelo banana que contrastava lindamente com o verde eucalipto do telhado. Observou o carro deles; um Dodge Ram cinza parado perto da calçada, o que fazia sentido, já que a garagem estava ocupada pela oficina de carpintaria. Ela ficava no fim de um caminho pavimentado na lateral da casa, e Jim lembrou que, segundo Tom, o pai do rapaz estava trabalhando na oficina.

Jim se aproximou da garagem e escutou o som de uma serra circular cortando tábuas vir detrás do portão verde que combinava com o telhado.

— Olá? — gritou ele. — Sr. Rogers?

Bateu várias vezes no portão, que alguns segundos depois se abriu para revelar um homem de cabelo castanho, barba descuidada e dedos grossos, como se estivesse trabalhando naquela garagem há semanas, que o observava por trás dos óculos transparentes de proteção.

— Quem é o senhor? — perguntou ele, confuso.

— Sr. Rogers?

O sujeito assentiu. Tirou os óculos de proteção, mostrando a marca que haviam deixado na pele, dois sulcos que pareciam desenhar uma máscara invisível.

— Eu poderia falar com o senhor? É importante. É sobre a namorada do seu filho.

— Namorada? Meu filho não tem namorada — replicou ele, realmente irritado.

— Eu me refiro a... Gina Pebbles. Tenho certeza de que se lembra dela.

35.
Ponte Marine
25 de abril de 2011
Um dia antes
Miren Triggs

A vida é sobre jogar um jogo cujas regras não conhecemos.

Foi fascinante sentir como minhas emoções mudavam ao dirigir sobre a ponte Marine, sabendo que talvez estivesse prestes a dar um passo em falso e cair no vazio. Eu havia me deixado levar por um impulso, o tipo de decisão que a gente toma sem pensar nas consequências, e quando abri os olhos, depois de ouvir o som agudo das rodas do ônibus, percebi que havia sido um milagre ele conseguir parar a menos de meio metro do meu carro. Desci do veículo escutando a buzina do ônibus e os gritos furiosos do motorista, percebendo como a adrenalina corria pela ponta dos meus dedos. Senti o cheiro da água salgada vindo da baía de Jamaica, flutuando com o vento até chegar onde eu estava, e o inconfundível barulho das ondas do mar. Fiquei imóvel olhando o ônibus e vi como todos os alunos se levantavam lá dentro e me observavam atentos. Atrás do veículo, outros carros começaram a se amontoar sem entender o que estava acontecendo e buzinavam como se tivessem o poder de influenciar o que eu estava prestes a fazer.

Recordei as palavras do bilhete deixado no meu carro e que causaram aquele impulso sem volta:

SE VOCÊ QUER ENTRAR PARA OS CORVOS DE DEUS,
TEM DE VENCER O JOGO DA ALMA.

REGRAS:

I. CAMINHE DO LADO DE FORA DO PARAPEITO DA PONTE.
II. QUEIME ALGO IMPORTANTE PARA VOCÊ.
III. SUBA NA CRUZ DE OLHOS VENDADOS.

Quando li aquele papel, soube de imediato a que se referia, ainda que tudo parecesse mais sinistro e obscuro do que eu me lembrava. Eu mesma havia enfrentado, na época, os testes da minha gangue de adolescentes, as Estrelas Cadentes, que tinham sido idealizados pela minha colega de classe Vicky, e vivi aquilo como algo muito mais inocente do que essa nova versão que os Corvos de Deus haviam criado em Mallow. Tudo o que girava em torno deles parecia estar tomado de uma aura de segredo e perigo que me fez considerar se era mesmo um grupo de estudantes, ou se era algo muito pior.

A primeira das três regras do jogo da alma parecia uma prova de coragem. O objetivo de pular para o outro lado do parapeito da ponte era comprovar a coragem do jogador. Se você fosse capaz de cometer essa loucura, sem dúvida era uma pessoa corajosa ou inconsequente; e sem dúvida qualquer um dos dois valeria para o grupo. A ponte Marine pairava sobre a superfície da baía uns vinte metros acima do nível da água, e uma queda dali poderia quebrar seus ossos.

A segunda regra, queimar algum objeto importante, parecia querer testar a capacidade de renúncia. Queimar algo com que você se importa requer um esforço emocional que deixa cicatrizes na alma. A terceira, subir na cruz, me pareceu a mais macabra de todas, e não demorei para conectar este último teste à morte de Allison Hernández. Eu morreria assim, tentando vencer os testes dos Corvos?

Cada regra do jogo da alma parecia concebida com a única intenção de minar os três principais atributos da integridade de uma pessoa, como se fossem as três fechaduras da alma, e passar por cada uma delas exigia abrir as portas para que qualquer um plantasse ali suas ideias podres.

Deduzi tudo aquilo porque recordava que, quando era adolescente, fazíamos testes — muito mais inocentes — com as mesmas ideias para integrar as Estrelas Cadentes. Lembrei que os nossos consistiam em pequenos jogos inofensivos: a coragem era dizer a um amigo que gostava dele; a confiança era revelar um segredo ao grupo por escrito, e o papel ficava guardado num pequeno cofre a que todos tínhamos acesso. Depois, com o tempo, abrimos aquela caixa, e por isso o grupo das Estrelas Cadentes deixou de existir. O terceiro teste era o mais estranho dos três, e só eu e Vicky o fizemos, no primeiro dia que criamos o grupo. Um jogo absurdo que consistia em se furar com uma agulha e deixar uma gota de sangue cair num pedaço de cartolina que havíamos cortado no formato de uma carteira de identidade. Quando Bob, Sam, Carla ou Jimmy quiseram entrar no grupo, aquele teste pareceu tão ridículo e repugnante que nenhum deles fez.

Ergui o rosto e vi que todos os alunos dentro do ônibus tinham os olhos fixos em mim. O motorista gesticulava, colérico, para que eu afastasse o carro, mas eu apenas apertei a mandíbula e, em silêncio, me segurei com firmeza no parapeito antes de jogar minha perna por cima dele e ficar entre os dois lados sem conseguir apoiar os pés no chão.

Olhei de novo para o ônibus e confirmei, com surpresa, que alguns alunos haviam aberto as janelas do lado onde eu estava e batiam de forma rítmica na lataria externa com uma cadência que me lembrava as batidas de um coração.

Reconheci Ethan entre o grupo, olhando para mim com ar preocupado. Os golpes no ônibus cresceram em volume e ritmo, e os cabelos da minha nuca se arrepiaram quando senti que estava cometendo o erro que eles desejavam. Uma sirene tocou de algum lugar da ponte e pensei que talvez tivessem alertado a polícia de que havia uma mulher empoleirada na grade.

Agarrei-me com força e tentei descer com cuidado para o outro lado. Minhas mãos tremiam. O vento soprava com força e, quando eu quis apoiar o segundo pé do outro lado, olhei para baixo. Notei que dois pequenos barcos pesqueiros perambulavam pela baía, e sua tripulação parecia enrolar redes no convés sem perceber que, vinte metros acima, eu estava prestes a pisar em falso. Um veleiro com a vela recolhida se aproximava devagar da ponte e, de repente, identifiquei um grito entre as batidas dos alunos.

— Não faça isso! Não! — Era a voz de Ethan. — Não faça isso!

O ritmo das batidas crescia a cada segundo que passava e, embora num momento eu confundisse aquela percussão com a que saía do meu próprio peito, outros gritos de vários alunos se sobrepunham ao de Ethan.

— Você tem de caminhar por fora! — gritou uma voz masculina.

— Não seja covarde! — berrou uma garota.

— Pula! — declarou uma última voz que não consegui reconhecer.

Outras aderiram a este último pedido e, logo, as batidas no ônibus foram acompanhadas por um canto que se repetia indefinidamente: "Pula, pula, pula", num crescendo, unido ao som da sirene, como se fosse um coro me esperando nas portas do inferno.

No mesmo momento em que coloquei o pé no lance externo da ponte, como se aquele gesto sempre tivesse feito parte do meu destino, como se tudo tivesse sido planejado desde o início, percebi que meu celular tocava e vibrava no bolso. Sentia-me segura, apesar da altura. Enganchei meu braço na grade e contemplei dali as duas margens que a ponte unia: Rockaway e Queens, tão próximas e, ao mesmo tempo, tão diferentes. Agora que vejo o que aconteceu e o contemplo com os olhos da morte, sei que tudo teria sido muito diferente se eu não tivesse tentado atender àquela ligação.

Soltei uma das mãos e peguei o celular do bolso. Não sei por que pensei que tinha tudo sob controle. Talvez algo em mim quisesse provocar o que ia ocorrer; talvez uma pequena parte do meu subconsciente estivesse farta de seguir lutando contra o meu próprio desaparecimento. Vi o nome de Jim na tela e não consegui evitar a faísca, o fogo, lembrar o beijo no motel e o medo de me sentir protegida. Atendi a ligação com um fraco "Sim?".

Porém, justo nesse momento, soou um poderoso rangido metálico seguido por um choque vindo das entranhas da ponte Marine. Agarrei-me no mesmo instante ao parapeito e vi meu celular escapar entre meus dedos e se perder nas profundezas da água da baía. Toda a estrutura vibrava com intensidade e, quando olhei para trás, percebi que o ônibus continuava imóvel, enquanto meu carro e eu subíamos junto com a estrutura central da ponte na vertical. Tinha me esquecido de que a ponte Marine era levadiça e por vezes se levantava para deixar as barcaças mais altas passarem. Tentei voltar para dentro enquanto a estrutura se erguia a trinta metros, mas qualquer movimento me parecia perigoso. Os alunos de Mallow bateram com mais força no ônibus, e o motorista fez gestos para que eles parassem. Alguns desceram do veículo e se juntaram na borda para observar a gigantesca massa de aço levantar comigo em cima, empoleirada a mais de quarenta e cinco metros sobre a água. Quando chegou no ponto mais alto, a ponte parou de repente e, estando lá, admito que pensei em pular.

Não foi algo pensado, mas um lampejo que rechacei no mesmo instante. Contudo, aquela ideia se infiltrou em minha mente por algum resquício da minha alma e, pouco a pouco, esse pensamento único começou a devorar todos os outros.

Respirei fundo e, lá em cima, caminhei uns doze ou treze metros pela borda exterior, enquanto a vertigem e o medo invadiam minhas entranhas. Os alunos pareciam ter se calado e, naquele silêncio, só interrompido pela sirene que sinalizava que a ponte ia se mover, pensei que talvez aquele teste de coragem estivesse me afetando mais do que eu havia imaginado no início. Será que era isso o jogo da alma?

Um pouco depois, a ponte desceu, comigo agarrada ao parapeito, e se encaixou com um forte golpe na estrutura fixa. O alarme cessou, e os alunos de Mallow observaram em silêncio eu pular para dentro. Devolvi para eles aquele olhar, aquela raiva que tinha em minha alma, e reconheci o rosto de Ethan assentindo satisfeito enquanto os demais pareciam alheios ao que tinha acabado de acontecer. Vi James Cooper subir no ônibus com ar sério e, de repente, a voz do motorista voltou a soar na minha cabeça:

— Você está louca? Por que fez aquilo? Quase nos mata e se mata também!

Deixei-o falando e voltei para meu carro enquanto ele gritava. Vários veículos amontoados atrás do ônibus, e que também estavam bloqueados, começaram a buzinar de maneira frenética. Porém, naquele momento, a única coisa que meu coração queria era passar para o segundo teste:

II. QUEIME ALGO IMPORTANTE PARA VOCÊ.

36.
Colégio Mallow
25 de abril de 2011
Um dia antes
Ben Miller

Às vezes, a verdade pode estar diante de você, mas escondida na forma de uma mentira.

Miller ficou observando o veículo de Miren se afastar a toda velocidade atrás do ônibus e não soube como reagir. Não estava entendendo nada. Miren sempre foi indecifrável para ele e, apesar de se relacionarem bem, não sabia do que ela era capaz. Essa faceta dela estava escondida, muito escondida, entre as sombras de sua alma, e aquele lado obscuro sempre tinha sido um mistério que ninguém conhecia. O inspetor havia se esquecido do sabor da adrenalina, e aquela injeção de energia de Miren o deixou desorientado. Lembrou-se de quando, muitos anos atrás, antes de Daniel desaparecer e ele entrar na Unidade de Pessoas Desaparecidas, perseguiu um veículo que dois ladrões de banco sequestraram sob a mira de uma arma, e no qual havia uma menina de três anos no banco de trás. Naquela época, era um jovem cheio de energia. Daniel não havia nascido e, portanto, ele não tinha nada a perder. Era o começo dos anos 1980, havia acabado de conhecer Lisa, e usou aquela história, que enfeitou com algum exagero, para conquistá-la definitivamente.

Na verdade, sabia que Miren era uma garota tranquila e tímida, embora um pouco seca e com uma determinação inquebrável. Tudo o que havia feito para salvar Kiera Templeton tinha sido um exemplo para ele, embora Miller sempre tenha acreditado que parte do que acontecera fora fortuito. Mas não tinha dúvida de que Miren era uma caixa de surpresas e não sabia o que esperar dela quando a viu arrancar e desaparecer no final da rua. Notou que não havia mais alunos em Mallow, os ônibus tinham ido embora e o tráfego de pessoas circulando em todas as direções havia evaporado, como Gina Pebbles quando desapareceu.

Voltou para dentro da cafeteria para pagar pelo sanduíche e pelo café que tinha pedido enquanto esperava Miren, e percebeu que ela havia deixado a foto de Gina na mesa.

Quanto mais ele observava, menos sentido encontrava na imagem e, por um momento, até pensou em fazer uma cópia para levar à família. Depois rejeitou essa ideia, ao pensar que só contribuiria para gerar mais dor a seu irmão Ethan, que tinha visto os pais morrerem no incêndio e a irmã desaparecer.

— Quem diabos tirou essa foto? — sussurrou.

Sentou-se ali outra vez, destruído, e o dono do café se aproximou para perguntar se queria mais alguma coisa.

— Outro café, por favor. Preciso pensar — disse ele, sem levantar o olhar.

Ficou um tempo ali sentado, observando a polaroid e tentando encontrar algo na imagem que indicasse onde tinha sido tirada. Sem resultados. A foto estava enquadrada de modo que só aparecia Gina no centro, um pouco borrada, olhando para a câmera com ar de preocupação e uma mordaça na boca. Incapaz de encontrar alguma coisa, pegou a Bíblia de Allison e ficou folheando as páginas. Procurava alguma outra passagem sublinhada que não tivesse lido. Nada fazia sentido, porém tudo parecia conectado de um modo que ele era incapaz de compreender.

Notou que o dono do café não parava de observá-lo e percebeu que, quando levantava o olhar, o homem desviava o dele.

— Quer alguma coisa? — exclamou Ben, irritado.

Então o homem se aproximou nervoso e disse:

— Você é policial, certo? — disse sussurrando, para depois olhar ao redor e verificar se havia alguém.

— Sim, mais ou menos. Do FBI.

— Olha... não gosto de me meter em confusão, mas... como estou de frente para este colégio... acho que eu não deveria me calar.

— O que está acontecendo? — perguntou Ben, com interesse.

— O diretor deste lugar às vezes vem aqui, sabe?

— O quê?

— O reverendo Graham, do Mallow. Às vezes vem aqui. Ouvi você e sua amiga falarem dele. Sei que talvez não seja da minha conta, mas... às vezes, esse cara vem de manhã e...

— Suponho que seja normal. É o único café na região — justificou Ben, induzindo o dono do lugar a ser mais explícito.

— Vejamos, deixe-me explicar. Quero dizer que não vem sozinho.

— Com alguma professora? Está se referindo a isso?

Ele negou com a cabeça, como se tentasse dar forma ao nó que tinha na garganta.

— Com uma aluna. Não sei. Não me parece normal.

— Do que você está falando? Ele convida os alunos para o café?

— Aluna. Em geral só vem com uma. E... não sei. Me dá a sensação de ser muito carinhoso com ela. Eu tinha que dizer isso.

— Em que sentido? — insistiu Ben, procurando lógica nas palavras do dono.

— Está bem. Vou contar. Mas, por favor, não diga que fui eu que contei. Esse cara me passa uma sensação ruim.

Ben assentiu. Se fosse algo importante ou incriminatório, teria tempo de convencê-lo a prestar uma declaração oficial.

— Há algumas semanas... ele veio aqui com a garota de quem estou falando, de uns quinze ou dezesseis anos, aluna do Mallow. Sei que era porque estava de uniforme. Foi no meio da manhã. O café estava vazio. Está difícil conseguir clientes, e a essa hora não costuma vir ninguém.

— E o que aconteceu?

— Me pareceu estranho que ele se sentasse do lado dela. Um cara daquela idade... tão perto de uma garota do colégio... Não sei. Você viu como são essas mesas. Era no mínimo estranho. Ainda mais sabendo que... que aquele homem é reverendo. A pureza, o pecado e todas essas coisas, não é?

— O que está querendo dizer? Não estou entendendo.

— Eu vi como o reverendo colocou as mãos na coxa dela de um jeito... não sei como explicar. Muito carinhoso. Me aproximei para perguntar se eles queriam tomar mais alguma coisa. Queria interromper o que quer que ele estivesse fazendo embaixo da mesa.

— E aconteceu algo? — perguntou Ben, que não gostava nem um pouco do rumo que o assunto começava a tomar.

— Ela estava chorando. Quando me aproximei, ela permaneceu em silêncio, com a comida intacta, mas tinha o rosto coberto de lágrimas. Aquele cara tirou as mãos de debaixo da mesa e deu uma mordida no sanduíche, indiferente. Achei nojento vê-lo mastigar.

— Como era a garota? Saberia reconhecê-la? — perguntou Ben, suspeitando de que tudo poderia se encaixar.

— Era uma garota de cabelo castanho, longo. Não me esqueci do rosto dela e... pensei em chamar a polícia, sabe? Mas quem acreditaria em mim? Esses caras têm fama de não mentir, e eu investi muito dinheiro neste lugar para receber o ódio de Mallow. A maioria dos que vêm aqui trabalha no colégio, sabe? Lembro que, quando montei esta cafeteria, vi com bons olhos ter um colégio religioso em frente. Pensei que talvez Deus abençoasse meu investimento, mas... este lugar é uma ruína. Acho que o diabo o amaldiçoou.

O inspetor procurou rápido os papéis em sua maleta e tirou o processo de Allison. Mostrou-lhe a fotografia da primeira página, e o homem a examinou.

— Você a viu aqui com ele alguma vez?

— Não me parece familiar. Só o vi ultimamente com a garota de cabelo castanho que mencionei. Sempre a mesma. Ela não parecia muito feliz. Não sei. Era a sensação que me dava ao vê-la. Como se pedisse ajuda com o olhar.

— Entendo — disse Ben enquanto assentia, pensando em como processar aquilo. Em seguida, continuou: — Posso lhe perguntar uma última coisa?

— Sim, eu só... quero ajudar. Não sou religioso, sabe? Mas sou uma boa pessoa. Meu pai me ensinou que o único Deus que existe é você mesmo. E que o que fazemos é a única coisa que importa.

— Você está aqui há muitos anos? Quando montou este café?

— No ano 2000. Na mudança do século. No fim do mundo. Lembra-se disso? Diziam que os aviões iriam cair e tudo aquilo. Quando o dia 1º de janeiro chegou e vi que nada tinha acontecido, disse a mim mesmo: "Foda-se, Kevin, você vai abrir um café, como sempre quis". E aqui estou, aprisionado. Todas as minhas economias estão presas nestas paredes. Ou continuo trabalhando aqui, ou perco tudo o que investi.

— Você se lembra de ter visto mais alguma coisa durante estes anos? Algum outro comportamento estranho do reverendo ou de alguém de Mallow? Professores, alunos...

Ele negou com a cabeça.

— Está bem — conformou-se, por fim. — Me ajudou muito. Você poderia declarar tudo o que me disse na delegacia?

— Saberiam que fui eu? — perguntou ele com um gesto preocupado.

Ben assentiu.

— Preferia que não...

— Isso pode ser mais sério do que você imagina. Encontraram o corpo desta garota no sábado num galpão abandonado, em Fort Tilden. Ela estudava aqui, em Mallow.

O homem levou as mãos à boca.

— A garota que havia desaparecido? Vi os cartazes por aqui. Acham que ele fez isso? — perguntou ele com dificuldade.

— Não posso lhe dizer nada — declarou Ben —, mas qualquer informação que me dê pode ser importante. Isso... não sei. Não me dá uma sensação boa.

O dono do café ficou com os olhos cheios de lágrimas.

— Ali! — Ele apontou para a rua, na direção da porta do colégio.

— O quê?

— É ela! Está ali! Na porta do Mallow!

Miller olhou pela janela da cafeteria e viu uma garota de cabelo castanho comprido, cabisbaixa, vestida com uniforme escolar, saindo do colégio com pressa e fora do horário de aula.

— Aquela é a garota que vi com o reverendo! — gritou Miller, alarmado.

O agente saiu depressa atrás da jovem que corria em direção à única moto estacionada em frente ao colégio. Ben atravessou a rua sem olhar, e um carro precisou frear de repente para não o atropelar. A buzina atingiu seus tímpanos com força, e ele tentou ignorá-la para chegar até a garota antes que ela subisse na moto e fosse embora.

— Olá! — disse para ela, quase sem fôlego.

A garota já havia colocado o capacete e ligado a moto. Olhou para ele, em silêncio, e Miller percebeu, através da viseira, que a jovem tinha a borda dos olhos circundada por um fino fio vermelho, que revelava que tinha chorado.

— Podemos conversar? Sou do FBI.

37.
Breezy Point
25 de abril de 2011
Um dia antes
Miren Triggs

Nós caímos centenas de vezes durante a vida e,
mesmo que no início não saibamos, certas
quedas são apenas impulsos para voar.

Dirigi por Rockaway, deixando para trás o parque Jacob Riis, e parei no único posto, em frente às antigas instalações de Fort Tilden, para comprar um galão de gasolina. Adorava o cheiro de gasolina, embora não fosse algo que desse para admitir em público. Lembrava de quando eu era criança, ao acompanhar meu pai para encher os pneus da nossa perua, e me deitava no chão para ajudá-lo a segurar a válvula enquanto ele verificava a pressão. A vida é isto: recordações pontuais que ficam na mente e surgem quando são invocadas por odores, discussões ou emoções, e que depois desaparecem, como se eu não as tivesse vivido, a menos que uma fagulha as resgate das profundezas da memória. No exato instante em que inalei o aroma de noventa e oito octanos, pensei em como era triste que aquele momento só tivesse voltado à minha mente por causa de um cheiro, enquanto a noite que eu mais lembrava nos últimos anos continuava tão vívida que era possível sentir toda aquela dor de novo só de fechar os olhos.

Cheguei ao fim da estrada em Breezy Point Tip, o lugar afastado onde a mochila de Gina havia aparecido, e parei meu carro o mais próximo que consegui da praia. Verifiquei se havia alguém nos arredores, mas aquela área era um verdadeiro deserto inóspito de frente para o Atlântico e, exceto pelo vento frio que sempre soprava ali, não era um lugar onde se pudesse encontrar companhia.

Esperei dentro do carro durante uma longa hora, acompanhada do vento salino que se infiltrava pelo vidro quebrado, pensando em como enfrentaria o segundo teste, quando enfim chegaram alguns alunos de Mallow. Não parecia terem me visto e se dirigiram correndo para a praia, entre risos, agitando os braços e gritando como se estivessem livres. Na verdade, era assim que eu os enxergava. Algumas garotas carregavam sacolas de plástico com garrafas de cerveja, e os garotos tiraram a camiseta para aproveitar os últimos raios antes de o sol se pôr. Dois deles se apressaram a recolher alguns pedaços de madeira seca para colocar sobre os restos da fogueira do dia anterior. Reconheci James Cooper, e também Ethan.

Analisei todas as possibilidades, todas as alternativas, mas nenhuma parecia ser convincente o suficiente para mudar os planos.

Desci do carro, abri o porta-malas e tirei o galão de gasolina, temendo que o fogo que sentia dentro de mim o incendiasse de repente. Derramei a gasolina sobre o carro, encharcando o capô, o teto, as janelas e o interior. O cheiro era tão forte que voltei a me ver como uma criança agachada ao lado dos pneus do carro do meu pai no posto de gasolina de Charlotte. Quando percebi, o grupo todo de adolescentes me observava, atento, vigilante, em silêncio. Caminhei até eles e vi Ethan engolir em seco quando me abaixei para pegar um dos gravetos de madeira da fogueira que eles haviam acendido. Olharam uns para os outros, e li no rosto deles que não acreditavam que eu fosse capaz de dar aquele passo. Meus pés afundavam na areia enquanto eu sentia minha alma crescer com a chama que eu carregava. Era difícil não me sentir uma atleta se aproximando da pira olímpica que desencadearia uma série de acontecimentos em que era melhor não pensar.

— Quero entrar — afirmei, pouco antes de jogar a chama pela janela quebrada do meu New Beetle.

O fogo se espalhou com rapidez, e logo tive de me afastar, incapaz de aguentar o calor que emanava dali. As labaredas cresceram com força e eu observei a dança virulenta enquanto notava como os garotos se uniam a mim para ver o carro arder. Ethan também se aproximou e parou ao meu lado. As chamas saíram pelas janelas, que logo derreteram, dando lugar a um fogo abrasador e incontrolável. Era hipnótico ver como aquele turbilhão consumia aos poucos o teto, dobrava o metal e criava bolhas na tinta que estouravam como se fossem de sabão. Uma fumaça preta saía do carro e o vento a empurrava da praia para o interior, como se enviasse um sinal de advertência para que nenhum outro erro fosse cometido. Isso não foi o pior. Logo o fogo se espalhou pelos pneus e, de repente, quando parecia que tudo iria se acalmar, uma das garotas do grupo soltou um grito estridente e abriu os braços, como se estivesse mesmo celebrando a liberdade. Outra garota de cabelo castanho se juntou ao grito, e depois James Cooper, olhando para mim com um sorriso de orelha a orelha, com tal satisfação que quase pude ouvir o que pensava: “Você é incrível”. O resto dos garotos berrou e sorriu.

Uma das garotas parou ao meu lado com uma expressão de admiração.

— Você é maluca, e eu gosto disso — ela me disse com um sorriso cúmplice.

Depois se aproximou do veículo e começou a dançar em volta dele.

— Você não deveria fazer isso — sussurrou Ethan, sem tirar os olhos do fogo. — Não sabe onde está se metendo.

Senti cócegas incessantes na barriga, como se finalmente estivesse chegando perto do que eu procurava. Vislumbrei as chamas do meu carro nos olhos de Ethan e senti, pela maneira como ele havia falado, que estava cometendo o maior erro da minha vida. Eu sabia disso, e mesmo assim decidi seguir em frente. Agora que penso nisso, tudo poderia ter sido muito diferente se eu não tivesse continuado... tudo poderia ter terminado de outra forma se eu tivesse levado em conta aquele aviso que ele me transmitia com os olhos... Mas como ver o fogo de outra pessoa depois que você já está em chamas?

A fumaça não demorou a alertar os bombeiros, cujas luzes e sirenes avistei atravessando a ponte Marine ao longe, vindo com velocidade para onde estávamos. De repente, os garotos correram para suas motos e saíram às pressas, antes que o caminhão de bombeiros chegasse. Ethan foi o último a subir na moto, e fiquei surpresa por ele não estar com a namorada. James Cooper, que estava sozinho, gritou:

— Hoje à meia-noite. Espere no motel. Você vai ter notícias... deles.

38.
Neponsit
25 de abril de 2011
Um dia antes
Jim Schmoer

A solidão é o único demônio que cresce a cada minuto que você passa com ele.

A expressão do sr. Rogers mudou no instante em que escutou o prof. Schmoer pronunciar o nome de Gina Pebbles, como se ela estivesse diante dele na forma de um fantasma.

— Gina?

— Suponho que todos desta área tenham recebido um alerta Amber no celular sobre Allison Hernández. Uma garota que desapareceu na semana passada no Queens. Ela estudava no colégio Mallow.

— Hã... sim, chegou para mim. O que aconteceu? O que isso tem a ver conosco ou com... Gina? Olha... já fizemos tudo o que podíamos para encontrá-la. Isso abalou muito o Tom, e tentei protegê-lo de toda aquela dor, sabe? Preferia não ter de voltar a isso de tempos em tempos. É um pesadelo sem fim.

— Como o senhor sabe, Gina também estudava em Mallow. Talvez seja só uma coincidência, mas estou revendo os dois casos para tentar descobrir o que aconteceu.

— O senhor é policial? — ele perguntou confuso.

— Sou... jornalista independente. Estou retomando o caso de Gina e tentando ajudar no de Allison.

— Olha... não quero que Tom tenha que passar por isso de novo, tudo bem?

— Já falei com seu filho, sr. Rogers — o professor retrucou, antes que ele se fechasse.

Por fim, diante disso, o sr. Rogers acabou baixando a guarda.

— Também falei com a sua vizinha, a sra. Evans. E... com um cara de um trailer, no estacionamento de Jacob Riis, de quem recomendo que não se aproxime.

— O velho Marvin, imagino. Faz muitos anos que ele está por aqui. É estranho, mas não é mau sujeito.

— Parece que todo mundo nesta região é um pouco estranho, não é mesmo?

O sr. Rogers sorriu e voltou para dentro da garagem, que enfim Jim conseguiu enxergar. Ali havia uma espécie de oficina, com serras, lixadeiras, mesas de trabalho e ferramentas por toda parte. O sr. Rogers se aproximou da serra e a ligou. A lâmina começou a girar rapidamente enquanto ele colocava várias tábuas de pinho sobre a mesa para medir e marcar a linha de corte. O zumbido constante da serra tomava a oficina e reverberava nas paredes. O chão estava coberto de serragem, e o professor notou as serras, os martelos, as réguas e as furadeiras que se destacavam num painel no fundo da garagem. Aquele lugar era o sonho de qualquer faz-tudo que amasse carpintaria, e Jim tentou usar aquilo para ganhar a confiança dele.

— Uau... você tem tudo aqui. Gosta de carpintaria, pelo que vejo.

— A madeira não mente, sabe? — respondeu ele, marcando uma das placas com um lápis. — Acho que é a única coisa viva que lhe diz a verdade. Se estiver seca, racha; se não for de boa qualidade, estufa com a umidade. Você pode conhecer sua resistência e dureza, de onde vem e o que vai ser. Não costuma te machucar.

— Eu sempre tive medo das farpas — sorriu Jim.

— As farpas são o único jeito de a madeira lutar contra cortes, martelos e, sem dúvida, contra a forma que queremos impor a ela. Todos nós lutaríamos se quisessem nos mudar à força, não acha?

— Posso lhe fazer uma pergunta pessoal?

— Por acaso há respostas que não sejam pessoais? — respondeu ele enquanto movia uma das placas e a colocava alinhada contra a serra.

— A falta desse dedo também foi uma luta contra a madeira?

O pai de Tom olhou para a mão, como se tivesse percebido naquele instante que tinha um dedo a menos.

— Isso foi uma luta contra a serra. Nem pense em colocar as mãos perto dela. Ela não tem piedade. Essa amiga que está na sua frente é carinhosa, trata a madeira com carinho, mas... quando vê um pedaço de carne, corta como se fosse manteiga.

— Por isso mesmo acho que eu não conseguiria montar uma oficina como esta. Tudo aqui me parece ameaçador — brincou ele.

— Inclusive eu? — disse o sr. Rogers, num tom ambíguo em que Jim não conseguiu identificar a piada.

Em seguida sorriu, e Jim lhe devolveu o gesto, com certo incômodo que não soube esconder.

— Sujeitos como você têm a mão macia. São como esponjas para farpas vivas — continuou ele.

— Olhe, sr. Rogers, talvez eu não saiba usar um martelo, mas sou bom em fazer perguntas. Então... por que você não me conta o que se lembra da namorada do seu filho e eu o deixo em paz?

O sr. Rogers parou por um instante, sério, como se estivesse prestes a dar um soco com suas mãos fortes, e depois deu um sorriso falso.

— Está bem. O que você quer saber?

— Importa-se em desligá-la? O barulho...

O sr. Rogers pegou a tábua que havia marcado e a deslizou sob a lâmina, que avançou sobre a madeira como se fosse um pedaço de papel.

— Estou trabalhando. Quero consertar uma das paredes da parte de trás. Se tiver que fazer alguma pergunta, vai ter que ser assim.

O professor respirou fundo, resignado.

— Está bem. Você conhecia Gina? Sabia que ela saía com seu filho?

— Demorou um tempo para ele me contar que estava saindo com aquela garota, mas sim. Tom é um bom garoto e não é de ficar de flor em flor. Um dia, ele trouxe Gina aqui em casa. Ela me pareceu legal. Eu também não precisava gostar dela.

— Sabia alguma coisa sobre a família dela?

— Os Pebbles? Não os conhecia até que Gina e Tom começaram a sair. Se pergunta por isso.

— Sabia que naquela época seu filho tinha relações sexuais com ela?

— Sério que está me perguntando isso? — protestou ele. — Sim, claro. Como todos os garotos da idade dele, né? Olha, não me meto no que ele faz e ele não se mete no que eu faço. Desde que minha mulher partiu, tento fazer com que ele não sinta que estou sempre de olho nele, entende? Temos uma regra: se estamos com alguém, fechamos a porta e não fazemos perguntas.

— Ah... sinto muito pela sua mulher.

— Não se preocupe. Ela se foi em 1995. Desde então somos os dois e... bom, minha mãe. Que é idosa.

— Ela morreu, certo? — perguntou Jim, por estranhar a maneira como ele havia falado da ausência da mulher.

O sr. Rogers suspirou e olhou para o chão. Parecia querer se esquivar do olhar do jornalista e encarou a grelha de depósito de serragem. Dava a impressão de que era difícil falar sobre aquilo, e engoliu em seco antes de continuar.

— Olha... não gosto de falar sobre isso... mas, resumindo... alguns idiotas fizeram a cabeça dela para que entrasse numa seita. Um dia, despertou ao meu lado com os olhos bem abertos e quis saber com o que eu havia sonhado. Respondi que não lembrava, e ela ficou uma fera. Atribuí isso ao fato de que havíamos sofrido um aborto alguns meses antes, mas a coisa só piorou. Ela acordava no meio da noite, chorando. Você podia encontrá-la no jardim, de madrugada, cavando buracos com as mãos. Pedi ajuda profissional, mas... um dia ela foi embora. Ela mencionava de vez em quando que iria para uma comunidade, mas eu não entendia nada. Até que um dia, totalmente lúcida, não como estava meses antes, encontrei-a na porta, com a mala feita. Ela se despediu de mim com um beijo na testa e disse adeus a Tom sem nem sequer tocá-lo. Ele tinha nove anos. Tentei fazer com que não sentisse falta saudade da mãe, que não faltasse nada aqui, e acho que consegui. Não tem sido fácil, mas acho que consegui criar um filho forte e com um futuro pela frente. Ele vai ser diretor de cinema, sabia?

— Uma seita?

— Não percebi que... minha mulher estava perdendo a cabeça. Eu trabalhava demais. Na época eu tinha uma concessionária de carros de segunda mão e trabalhava dia e noite. Mas... você sabe. Nenhum negócio é fácil. Tive de fechá-la e... bom, sobrevivemos com meus pequenos trabalhos de carpintaria. Aqui em Rockaway, a maresia nos dá de comer. Ela invade as casas, e eles me contratam para consertá-las.

— E desde quando não vê sua mulher?

— Para nós, Ava está morta desde o momento em que decidiu ir embora. Eu disse para Tom que ela havia morrido, mas tenho a sensação de que ele não acredita muito em mim. Nunca nem sequer perguntou onde ela está enterrada.

— Entendo — assentiu o professor, tentando voltar para Gina. — Seu filho me contou um episódio que teve com Gina... um dia que ela fugiu de casa. Você se lembra de alguma coisa desse dia? Foi dois meses antes do desaparecimento.

— Isso foi há muito tempo... mas não esqueci como os tios dela estavam naquele dia. Tom e ela estavam estudando na casa deles e, no meio da tarde, meu filho chegou furioso. Ele havia sido expulso da casa dos Pebbles. Não quis me contar muita coisa, mas, um tempo depois, Gina bateu na porta e os dois foram para o quarto dele.

— Eles transaram — disse Jim de maneira incisiva. — Seu filho me contou.

O sr. Rogers abaixou o olhar, como se tivesse vergonha de saber que seu filho já tinha vida sexual naquela época.

— Você sabia que ela tinha fugido de casa e os tios a procuravam? — perguntou Jim.

— Não sabia de nada. Depois, quando a noite chegou, Tom me pediu que levasse Gina de volta para a casa dos tios de carro.

— Notou alguma coisa nela? Seu filho disse que a partir daquele dia ela mudou. Ela contou aos tios que havia transado com Tom.

— Do que você está falando? — ele se mostrou irritado.

— Se notou algum comportamento estranho. Conversaram alguma coisa durante o caminho?

— Ela ficou em silêncio o tempo todo. Era... uma garota tímida. Deixei Gina na entrada de Roxbury. Ela me agradeceu por levá-la e foi embora. Isso foi algumas semanas antes de desaparecer. Não sei o que tem a ver com o que aconteceu. Você deveria se concentrar em quando ela sumiu. O irmão se despediu dela na ponte. Procure-a por lá. Aqui ela não chegou.

— Pode me ajudar a entender como Gina era. Uma... coisa, a que horas a levou para casa? Depois da meia-noite?

Jim havia tido um insight e precisava de uma resposta.

— Eram mais ou menos duas da manhã.

— Entendo... — declarou ele, distante.

Algo não se encaixava bem naquela resposta, e o sr. Rogers pareceu perceber que Jim o analisava.

— Depois começou aquela loucura. Tom estava prestando as provas finais no colégio e aquilo o desconcentrou completamente. Ele se juntou às buscas e estragou o ano inteiro.

— A namorada dele havia desaparecido, acho que é normal.

— Sim, mas... não sei. Perder um ano desse jeito, por uma garota... Com minha mulher, aprendi que a gente não deve se entregar tanto, sabe? Porque um dia elas vão embora e destroem você. Se você se apaixona, está perdido. Podem fazer o que quiserem com você. Manipulam, enganam, chantageiam. E, se perdem a cabeça, nos machucam com todas as coisas que nunca chegamos a fazer.

O professor percebeu a raiva com que ele pronunciava aquelas palavras.

— Acho que você só teve má sorte. Não deveria...

— Não venha até a minha casa dizer como devo viver minha vida, está bem?

— Só estou dizendo que todos temos nossos demônios internos, e que é difícil encontrar alguém que saiba lidar com eles — disse Jim, pensando outra vez em Miren.

Ele percebeu que não tinha conseguido lidar com os dela e que tinha tido pouca paciência para se colocar em seu lugar.

— Acabou? — retrucou o sr. Rogers, querendo terminar a conversa.

— Uma... última coisa que não consegui entender.

— O que é?

— Sua vizinha, a sra. Evans, me contou que, depois do que aconteceu com Gina, você rejeitou vários compradores. Pensava em vender a casa e mudou de ideia? Por quê? Não teria sido melhor afastar Tom do... que aconteceu?

— A sra. Evans? — disse ele como se mencionasse um inimigo. — A corretora de imóveis? Certamente não falou muito bem de mim.

— Tem razão. Não muito.

— Essa harpia está decidida a vender a casa — replicou ele —, claro, é esse o seu ganha-pão. Por ela, Neponsit todo estaria à venda. Quanto melhor é uma casa, menos vezes é vendida, e menos vezes gera comissão. Ela escolheu o bairro errado para ser corretora. Muitas famílias encontraram aqui o lugar perfeito para viver. Acho que ela se sairia melhor em outra região e se mantivesse a boca fechada.

— A verdade é que você tem uma casa linda. Eu não saberia nem colocar um painel no telhado. Quanto poderia pedir por ela? Dois milhões?

— Não está à venda. Não tem preço.

— Mas tinha, não é? Por que decidiram não vender?

— O que isso tem a ver com a garota? O que isso importa para você?

— Nada, só que... a gente não muda de opinião da noite para o dia.

O sr. Rogers o contemplou em silêncio por alguns segundos, e pareceu a Jim que ele o esquartejava com o olhar.

— Não ofereceram o suficiente — declarou ele. — Se aproveitaram do desaparecimento da garota para oferecer menos dinheiro do que a casa vale. Me irritei e não quis mais vendê-la.

— Entendo — respondeu Jim, com um nó na garganta.

— Acabou?

O sr. Rogers pegou uma lixa entre as ferramentas do painel na parede do fundo e logo continuou com o trabalho. Jim não conseguiu deixar de olhar para uma casinha de brinquedo de madeira numa das mesas do canto, que estava construída pela metade. Ele decidiu se despedir causando uma boa impressão. Talvez precisasse falar com ele em outro momento.

— Você fez uma casinha de brinquedo? Isso me lembrou... de uma pessoa que eu... estava procurando há algum tempo.

O sr. Rogers se aproximou dela e a acariciou.

— Sim. Às vezes faço... brinquedos de madeira. Nem sempre a gente tem vontade de cortar pilares para varanda, sabe?

— É... linda.

O prof. Schmoer notou os detalhes: a casinha media uns cinquenta centímetros e era possível identificar perfeitamente a sala, os dormitórios, a cozinha e o banheiro, que se diferenciavam entre si porque tinham um papel pintado que simulava o conteúdo de cada cômodo, e todos estavam conectados por portinhas e escadas mínimas. Nos dormitórios havia móveis em miniatura: uma cama, a escrivaninha, o berço, e o banheiro tinha uma banheira esculpida em madeira de pinheiro. Havia inclusive um pequeno porão sob a sala, onde havia um sofá feito com vários pedaços de tecido acolchoado e um par de camas. Não faltava nenhum detalhe. O sr. Rogers explicou como foi construir aquela casinha.

— Não é nada demais. É muito mais divertido fazer brinquedos, sabe? Você pode ser criativo e dar emoção às coisas. Numa reforma, você tem de substituir tábuas úmidas por novas. Precisa seguir as ordens dos outros. Nunca gostei de que me dissessem o que fazer. Faço porque precisamos de dinheiro para continuar aqui, mas não tem nenhum mistério.

Jim assentiu, contente por ter baixado a guarda do sr. Rogers, e, de repente, lançou a última pergunta inocente que mudaria tudo:

— Sua casa tem porão?

39.
Escritório do FBI
25 de abril de 2011
Um dia antes
Ben Miller

Tudo sempre começa com uma simples pergunta:
quem é você?

As mãos da jovem Deborah tremiam agarradas uma na outra; os dedos finos e pálidos não conseguiam conter o tremor. Ela ainda vestia o uniforme do colégio Mallow, e o inspetor Miller aguardava do lado de fora da sala a chegada dos pais dela, para que pudesse tomar seu depoimento. Ele podia perceber quanto a situação era estressante para a garota, que continuava a olhar ao redor em busca de algum sinal de ameaça. Miller tinha garantido que uma psicóloga estivesse presente na entrevista e, por isso, chamou a especialista Sarah Atkins, que colaborava há anos com o FBI, para conseguir que Deborah se sentisse num ambiente mais calmo e relaxado para falar do que estava acontecendo. Quando seus pais enfim chegaram, um casal de meia-idade, ambos muito altos e de cabelos loiros, originários da Finlândia e estabelecidos no Queens, o inspetor tentou tranquilizá-los antes que a vissem:

— Sr. e sra. Korhonen? São os pais de Deborah, imagino. Sou o inspetor Benjamin Miller, do FBI. Lamento que tenhamos que chamá-los por algo assim, mas é... — Ele tentou encontrar em sua mente um adjetivo que não fosse muito intimidador. — ... sério.

O pai de Deborah olhou para a esposa, que assentia com ar de preocupação enquanto Ben falava.

— Do que acusam minha filha? Por que a prenderam? — disse ela, confusa.

— Vejam, não... Ela não está presa. Sua filha não cometeu nenhum delito.

— E por quê, então? — protestou o pai, erguendo a voz.

A altura e a expressão de raiva fizeram Ben sentir que deveria ter explicado tudo desde o início.

— Trouxemos a Deborah para tomar o depoimento dela, porque acreditamos que ela esteja sendo vítima de abusos sexuais contínuos por parte de um membro do... do colégio Mallow.

— Abuso sexual? — exclamaram os dois, enquanto se olhavam surpresos. — Não... não pode ser. Nossa filha... não nos contou... não... — Estavam contrariados.

Eles não esperavam algo como aquilo. Na verdade, nenhum pai espera isso. Um dia percebem que seu filho não almoça, no dia seguinte não quer sair do quarto, outro dia acham que é a idade... Os silêncios se tornam longos, respondem conversas com monossílabos. Deixam de saber pelo que o filho se interessa, já não o conhecem. Vagam por um tempo pensando que é por causa daquela época da qual outros pais falam, em que os filhos não querem vê-los e tudo que dizem é um insulto à sua maturidade. Rezam para que isso passe logo e que os filhos saiam do túnel da adolescência com os mesmos valores que os pais tentaram introduzir neles e, de repente, todos aqueles sinais que eles confundiram com a puberdade se transformam numa bomba que explode na cara deles com o nome de bullying, assédio ou, Deus nos livre, um trauma incurável.

— A dra. Atkins estará presente enquanto fazemos a Deborah algumas perguntas e, à menor confirmação de que nossas suspeitas são reais, lançaremos uma ordem de detenção para o principal suspeito. Como ela é menor de idade, precisamos que um de vocês esteja presente. Não será fácil o que vão ouvir.

A mãe de Deborah olhou pela janelinha da porta e viu a filha assustada, olhando para os lados como um cachorrinho gravemente ferido que procura quem poderia machucá-lo em seguida. A sra. Korhonen tapou a boca e murmurou em finlandês: "*Tyttäreni...*", que significa: "Minha menina...", para em seguida abrir a porta e correr para dar um abraço nela. O pai também entrou, e o inspetor os deixou a sós para que pudessem conversar enquanto a dra. Atkins não chegava. Deborah desmontou assim que viu os pais, e quando, um pouco mais tarde, Ben e a dra. Atkins entraram, estavam todos com o rosto inundado de lágrimas.

— Olá, Deborah... como você está? — disse a doutora, com um tom caloroso e um leve sorriso de cumplicidade.

Deborah limpou as lágrimas uma última vez e agarrou a mão da mãe. Assentiu como se aquilo servisse de resposta.

— Os dois vão ficar? — perguntou Ben para os pais, que abraçavam a filha como se nunca tivessem feito isso antes.

— Sim. Não importa o que tiver de dizer, estaremos aqui com ela — respondeu o pai, em tom sério.

— Está bem — disse Ben, enquanto ele e a dra. Atkins se sentavam à mesa.

— Deborah... — disse ela, tentando estabelecer as regras da conversa —, sei que é difícil falar sobre esse assunto e por isso lhe peço que, se em algum momento você se sentir desconfortável e achar que precisa parar, diga e esperaremos o tempo necessário. Não temos nenhuma pressa. A única coisa que queremos é descobrir a verdade.

— Tá... tá bom — disse ela, com a voz fraca.

O inspetor respirou fundo antes de começar; sabia que aquilo não seria fácil. Sentia o coração bater forte no peito e sabia que não ia gostar do que estava prestes a ouvir.

— Vou tentar conversar de um jeito que você não... tenha de dar muitos detalhes. Não precisamos deles no momento, ok? Só... quero saber... — Fez uma pausa. — Se o reverendo Graham alguma vez... colocou a mão em você. De forma... íntima.

Deborah negou num primeiro momento, mas Miller percebeu que ela fazia aquilo porque se sentia desamparada.

— O dono da cafeteria em frente ao Mallow viu vocês juntos — disse ele. — Você não está sozinha, Deborah. Só preciso que confirme se isso é verdade e tudo estará terminado.

Deborah assentiu, em silêncio. Engoliu em seco e tentou fazer com que o nó em sua garganta desaparecesse, mas estava preso em suas cordas vocais como apenas os maiores medos faziam. O pai de Deborah começou a caminhar de um lado para o outro da sala, e a mãe não conseguiu conter as lágrimas.

— Foi mais de uma vez? — perguntou Miller, o mais asséptico possível.

Ela voltou a assentir enquanto deixava escapar uma lágrima que logo rolou pela sua bochecha.

— Você pode me contar um pouco mais? Ele a obrigou a fazer... algo que você não queria?

Ela mexeu a cabeça, afirmando.

O inspetor estava prestes a explodir. Aquela conversa estava sendo mais difícil do que ele imaginara. Sem dúvida Allison deve ter sofrido o mesmo.

— Quando isso começou?

Finalmente, Deborah conseguiu falar, depois de voltar a engolir em seco.

— Faz... três meses — disse ela.

A mãe desviou o olhar para um ponto indeterminado na parede, e o inspetor Miller notou que o lábio dela começou a tremer.

— Pode me contar como e o que ele fez com você exatamente?

A adolescente suspirou e fechou os olhos.

— Deborah, se quiser, continuamos depois — disse a doutora, que viu como ela lutava contra aquilo. — Quero que saiba que tudo isso já acabou, e o culpado estará atrás das grades antes que você perceba. Garanto.

Ela hesitou por alguns segundos e depois disparou a falar.

— Está bem — disse ela, com as forças recobradas. — Começou logo depois que eu comecei a sair com Ethan.

— Ethan... Ethan Pebbles? — perguntou Miller, confuso ao ouvir aquele nome.

— Sim. É meu... namorado. Estamos namorando há uns cinco ou seis meses. Estávamos bem e... Bom, em Mallow há poucos segredos entre os alunos. Todos logo ficaram sabendo que estávamos saindo. Não é que seja proibido haver casais em Mallow, mas... é algo que eles não deixam passar.

— A que você se refere?

— Eles querem saber tudo. Se você beija ou se faz algo mais.

O inspetor olhou para a doutora, procurando sua aprovação, e depois se voltou para Deborah, atento.

— Um dia... o reverendo Graham me chamou na sala dele. Ele ouviu o boato de que eu tinha um namorado e... bom, queria falar comigo.

— Para quê?

— Para... conversarmos sobre Deus... e sobre o amor... e sobre o que significa amar e... a virgindade, e como ela é importante... e... — Ao dizer isso, a voz dela foi ficando mais fraca, até que ela precisou interromper o que ia dizer.

— Isso não está fazendo muito bem a ela — disse a psicóloga, enquanto segurava a mão de Deborah para que ela sentisse algum calor durante a viagem gélida que fazia por sua mente.

A mãe acariciou as costas da menina, e o pai ficou imóvel, cheio de raiva, esperando que continuasse.

— Então, ele se levantou da cadeira... e...

— E o quê?

— Ficou com a virilha na frente do meu rosto. E abaixou o zíper.

— Ok — interrompeu Ben, com raiva. — Não é necessário continuar. Isso é tudo de que precisamos.

— Depois... depois disso... ele me chamava à sala de novo e de novo... — Chorou ela com impotência. — E... ameaçava tirar minha bolsa de estudos... e... eu não podia fazer isso com meus pais... e depois ele queria mais... e mais... Me pedia que fosse de manhã com ele para sua casa e...

— É o suficiente, Deborah. Está bem — disse Ben, que não queria ouvir mais nenhum detalhe.

Ele se levantou e saiu da sala furioso, deixando a psicóloga lá com a família para que resolvesse a situação. Foi correndo à sala de seu superior, o agente especial Spencer, que tirou os olhos de alguns papéis que tinha em cima da mesa e o encarou, confuso.

— O que foi, Ben? Aconteceu alguma coisa? — perguntou ele. Ben o detestava, mas não lhe restava outra opção a não ser engolir aquele sapo e trabalhar em equipe. Faltava pouco para Ben se aposentar, e não precisaria aguentar por muito mais tempo ter um idiota sem escrúpulos como chefe. — Se não está ocupado, preciso que passe para o próximo caso. Um menino de oito anos desapareceu em Staten Island. Ele estava brincando na rua, na frente da casa dele, e ninguém consegue encontrá-lo.

— O quê? — indagou Ben, confuso.

Aquilo o catapultou diretamente para o momento em que Daniel, seu próprio filho, tinha sumido, e ele na mesma hora tirou da cabeça o que ia dizer para Spencer.

— Descobriu alguma coisa sobre essa garota ou não? Posso passar esse caso para o Malcolm. Aparentemente encontraram o suéter vermelho que o menino vestia, mas não há nenhum sinal da criança.

— Quando isso aconteceu? Passe o caso para mim — disse ele no mesmo instante. — Acho que... temos um culpado pelo que aconteceu com Allison Hernández.

— Há três dias. A polícia local nos pediu ajuda. A coisa não avança, e os pais... estão desesperados. Quem é? — Dava para notar que a confiança e o respeito que Spencer tinha por Ben Miller havia aumentado depois do desfecho do caso de Kiera Templeton.

— O reverendo Graham, diretor de Mallow — respondeu Ben. — Deborah Korhonen, uma aluna da escola, acaba de confessar que o reverendo abusa dela. Ela tem bolsa, como Allison Hernández... e as duas tinham a mesma idade. Preciso de uma ordem de prisão imediata. E de um mandado de busca e apreensão para o colégio Mallow e a casa dele. Vamos prender o reverendo por abuso sexual de menores e, se ele fazia com Allison o mesmo que com Deborah, tenho certeza de que encontraremos provas que o incriminarão pelo assassinato dela. O reverendo tinha em sua posse a Bíblia de Allison Hernández. Deve ter DNA dela na sala ou nas roupas dele. Se encontrarmos algo mais que o conecte a ela, pegará prisão perpétua. Aquele cara merece.

Spencer assentiu, sério. Um instante depois, esboçou o que parecia um leve sorriso, o que para Ben pareceu a maior das vitórias.

— Parabéns, Ben. Deixe que eu me encarrego dessas ordens de prisão. Vou lhe dar acesso ao processo da criança, mas primeiro termine isso. Não quero problema nem confusão. Uma prisão limpa. Tente não deixar a imprensa saber, ou, pior, que ele escape. Vivemos nos Estados Unidos. Um reverendo condenado por abuso sexual sem provas suficientes nos destruiria diante da opinião pública.

— Obrigado, Spencer. Vou levar a cavalaria inteira.

40.
Breezy Point
25 de abril de 2011
Algumas horas antes
Miren Triggs

E o que é a vida senão um jogo em que estamos destinados a perder?

Caminhei até o New Life, em Breezy Point, e o recepcionista me cumprimentou como se eu nunca tivesse saído.

— Ainda não consertamos a janela do 3A. Terá de ficar em outro quarto — disse ele assim que me viu.

— Não... não tem problema.

Ele me entregou a chave do 3E e, quando a peguei, senti um leve nervosismo no estômago, como se aquela chave significasse que nada mais seria o mesmo.

— Posso te pedir uma coisa? — ele pediu, encurvando-se no balcão, como se fosse me contar um segredo.

— Sim, claro — afirmei.

— Poderia me dar um autógrafo? — perguntou, apontando para um exemplar de *A garota de neve* que tinha na prateleira do fundo. — Sou um grande admirador. Queria contar isso a você ontem, mas com a confusão da janela e o estado em que você chegou, me pareceu pouco... oportuno.

Admito que não esperava aquilo. Desde a sessão de sábado na livraria, quando deixaram para mim a foto de Gina, eu havia esquecido aquele turbilhão de divulgações e palestras das semanas anteriores, abstraída pelo caso. Lembrei-me de Martha Wiley e imaginei se estaria planejando alguma coisa para me atrair de volta. Sem dúvida queria mais presença, mais eventos, mais entrevistas, mais pedaços de mim. Eu tinha a sensação de que ela desejava devorar e roer meus ossos, mas o que ela não entendia é que eu não tinha mais nada. Sentia-me tão vazia fora do jornalismo que não tinha como continuar aprisionada naquela espiral na qual deixei de controlar a minha vida, e em que os holofotes só queriam saber mais e mais sobre Kiera Templeton.

— Cla-claro — respondi ao recepcionista, com a sensação de que estava sendo amável demais.

— Isso que você fez... Não pare nunca.

Senti aquela frase como um chicote nas costas. É curioso como um estranho costuma ter mais poder de convencimento do que nossos entes queridos. Minha mãe pode me dizer cem vezes que está orgulhosa de mim, mas sou incapaz de ver isso. Um cara em uma guarita cheirando a amônia me diz a mesma coisa, e eu fico com a sensação de que sou alguém importante. Talvez seja a síndrome do impostor querendo me derrubar e me transformar na sombra do que eu poderia chegar a ser.

Autografei o exemplar, e ele deixou um punhado de balas de hortelã em cima do balcão de cortesia, como se me devolvesse o gesto. Peguei porque, na verdade, não tinha colocado nada na boca, e ainda faltavam várias horas para a meia-noite, o horário que James Cooper mencionou antes de ir embora em sua moto.

Não sabia o que me esperava. Eu me joguei na cama do quarto com a certeza de que não deveria estar ali. Estava esgotada, meu corpo todo doía. Fechei os olhos para escapar do martelar repetitivo em minha cabeça, mas os abri de novo num salto quando me vi no parque Morningside. Lembrei da poça de sangue que crescia sob o corpo de Aron Wallace e de Roy. Também recordei a dor entre as pernas naquela noite, e como desde então os gritos da minha alma morta eram meus únicos acompanhantes.

Parecia-me impossível que aquele vazio pudesse algum dia ser preenchido. Meu interior estava cheio de buracos por onde escapava qualquer emoção que me invadia.

Perambulei pelo quarto na expectativa, relembrando a imagem do meu carro pegando fogo. Ainda tinha as chamas marcadas na retina, sentia o cheiro de borracha queimada dos pneus. A colcha era estampada com flores vermelhas, cujo desenho lembrava a cena de um duplo assassinato, e as paredes acumulavam pó e sujeira. Claramente os quartos deste lugar não convidavam a uma nova vida, como o nome pretendia indicar.

James Cooper havia dito que eu teria notícias à meia-noite, mas não mencionou de que tipo seriam, e aquilo me desconcertava. Ethan tentou me avisar várias vezes para não perguntar sobre os Corvos de Deus, mas era exatamente esse segredo que me empurrava para aquela porta trancada. Lembrei que Bob esperava o artigo sobre Allison para o dia seguinte, e talvez aquele encontro à meia-noite com o desconhecido me desse a última chave necessária para entender o que tinha acontecido com Allison e Gina.

Minha cabeça não parava de me lançar de uma ideia para outra, de uma preocupação para outra, e de vagar de um medo para outro. Eu estava cometendo um erro? Sem dúvida. Poderia ter agido de outra forma? Nem por um instante.

Lamentei ter dado minha Glock sem registro para Aron Wallace, algo arriscado se as coisas ficassem feias, mas naquele momento era impossível prever o que iria acontecer. Tirei do bolso o bilhete com as regras do jogo da alma e reli a última:

III. SUBA NA CRUZ DE OLHOS VENDADOS.

Era o último teste, e era impossível não pensar em Allison e em como ela havia morrido. Uma parte de mim dizia que em algum momento eu compreenderia o que tudo aquilo tinha a ver com o reverendo Graham, e se a crucificação de Allison tinha sido um castigo dele ou um teste fracassado dos Corvos. Tudo era possível, e quanto mais eu pensava nisso, menos sentido fazia aquele quebra-cabeça cujas peças pareciam estar todas em cima da mesa.

Eu precisava falar com alguém. A espera estava me consumindo e, quanto mais tempo passava, mais dúvidas eu tinha entre continuar ali ou fugir. Fui até o telefone fixo na mesinha de cabeceira e disquei o único número que sabia de cor. Depois de esperar vários toques, a voz calorosa da minha mãe surgiu do outro lado:

— Quem é?

— Mãe, sou eu, Miren.

— De onde você está me ligando? Não tenho esse número salvo.

— Nem queira saber.

— Da prisão? Eu disse que você acabaria presa por publicar coisas sobre o governo. Aqueles caras não entendem o que é liberdade de imprensa.

— Não, não. Estou num motel, mãe. Que mania de querer saber tudo — eu a corrigi.

— Um motel? Você está bem? E seu apartamento? Por que você não fica nele?

— Estou... investigando uma coisa. Precisava ficar aqui. Eu preciso passar o tempo e queria ouvir você antes... de alguns amigos chegarem — titubeei ao perceber que falaria demais e a deixaria preocupada. — Como o papai está?

— Seu pai saiu para o jardim para olhar pelo telescópio. Ele comprou um e agora passa as noites com boa luminosidade lá fora. Outro dia, ele me apontou Saturno. Saturno! Você já viu? É como uma mancha branca, mas com algumas linhas dos lados. Porém, como é um telescópio barato, ele já está reclamando que as coisas não parecem como na internet.

— Papai com um telescópio?

— Coisa de aposentado, filha. A pessoa para de trabalhar e faz o quê? Desfruta o tempo que tem com a mulher? Planeja uma viagem para aproveitar a vida, a paisagem e o sexo em motéis? Não! Compra um maldito telescópio e começa a observar planetas. Além disso, a gente enxerga tudo embaçado. É como ter catarata. Não vejo graça.

— Mãe! Não quero saber dessas coisas, sério.

— Do sexo em motéis de estrada? Como acha que você foi concebida? Em um hotel cinco estrelas?

— Mãe, por favor, para — ri, envergonhada. — Com o papai, pelo menos você não fica entediada. Ele sempre tem as coisas dele.

— Não fico entediada? Você teria que escutá-lo falar. O dia todo conversando sobre distâncias entre focas, mamutes e graus. Ficou louco.

Não consegui deixar de rir ao escutá-la resumir, com perplexidade e muita confusão, as magnitudes que meu pai usava para encontrar objetos no céu. Imaginei os dois, no jardim dos fundos, discutindo sobre a utilidade de observar o espaço e acabar se sentindo minúsculo. Na verdade, não precisamos de um telescópio para perceber que não temos importância nenhuma, basta viver com os olhos abertos.

— Quando ele comprou o telescópio?

— Ele viu um documentário no canal dos óvnis e está empenhado em encontrar um. Teimoso como é, certamente encontrará.

— Já disse que amo vocês?

— Não precisa dizer, filha, a gente sabe — declarou ela num tom que senti como um abraço.

— Eu sei, mãe — respondi, com um nó na garganta.

Percebi que estava com vontade de chorar e que tinha sido difícil pronunciar aquelas últimas palavras. Para mim, era difícil entender como podia me sentir tão viva sob o calor da voz dela e tão morta ao desligar o telefone. Minha mãe tinha a capacidade de falar sobre coisas sem importância e fazer com que eu amasse a vida, mas esse amor sempre acabava escapando pelos buracos da minha alma.

— Sabe? — continuei: — Sinto sua falta. Já tinha me acostumado com você por perto no hospital e em casa.

— Podíamos organizar algo só nós duas, agora que seu pai está literalmente procurando marcianos.

Ri. Amava seu humor, que eu não tinha conseguido herdar. Ou talvez tivesse esquecido.

— Parece uma boa, mãe.

De repente, bateram na porta com três golpes secos.

— Mãe, preciso desligar, ok?

— Seus amigos chegaram?

— Sim. Amo você.

— Eu também, filha. Se precisar de alguma coisa, me liga. Você sabe que estou sempre ao seu lado, querida.

— Eu sei.

Desliguei e contemplei a porta do quarto com medo. Voltaram a bater da mesma maneira e eu esperei alguns segundos, pensando no que fazer. Notei várias sombras se moverem no fio de luz refletido embaixo da porta, e soube que havia chegado a hora de enfrentar o último teste desse maldito jogo e descobrir a verdade. Sem hesitação, convencida de que tudo estava prestes a acabar, abri a porta.

41.
Neponsit
25 de abril de 2011
algumas horas antes
Jim Schmoer

Uma pequena mentira é o primeiro passo
para cair em um lugar onde não existe luz.

O sr. Rogers hesitou por alguns segundos com a pergunta do professor, até que finalmente esboçou um sorriso. Não demorou muito para responder, mas Jim não gostou daquela reação; indiferente e, ao mesmo tempo, carregada de significado.

— Sim, tenho um porão — respondeu o sr. Rogers, num tom mais amável do que o que tinha usado até então. — Por que pergunta?

— A casinha de madeira. Me fez pensar em quanto espaço você tem aqui. É uma casa muito grande para você, seu filho e... sua mãe? Tom me contou que a avó mora com vocês.

— Minha velha. Está há alguns anos conosco. Ela tem... bom, demência senil. Antes estava numa casa de repouso, mas tivemos que tirá-la de lá. Esses lugares são muito caros. Não ganho mal com as reformas no bairro, mas não cobro o suficiente para manter aqui e ainda pagar uma casa de repouso.

— E seu filho cuida dela?

— Qual o problema? Diz isso como se fosse ruim a família ficar unida.

— Não... não me interprete mal. É só que... achei que ele estava focado nos estudos. Sei quanto custa uma vaga na universidade. Imagino que deva fazer um esforço considerável para...

— Nós dois nos organizamos bem. A casa está hipotecada, e ele tem um empréstimo universitário. Por que tudo isso? — protestou ele, visivelmente irritado. — Olha, acho que você tentou ser... agradável, mas está forçando demais a barra com tantas perguntas. No que está pensando? Que fizemos algo com a garota? Ela não veio naquele dia. Tom ficou esperando a tarde toda, e... aquilo o destruiu. Ele gostava dela. Não era você que estava aqui, abraçando o filho que chorava porque a garota que ele amava tinha ido embora. Sinto muito pelo que aconteceu com aquela menina, mas... não pense que pode chegar aqui questionando tudo e se fazer de herói apenas porque... o quê? Olha, sei que esta casa é mais do que podemos ter, e você não é o primeiro a perguntar por ela com esse interesse. O que está acontecendo? A sra. Evans o mandou para ver se consegue me convencer a vendê-la? Você também leva comissão? Quem o enviou?

Isso deixou Jim atordoado. Talvez o homem tivesse razão e ele estivesse sendo muito incisivo.

— Eu... eu sinto muito, sr. Rogers. Ninguém me mandou aqui. Estou fazendo isso sozinho e... — O professor se lamentou e não terminou a frase. — Eu realmente não queria... importuná-lo assim. É... a minha profissão, é impossível a gente se livrar dela. Peço... peço desculpas.

O sr. Rogers o observou com interesse durante alguns instantes e em seguida estalou a língua para continuar:

— Não se preocupe. Está bem. Eu entendo. Estou cansado de toda essa história de Gina Pebbles. Já sofremos demais com tudo aquilo, entende? Só queremos virar a página.

— Entendo, claro. Fui grosseiro e... me deixei levar sem pensar que vocês também passaram por um momento ruim.

— Sem problemas. — Ele se aproximou de Jim e deu uns tapas nas costas dele, sentidos como dois imensos golpes. O sr. Rogers tinha os dedos grossos e ásperos e as mãos fortes, fruto de anos de trabalho com madeira. Jim sorriu, um pouco dolorido, e deu uma última olhada pela oficina antes de se virar para sair. — Todos carregamos fardos que nunca poderemos largar. Já esqueci tudo isso — ele sorriu. — Vejo que você está interessado nas máquinas que uso. Todas são umas... joias, que me deram muitos bons momentos. Mas... quer conhecer a parte mais importante de uma oficina? — disse ele, ainda com um sorriso.

— A mesa de trabalho? — replicou Jim, com a primeira coisa que lhe ocorreu.

O sr. Rogers negou com a cabeça. Em seguida, se virou, se aproximou da gigantesca serra de corte e deu nela duas palmadinhas.

— A serra?

— A serra é importante, mas... sabe quanta serragem essas coisas liberam? — Apontou para Jim sorrindo, como se estivesse dando a ele uma lição, e por fim acrescentou: — O depósito de serragem. — Desviou o mesmo dedo que apontava para Jim para um alçapão no chão próximo à lixadeira. — Sem um bom depósito de serragem seria impossível trabalhar numa oficina. Meu pai me ensinou isso, e foi a primeira coisa que construí quando montei este espaço aqui. Cada corte, cada lixamento e perfuração, tudo solta lascas de madeira. Esta máquina aqui —

disse, apontando para a serra — recolhe internamente toda a serragem dos cortes e as deixa cair no depósito que fica embaixo da oficina.

Jim assentiu, pensando que o sr. Rogers parecia tê-lo perdoado.

— Quer ver?

— O quê? — perguntou o professor, confuso.

— O depósito. Quer vê-lo? É bastante grande. Ocupa o piso térreo de toda a oficina e... atenção, aproveitei e o conectei ao porão da casa.

— Uau.

O sr. Rogers se abaixou e puxou a maçaneta da escotilha, mostrando uma pequena escada de madeira que se perdia na escuridão.

— Não... precisa.

— Não seja tímido, por favor. É um bom trabalho. Se você monta uma oficina de carpintaria, não pode se esquecer de fazer um depósito como este.

Jim se curvou sobre o alçapão para ver o interior, e o sr. Rogers se aproximou e desceu pela abertura com uma agilidade que mostrava que estava muito mais em forma do que sua idade poderia dar a entender. Devia ter alguns anos a mais que Jim, mas a diferença física era evidente. O professor era magro, com porte atlético quando vestido, mas isso mudava assim que tirava a roupa. Não que tivesse uma musculatura flácida e indefinida, mas era evidente que não fazia exercícios, seguia apenas uma dieta adequada. Seus músculos não serviam para muito mais do que não fazer feio em frente ao espelho. Mas o sr. Rogers tinha antebraços poderosos e mãos com as quais poderia esmagar nozes como se estivesse estalando os dedos.

Já lá embaixo, o sr. Rogers acendeu uma pequena lâmpada e encorajou Jim.

— Venha, homem. Você tem de ver isso — disse ele, agitando a mão.

Jim suspirou e pensou que ainda queria visitar outras casas na rua.

— Estou com pressa. Melhor...

— Só um minuto. Tem de ver tudo o que o espaço abrange. Eu já disse. Você nota, inclusive, um pouco do cheiro da água do oceano. Nem imagina o tanto de conchas e fósseis marinhos que saíram daqui quando cavei o porão. Tenho alguns... — O sr. Rogers se perdeu lá dentro, e Jim parou de escutá-lo.

— Caralho... — protestou Jim.

Checou a hora. Estava prestes a anoitecer e, para não perder mais tempo, apoiou um pé na escada e desceu com pressa.

Ao descer, ficou surpreso com o tamanho do espaço, pois a luz não alcançava as paredes do fundo. De um lado, junto à escada, o zumbido do cortador, que ainda estava ligado na oficina, infiltrava-se por um tubo de metal, e no final havia uma montanha de serragem do tamanho do professor. Na parede do fundo, Jim identificou algumas prateleiras, cheias de latas de alimentos pré-cozidos, garrafas de água e suprimentos infinitos que poderiam alimentar os Rogers no caso de um desastre nuclear. Divertia-o pensar que o sr. Rogers também poderia fazer parte do grupo de cidadãos que acreditava que em breve haveria um desastre nuclear e que os únicos sobreviventes seriam aqueles que tivessem provisões para durar cinco anos no subsolo.

— Uau, tem um bom... estoque... aqui.

— E você ainda não viu o melhor — disse o outro, no fundo do espaço. — Venha.

Jim seguiu a voz do sr. Rogers e caminhou na penumbra para a área mais escura do porão. Escutou um barulho vindo de um lado, mas estava muito escuro para ver o que era.

— Sr. Rogers?

Jim se virou, olhou para o lugar por onde havia descido e viu o sr. Rogers subir a escada.

— Não deveria ter vindo — lamentou-se o pai de Tom, detendo-se por um instante no último degrau.

— Aonde você vai? — exclamou Jim, confuso.

Correu na direção dele, mas o homem acelerou o passo e saiu. Jim olhou para ele lá de baixo sem compreender bem o que estava acontecendo. Uma parte dele queria continuar sendo agradável, a outra lhe mandava sinais de alarme em forma de adrenalina, que ele sentiu na ponta dos dedos. De repente, um calafrio percorreu o seu corpo no instante em que escutou um barulho no fundo do porão.

— Quem mais está aqui? — perguntou.

— Todos carregamos fardos que nunca poderemos renunciar — respondeu o sr. Rogers, sério, lá de cima.

— Ei, ei! O que está fazendo?! — gritou Jim, vendo que ele segurava o alçapão.

— E agora o meu está mais pesado — disse o outro, logo antes de fechá-lo.

— Não! — gritou Jim com todas as suas forças.

42.
Fort Tilden
25 de abril de 2011
Algumas horas antes
Miren Triggs

O medo da escuridão sempre nasce naqueles que conhecem os segredos que ela oculta.

Ao abrir a porta, eu não soube como reagir. Do outro lado, estava Ethan Pebbles, com ar perturbado e olhar triste, vestindo calça e um suéter preto. Eu não esperava vê-lo, mas a verdade é que não sabia o que aconteceria se seguisse as instruções de James Cooper.

— Ethan? — exclamei, confusa.

— Eles me pediram para vir — disse ele com a voz falhando. Em seguida, depois de olhar para os lados, sussurrou: — Você está cometendo um erro grave, srta. Triggs.

— Quem pediu para você vir? — perguntei.

Na verdade, o terceiro teste do jogo era o que eu mais temia, e não sabia se deveria seguir em frente sem ter mais informações.

— Não posso lhe dizer — respondeu ele depois de engolir em seco. Parecia aflito e me dava pena saber que tinham o arrastado também. — Logo você vai conhecê-los.

— Ethan, é importante.

— Não temos tempo — disse ele nervoso, entrando no quarto. — Estão nos esperando.

— Por favor, Ethan. Você tem que me dizer.

— Srta. Triggs... — sussurrou —, eles sabem tudo sobre você. Tudo. Sabem que está procurando minha irmã há anos, sobre o artigo que publicou, as perguntas que andava fazendo. Você não deveria ter vindo. Caiu na armadilha deles. O jogo começou.

— Você acha que corro perigo?

— O que você acha? Ainda não ficou claro? Os Corvos não são o que você está pensando. Não é um grupo de garotos entediados. Isso não tem nada a ver com a sua gangue da escola, entende?

— Não irei se você me disser para não ir — afirmei.

— Agora... não tem volta. Quando você começa o jogo, precisa terminar. Não tem jeito.

— Por quê?

— Eles me ameaçaram. Sabem que você falou comigo. Ou faz o último teste, ou eles vão queimar a minha casa com meus tios dentro.

— Queimar a sua casa?

— Como você acha que meus pais morreram? Odeio meus tios, mas... por favor, siga em frente. Se você vencer o último teste, ninguém precisa morrer.

— Os Corvos incendiaram a sua casa quando você era criança? — Eu estava ficando ainda mais preocupada, pois, para ser honesta, não entendia bem tudo o que ele me dizia.

— Acho que Gina... queria entrar. Sei que ela estava mal por causa da morte dos nossos pais e... talvez tenha pensado que seria mais feliz com os Corvos. Talvez por isso estava falando menos comigo nas últimas semanas. Talvez eles tenham mandado a foto dela pra... pegar você numa armadilha. Você é uma jornalista famosa que se orgulha de encontrar pessoas perdidas. Eles fizeram uma aposta, srta. Triggs. Você cometeu um erro vindo aqui e... dando início ao jogo. Vão queimar minha casa... e vai começar tudo de novo. — Ele chorou.

Ethan se sentou na cama e desabou, indefeso. Eu não estava esperando aquilo. Sem dúvida, os Corvos de Deus haviam conseguido aterrorizar Ethan, e agora eu estava presa naquele beco sem saída.

— Ninguém vai queimar a casa dos seus tios, entendeu? Não vou permitir.

— E quem vai impedi-los?

— Vou avisar a polícia e eles ficarão de vigília.

— Por quanto tempo? Eles vão esperar... e... em algum momento, quando se passar um ou dois anos e parecer que esqueceram tudo...

— Caramba... o que é este último teste? Você sabe?

Ethan estava realmente aflito, e eu não sabia como acalmá-lo. Nunca tinha sido boa em levantar o ânimo de ninguém. Eu só sabia acompanhar o choro, porque sei muito bem o que é chorar por dentro. Às vezes, é tudo de que uma pessoa precisa. Alguém que espere em silêncio ao lado dela enquanto se esvazia, sem interferir.

— Ethan, ouça. Você sabe qual é o último teste? Tem que me dizer o que fazer para vencê-lo.

Ele levantou o rosto para mim com os olhos cheios de lágrimas.

— Só sei rumores — disse.

— Então me conte.

— Montam uma cruz. E você tem de subir e esperar. Aconteça o que acontecer. Não pode pedir ajuda. Não pode gritar. Tem de confiar. Só isso.

— E eles vão fazer o quê?

— Não sei — sussurrou ele.

— Allison Hernández morreu assim, certo?

Ele assentiu, em silêncio. Então engoliu em seco e confirmou o que eu já achava.

— Ela não... não passou no teste. Não... podia contar isso. Mas agora que você está prestes a entrar, é melhor saber.

Vaguei pelo quarto, dando voltas de um lugar a outro, considerando todas as possibilidades. Não podia avisar a polícia, pois isso não garantia que Ethan e seus tios estivessem a salvo. Tampouco podia não me apresentar ou desaparecer. Ao incluírem Ethan na equação, tinham anulado todas as minhas opções. Engoli em seco e, por fim, disse a ele:

— Vamos. Onde está essa maldita cruz?

Saímos do motel e montei na scooter com Ethan. Fomos de Breezy Point pela Rockaway Boulevard para Fort Tilden e, no meio do caminho, ele virou à direita numa rua que chegava à praia. Eu sentia a brisa marinha, a maresia permanente e pegajosa. Por fim, Ethan parou a moto ao lado de uma cerca enferrujada, depois da qual se estendia a vastidão das instalações abandonadas do complexo militar. Ele sabia bem o que tinha que fazer. Pegou uma lanterna no compartimento embaixo do assento da scooter e iluminou uma parte da cerca, ao lado de um dos postes de conexão. Aproximou-se dali e levantou a malha solta até abrir um buraco por onde caberia uma pessoa.

— Entre — disse ele —, está no fim do caminho.

Eu entrei furtivamente pelo buraco e ele fez o mesmo. Ethan iluminava os vários metros adiante dele com a lanterna e eu o seguia, em silêncio, acompanhada do som das ondas ao longe e dos nossos passos na terra e na vegetação. Aquela área de Fort Tilden era cheia de arbustos, mato e árvores selvagens que cresciam por todas as partes, exceto nas trilhas que se estendiam na nossa frente como se fossem um labirinto. Ethan virou várias vezes à esquerda e à direita entre o mato, e eu tentei recordar o trajeto caso precisasse voltar. De repente, ele parou numa construção de concreto abandonada, na frente da qual havia quatro ou cinco motos estacionadas, e de cujo interior emanava uma luz tênue que se projetava sobre os poucos vidros que permaneciam inteiros na parte de cima.

— Chegamos — sussurrou Ethan.

— Foi aqui que Allison morreu?

Ele balançou a cabeça de um lado para outro antes de responder.

— Acho que foi em outro dos galpões abandonados. Fort Tilden está cheio de lugares como este.

Suspirei. Conseguia ouvir algumas vozes que vinham lá de dentro.

— Você precisa entrar sozinha.

— Você não vem comigo?

Eu queria, pelo menos, o consolo de um rosto conhecido. Ele voltou a negar com a cabeça, abaixou os olhos e tocou meu ombro, um gesto que entendi como um sinto muito.

— Está bem. Vamos acabar com isso de uma vez — eu disse, e me dirigi para a abertura na estrutura que identifiquei como a entrada.

Submergi na escuridão da porta e caminhei alguns metros, pisando em pedaços de escombros e metal que anunciavam cada um dos meus passos. Esmaguei uma garrafa de plástico que quase me fez cair no chão e, no mesmo instante, as vozes dentro do galpão se calaram, como se soubessem que eu estava chegando. Uma luz amarela emanava de uma porta no final do corredor, e fui até lá com a certeza de que cometia o maior erro da minha vida. Pensei em Bob Wexter e no artigo que eu escreveria se conseguisse sair dali. Uma parte de mim tentava me animar pensando que tudo estava sob controle, embora na verdade eu não controlasse nada daquela situação. Quando finalmente cheguei na porta, eu os vi.

Cinco pessoas vestidas de preto esperavam, todas olhando em minha direção, com máscaras cobrindo o rosto, iluminadas por centenas de velas espalhadas por todo o lugar. Todos usavam a mesma máscara, que parecia feita de penas pretas que se projetavam para a frente e, na mesma hora, consegui identificar três mulheres e dois homens.

— Estamos felizes que você tenha vindo — disse uma voz masculina que reverberou no lugar.

Não consegui identificar quem havia dito. Entrei em silêncio na sala e me aproximei, incapaz de controlar a vertigem que senti no estômago, como se estivesse caindo da própria ponte Marine. Percebi como a luz das velas dançava nas paredes e produzia no lugar a atmosfera perfeita para concretizar os piores presságios.

— Você foi corajosa vindo aqui — observou um deles. — Agora resta apenas um último passo.

— Quem são vocês? — perguntei em voz alta.

Minha voz soou impregnada de solidão. Se as coisas se complicassem, seria impossível pedir ajuda naquele lugar tão afastado.

— Os Corvos de Deus. Você queria entrar, e nós lhe mostramos a porta.

Uma das figuras que identifiquei como masculina pegou uma lata de tinta que havia no chão, aproximou-se e parou na minha frente, então pude ver seu olhar.

— Feche os olhos, por favor — sussurrou uma voz feminina.

Suspirei. Não me restava alternativa a não ser ceder. Fechei os olhos e, alguns segundos depois, notei que um pincel molhado deslizava sobre eles, como se desenhasse uma máscara grosseira úmida, com algumas gotas descendo pelo meu rosto.

— Pode abrir os olhos — disse ele.

Afastou-se para o lado, e descobri que tinham se posicionado em duas fileiras, formando um corredor em direção ao fundo da sala, onde havia uma cruz de madeira de alguns metros de altura pintada de vermelho. Achei que em algum momento eles diriam mais alguma coisa, mas permaneceram em silêncio, na expectativa, e então compreendi o que esperavam de mim.

Caminhei com passos lentos até a cruz, enquanto recordava o último teste: "Suba na cruz de olhos vendados". Quando estava aos pés do crucifixo, virei-me e afirmei, achando que mudaria alguma coisa:

— Não estou de olhos vendados. Tinha de subir na cruz de olhos vendados.

— Esta é a nossa venda — disse a mesma voz masculina do início. — Uma que permita que você veja. Que permita saber que você está sozinha, mas que ainda assim estaremos com você — disse a mesma voz.

Tentei reconhecê-la, mas podia jurar que não a tinha escutado antes. Debaixo da cruz havia uma pequena escada de três degraus, e vi que havia um lugar para apoiar os pés na viga vertical. Engoli em seco e, por fim, subi na pequena plataforma. Observei duas figuras se aproximando de mim depressa. Agarraram meus braços e os estenderam, atando-os na viga horizontal com pedaços de tecido branco que pareciam retalhos de um lençol. Tanta vulnerabilidade me deu vertigem. É um medo opressivo que te coloca frente a frente com a incerteza. Eles afastaram a escada e os banquinhos que haviam colocado para amarrar meus braços. Uma figura feminina se aproximou com um balde cheio de líquido e tirou meus tênis e minhas meias. Percebi a madeira sob meus pés. Tive medo de perder aquele apoio. Estava paralisada e prestes a pedir que me descessem dali, mas recordei as palavras de Ethan. "Aconteça o que acontecer. Não pode pedir ajuda. Não pode gritar. Tem de confiar. Só isso." Era difícil ficar na plataforma de madeira com os dois pés, e tive a sensação de que, se eu perdesse o equilíbrio, estaria acabada. Depois, inesperadamente, a pessoa que havia tirado meus tênis pegou uma esponja e com ela molhou meus pés. Respirei fundo e gritei por dentro. Pedi ajuda à minha mente para que me levasse a outro lugar. E, de repente, uma nova voz gritou:

— O que você sentiu quando estava no parapeito da ponte?

— Medo — respondi, entre suspiros.

Estava desconfortável e aflita com a postura que eu tentava manter quase na ponta dos pés.

— E o medo fez você se sentir como?

— Viva — exclamei.

— E o que você sentiu quando queimou seu carro? — disse dessa vez uma voz feminina.

— Liberdade — respondi.

— E como a liberdade fez você se sentir?

— Viva — confirmei.

Aquelas perguntas cravavam em mim como um punhal. Na verdade, tinha sido assim, por mais que eu fingisse que aquilo não tinha me mudado.

Todos permaneceram em silêncio durante alguns instantes em que esperei que lançassem outra pergunta, mas, de repente, um deles me deu as costas e os demais fizeram o mesmo. Em seguida, sem dizer nem mais uma palavra, saíram um a um pela porta, e vi que me abandonavam, imóvel e sem nenhuma possibilidade de escapar.

— Aonde vocês vão? — exclamei, ao mesmo tempo em que forcei os braços para tentar me soltar.

Ninguém pareceu escutar, mas, pouco antes de sair, a última pessoa parou sob o batente da porta, me olhou em silêncio e colocou o dedo indicador perto dos lábios. Sem emitir nenhum som, gesticulou para que eu ficasse em silêncio e, em seguida, desapareceu na escuridão.

43.
Queens
25 de abril de 2011
Algumas horas antes
Ben Miller

Existem pessoas que, como os sonhos,
também podem se transformar em pesadelos.

Quando Miller chegou com quatro viaturas à casa do reverendo Graham, um apartamento de dois quartos em pleno centro do Queens e a menos de três quilômetros do colégio, sentia que tudo estava prestes a acabar. A declaração de Deborah tinha sido arrasadora, e ele não conseguia deixar de ver o reverendo como um monstro sem escrúpulos, capaz de se aproveitar de sua posição e da confiança para abusar das estudantes de Mallow. Allison poderia ter tido o mesmo destino antes de acabar na cruz, e a ideia de que sua gravidez fosse resultado daqueles abusos o deixou enjoado.

Antes de sair do escritório do FBI, ele solicitou o histórico do reverendo e se surpreendeu que estivesse limpo. Aquele monstro havia conseguido evitar qualquer tipo de denúncia anterior, não tinha nem mesmo uma simples multa de trânsito. A Divisão de Homicídios da polícia de Nova York foi informada da última declaração de Deborah e conseguiu um mandado de busca e apreensão na casa do reverendo, pois todas as provas apontavam para ele: a morte na cruz, as declarações de Deborah e do dono do café em frente ao colégio e a Bíblia de Allison entre os pertences dele.

Um dos agentes da operação de oito homens chamou o reverendo na porta do apartamento, mas ele não respondeu. Miller assistiu à cena da escada e, de imediato, dois agentes arrombaram com um só golpe a porta com um aríete, abrindo-a como se a fechadura fosse de manteiga. Cinco agentes entraram e procuraram depressa. Eles pronunciavam a palavra "livre" a cada cômodo vazio. Tudo estava muito silencioso, e tanto Miller quanto dois agentes da Divisão de Homicídios que entraram em seguida analisaram de relance o conteúdo de cada sala. Tudo estava organizado, mas também havia em todo canto símbolos religiosos. Quadros, cruzes, imagens de Cristo e da Virgem. O apartamento estava decorado com móveis de mogno. Numa salinha junto à entrada, viram prateleiras cheias de fitas de vídeo VHS, e o inspetor se aproximou para observá-las mais de perto. Percebeu que todas tinham capas da Blockbuster, mas, quando abriu uma delas, verificou que não se tratava de nenhum filme oficial e não havia adesivo que indicasse o conteúdo. A única coisa que se destacava eram duas iniciais escritas com caneta permanente branca numa das bordas: J. F.

De repente, dois agentes perdidos em alguma parte da casa gritaram:

— Parado! Mãos para cima!

Todos os policiais correram para o cômodo onde o reverendo estava, passando o escritório e ao lado da biblioteca, com fones de ouvido, as mãos para o alto e expressão de incredulidade. Ele parecia calmo e, quando reconheceu Miller, que estava atrás do grupo, levantou-se, tranquilo, e sorriu para ele. Levou as mãos lentamente até os fones de ouvido e os tirou.

— Inspetor Miller... eu achava que... estava colaborando com tudo o que... vocês precisavam. Suponho que tenham permissão para entrar assim na minha casa com... com as armas levantadas? Mas quem acham que sou? Sou um reverendo, pelo amor de Deus. Ajudo a comunidade.

— Deborah nos contou tudo — replicou Miller.

— Deborah?

Por um segundo, o rosto dele pareceu surpreso, mas em seguida sorriu.

— Aquela garota... está... obcecada por mim. Pois é, gostaria de saber que loucura ela contou. É uma menina com muita... imaginação.

— Não seja dissimulado, reverendo.

— E o que vocês têm contra mim? O depoimento dela? E com isso estão pensando em me acusar de... de quê?

— Temos uma testemunha que confirma a história de Deborah.

De repente, a expressão do reverendo mudou por completo.

— Como podem...? São só palavras. Não existe nada contra mim. Nada! Por acaso as palavras dela são mais críveis do que... as de Deus?

— O senhor não fala em nome de Deus, sr. Graham — disse Miller.

— Sou um reverendo. Isto é um insulto intolerável. Não podem me prender. Sou eu que cuido dos filhos de vocês. Sou eu que me encarrego de que... suas ovelhas não se percam — afirmou ele, ficando de pé, com ar sério.

Enquanto isso, os dois agentes da Divisão de Homicídios começaram a vasculhar gavetas e armários em busca de evidências adicionais do crime. Segundo o depoimento de Deborah, os abusos também aconteceram naquela casa e, portanto, deveria haver algo que confirmasse a história. Chegaram ao que parecia ser o quarto do reverendo, onde havia uma cama arrumada, com os lençóis e a colcha tão esticados que parecia que o tecido rasgaria com a tensão. Em cima da cama, pendurado na parede, havia um crucifixo de madeira vermelha. As prateleiras e a cômoda pareciam bastante limpas, e da sala emanava um leve cheiro de água sanitária que preocupou os agentes. Na rua, o furgão da polícia científica esperava o reverendo ser detido para entrar na casa e coletar amostras de impressões digitais ou vestígios de DNA.

Assim que o suspeito se levantou, o telefone de Miller começou a tocar. Não pensava em atender, mas era o agente especial Spencer.

— Nós o pegamos — disse Ben, depois de atender.

— Cancele tudo, Ben.

— O quê?!

— Os pais da garota retiraram a denúncia.

— Como?! Por quê?!

— Quando começamos o procedimento... os pais desistiram. Não querem que a filha passe por tudo isso.

— Mas...

— Eles não querem que a filha fique presa a isso durante o julgamento.

Miller saiu do quarto do reverendo, deixando-o ali com os agentes. Baixou a voz.

— Você tem de convencê-los. Isso é...

— Estamos tentando, Ben. A dra. Atkins está com eles, mas... insistem em voltar para casa. Sei que é uma merda, mas... se você não tem nada evidente contra ele pelo que aconteceu com Allison, o juiz vai nos culpar por continuarmos com a prisão sabendo que não tínhamos nada. Vocês precisam deixá-lo aí.

— Spencer... esse cara é...

— Não tenho mais nada a dizer, Ben. Acabou — disse ele antes de desligar.

Miller afastou o telefone da orelha, sentindo que o caso vinha abaixo. Não podia acreditar naquilo. Estavam tão perto que ver tudo se desmoronar com uma única ligação o deixou desolado. Voltou ao quarto, com os olhos inundados e sem saber o que dizer, e viu como o reverendo esperava por ele atrás da mesa, ao lado dos agentes que haviam colocado nele as algemas e liam seus direitos.

— Soltem-no — murmurou Ben, num fio de voz quase inaudível.

— O quê?! — indagou um dos policiais, sem acreditar no que ouvia.

O reverendo sorriu para Ben, que viu nele a arrogância que só vem das injustiças.

— Eles retiraram as acusações — disse Miller em alto e bom som, para que todos o ouvissem.

Os agentes se olharam confusos, e um deles se aproximou para lhe falar em voz baixa.

— Tem certeza disso?

Ben assentiu em silêncio. Abaixou a cabeça para não olhar para o reverendo, que pareceu crescer ao ouvi-lo.

— Viram? Vocês não têm nada! Nada! Tirem as algemas de mim e deixem de ser ridículos — vociferou. — E você, inspetor Miller, está acabado. Não pense que pode ir ao meu colégio e à minha casa e... me acusar do que você pensa sem provas. Está me ouvindo? Vou garantir que a minha congregação apresente uma queixa formal contra essa... perseguição pessoal. Você está cheio de preconceitos, então... não pode ocupar um cargo como o seu.

— Tirem as algemas — aceitou Ben, derrotado, tentando não ouvir mais nada.

Os agentes que tinham prendido o religioso obedeceram, em silêncio, e, ao tirar as algemas, o reverendo acariciou as próprias mãos em sinal de vitória. De repente, a voz de um dos agentes da Unidade de Homicídios soou ao longe.

— Inspetor Miller! — gritou. — Venha aqui, encontramos algo.

Ben correu para o quarto do reverendo e encontrou os dois agentes agachados perto do armário. Um deles se levantou. Segurava uma pequena caixa de sapatos aberta, cheia de roupas com vestígios de sangue.

Um dos agentes levantou a primeira peça de roupa branca e a pressionou com os dedos enluvados, revelando o logotipo da Pepsi.

— É a roupa que Allison usava quando desapareceu — sussurrou Ben.

O inspetor do FBI voltou em silêncio ao cômodo onde os policiais ainda acompanhavam o reverendo, que devolveu para eles um olhar confuso. Seus olhos pousaram rapidamente na caixa, e depois encarou todos os agentes com ar de surpresa.

— Isso... isso não é meu — gritou. — Nunca vi isso na minha vida. Vocês...

— Por que fez aquilo com Allison, sr. Graham?

— Eu... eu não encostei um dedo nela! Vocês trouxeram isso para a minha casa...

— Sr. Graham, está preso pelo assassinato de Allison Hernández — declarou Ben, com calma.

— Não toquei em Allison! Eu garanto!

— Tudo o que disser poderá ser...

Um dos agentes se aproximou do reverendo com as algemas na mão, as mesmas que havia tirado alguns segundos antes e que agora voltavam para seus pulsos.

— Não! — gritou o reverendo.

De repente, ele se atirou na direção da mesa, pegou um abridor de cartas prateado que estava sobre uma pilha de papéis em branco e o colocou no pescoço.

— Não faça nenhuma besteira — gritou Ben, surpreso. — Se você acredita que é inocente, não tem por que se preocupar.

— Os senhores não creem em nada. Vocês colocaram isso na minha casa. Querem acabar comigo e com Mallow! Querem acabar com... Deus!

Os policiais que estavam no quarto até aquele momento sacaram as armas e as apontaram para ele. Ben se abaixou para deixar a caixa no chão e levantou as mãos para tentar tranquilizá-lo.

— Não é capaz de enfrentar os seus próprios pecados? — perguntou Ben.

Ele pensou que, ao desafiar a fé do reverendo, encontraria a pessoa por trás daquela máscara, mas não esperava o que o outro fez depois daquela pergunta simples e poderosa: o reverendo começou a chorar.

— Tenho um problema. E Deus sabe disso — sussurrou ele entre soluços. — E é algo contra o qual sou incapaz de lutar.

— Na prisão você vai contar com ajuda psicológica. Mas seu caminho termina aqui.

— Eu não toquei em Allison! Nunca coloquei um dedo nela. Mas... sobre a sua pergunta... Não, não sou capaz de enfrentar os meus pecados. Como poderia fazer isso? Quando se vive com eles dentro de você o tempo todo? Quando você é incapaz de deixar de pensar em cometê-los?

Então o agente compreendeu o significado do cômodo cheio de fitas VHS.

— O que há naquelas fitas? — perguntou Ben de repente, enquanto sentia uma sombra cada vez mais escura se estender sobre o reverendo.

Nesse momento, ele se benzeu e olhou para o teto, respirando fundo. Em seguida, com uma voz que parecia vir de suas entranhas, vociferou:

— Perdoa-me, Pai, porque pequei.

E então Ben entendeu o que encontraria nelas. Não era a primeira vez que um predador sexual tinha uma coleção daquele tipo. Em várias investigações, haviam encontrado material parecido na casa dos culpados: discos rígidos, DVDs, fitas de vídeo ou mesmo gravações beta.

Por um segundo, o reverendo afastou o abridor de cartas do próprio pescoço e olhou para o inspetor com olhos selvagens, vigilantes, como se estivesse com sede e entendesse que não iria encontrar água no deserto.

— Deus está em todos nós, inspetor. Mas o diabo também — disse ele, pouco antes de cravar o objeto no próprio pescoço, cortando a artéria carótida.

Ben gritou e se lançou sobre ele para impedi-lo, mas não chegou a tempo. O reverendo caiu ao chão, e Miller foi rápido ao se abaixar ao lado dele para pressionar o ferimento com as mãos. O sangue de Graham brotava com força entre seus dedos, como se fosse um poço de petróleo cuja superfície desmoronava, com o líquido enegrecido saindo por todos os lados. As mãos de Ben se encheram de sangue num segundo, e um charco se espalhou sob o corpo do reverendo como se fosse uma garrafa de vinho quebrada no assoalho. No instante seguinte, os olhos do reverendo se cravaram num ponto fixo da parede, exatamente onde estava um crucifixo de madeira, e expirou seu último e desejado suspiro, com as mãos de Miller sobre seu pescoço.

44.
Madrugada de 26 de abril de 2011
Miren Triggs

Há um momento em que a vida nos abraça e tudo muda,
porque temos mais a perder do que a ganhar.

Eles me deixaram sozinha na cruz e, pouco depois, ouvi o som das motocicletas se afastando. A brisa marítima se infiltrava pelas janelas superiores da construção, e a luz das velas, dispostas em grupos aleatórios de dois, cinco e sete, dançavam na penumbra como se o galpão estivesse em chamas. Eu sentia a tinta escorrer dos meus olhos e descer pelo meu rosto, e me vi tão sozinha e desamparada que quase gritei pedindo ajuda.

Mas me lembrei do que Ethan havia dito. Se gritasse, falharia no teste e poderia ter o mesmo destino de Allison. Pensei que talvez não tivessem ido embora, que apenas tinham subido nas motos e circulariam um pouco pela área, e depois se esconderiam em algum lugar por perto para conferir se eu pediria ajuda.

Decidi me manter em silêncio, como se isso fosse algo precioso. Era difícil ficar nesta posição desconfortável, quase na ponta dos pés, apoiada na plataforma de madeira, com os braços estendidos e amarrados com tiras de pano na cruz. Estava morrendo de medo de, naquela solidão, perder o equilíbrio e não conseguir mais apoiar os pés. Se isso acontecesse, eu morreria asfixiada. Numa cruz, você morre por falta de ar. Os braços puxam as costelas para cima, e o peso do corpo aprisiona os pulmões na caixa torácica, o suficiente para que você fique cada vez mais cansado e respire pior, o que causa um círculo vicioso lento e inexorável de asfixia, até seus pulmões não aguentarem mais. Essa era, sem dúvida, minha maior preocupação: perder o apoio da plataforma e sentir minha vida escapar ali, enquanto tentava encontrar uma resposta para uma pergunta que eu não tinha conseguido fazer... O que havia acontecido com Gina?

Eu não sabia quanto tempo teria de ficar ali para passar no teste, mas, conforme os minutos transcorriam, e depois a primeira hora, não pude deixar de pensar que eles nunca mais viriam atrás de mim.

Eu estava exausta, cada vez mais, e lutei contra o cansaço que continuava a se acumular em meus tornozelos e pulsos, os quais, sem alternativa, sustentavam meu peso. Depois de um tempo, fechei os olhos e não pude deixar de ver o rosto dos meus pais, sorrindo enquanto pousavam seu olhar triste sobre mim. Um segundo depois, imaginei minha mãe recebendo a notícia da minha morte naquela cruz e, no mesmo instante, passou pela minha cabeça gritar. E se eles não voltassem? E se, desde seu sumiço, Allison tivesse ficado semanas pendurada na cruz? E se Ethan estivesse certo e tivessem me enviado a fotografia de Gina para fazer com que eu acabasse neste exato lugar?

Tudo começava a se encaixar. O envelope que deixaram para mim com a polaroid veio com o convite "Quer brincar?". E eu, para encontrar Gina, havia aceitado as regras.

Quanto mais eu pensava, mais claro ficava que eu não sairia dali com vida. Pensei em Jim e me perguntei onde ele estaria e se me encontraria, se é que em algum momento ele tinha me procurado. Ainda não sabia se poderia encará-lo outra vez nos olhos sem me sentir responsável por todas as nossas idas e vindas. Talvez morrer na cruz fosse o melhor que poderia acontecer comigo. Talvez não fosse uma armadilha, mas um caminho. Talvez aquela sensação de abandono fosse exatamente o que os Corvos procuravam.

De repente, ouvi o som de passos se aproximando do corredor por onde eu havia entrado. Ouvi o barulho dos escombros, o cascalho e uma onda quebrando outra vez. E, de repente, uma pessoa vestida de preto apareceu sob a porta, com o rosto descoberto, e assim que me viu começou a gargalhar.

— Ethan?

Um calafrio percorreu meu corpo ao vê-lo com aquela atitude jovial, como se me ver daquele jeito fosse motivo de alegria.

— Srta. Triggs... — ele gritou —, você é incrível. Incrível!

— Ethan, por favor, me tira daqui. Estou cansada. Não consigo mais.

Ele se aproximou ansiosamente da base da cruz e, de repente, cruzou os braços para me olhar com desdém.

— Como pôde ser tão fácil?

Ele levou as mãos à cabeça, incrédulo, e voltou a gargalhar. Depois negou com a cabeça e bufou.

— Por favor, Ethan... me solta.

Eu não queria acreditar naquilo. Não conseguia acreditar naquilo.

— Eu li seu livro, sabe? — disse ele. — E fiquei fascinado pelo modo como você foi capaz de contar tudo aquilo sobre seu estupro, o quão perdida estava, e acreditar que ninguém poderia usar essa história para prejudicá-la. Você foi muito previsível. Foi... fácil demais, não acha? Tudo isso. Você engoliu cada uma das minhas mentiras. Por favor, não... — ele riu —, por favor, tenha cuidado. Os Corvos de Deus são perigosos. Os Corvos...

Então entendi.

— Você está dentro — suspirei.

— Não, srta. Triggs — gritou ele. — Eu os criei! Dê a um menino as ferramentas certas e você fará dele um homem dos bons. Dê a ele as ferramentas erradas e você criará um monstro. Isso foi há muito tempo. Você não faz ideia. Mas foi quando tudo começou.

— Mas... por quê?

— Eu precisava disso. Sabe, agora olho para trás e penso que isso é tudo o que eu sempre fui. Lembra o incêndio da minha casa? Era de noite...

— Ethan, me tira daqui, está difícil...

— Escute! — vociferou ele, com um grito que reverberou por todo o galpão. — Só você fala?! Só importa o que você tem a dizer?!

— Ethan...

— Era de noite, e meu pai tinha bebido, como fazia todo dia depois do trabalho. Quando estava bêbado, ele era uma pessoa impossível de reconhecer. Imprevisível e distante, capaz de levantar a mão por qualquer coisa: se eu demorava demais para pegar outra cerveja para ele na geladeira, se olhava para ele sem falar nada, se os Knicks perdiam o jogo. Qualquer motivo era suficiente para te jogar chão e ficar chutando como se fosse uma bola. Naquele dia aconteceu o que sempre acontecia quando ele se embebedava. Bateu na minha mãe uma, duas, três vezes. E MAIS UMA VEZ! — gritou.

Fiquei calada. Aquele comportamento não se parecia em nada com o que ele tinha me mostrado até então. Até aquele momento, eu acreditava que Ethan era um garoto atormentado e deprimido por causa do desaparecimento da irmã, mas tudo isso remontava a muito antes.

— Gina pediu que eu me escondesse no quarto — continuou ele —, como sempre, para me proteger. Mas, naquela noite, parecia que tudo seria pior. Uma semana antes, minha mãe tinha sugerido que nós três fôssemos embora de casa, mas nunca chegamos a dar aquele passo. Gina saiu e ouvi os gritos dela, que se misturaram aos da minha mãe. Escutei golpes, berros e, de repente, só o choro da minha irmã. Esse tipo de recordação a gente não esquece, não é mesmo? O silêncio, a choradeira, a escuridão do meu quarto. Permaneci alguns minutos embaixo da cama, com um pássaro de pelúcia que eu achava que tinha perdido. E então ouvi Gina gritar: "Mamãe, por favor, acorda!". Me enchi de coragem, saí, desci até a cozinha e vi minha irmã ajoelhada ao lado do corpo inerte da minha mãe, que estava caída no chão com o pescoço roxo e os olhos bem abertos.

— Seu pai matou sua mãe... — murmurei com dificuldade, enquanto lutava contra a gravidade e a dor nos pulsos.

— Gina estava destruída e chorava como eu nunca tinha visto. Perguntei onde ele estava, e ela apontou para o quarto dele, subindo a escada. Entrei e o encontrei deitado aos pés da cama, dormindo ou inconsciente por causa do álcool. Naquele momento, eu não me importei. Vi um isqueiro na mesinha de cabeceira, perto do maço de cigarro, e pensei em queimá-lo todo. Minha mãe era uma boa pessoa, entende? Mas havia cruzado o caminho da pessoa errada. Um maldito que não apenas nos bateu várias vezes e nos causou feridas impossíveis de curar, mas também levou minha mãe. Eu o odiava com toda a minha alma. Queria machucá-lo. Eu bati nele com toda a força, mas ele não pareceu perceber. Gina apareceu no quarto e me disse que devíamos aproveitar para chamar a polícia, mas... me pareceu pouco. Peguei o isqueiro e o acendi perto da cortina. Minha irmã ficou me observando em silêncio e... sussurrou para mim: "Faça isso", com o rosto cheio de lágrimas. — Ele fez uma pausa e gesticulou como se tivesse acendido um isqueiro. — Não pensei que o fogo se espalharia tão depressa. Das cortinas, passou rápido para o armário e depois para a cama e para a porta. Gina pulou para me pegar, mas num instante nos vimos presos no quarto, com o corpo do nosso pai ali, começando a tossir por causa da fumaça. Então... ela abriu a janela e saímos pelo peitoril enquanto o interior da casa ardia em chamas. Caminhamos por ele alguns metros até chegarmos a um cano que conseguimos segurar e, num momento que nunca esqueci, minha irmã me segurou pelas mãos e me ajudou a descer por ele. Seu primeiro teste soa familiar?

— Caminhe por fora do parapeito da ponte — sussurrei.

— Quando me pegou pelas mãos, comigo pendurado a vários metros de altura na fachada, ela me disse: "Não tenha medo, estarei com você", e me fez descer. Durante o tempo que fiquei ali, olhando nos olhos da minha irmã, pensei que, estando com ela, nada iria acontecer comigo. Eu me senti... protegido. Me senti vivo de novo. As chamas devoraram a casa, nossos pais e tudo o que tínhamos. Algo em mim me dizia que seria um novo começo, que o sofrimento seria recompensado. Ficamos abraçados vendo tudo indo abaixo e, um tempo depois, chegou um caminhão de bombeiros com a sirene ligada.

— Queime algo importante para você — falei em voz alta.

— Parece que você está entendendo, srta. Triggs.

Engoli em seco vendo que Ethan estava satisfeito.

— E o que aconteceu depois? — perguntei, tentando ganhar a confiança dele outra vez.

Eu não queria que ele se tornasse instável de novo.

— Eles nos levaram para a casa dos meus tios e, durante os primeiros dias, pensei que seríamos felizes. Mas logo tudo se transformou naquela fé asfixiante, naquelas rezas obsessivas, na opressão de Mallow, e a gota d'água: Gina desapareceu.

— Você não fez nada?

Ele negou com a cabeça e em seguida respondeu:

— Eu? Eu era só uma criança quando ela desapareceu. A gente não sabe como reagir a algo assim. Depois de uma vida de sofrimento, por que eu merecia tudo aquilo? Me refugiei na busca por ela. Tinha esperança de encontrá-la. Participei de todas as iniciativas, apesar de ser uma criança e todos me considerarem um estorvo. "Não, Ethan. Você é muito pequeno. Deixe isso para os mais velhos." "Não, Ethan, você já fez o suficiente", dizia outra pessoa — ele entoou aquela frase imitando uma cantiga. — E um dia, quando eu estava chorando na cafeteria enquanto as pessoas se organizavam para sair à procura de Gina... você se sentou à minha frente.

— Eu?

— Você me prometeu que encontraria Gina. Me disse que a traria de volta para casa.

— Eu... lembro — afirmei.

— Confiei em você. — Ele fez uma pausa longa que me incomodou e, então, puxou o ar e gritou colérico. — Acreditei em você! Me disse que a encontraria, e eu acreditei!

— Ethan, eu...

— "Ethan, eu..." — repetiu o que eu disse num tom que me perturbou. — "Ethan, Ethan, Ethan." "Ethan, tem que rezar." "Ethan, me traz uma cerveja." "Ethan, você é um merda." — Ele ergueu a voz depois de cada frase. — "Ethan, você é culpado pela morte de seus pais." "Ethan, você é responsável por sua irmã ter ido embora." "Ethan, você é..."

— Por favor, Ethan... acalme-se.

— E depois... o pior. O reverendo Graham e seus vícios asquerosos.

— Ele... tocou em você?

— "Ele... tocou em você?" — repetiu ele, esquivando-se da minha pergunta. — Não! Mas isso importa? Deborah... — Ele sacudiu a cabeça. — Ele se interessou por ela, sabe? Pela minha namorada. A única pessoa que eu amei depois da Gina. Isso significa que todos de quem me aproximo precisam sofrer?

— Ethan, me tira daqui e falamos disso com calma, certo?

— Não. Essa coisa dos Corvos era... como a sua gangue do colégio, entende? Inocente e... quase alegre. Mas quando Deborah me contou o que o reverendo... Soube que eu tinha de fazer algo. Aquele maldito pervertido... tinha de pagar de alguma forma. Ele deveria... enfrentar as consequências de seus pecados.

— Você poderia ter denunciado... — tentei explicar.

— Sabe o que eu fiz?

— Denunciou?

— Há algumas semanas. Na delegacia de Rockaways. E sabe o que aconteceu? O desamparo mais absoluto. Estive com Deborah o tempo todo, animando-a. Um tempo depois, veio um senhor da igreja. E sabe o que aconteceu? A polícia nos disse que cuidaria daquilo. Que a gente não precisava se preocupar, que estava tudo resolvido. Isso foi numa sexta-feira. Pensamos que o reverendo Graham não estaria mais no colégio. Nos prometeram justiça e nos deram vingança. Nesse mesmo dia, o reverendo chamou Deborah e a levou para a capela de Mallow. Ela voltou chorando, com hematomas nas costas. Eu não quis perguntar a ela o que tinha acontecido, porque não precisava.

— Caralho...

— Não tínhamos nenhuma prova contra ele; aos olhos do mundo, o reverendo Graham era um bom samaritano. E então Allison quis entrar para os Corvos.

— E você a matou?

— Ela era perfeita, srta. Triggs. Não vê isso? Ela caiu do céu para mim. Quando nos contou que tinha ficado grávida... que estava sozinha, que não tinha ajuda e que perderia a bolsa... Seu primeiro teste foi contar ao reverendo que estava esperando um filho. O segundo, deixar a Bíblia na sala dele. O terceiro, subir na cruz, como você.

— Filho da puta.

— Ela aguentou muitíssimo, sabe? Os garotos foram embora e... quando voltei no dia seguinte, ainda estava viva, pedindo ajuda.

— Você a matou.

— Ajudei-a a morrer. Ela... já estava morta há um tempo, igual a todos os que fazem parte dos Corvos. Você também está. Não pense que é especial. James se automutila, Mandy é viciada em sexo, e você... foi estuprada. Quanto a mim... me roubaram tudo o que importava; primeiro com surras, depois com a incerteza de perder a única pessoa que me restava. Li sobre seu estupro, srta. Triggs. Você o detalhou muito bem em seu livro. Sei como se sente. Você não é diferente de mim. Ambos sofremos. Machucaram a nós dois. Por favor, não me olhe como se fosse melhor do que eu.

— Por favor, Ethan, me tira daqui.

— Eu já disse que não!

— Ethan... o que eu fiz pra você? Eu só tentei...

— Você prometeu encontrar a minha irmã. Prometeu trazê-la de volta para mim. E não cumpriu sua promessa. E, não bastasse isso, publicou o desaparecimento dela no seu jornal para rir de mim.

— Do que você está falando?

— "O irmão da jovem, Ethan Pebbles, de oito anos" — ele cantarolou de novo —, "chora desconsolado pelo desaparecimento." Chora... desconsolado... pelo desaparecimento! Você escreveu isso no seu artigo, acompanhado da minha foto. Você nem imagina quantas vezes eu revivi a dor por causa daquela imagem. Além de não ter escrúpulos, você me deu falsas esperanças. Alguma vez você já tirou uma foto sua chorando? Todo mundo nos Estados Unidos viu a minha.

— Ethan... não era fácil. O caso da sua irmã...

— Cala a boca!

— Espera... foi você que me mandou a foto da Gina? — perguntei de repente. Meu peito doía, e minhas mãos estavam ficando azuis.

— Da Gina? — ele riu. — É boa, né? A foto é da Deborah, srta. Triggs. Tive essa ideia um dia, navegando pela internet. Uma vez um assassino em série desafiou os usuários do 4chan a encontrá-lo usando uma fotografia de um de seus assassinatos... Pareceu divertido fazer aquilo para que você viesse. Fico feliz que tenha funcionado. Você não estaria nesta cruz se... bom, se não tivesse topado brincar, entrar no nosso jogo. Sabe, você não merece tudo o que tem. Vendeu o drama de uma menina, o da minha irmã, e agora o seu acaba aqui.

— Você enviou a foto da Allison para o Jim... — sussurrei.

— Eu li o seu livro e como aquele professor foi importante para você. Você não tem medo de as pessoas descobrirem o quão podre você é? Você não tem medo de alguém saber como te machucar? Se você não viesse, eu poderia fazê-la cair numa armadilha por meio dele.

— Ethan... por favor... sei que sofreu quando criança, mas você cometeu um erro. Não é assim que sua irmã... gostaria de vê-lo. E o pior é que você envolveu um grupo de garotos do colégio na sua espiral de... Isso que está fazendo... — Não me atrevi a pronunciar a palavra "loucura".

Ethan era instável demais. O passado dele havia aberto meus olhos. Ele poderia ver qualquer resposta como um insulto.

— Todos precisamos de alguém a quem adorar, srta. Triggs. Alguns seguem a Deus, outros ao diabo, nós... só queremos voltar a nos sentir... vivos. Entende? O reverendo Graham já pagou o preço justo pelo mal que fez a Deborah. Alguns momentos atrás, ele... tirou a própria vida. Deborah estava na delegacia quando aconteceu, e ela me escreveu para contar isso. Não foi fácil encher as gavetas da casa dele com as roupas de Allison. Ele poderia escapar mais uma vez de uma acusação de abuso sexual, mas de assassinato... dessa é mais difícil se livrar. E de uma garota do colégio. Grávida. Que horror!

Ele estava se aproximando de mim com passos decididos e, de repente, puxou uma faca de trás das costas.

— Ethan... por favor... você não sabe o que está fazendo.

Ele pegou o banquinho de madeira, colocou-o embaixo dos meus pés e subiu.

— Não é curioso? Você está na cruz, e a única coisa que tem a dizer é algo que um cara já disse há mais de dois mil anos, no mesmo lugar.

— Por favor... — suspirei, desolada.

— Me dá pena, sabe? — disse ele. — Não pense que não. Mas... passei muitos anos pensando em você. Anos demais. É hora de você sair da minha vida — afirmou ele, irritado.

— Socorro! — gritei, mas sabia que naquele lugar isolado não havia ninguém.

Forcei os nós, lutei mais uma vez.

— Shhh... não grite, srta. Triggs — sussurrou ele para mim. — Ou perderá o jogo.

E naquele momento senti o frio da lâmina entrando em meu abdômen. Gritei com todas as minhas forças, como o cachorrinho ferido que sempre fui, e percebi que, desta vez, o grito saía da minha própria alma.

45.
Neponsit
25 de abril de 2011
Algumas horas antes
Jim Schmoer

Uma carícia, às vezes, pode ser um grito de socorro.

Jim subiu rápido a escada com um aperto no peito, sem entender o que estava acontecendo. A escuridão do porão invadiu tudo num instante, e seu coração viajou inconscientemente para uma lembrança de infância, quando, com cinco anos, ele caiu num poço enquanto brincava com seus primos no campo. Depois de duas horas dramáticas que pareceram uma eternidade, sua família conseguiu encontrá-lo ao ouvir seus gritos de dor. Durante aquele tempo de silêncio, seus pais tiveram medo de tê-lo perdido para sempre e imaginaram todo tipo de teorias que incluíam algum predador, animal ou humano. Quando enfim o acharam, em meio às lágrimas, os pais conseguiram tirá-lo daquele buraco com uma perna quebrada e uma história da qual Jim passou a se gabar no colégio. Mas aquele acidente com final feliz havia deixado um entalhe na gaveta dos medos. Ele empurrou o alçapão com toda a força, mas não conseguiu fazê-lo se mexer nem um centímetro.

— Abra! Abra o alçapão! — gritou. — Sr. Rogers! Abra!

Então compreendeu a insistência do pai de Tom em deixar a serra ligada. O zumbido da máquina se infiltrava no porão como um vendaval, e ele percebeu que lá fora o barulho do motor engoliria qualquer pedido de socorro.

Bateu no alçapão com força, pediu ajuda repetidas vezes. Cada golpe que dava na prancha de ferro diminuía sua esperança de sair vivo daquele buraco. Sentiu outra vez que caía naquele poço onde só havia voltado em pesadelos e reviveu aquelas horas de crescente desespero.

— Socorro! — gritou. — Me ajudem!

Ele não demorou a compreender que tudo aquilo era inútil. O alçapão parecia estar escorado com algo que impedia que ele o levantasse, e seus gritos não podiam ser ouvidos. Ainda assim, voltou a sacudir o alçapão de forma agitada enquanto seu coração lhe avisava do erro grave que havia cometido. Apalpou os bolsos e pegou o celular. A tela se iluminou com o mesmo brilho de esperança, e ele discou o número da emergência às pressas para obter ajuda. Não tinha sinal. Aquele lugar não parecia ter sido concebido para armazenar serragem, mas para sobreviver a um holocausto.

— Caralho! — gritou.

Estava prestes a jogar o celular no chão, mas percebeu que seu iPhone havia se tornado o único ponto de conexão com o mundo exterior. Arfando em desespero, levantou o telefone o máximo que conseguiu, subindo na escada, mas o sinal não chegava ali embaixo. Perambulou na escuridão com o dispositivo no alto, tentando encontrar cobertura, mas não conseguiu. Estava tudo tão escuro que o brilho da tela machucava sua retina, porém durante um segundo a imagem da filha Olivia sorrindo no fundo de tela do telefone se transformou numa verdadeira luz na escuridão.

Ele precisava encontrar uma saída ou algo com o que forçar o alçapão. Direcionou a lanterna do celular para o resto do ambiente e se deu conta de que o lugar estava quase vazio, exceto pelos pilares que sustentavam o teto e a montanha de serragem que caía pelo conduíte próximo à escada. As paredes estavam nuas, rebocadas com gesso branco. Ele se aproximou de uma prateleira para ver se encontrava algo que poderia servir como ferramenta e observou um cavalinho de madeira, que parecia talhado à mão, de uns dez centímetros de altura repousando sobre uma pilha de latas de atum. Devia ter sido feito pelo sr. Rogers, como a casinha de madeira que tinha visto lá em cima. Vasculhou a escuridão depressa, mas só encontrou pequenos objetos que não ajudariam a levantar ou arrebentar o alçapão.

— Me ajudem! — gritou ele de novo, quase perdendo a voz, e, para sua surpresa, o zumbido da serra de súbito desapareceu. Em seu lugar se instalou um silêncio que reverberava nos ouvidos dele.

Respirou fundo, tentou se acalmar e, de repente, voltou a escutar o barulho que o havia desconcertado assim que desceu ali. Ficou imóvel e prendeu a respiração para escutar com atenção o que parecia vir de uma das paredes.

O barulho voltou. Foi um estrondo, como se uma caixa de madeira tivesse sido fechada. Jim se virou com rapidez e iluminou uma pequena porta branca de metal que batia na sua cintura.

Aproximou-se dela devagar e viu que estava fechada por um ferrolho de aço. Sua cabeça lhe dizia que aquela porta talvez escondesse uma rota de fuga, mas tinha o pressentimento de que, se a abrisse, poderia encontrar algo pior. Agachou-se perto dela e deslizou o ferrolho com cuidado, tentando não fazer barulho. Talvez ela estivesse conectada à casa e, nesse caso, não queria que o sr. Rogers o ouvisse fugir. Abriu a portinha com cuidado e sentiu medo ao ver que uma luz quente e fraca iluminava sua pele vinda do final de um corredor comprido, com as mesmas dimensões da porta. Examinou a abertura para tentar entender aonde aquele espaço, que parecia terminar numa claridade maior, levava.

De repente, no final do corredor, começou a escutar a melodia de uma cantiga infantil que reconheceu no mesmo instante. Era "London Bridge Is Falling Down", e uma voz delicada a cantarolava, fazendo com que ele se lembrasse da própria mãe. Também resgatou da memória a imagem de Olivia cantando essa música sem parar, enquanto construía e derrubava uma ponte feita com peças de Lego. Por um instante, esse túnel lhe pareceu aquele de que fala quem esteve perto da morte, e aquela luz, onde se reencontra com as melhores lembranças de sua vida. Talvez a morte fosse aquilo. Lembrar o que fez você feliz para passar toda a eternidade recordando o que realmente o tinha feito se sentir vivo. Conforme rastejava pelo corredor, conseguiu ouvir a letra da canção, muito diferente da que lembrava, e percebeu que se aproximava de algo mais terrível do que havia imaginado no começo. A voz cantava:

Life and hope is falling down,
falling down, falling down.
Life and hope is falling down,
My fair Lady.

Build it up with wounds and tears,
wounds and tears, wounds and tears.
Build it up with wounds and tears,
*My fair Lady.**

Ele chegou ao final do corredor pensando em Gina e na última vez que Ethan a viu com vida, seguindo para a casa do namorado, e então compreendeu tudo. Durante anos, a busca da jovem havia se concentrado numa premissa que sempre deram por certa, a de que ela nunca havia chegado à casa dos Rogers em Neponsit. Tudo se baseou em buscá-la nas imediações, pensar em quem poderia ter agarrado a garota no caminho entre a ponte Marine e a casa do namorado, ou pensar que talvez ela pudesse ter ido embora voluntariamente. Além das perguntas proto-

* "A vida e a esperança estão caindo,/ estão caindo, estão caindo./ A vida e a esperança estão caindo,/ Minha bela senhora.// Construa tudo com feridas e lágrimas,/ feridas e lágrimas, feridas e lágrimas./ Construa tudo com feridas e lágrimas,/ Minha bela senhora." (N. T.)

colares que fizeram a Tom, ninguém nunca considerou que Gina pudesse, afinal, ter chegado até a casa dos Rogers.

O prof. Schmoer apareceu de forma silenciosa no espaço subterrâneo de onde vinha a luz e viu uma mulher jovem de vinte e poucos anos e cabelos loiros abrindo portas e gavetas de uma cozinha rudimentar enquanto guardava um punhado de latas de conserva sobre uma tábua que servia de bancada. Ela usava um vestido azul-celeste longo, cuja barra estava escura por conta do contato contínuo com o chão. Jim se deteve incrédulo, como se tivesse visto um fantasma. A mulher continuava de costas para ele, pois não o tinha ouvido. Ela era esbelta, mas parecia se movimentar com gestos cansados. De repente, uma voz infantil gritou, assustada:

— Mamãe, um homem!

46.
Madrugada de 26 de abril de 2011
Miren Triggs

Um animal selvagem, mesmo à beira da morte,
não esquece como se morde.

Gritei com tanta força que senti minhas cordas vocais queimarem. Havia muitas coisas demandando minha atenção, como se elas não fossem capazes de esperar sua vez para me destruir: a morte, a dor no abdômen, o frio da lâmina dentro do meu corpo, e Ethan a pouquíssimos centímetros de mim.

Guiada por meu instinto, desferi a última mordida antes de perder tudo. Há sempre uma última esperança a que podemos nos agarrar.

Eu me estiquei o máximo possível, alonguei o pescoço, virei o torso na direção dele e mordi com força seu ombro. Ele havia cometido um erro ao se aproximar de mim, e cravei meus dentes com tanta força, com toda que me restava, que ele explodiu em um grito que senti reverberar nos meus tímpanos.

— Ah! — gritou.

Não o soltei. Não abri a mandíbula, não podia fazer isso. Como estava amarrada na cruz, aquela mordida era tudo o que eu tinha e não podia perdê-la. Não podia deixar que ele me abandonasse ali. Mesmo que morresse sangrando, ele estaria comigo até que não me restasse força para apertar a boca.

E então... ele tomou impulso para trás, tentando se safar, e me arrastou com ele. A cruz cambaleou, precipitou-se para a frente, e senti um formigamento na lateral do corpo que vinha do ponto onde ele tinha cravado a faca.

Estávamos caindo.

Foi então que percebi que o chão estava coberto de velas, e me dei conta de que era o fim. Pensei em Jim e no nosso beijo, em meus pais, no artigo que havia prometido a Bob, no inspetor Miller, que talvez tivesse caído na mesma armadilha que eu. Também pensei em Gina, me dando conta de que nunca a encontraria.

No desespero que Allison experimentou na cruz. Senti o gosto do sangue de Ethan em meus lábios e consegui intuir seu medo quando caí em cima dele. A cruz virou para a esquerda durante a queda e por fim se chocou contra o chão primeiro com o braço esquerdo, partindo a estrutura. Soltei minha mão esquerda, e essa súbita libertação me deu a sensação de ter uma arma carregada. Ethan tinha ficado preso debaixo de mim e, ao soltar meus dentes dele, percebi que não tinha muito tempo para tentar me livrar e sair de lá.

De repente, o garoto gritou com tanta força que parecia uma criança que acabava de ficar órfã.

Enquanto Ethan soluçava, lutei contra o nó que amarrava meu braço direito. Eu podia sentir o sangue dele escorrendo dos cantos da minha boca. Consegui. Eu precisava escapar. Não havia tempo.

Rolei para o lado e fiquei em pé com dificuldade. Ofegante. Minhas mãos tremiam. Procurei a saída com o olhar. Ethan se arrastou pelo chão e pegou de novo a faca, que tinha caído perto dele. Eu poderia ter tentado lutar, enfrentá-lo, mas encostei na ferida no meu abdômen e percebi que o importante era não perder tempo. Precisava pedir ajuda para alguém deter a hemorragia. Precisava me manter... viva.

E comecei a correr o mais rápido que podia.

Ethan soltou um grito que soou como um furacão ampliado pelo silêncio daquele espaço.

— Miren! — berrou. — Miren!

Saí e tudo estava iluminado pelo suave brilho da lua. Eu não sabia para onde correr nem como conseguir ajuda. Atravessei ofegante o matagal selvagem de Fort Tilden, que ficava paralelo ao mar. Respirava com intensidade, acompanhada do som das ondas, entre plantas e arbustos que açoitavam meus braços, mas eu mal sentia aqueles arranhões na pele. Eu estava quase morrendo. Não sabia quanto tempo poderia aguentar daquele jeito. Precisava contar tudo o que havia acontecido e encontrar alguém para pedir ajuda.

Tampei a ferida com a mão e continuei a andar, acometida por pontadas de dor, até que por fim vi uma seção de Fort Tilden que não estava cercada. Porém escutei os gritos dele, mais perto do que eu esperava.

— Miren!

Olhei para trás e o vi a cinquenta metros de mim. Cheguei a um tipo de estrada que margeava Fort Tilden perto do parque Jacob Riis, cheia de postes pretos que iluminavam de maneira intermitente meus passos cada vez mais cansados. Virei-me outra vez e percebi o rastro do meu próprio sangue, como o de um animal ferido prestes a morrer.

— Alguém me ajuda! — gritei, tocando minha barriga, um fio de sangue escorrendo entre as costelas. — Aguente, Miren! — sussurrei entredentes, desesperada. — Aguente, caralho!

"Pense rápido. Pense. Chame alguém. Peça ajuda, Miren, antes que seja tarde."

Percebi minha pulsação regurgitar meu próprio sangue, como se minha alma estivesse enjoada por causa das curvas desta última viagem. Foi um erro. É o fim.

Não

devia

ter continuado.

Não havia ninguém na rua, exceto pelos passos que seguiam os meus. A sombra aumentada pela luz dos postes crescia e desaparecia, repetidamente: grande, pequena, enorme, inexistente, gigantesca, etérea. Perdi-a de vista. Onde estava?!

— Socorro! — gritei outra vez numa rua deserta e escura, que me observava entre as sombras, cúmplice da minha morte.

Eu não estava com meu celular, e mesmo se estivesse qualquer ajuda chegaria tarde demais. Ninguém conseguiria me salvar da morte. Quem quer que eu chamasse agora, pedindo ajuda, só encontraria o cadáver de uma jornalista de trinta e cinco anos, catorze deles vividos com a alma congelada por uma noite fria e nefasta.

A iluminação dos postes sempre me levava de volta à dor que vivi em 1997, com meus gritos ecoando pelo parque enquanto soluçava, trêmula, por causa dos homens que me humilharam com tanta ferocidade e sorriam. Talvez tudo tivesse de terminar assim, sob a luz intermitente de outros postes, em outra ponta de Nova York.

Continuei a avançar. Cada passo era uma agulha afiada atravessando a lateral do meu corpo. A estrada comprida e escura pela qual eu me rastejava levava à Rockaway Beach, que estava deserta àquela hora. Ainda não havia amanhecido, os contornos da lua começavam a se confundir, e as primeiras luzes da alvorada iluminavam com tristeza as marcas de pegadas na areia.

Pelo menos o inspetor Miller poderia reconstituir meus últimos passos, se seguisse o meu sangue. Esse era o pensamento de alguém que estava prestes a morrer: considerar as pistas que poderiam identificar o assassino. Restos de DNA nas unhas, sangue da vítima no carro. Uma vez morta, Ethan me levaria para algum outro lugar, e eu teria desaparecido do mundo para sempre. Ficariam apenas meus artigos, minha história, meus medos.

Cheguei ao final da estrada, virei à esquerda e, com uma velocidade que dilacerou as fibras dos meus músculos já feridos, mergulhei em uma abertura nas estruturas de concreto de Fort Tilden.

Ninguém me pediu ajuda. Ninguém implorou que eu investigasse a história de Gina, mas uma parte de mim gritava para que eu a procurasse. Não sei como não percebi. Acho que precisava voltar... a sentir que minha alma estava em jogo. Pensei na foto de Gina e em quão estúpida eu tinha sido.

Procurei uma saída e tentei ficar em silêncio entre os suspiros que brotavam do meu peito. Escutei o som dos passos dele misturados ao vendaval. Sentia os grãos de areia atingindo minha pele, como balas perdidas em uma batalha.

— Miren! — gritou ele, colérico. — Miren! Pare de se esconder!

Se ele me encontrasse, seria o fim. Se ficasse ali, sangraria até a morte. Senti uma sonolência. A carícia da noite. O jogo da alma em meu coração. Voltei a pressionar a ferida, e um calor se espalhou pela ponta dos meus dedos. Fechei os olhos e apertei os dentes, tentando conter as pontadas em meu flanco, e um pensamento me fez abri-los de novo.

"Corra."

Do meu esconderijo, analisei as possibilidades e observei a cerca até o parque Riis. Se eu conseguisse saltá-la, poderia correr em direção às casas de Rockaway e pedir ajuda, mas o arame farpado ao longo de todo o perímetro do Fort Tilden seria capaz de me rasgar ao meio e derramar minhas entranhas se eu tentasse escalá-la.

Percebi que ele estava próximo. Não era o calor dele que eu sentia, mas a frieza. Seu corpo gélido, imóvel, a alguns passos de mim, sem dúvida observando com desdém o triste esconderijo que me protegia. Um filho de Deus regozijando-se com o cordeiro que iria sacrificar.

— Miren! — Ethan voltou a gritar, bem mais perto do que eu imaginava.

Então cometi outro erro. No momento exato em que ele gritou meu nome com a voz rouca, eu me levantei e corri uma última vez, tentando me agarrar à vida.

As imagens de Gina voltaram, seu doloroso passado. Eu a sentia tão perto que quase poderia acariciar seu rosto adolescente que sorria na foto usada para anunciar seu desaparecimento.

De repente, alguma coisa mudou. Durante alguns segundos, ele pareceu ter deixado de me seguir. Voltei à vida. Mas a sombra dele apareceu outra vez. Minha força falhou. Mal conseguia andar.

O rugido distante do mar me acompanhava na escuridão.

— Miren, não corra! — gritou ele.

Avancei pela praia com dificuldade, com a areia engolindo meus pés. Pulei uma pequena cerca de madeira gasta que servia para conter a areia e, por sorte, cheguei a uma rua asfaltada repleta de casas com as luzes apagadas que ligava o centro de Neponsit à praia.

Bati à porta da primeira casa, mas estava tão cansada que mal respirava. Bati de novo, quase sem força, mas não parecia que tivesse alguém lá dentro. Olhei para trás, desesperada, temendo que ele aparecesse de novo, mas não o vi em nenhum lugar. O rugido do mar voltou. Uma onda reconstruiu os pedaços da minha alma. Estava segura? Avancei para a casa seguinte e a reconheci de imediato. Ali sem dúvida encontraria ajuda. Corri o mais rápido que pude, passei pelos pilares arredondados da varanda e esbarrei na porta enquanto batia nela com os nós dos dedos. Felizmente, uma luz acendeu lá dentro.

Minha salvação.

— Socorro! — gritei, recobrando as forças. — Chame a polícia! Ele está me seguin…

Uma mão puxou a cortina atrás do vidro da porta, deixando à mostra o rosto envelhecido de uma mulher de cabelos brancos com ar de preocupação que me parecia familiar.

— Socorro! Por favor!

Ela olhou para mim arqueando as sobrancelhas e me deu um leve sorriso pouco reconfortante.

— Meu Deus, o que aconteceu com você, minha filha? — disse ela enquanto abria a porta e deixava à vista a camisola branca que vestia. — Esse machucado parece feio, querida — acrescentou, com a voz calorosa. — Deveria chamar uma ambulância.

Olhei para meu abdômen. Uma poça vermelha inundava minha camiseta até o quadril. Tinha as mãos manchadas de sangue. Pensei outra vez que Jim descobriria que eu havia chegado até lá, embora fosse melhor que não o fizesse. Assim, estaria seguro. Assim, ao menos um dos dois continuaria vivo.

— Não estou… não estou bem — falei entre suspiros cada vez mais fracos.

Engoli saliva com gosto de sangue antes de tentar falar de novo, mas escutei passos atrás de mim e tudo se precipitou, sem que desse tempo de eu me virar.

No mesmo instante em que a senhora olhou por cima da minha cabeça, percebi uma sombra ao lado do batente da porta, senti o frio de sua mão áspera tapar minha boca e, de repente, a força de seu braço envolver meu corpo.

E então me dei conta de que tudo estava prestes a acabar.

47.
Neponsit
Madrugada de 26 de abril de 2011
Jim Schmoer

Por acaso existe um lugar mais escuro do que a solidão?

A jovem se virou e fixou os olhos em Jim com uma expressão de tanta incredulidade e surpresa que os dois ficaram alguns segundos imóveis, sem saber como agir.

— Quem é você?! — perguntou por fim a jovem. — Cora, fique aí!

Uma parte dela parecia pedir ajuda com o olhar, a outra parecia se sentir ameaçada.

— Gina? — sussurrou Jim, com a voz entrecortada. — Gina Pebbles?

Ela começou a ofegar, e seu lábio inferior tremeu antes que conseguisse responder àquela pergunta. Havia anos que ninguém além do sr. Rogers pronunciava seu nome completo. Engoliu em seco antes de assentir.

— Você está... está viva... — murmurou Jim, com dificuldade.

Ele não conseguia acreditar. Jim desviou a atenção para a criança e compreendeu que a pequena havia nascido ali. O professor examinou o espaço todo e identificou um beliche e, num dos cantos, um vaso sanitário, junto com um chuveiro. Havia uma televisão de vinte e seis polegadas de tubo catódico em cima de um videocassete, ao lado de uma pilha de fitas da Disney. No centro, uma mesa com pratos e talheres de plástico manchados. Em outro canto, vários brinquedos de madeira estavam espalhados e, ao vê-los, Jim se lembrou da casinha de boneca que o sr. Rogers tinha na garagem.

— O sr. Rogers prendeu você... — disse ele, tentando recompor o quebra-cabeça. — Mas... por quê?

— Por favor... não nos machuque — respondeu Gina, assustada. — Por favor...

— Eu? Não, não vou fazer nada com vocês. Pelo amor de Deus... não. Eu estava procurando você e... — interrompeu o que ia dizer. — Eu me chamo... Jim Schmoer... trabalho na universidade. Sou... jornalista. Acompanhava seu caso e...

O professor estava tão surpreso em vê-la que lhe custava compreender que ela estava assustada demais com a presença dele, nem mesmo se deu conta de que Gina dava passos para se aproximar da criança.

— Você veio aqui e... ele a trancou neste lugar... meu Deus... — disse Jim, antes de levar as mãos à boca, quando compreendeu há quantos anos ela estava ali e o que isso significava. — Temos que sair daqui, não importa o que aconteça.

— Sair? — exclamou ela, prestes a chorar.

Ela se abaixou para abraçar a criança. Por um segundo, o rosto de Gina se iluminou. Sonhava com aquilo desde o instante em que o sr. Rogers a arrastara para aquele lugar.

— Mamãe, quem é esse homem? — perguntou a criança, assustada.

— Ela é... sua filha? — perguntou Jim com um nó na garganta, tentando entender toda a história.

Ela falava com medo, como se estivesse diante de uma bolha que a qualquer momento poderia estourar. Gina voltou a assentir, em silêncio, ainda com a criança nos braços.

— Mas... como... — Perguntas não paravam de surgir na mente de Jim, e todas pareciam ter uma resposta impossível.

— Como você entrou aqui? — perguntou Gina de repente, num sussurro que mais parecia um tiro, enquanto acariciava os cabelos castanhos de Cora. — Onde está Larry?!

— Larry? — Jim não o conhecia por aquele nome.

— Larry... Rogers. Onde ele está?!

— Ele me... me trancou no porão da oficina — admitiu Jim. — Desci e... ele fechou o alçapão do outro lado do corredor.

Gina suspirou, desolada. Parecia entender perfeitamente o que aquilo significava. Durante todos os anos que havia passado ali, ela tinha conseguido atravessar a porta de metal no fim do corredor apenas três vezes, mas nunca adiantou nada. O sr. Rogers era mais forte que ela, e nunca tinha havido uma chance real de fuga.

Na primeira vez em que Gina conseguiu passar para o outro lado da porta, atacou-o pelas costas, mas foi inútil. A oportunidade havia surgido por um descuido do sr. Rogers, que não trancou a porta branca ao sair, depois de trazer comida e fraldas para o próximo mês. Gina se preparou pacientemente dia após dia, aguardando seu retorno. Quando ele enfim voltou, sua esperança de escapar se desfez no instante em que Larry sentiu o golpe como se fosse apenas um arranhão. Isso aconteceu em 2003, quando Cora só tinha alguns meses de vida, e Gina desejava com todas as forças escapar e dar um futuro para a filha. Depois de receber o golpe, no lugar de lutar com ela ou procurá-la na escuridão, Larry correu na direção de Cora, que, naquele momento, começou a chorar. Ela estava enrolada numa manta num canto, esperando que a mãe conseguisse se livrar dele para escaparem juntas daquele pesadelo.

— Seu irmão achou que você tinha ido embora... — disse Jim, tentando fazer com que Gina percebesse que ele conhecia toda a sua história. — Temos de sair daqui. Muita gente ainda procura você.

— Você conhece o Ethan? — sussurrou ela, surpresa.

Uma lágrima deslizou por seu rosto. Ela e Ethan cresceram unidos pela dor e, no fim, também foram separados por ela.

— Falei com ele. Você não imagina o quanto ele sente a sua falta...

— Ethan... — disse ela, deixando o olhar se perder nos recônditos da memória.

— O que aconteceu, Gina? Como você acabou aqui? — perguntou Jim, que precisava enfim entender o que havia acontecido.

— Larry é... o pai de Tom, meu... meu antigo namorado.

— Sei disso — afirmou Jim.

Gina hesitou antes de falar. Abraçou Cora com força, e a menina parecia se sentir protegida nos braços da mãe. Cora tinha olhos verdes intensos que encaravam Jim como se ele fosse um fantasma.

— Tudo começou a desmoronar poucos meses antes de eu acabar aqui, sabe? Tenho pensado muito nisso, e agora tudo indica que este... poço sempre foi o destino. Pessoas boas nem sempre vivem coisas boas, entende? Às vezes, os demônios as destroem. Às vezes, eles escolhem alguém e o arruínam apenas por prazer. Começou quando minha mãe morreu pelas mãos do meu pai.

— Eu achava que... eles tinham morrido num incêndio.

— Ethan ateou fogo depois que meu pai a asfixiou com as próprias mãos. Eu vi tudo. Lutei com ele, mas... não consegui fazer nada. Meu pai estava bêbado, e Ethan... o queimou. Juramos guardar esse segredo para que não nos separassem.

O prof. Schmoer prendeu a respiração enquanto a escutava.

— Acabamos na casa dos meus tios e parecia que tudo ficaria bem, mas... eles estavam cegos pela fé. Não sei se você sabe o que é isso. Eles nos matricularam em Mallow, e todos os dias nos submetiam a... castigos agressivos. Nossa tia nos batia por cometermos erros nas orações, nos fazia rezar até cairmos esgotados de sono. Mas aguentávamos. Eu queria cuidar do meu irmão. Não queria que nos separassem.

Jim suspirou e compreendeu que a atitude esquiva dos tios era na verdade um escudo diante da realidade. Ainda que tivessem admitido bater na sobrinha quando ela fugiu com Tom, Jim não se surpreendeu com a história bem diferente que Gina contava.

— Seus tios a procuraram, Gina. Ficaram aflitos com o seu desaparecimento. Sei que ficaram péssimos, embora... talvez se sentissem culpados. Eles me contaram sobre a surra que deram em você quando fugiu com seu namorado, Tom.

Gina abaixou o olhar por um segundo, como se escutar aquele nome fosse algo cheio de contradições para ela.

— Conheci Tom no colégio. Ele era bom. Tinha um bom coração... Pelo menos foi o que achei na época. Depois de tudo o que tinha acontecido, os abusos do meu pai, a morte da minha mãe e o incêndio da minha casa, Tom me fez voltar a ter esperanças. Me... apaixonei por ele. Bom, nos apaixonamos, acho. Passávamos o tempo todo juntos. Nos tornamos... inseparáveis. E... um dia meus tios nos pegaram nos beijando no meu quarto — Gina bufou, como se tivesse se lembrado de um grave erro que agora parecia uma simples casualidade. — Para meus tios, aquilo pareceu imperdoável, e eles me obrigaram a terminar com ele. Não queriam mais que nos encontrássemos. Naquela mesma tarde, fugi de casa e vim ver Tom. — Gina se deteve para tapar os ouvidos de Cora. — Transamos — cochichou ela —, e, depois, como se nada tivesse importância, ele me disse que eu deveria voltar para casa.

— Você engravidou — exalou Jim.

— Naquela noite, Tom pediu para o pai dele me levar de volta para casa de carro — voltou a bufar e acariciou as costas da mão de Cora com o polegar, como se esse simples gesto lhe desse forças para continuar. — E durante o caminho ele falou comigo sobre como se sentia sozinho. Que a mulher o havia abandonado e que... tinha me visto... com o filho dele.

Jim sacudiu a cabeça.

— Não precisa continuar — disse ele.

— Nunca sairemos daqui. É melhor você saber que tipo de demônio lhe dará o que comer.

O professor assentiu, embora percebesse em que direção aquilo iria.

— Ele me... violentou no carro. Na verdade, acho que não lutei o suficiente. Isso sempre me atormentou. E se eu tivesse gritado? E se tivesse tentado escapar? Mordido com força? São perguntas que perseguem a gente a vida toda. Ele parou o carro no meio do nada, numa estrada isolada perto de Fort Tilden e... eu não teria como fazer muita coisa. Ele é um homem forte. Vivi aquilo como se não fosse meu próprio corpo. Dentro dele, mas ao mesmo tempo do lado de fora. Depois ele me deixou na casa dos meus tios, e eles me receberam em nome do mesmo Deus de sempre. Eu estava chateada com eles, mas também com o mundo por acabar comigo. Como podiam estar tão... cegos? Se Deus estava presente quando Larry pôs as mãos em mim, parecia se regozijar com meu sofrimento.

— Isso foi antes de você acabar aqui? — sussurrou Jim.

— Durante as semanas seguintes, eu não soube como me comportar com o Tom. Queria contar para ele, mas me senti incapaz, então me afastei. Afinal, era o pai dele. Inclusive pensei que tudo tinha sido minha culpa, sabe? Até que ponto chega a loucura. Até você se sentir culpada por ser mulher. Também senti que ninguém acreditaria em mim. Penso nisso agora e vejo que eu só estava com muito medo.

— Temos de sair daqui — Jim a interrompeu. — Não importa como.

— E então tive um atraso e, depois de poucas semanas, vomitei na sala de aula. O mundo caiu sobre mim quando fiz um teste e deu positivo. Eu tinha de contar para o Tom. Mais cedo ou mais tarde, ele saberia. Disse que precisava falar com ele e nos encontramos à tarde depois do colégio. Ele sugeriu que conversássemos na casa dele. Eu... não queria voltar a ver Larry, mas... ele me disse que o pai estaria trabalhando e que poderíamos conversar sem ninguém nos interromper. No colégio, teriam me chicoteado se descobrissem. Eu... precisava contar o que o pai dele tinha feito comigo e pedir ajuda para decidir... Precisava que... que alguém me dissesse que não era minha culpa.

Ela parou alguns instantes e olhou fixamente para Jim.

— Lembro daquele dia como se fosse ontem — continuou Gina. — Desci com meu irmão do outro lado da ponte, porque ele tinha ficado enjoado, e me faria bem pensar o que exatamente dizer ao Tom. Naquele dia, o céu estava cheio de pequenas nuvens, e eu fiquei parada com Ethan na ponte durante vários minutos para observá-las. Ele era pequeno. Não sabia de nada, mas me perguntou várias vezes se eu estava bem. Depois... me despedi dele e pedi que fosse para casa, porque eu precisava encontrar o Tom. Foi a última vez que o vi. Lembro que parei para ver um... um quadro pintado por um velho que vivia no estacionamento. Era... um quadro de um amanhecer sobre o mar e estava repleto de cores intensas: laranja, vermelho, azul, violeta... mas, para mim, pareceu a imagem mais triste que eu já tinha visto na vida. Me lembrou do novo começo que eu deveria ter tido após a morte do meu pai. Depois que o sol nascesse, tudo se encheria de luz e o dia começaria, mas aquilo tinha sido na verdade um entardecer, que foi seguido de todos os pesadelos. Cheguei à casa de Tom chorando e parei na varanda para tentar me acalmar. Porém, antes que eu tivesse tempo de fazer isso, Larry, que vinha correndo da garagem, se lançou sobre mim. Eu fiquei imóvel, incrédula por vê-lo. Quando Tom me disse que o pai estaria trabalhando, não pensei que fosse em casa. Aconteceu tudo tão... rápido. Ele me perguntou o que eu fazia ali, se havia contado para alguém, se pensava em contar. Eu... hesitei. Estava tremendo e... hesitei. Acho que ele viu em meus olhos. Não sei se foi o pânico que senti, mas um simples gesto mudou tudo. Toquei minha barriga, temendo que algo acontecesse com... ela — declarou, abraçando Cora com carinho.

— E ele a arrastou para cá — sussurrou Jim.

Gina afirmou com a cabeça.

— Ele me disse que não podia permitir que Tom soubesse o que tinha feito comigo. Ele me pegou como se eu fosse um saco e me jogou por aquele alçapão, o mesmo por onde você entrou. Fiquei inconsciente. Quando acordei, passei um dia inteiro sozinha, gritando. Mas ninguém me ouvia.

— Estavam procurando você por toda parte, Gina.

— Ele só voltou para jogar comida lá de cima. Eu dormia no chão, fazia minhas necessidades num balde. Conforme minha barriga crescia, ele se sentia mais e mais culpado, e começou a trabalhar para ampliar o porão enquanto eu o observava, tentando analisar como escapar. Ele descia com algumas ferramentas e uma lâmpada e... construiu este lugar. Cora nasceu nesta cama. — Ela abaixou os olhos e apontou para o beliche no canto. — O... maldito nunca me perguntou nem como ela se chama. Melhor. Prefiro que ele não saiba nada sobre ela. Não terá esse poder.

— Meu Deus — disse Jim, que tentava recompor os nove anos que Gina havia passado ali dentro, mas era incapaz de imaginar tal dor. De repente, recordou o comentário da sra. Evans sobre as obras que o sr. Rogers tinha feito na casa e compreendeu também por que de súbito ele se negou a vendê-la. — Quem é o pai de... Cora?

— Isso importa? — replicou Gina. — Ela é tudo o que eu tenho. Não quero saber.

E era verdade. Cora havia se tornado a única razão pela qual Gina continuava viva. Pouco importava o que acontecesse, contanto que a menina estivesse bem.

De repente, Cora se levantou e se aproximou de Jim.

— Quer ver meus brinquedos? — disse ela, num tom quase jovial, como se tivesse entendido que ele não iria machucá-la.

Ela lhe deu a mão, e ele sentiu um calafrio na nuca que foi até o coração e se tornou uma pontada. Gina observou emocionada a filha e fez uma careta para o prof. Schmoer enquanto enxugava as lágrimas.

— Posso perguntar uma coisa, Gina? — disse Jim, enquanto deixava que a menina lhe trouxesse um pequeno trem de madeira.

— Guarde alguma pergunta para os próximos anos. Não acredite que vamos sair logo daqui.

— Ele continuou descendo para...? — Não conseguiu continuar a frase.

— Não. Acho que pelo menos ele respeita o fato de eu ter a Cora.

Jim respirou aliviado. O pesadelo era monstruoso, mas aquilo parecia resolver o drama adicional que implicaria transformá-la numa... escrava. Não que fosse mais alentador ser uma prisioneira, mas a renúncia que o próximo nível horrível exigia poderia ter se transformado num pesadelo e num terror noturno permanente, com sua alma gritando e chorando a cada minuto sem consolo.

— Com que frequência ele desce? Quanto tempo nós temos?

— Depende. Às vezes ele desce a cada duas semanas. A cada mês. Traz comida, vitaminas e medicamentos. Temos água corrente.

— O quê? Duas semanas? Não! Temos de sair já daqui — declarou Jim.

— Por acaso você tem um plano? — contestou Gina, com um gesto de preocupação. — Já tentei de tudo. É impossível abrir aquele alçapão. Não pense que conseguirá levantá-lo e fugir. Se está fechado, não tem o que fazer. Aqui não tem janela e nenhum outro jeito de sair. Tem um... aparelho que dá choque. Por acaso acha que já não tentei? Viu que ele não tem um dedo? Fui eu. Arranquei-o com uma mordida. Foi a vez em que estive mais perto de fugir, mas... não consegui. Ele me deu um choque e caí no chão. Cora tinha três anos. Agora... perdi as esperanças, sabe?

— Escuta, Gina. Nós vamos sair. Cora não pode viver aqui, e você não pode ser prisioneira de ninguém. Está entendendo? Ninguém merece isso. Temos de encontrar um jeito.

De repente, a pequena Cora se afastou dele em silêncio, foi para o corredor e pegou do chão um objeto caído perto do pequeno túnel. Era o celular de Jim, que ele devia ter derrubado enquanto andava agachado.

— Quem é Olivia? — disse a pequena, que leu a tela e analisava o telefone com interesse.

— Olivia? Minha... minha filha — respondeu Jim, confuso.

— E por que Olivia está tremendo? — perguntou Cora, curiosa.

— Tremendo? Como assim...? — perguntou Jim, desviando o olhar para a menina.

A pequena virou o telefone para ele e mostrou a tela, onde era possível ler "Chamada recebida". Olivia estava ligando.

— Deste lado há sinal — exclamou Jim, surpreso.

48.
Madrugada de 26 de abril de 2011
Miren Triggs

Toda a vida procurando a verdade,
e ela sempre esteve dentro de mim mesma.

O braço que me rodeia não é o de Ethan. O que está acontecendo? Quem está me agarrando?

Adivinho a morte nos olhos da velha, no vazio do meu peito, no meu último suspiro preso pela mão que cobre minha boca.

— Mas, Larry, o que você está fazendo? Temos de ajudar esta jovem — disse a senhora.

E de repente, sem querer, percebo o grande erro que cometi vindo aqui.

A sra. Adele Rogers me olha com uma mistura de surpresa e incredulidade. Lembro-me de tê-la visto nas buscas organizadas para encontrar Gina. É a avó de Tom, o namorado que a adolescente tinha na época que desapareceu. A adrenalina faz com que eu reconstrua tudo em câmera lenta e consigo ver um flash em minhas recordações dela sentada numa das mesas do Good Awakening opinando sobre onde procurar a garota. Vê-la agora faz com que eu me sinta reconfortada, apesar de saber que tudo vai acabar. Ao fim e ao cabo, percebo em seu olhar a sensação de que é uma boa pessoa e que se preocupa comigo.

— Larry! Não vê que ela está machucada? — diz ela, confusa.

— Cala a boca, mãe! — vocifera ele, furioso, enquanto me arrasta para trás e me leva com velocidade para um canto da casa, com meus pés pendurados a trinta centímetros do chão e a boca coberta por seus dedos ásperos e grossos com cheiro de serragem.

— Larry! Mas é que... Você perdeu a cabeça? Esta garota precisa de ajuda! O que você está fazendo?

Sinto-me fraca e mal posso lutar contra os braços robustos de Larry. O que está acontecendo? Por que ele me carrega assim? Mal consigo pensar. Ele abre a garagem e me joga no chão como se eu fosse um monte de lenha para cortar. Bato o joelho contra as pernas de uma mesa de trabalho, e o impacto no chão de cimento polido se mistura com o do ferimento e destroça meu quadril.

— Ah! — grito. — Por que... está fazendo isso? — pergunto para ele, assustada.

Vejo-o em cima de mim, e parece três vezes maior do que eu. Neste momento, não passo de um cachorrinho ferido e indefeso. Larry tem uma veia saltada na têmpora e o rosto vermelho de raiva. Ele caminha colérico, de um lado para o outro da garagem, que parece ter sido transformada numa oficina de carpintaria, com uma energia tão descontrolada que bate com a cabeça numa luminária pendurada no teto, cuja luz começa a oscilar, e essa escuridão intermitente marca o ritmo do meu coração.

Larry se dirige para uma mesa cheia de ferramentas, pega algo ali e, um instante depois, vejo que é uma chave de fenda que ele não demora em pressionar contra meu pescoço. Sinto a ponta dela se insinuando para dar em mim o golpe final.

— Você veio com ele, certo? — grita Larry, inundado pela fúria.

— O quê...? — pergunto, com dor. — Por favor... me ajude.

— Por que você veio até a minha casa?! Também é jornalista, certo? Como aquele cara de óculos!

Ele se aproxima para ver meu rosto semioculto pela máscara de tinta que tinha escorrido para meus lábios.

— Você está... sangrando... — disse ele de repente ao notar minha barriga, encharcada de sangue.

— Peça ajuda, por favor. Chame... uma ambulância — sussurro. — Não sei se consigo aguentar mais tempo. Estou começando a ficar enjoada. Preciso de um médico.

Ele se endireita de novo e respira fundo. Percebe que suas mãos estão manchadas com meu sangue, e sinto que seu nervosismo se transforma em pânico.

Não sei por que Larry me agarrou daquele jeito, embora eu não tenha muita energia para pensar nisso. As paredes estão tremendo, o chão se move. Tusso e mancho o chão de sangue. Isso não parece bom. Acho que vou morrer. Percebo isso no meu coração, que bate cada vez com mais intensidade, como se estivesse galopando selvagemente para o precipício onde a luz se apaga. Talvez eu encontre algo naquela escuridão, mas, agora que pressinto o fim, descubro quanto estava errada. Eu não estava morta em vida, porque, no fundo, agora temo perder todas as emoções que sempre acreditei sentir de longe, envoltas em tristeza. Porém, na verdade, elas sempre estiveram dentro de mim, como a moldura de uma pintura que define quem sou — onde residem minhas sombras, em quais pontos brilham minhas luzes e com quais cores me revelo ao mundo. As minhas cores são escuras, sombrias, por ter navegado durante tanto tempo na tristeza, mas enfim compreendo que, até com a minha maneira de ser, aproveito e sofro as coisas com os matizes que minha própria pintura me proporciona. Afasto os homens porque me sinto como um brinquedo quebrado; fico obcecada com buscas porque preciso encontrar a mim mesma; gosto de estar sozinha porque realmente aproveito a oportunidade de passar o tempo conhecendo os recônditos do meu coração...

— Por favor... — peço com as últimas forças que consigo juntar —, me ajude... — sussurro com dificuldade.

— Diga! O que você sabe? Vocês vieram juntos? Quem fez isso com você?

— Jun... tos? — Está difícil respirar. Não entendo a pergunta.

— Que merda, que merda! — grita ele.

Ele leva as mãos à cabeça e depois dá um murro forte na mesa.

— Tenho de fazer você descer — diz ele. — Não posso levá-la a nenhum lugar. Está entendendo? Não posso correr o risco de que... investiguem isso. Eles vão ver o sangue e... vão querer saber se eu fiz algo com você. E... vão encontrar os outros.

— Quem...? — murmuro, semicerrando os olhos.

Ele se afasta alguns metros e se agacha perto de um alçapão, que, após destrancá-lo, abre com dificuldade. Parece ter pressa, como se não quisesse que algo escapasse dali debaixo.

— O que... você vai fazer... Por favor... preciso...

De repente ele deixa escapar, e então eu entendo tudo:

— Não posso permitir que encontrem a Gina — resmunga entre os dentes, como se pensasse em voz alta.

Ouvir de Larry Rogers o nome de Gina dá sentido a cada um dos movimentos que tinham me trazido até aqui. A resposta sempre havia estado na mesma casa que fora descartada pela primeira investigação. Reúno com dificuldade energia suficiente para olhar no rosto dele e compreender que ele sempre tinha sido a peça que faltava no quebra-cabeça.

Ethan havia dito a verdade: ele não tinha machucado a irmã. Nem mesmo Mallow ou os Corvos de Deus pareciam ter algo a ver com seu final trágico.

— Gina veio parar aqui, certo? — digo com o último respiro que tenho.

Ele se detém e me encara com olhos cheios de tristeza.

— Eu sabia que você tinha vindo procurá-la, assim como ele... — sussurra, como se desde o primeiro momento soubesse que eu queria ouvir esta frase.

— Como... ele...?

Ele se curva sobre mim, me levanta como se eu não pesasse nada e me leva mais perto do alçapão. No entanto, exatamente quando ia me jogar lá embaixo, uma voz soa em nossas costas.

— Pai?! O que está fazendo, pelo amor de Deus?! — grita Tom.

— Cala a boca, Tom! Depois eu explico! Me ajude a descê-la! Rápido! O alçapão está aberto, e ele pode... — protesta ele, agressivo.

Penso em Adele Rogers e desejo que, assustada, ela esteja chamando a polícia. Talvez ela tenha avisado o neto.

— Descê-la? Aí? — interrompe Tom, confuso. — Pai... esta mulher precisa de ajuda. Temos de chamar uma ambulância. — Depois, após me olhar nos olhos, ele exclama: — Você é... a jornalista. Que nos ajudou a procurar a Gina...

— Me ajude a descê-la, caramba! Por acaso você quer perder tudo? Porque é o que vai acontecer se alguém vier e investigar aqui.

— Perder tudo? Do que você está falando, pai? Que diabos está acontecendo com você? A vovó está assustada. E agora você está me assustando.

— Tom! — grita ele. — Não decepcione seu pai. Eu fiz tudo por você, sabia? Tudo!

— Mas, pai... — A voz dele treme.

Eu não tenho forças para me mover.

— Venha. Pegue pelas pernas e a jogamos ali. A abertura é estreita.

— Se não a ajudarmos, ela vai morrer, pai. Olhe como está sangrando.

Ele tem razão. Estou prestes a fechar os olhos, talvez para sempre, e, na verdade, odeio que os braços que me seguram não sejam os de Jim. Parece até que o vejo entre as sombras, como se fosse uma recordação que se projeta na escuridão onde Larry Rogers quer me sepultar.

E, de repente, a projeção de Jim entre as sombras se move e grita com força, lançando-se sobre Rogers. É real. É ele. Como se fosse um anjo que surge das profundezas dos meus medos para devolver para mim uma esperança simples e firme, ou uma última lembrança antes de eu partir. Então compreendo a quem o sr. Rogers se referia ao me perguntar se tínhamos vindo juntos.

— Jim... — sussurro, animada pela primeira e última vez.

Jim golpeia o rosto do sr. Rogers com algo de metal que brilha em sua mão, num gesto em que consegui perceber raiva e desespero. O impacto faz com que ele cambaleie e me deixe cair. Durante a queda, penso em tudo o que tive, viajo para minhas recordações e para a vida que perdi. Um instante depois, após bater a cabeça no chão, tudo se funde em escuridão.

49.
Madrugada de 26 de abril de 2011
Jim Schmoer

O final das histórias nunca é o que a gente quer,
mas o que sempre foi inevitável.

O prof. Schmoer atendeu a ligação da filha com desespero, arrancando o celular das mãos da pequena Cora, que se assustou quando ele se lançou sobre ela.

— Olivia!

— Pai! Como você está? Minha mãe me disse que... você perguntou por mim.

— Amorzinho! Preciso que você peça ajuda. Por favor. Um homem me sequestrou.

— O quê?

— Por favor. Anote este endereço. Chame a polícia. Você tem um papel e uma caneta à mão? Rápido!

— Do que você está falando, pai? Está me assustando.

— Amorzinho! Faça o que lhe peço. Chame a polícia e peça ajuda. Estou preso no porão de uma garagem, no número 16 da rua 149 de Neponsit.

A voz de Olivia, do outro lado da linha, falhou, como se fosse um prato rachado incapaz de suportar a pressão daquelas palavras.

— Pai?

— Número 16 da rua 149 de Neponsit — repetiu Jim, desesperado.

De repente, eles ouviram o som da fechadura do alçapão vir do corredor.

— Venha! — exclamou Gina, assustada, pois reconhecia aquele som como se fosse um filhote de cachorro que conhecia o barulho do saco de ração.

A pequena Cora correu para um canto e se escondeu embaixo de uma coberta. Jim olhou para o buraco por onde havia entrado.

— Amo você, Olivia — sussurrou antes de deixar o celular em cima do balcão, interrompendo-a.

O professor se abaixou para passar pelo corredor e chegou ao outro lado. Ouviu as vozes de Tom e do sr. Rogers lá fora e agarrou a primeira coisa que conseguiu de uma das prateleiras onde estavam empilhadas as latas de conserva que alimentavam Gina e Cora. De início, ele pensou em se esconder na escuridão e atacá-los de surpresa quando descessem, mas, ao observar o alçapão aberto, viu Miren ferida, desmaiada, nos braços do sr. Rogers.

Subiu a escada e no meio do caminho se deteve por um segundo, ainda na penumbra, para encontrar o momento certo. Não sabia o que conseguiria, mas não teve nenhuma dúvida de que era melhor lutar até o último instante e não se resignar. Além disso, viu os olhos de Miren fixados nele antes de ela se perder no limbo da morte. Viu que ela tinha sangue na boca. Que seus olhos estavam pintados de preto.

E, sem hesitar, saltou sobre Larry e o golpeou no rosto com a lata, fazendo com que Miren caísse no chão. O sr. Rogers cambaleou e caiu para trás, colidindo com a chapa de uma de suas máquinas. Jim berrou de raiva.

— Pai! — gritou Tom, confuso.

O jovem não teve tempo de terminar a pergunta antes de Jim se lançar outra vez sobre seu pai, agarrando-o pelo pescoço.

— Tom... — disse Larry, com dificuldade. — Me ajude...

O ataque de Jim o pegou de surpresa e o atordoou o suficiente para que, durante alguns instantes, ele ficasse à sua mercê.

Tom observava tudo de olhos arregalados, como se estivesse vendo um fantasma. Não entendia por que o pai queria esconder aquela mulher ferida e menos ainda por que o jornalista com quem havia falado horas antes havia surgido do alçapão e o atacado. Ele sempre tinha pensado que aquele buraco era apenas um depósito de serragem e um local onde o pai guardava utensílios de trabalho.

E então Jim disse algo que revelou a verdade, como um redemoinho que destrói uma vida inteira de enganos. Para qualquer pessoa, um quebra-cabeça tem o mesmo final, mas a peça que faz com que tudo ganhe sentido nunca é a mesma para quem tentou resolvê-lo.

— Por que você fez isso com a Gina? — gritou Jim numa explosão.

— Gina? — murmurou Tom.

Ouvir o jornalista acusar o pai foi a peça dele. De repente, compreendeu todas aquelas vezes que o sr. Rogers se fechava para trabalhar na oficina, trancado a sete chaves, e sua recusa em se mudar de casa. Inclusive como insistiu para o filho focar nos estudos e esquecer Gina na época em que ela desapareceu.

— Por quê? — perguntou outra vez Jim.

— Pai...? Mas o que você fez? — sussurrou Tom, incrédulo.

Em sua mente, tudo era tão confuso que ele ficou imóvel procurando em seu cérebro os momentos em que o pai tinha se comportado de modo estranho. Agora, ali, eles pareciam explodir todos no ar de uma vez, irrompendo de sua memória.

De repente o sr. Rogers girou o corpo e conseguiu se safar de Jim, o empurrou e o fez deitar sobre a mesa. Com agilidade, Larry conseguiu criar uma distância entre ambos e se dirigiu, nervoso, ao filho.

— Tom! Eu posso explicar — exclamou ele, com uma entoação que parecia ficar entre o desespero e o socorro.

Então, aconteceu.

Uma mão esbranquiçada e de dedos finos apareceu no alçapão. Em seguida surgiu um braço delgado e, por fim, a cabeça de Gina, cujos olhos trêmulos e brilhantes encontraram os de Tom. Ele a reconheceu na mesma hora. Na verdade, em suas lembranças muitas vezes rememorou o que havia sentido por ela quando estavam juntos e, à noite, às vezes como sonhos muito vívidos, ele reviveu as carícias e o amor adolescente que nunca mais havia tido igual.

— Gina... — disse ele com um fio fino de voz.

— Gina... — repetiu outra voz masculina vinda da porta.

Jim dirigiu o olhar para lá e viu Ethan empunhando uma faca na mão direita e com o olhar fixo na irmã, incrédulo. Ele havia seguido Miren e não soube o que fazer quando viu que o sr. Rogers a pega, e leva, rapidamente para a garagem. Permaneceu alguns instantes abaixado num canto, mas, ao ver o Tom sair correndo de dentro da casa, conectou aquele lugar ao destino da irmã. Caminhou assustado até a oficina, nervoso por antecipar o que encontraria. Compreendeu o comportamento do pai de Tom ao ver da porta a luta, a discussão e, por fim, o rosto de Gina reaparecer assustado.

— Ethan... — sussurrou ela.

Gina subiu o último degrau da escada e saiu com cuidado. Levantou as mãos na direção de Larry para que ele não a atacasse.

— Larry... deixe-nos ir embora. Por favor — pediu Jim, nervoso. — A polícia está a caminho.

— Você está mentindo — respondeu ele, colérico.

Ele não conseguia entender como, depois de anos sem cometer nenhum erro, de repente tudo havia desmoronado com as simples perguntas de um jornalista que estava procurando Gina. Larry se sentia encurralado, e Jim pensou que seria atacado a qualquer momento, como se fosse um javali pronto para destruir tudo em seu caminho para escapar com vida de uma espingarda prestes a atirar nele.

— Gina... — repetiu Ethan. Sua mente foi para aquela noite em que escaparam das chamas, quando ele era criança, e se lembrou do fogo, da ira, da vingança...

Apesar da evidente mudança que seu irmão havia experimentado desde que se despediram aquela última vez na ponte, Gina o reconheceu de imediato.

O formato das sobrancelhas, a cor dos olhos ou a forma como o nariz terminava numa espécie de azeitona, como ela sempre o chamava carinhosamente. Gina sentiu um relâmpago no peito, como se vê-lo outra vez a fizesse regressar àquele momento, tão distante no tempo que parecia um sonho, em que disse a ele: "Vejo você em casa". Durante um tempo, ela refletiu muito sobre aquela última frase inocente e que, se soubesse o que aconteceria, o teria abraçado com força e prometido que nunca deixaria de pensar nele. Mas Ethan já não era mais o mesmo.

O som do vento vindo do oceano passou pelas frestas da madeira, provocando um assobio cuja melodia parecia acompanhar os finais dramáticos. De repente, Ethan entendeu que os culpados pelo desaparecimento da irmã eram o sr. Rogers e o filho e sentiu uma fúria incontrolável.

— Foram vocês! — gritou. — Vocês a levaram! Levaram a única coisa que eu tinha! A única!

Ele entrou na oficina, colérico, e se lançou sobre Tom, que segurou com força a mão de Ethan quando era tarde demais e a lâmina da faca já tinha atravessado seu estômago e seu pâncreas.

— Ethan, não! — gritou Gina.

— Tom! — gritou o sr. Rogers e se lançou sobre Ethan para agarrar a mão com que ele segurava a faca cravada no filho.

Tom levantou as sobrancelhas, surpreso, e, ao olhar para as mãos, viu o sangue encharcar seus dedos. Devagar, como se suas pernas já não conseguissem suportar o peso do corpo, deixou-se cair no chão e apoiou as costas contra o pé da mesa de trabalho do pai.

Furioso, o sr. Rogers arrastou Ethan por toda a oficina como se fosse um pedaço de pano e, de repente, o corpo do garoto parou ao esbarrar no painel de ferramentas. Num instante, o rosto de Ethan se transformou e, da incredulidade e do medo, passou para a surpresa. Larry observou confuso o rosto dele e percebeu que o garoto tentava olhar para trás com uma expressão de pânico. Um dos ganchos que segurava as ferramentas havia perfurado as costas de Ethan até parar no centro de seu coração. Alguns instantes depois, o adolescente ficou imóvel com os olhos abertos, e Larry se afastou, assustado com o que acabara de fazer. Passou anos arrastando e ocultando o maior erro de sua vida, e embora às vezes tenha pensado em acabar com tudo, nunca teve coragem de fazê-lo, e não imaginou que cruzaria aquela linha que, para ele, sempre tinha sido intransponível. No entanto, quando se desce o primeiro degrau em direção à escuridão, é questão de tempo para que continue descendo, pouco a pouco, dia após dia, até olhar para cima e descobrir quão distante está a claridade.

De repente e sem ninguém esperar, alguém gritou: "Polícia! Mãos para cima!". Seis agentes irromperam de uma vez na oficina, apontando as armas para Larry. Gina se jogou no chão assustada e engatinhou até o alçapão para abraçar Cora, que fez como a mãe havia pedido e esperou o tempo todo sem aparecer. Ela tinha passado nove anos sonhando com o momento em que alguém a resgataria, e cem vezes havia desejado ouvir os gritos da polícia, pois significaria que seu pesadelo havia acabado para sempre.

Jim se jogou no chão na direção de Miren e a protegeu com seu corpo. Abraçou-a como nunca havia feito e se afastou assustado para observar seus olhos fechados, seus lábios feridos, sua pele branca e cada vez mais fria. E chorou em cima dela. Gritou como se nada importasse enquanto a polícia apontava as armas para a cabeça de Larry, que, no fundo, também tinha desejado que este dia chegasse. O final das histórias nunca é o que a gente deseja, mas sempre somos arrastados pelo que é inevitável. As mãos de Jim se aproximaram tremendo do rosto de Miren, e ele a acariciou sabendo que aquela seria a última vez. Lembrou-se da noite que passaram juntos e das perguntas incisivas que fazia quando era sua aluna. O beijo que se deram, as lutas que perderam. O mundo que tentaram mudar, a verdade que sempre buscaram.

Ele abraçou o corpo de Miren. Gritou e uivou por dentro. Beijou-a na testa e aproximou seu rosto do dela enquanto chorava desconsolado. Da boca dele saiu um "te amo" e, de repente, no último instante, Miren emitiu um leve suspiro:

— Eu também.

Epílogo

— O que aconteceu com Miren Triggs? — perguntou uma mulher na primeira fileira assim que a sessão de perguntas começou.

A espectadora estava com aquela pergunta preparada durante toda a apresentação, e Jim demorou alguns momentos para responder. O prof. Schmoer se sentia nervoso diante de um público esmagador e bem diferente daquele com o qual estava acostumado, em nada parecido com os seus alunos. Nesse dia, seu público era um grupo muito heterogêneo de mulheres de diferentes idades, que tinham em comum a paixão pelo mistério. Sentadas em cadeiras individuais, olhavam para ele como se fosse um velho conhecido, mas ávidas por saber muito mais sobre ele. Jim se surpreendia com aquele sorriso desenhado em todos os rostos que o observavam minuciosamente, mas sabia controlar muito bem os nervos e parecer um homem calmo.

Em cima da mesa havia uma foto de Miren, perto de uma pilha de livros com o título *O jogo da alma*, e as pessoas se aglomeravam por toda a livraria sem soltar seu exemplar, apertando-o como um daqueles abraços do qual no futuro todo o planeta sentiria falta por causa de um inimigo invisível.

Na primeira fileira, uma mulher ruiva de meia-idade lhe lançava olhares que ele não sabia como interpretar, enquanto Martha Wiley se punha a responder antes que Jim cometesse um erro:

— Sem comentários — disse ela sorrindo, e então apontou com a tampa de uma caneta para um homem ao fundo.

A Stillman Publishing, um dos principais grupos editoriais dos Estados Unidos, estava sempre à procura de histórias interessantes para publicar, e cada obra lançada sob seu selo se tornava, inevitavelmente, um best-seller. Seu logotipo na lombada de um livro era sinônimo de impacto e sucesso, garantindo a propagação instantânea pelo boca a boca. Para os apaixonados por literatura, suas publicações eram leitura obrigatória; para os leitores ocasionais, eram uma forma de não ficar de fora das histórias que todo mundo comentava. Depois de saber tudo sobre *O jogo da alma*, um relato jornalístico sobre cativeiro, luta, coragem e vingança, o livro se transformou de imediato no mais vendido do país. Na rua, as vitrines das livrarias destacavam aquela história como a obra mais impactante do ano, e no metrô não era difícil encontrar quem a lesse sem tirar os olhos do papel.

Depois da chegada da polícia naquela noite fatídica, Larry Rogers foi preso pelo sequestro e estupro de Gina, assim como por sequestro de menores por também ter cativa Cora, a filha de sua prisioneira. Enquanto os serviços de emergência chegavam ao local, Jim não parou de falar e afagar Miren nem por um instante. Não saiu do lado dela, e, apesar de ela não ter aberto os olhos nenhuma vez, o professor sabia que ela podia senti-lo. Ele cobriu o ferimento dela o melhor que pôde e, assim que os paramédicos chegaram, gritou desesperado para que a salvassem daquela morte que parecia inevitável. Começou a amanhecer bem na hora em que ele entrava na ambulância segurando a mão de Miren, e ele só a soltou quando ela foi levada para uma cirurgia de emergência. Cinco horas mais tarde, o médico saiu da sala de operação com ar sério para anunciar que havia ferimentos internos extensos e que tinham feito todo o possível para salvá-la; a partir dali, sair do coma só dependia dela. Os pais de Miren pegaram um voo da Carolina do Norte e chegaram no meio da tarde. A mãe dela abraçou Jim quando o viu, e ficaram tanto tempo unidos que ambos entenderam o que Miren significava para eles.

Na segunda fileira, Jim percebeu uma garota de cabelo curto que folheava o exemplar do livro que tinha acabado de comprar, e isso o lembrou de Miren em seus tempos de estudante. Ele não conseguiu não se emocionar, sentindo que aquilo lhe custaria mais do que ele de início pensava.

— Como acha que Gina vai enfrentar a própria vida a partir de agora? A filha dela conseguirá se integrar bem à sociedade? E Tom Rogers? — pôs-se a perguntar outra jovem, que parecia estudante de jornalismo.

— Tanto Gina como a filha — respondeu Jim — agora têm uma vida em que elas decidem o próprio futuro. Tenho certeza de que vão se sair bem. Elas se adaptaram ao mundo exterior. Tom passou um tempo no hospital, mas se recuperou e agora se dedica a ajudar Gina e a cuidar da menina.

— Elas vão viver em Nova York? — perguntou uma mulher ao fundo, que abraçava o próprio exemplar com o entusiasmo de quem espera uma vida nova.

— Eu me trairia se contasse isso, sabe? O que importa para as duas agora é que estão bem e que terão toda a ajuda necessária para seguir em frente — respondeu Jim.

Então apontou para a garota da segunda fileira que o lembrava de Miren, que parecia não poder esperar mais para fazer uma pergunta:

— Você está saindo com Miren Triggs? — questionou ela, sem hesitar.

Jim estava prestes a responder, mas Martha Wiley dispensou aquela pergunta antes que o professor abrisse a boca.

— Precisamos encerrar se queremos que haja tempo para todos terem seu exemplar autografado.

Jim se levantou um pouco nervoso, desculpando-se com as mãos. Durante a hora seguinte, ficou rabiscando exemplares com mensagens carinhosas. Tirava fotos, sorria e respondia entusiasmado em sussurros às inquietudes de todos os que foram vê-lo. Era curioso, porque, embora se sentisse sortudo por estar ali, não parava de pensar que não era digno de tanto sucesso.

Dois dias depois da cirurgia, Miren Triggs abriu os olhos e, ainda sem saber onde estava, viu a mãe sentada numa cadeira cabisbaixa, o pai sentado ao lado dela em outra, e os dois com as mãos entrelaçadas. Jim estava sentado no chão em frente à cama, com os olhos fechados e a mesma roupa que vestia quando estava na casa dos Rogers.

Miren continuou em silêncio e observou as feições do professor na penumbra. Todas as pessoas que eram de fato importantes para ela estavam naquele quarto, onde só se ouviam os apitos do monitor, como se fossem um metrônomo que marcava o ritmo da esperança. De repente, ela pigarreou, e Jim abriu os olhos. Eles se encararam.

Há poucos instantes na vida como aquele. Existem poucas emoções que se igualam ao que aquele olhar significou. Jim se endireitou rápido e se aproximou dela, com delicadeza, com medo de tocá-la e perdê-la. Por um segundo, ele pensou que estava sonhando, mas logo compreendeu que Miren respirava, deixando um pouco de névoa na máscara de oxigênio que usava. Esse tipo de detalhe nunca aparece nos sonhos.

— Ei... você despertou... — sussurrou Jim.

Miren suspirou.

— Eu... devo muito a você, Jim. Você... salvou minha vida.

— Miren... por favor, descanse. Não fale besteira. Você teria feito o mesmo por mim.

— Nisso você tem razão — disse ela, num suspiro.

Ela afastou a máscara de oxigênio e liberou seu sorriso. Jim olhou para ela de perto. Ela entendeu com entusiasmo o que significava o brilho que havia nos olhos dele, que pela primeira vez não a deixou desconfortável — muito pelo contrário.

A sra. Triggs abriu os olhos e deu um grito ao ver Miren acordada. Não conseguiu evitar dar um tapa no braço do marido para acordá-lo. Ao se aproximar da filha, as lágrimas saltaram ao ver que havia despertado.

— Filha... graças a Deus... — disse ela entre soluços.

A mãe acariciou a mão de Miren, que retribuiu o gesto de modo suave, deixando transparecer sua debilidade.

— Descanse, amor... você tem de recuperar as forças... Embora eu saiba que você não vai me ouvir. Quando você me ouviu? Quem vai controlar você?

— Mãe...

O pai de Miren também se levantou, aproximou-se da filha e de modo inesperado deu-lhe um beijo na testa sem dizer uma palavra. Ela sentiu aquele simples beijo como o mais importante de sua vida. Durante muitos anos, o pai foi um tanto rude e pouco dado a demonstrar sinais de afeto. Ele era divertido, uma pessoa sorridente e despreocupada, mas em geral não mostrava o amor que tinha dentro dele. Miren não conseguiu conter o choro quando o pai se afastou após o beijo e ela notou que duas lágrimas escorriam pelo rosto dele. Era a primeira vez que o via chorar, e Miren engoliu em seco, sentindo-se tão querida que não conseguiu conter a felicidade.

Alguns dias depois, Miren recebeu a visita de Bob Wexter e, durante o tempo que ele esteve no hospital, mostrou para ela as cicatrizes que tinha da Guerra do Golfo, pois durante o conflito ele havia sido vítima de um fogo cruzado enquanto trabalhava como repórter. Antes que Bob fosse embora, Miren o surpreendeu com uma proposta que o deixou confuso, e que também pegou de surpresa o professor:

— Gostaria que Jim escrevesse essa história.

— Mas... — disse Jim.

— Você está falando sério? — quis saber Bob.

— Sim. Jim é o melhor jornalista que conheço, e eu... estou um pouco cansada para escrever aqui no hospital. Ainda preciso me recuperar, e... a cada dia que passa sem ser publicada, menos interessante a história fica. Sabe o que dizem por aí: a melhor notícia é a de quinze minutos atrás.

— Mas, Miren... você merece isso. É você que merece escrever essa reportagem. A história é sua... — o professor estava confuso.

— Nada me deixaria mais satisfeita do que se você escrevesse, Jim — declarou ela. — Foi você quem encontrou Gina. E quem me salvou...

— Miren...

— De minha parte, se é isso o que você quer, tudo bem — declarou Bob.

— Mas a vaga no jornal ainda é minha — riu Miren, com dificuldade.

Dois dias depois, a reportagem intitulada "O jogo da alma" e assinada por Jim Schmoer entrou nos *trending topics* do Twitter assim que a versão on-line foi publicada. A história correu como pólvora. Em todos os lugares se falava daquela adolescente que tinha passado nove anos sequestrada no sul das Rockaways, e como seu irmão havia enlouquecido com o passar do tempo após ela ter desaparecido e ele ter sido esmagado por um mundo de fé doentia, chegando, inclusive, a crucificar uma colega de classe, movido pela vingança.

Um pouco depois da publicação do artigo, Jim Schmoer recebeu uma ligação de um número desconhecido. Era Martha Wiley com uma oferta para publicar um livro sobre a história. Jim impôs as condições:

— Só escrevo se for com Miren. A história não é só minha — disse ele ao receber a proposta.

Martha aceitou, apesar de sua relação com Miren ter ficado bastante ruim depois da última sessão de autógrafos e do desencontro que as duas tinham tido algumas semanas antes. Mas ela aproveitou a situação como uma oportunidade, pois poderia usá-la em benefício da história de Gina Pebbles. Quando Jim lhe impôs aquela condição, Martha elaborou uma boa estratégia de marketing que só aumentaria o interesse pela publicação: Jim iria às apresentações sozinho, mas o livro estaria autografado pelos dois e terminaria num momento em que era impossível saber se Miren havia sobrevivido à busca. O destino dela seria um mistério na ficção e na vida real... e os boatos sobre sua possível morte talvez colocassem mais um dígito no número de exemplares vendidos. Segundo Martha, os futuros leitores gostariam dessa ambiguidade, pois oferecia um final aberto e a possibilidade de que construíssem a própria versão da história. O certo é que os mais bem informados logo saberiam a verdade ao ler a coluna que Miren começou a escrever no *Press* todas as quartas-feiras. Martha Wiley podia ser exigente, mas, no mundo editorial, ela era a melhor.

Em sua casa em Grymes Hill, Ben Miller havia espalhado sobre a mesa da cozinha o conteúdo de uma caixa de papelão na qual se lia "Daniel" escrito com marcador azul. De um lado da mesa estava uma pilha de papéis com depoimentos dos vizinhos, a maioria alegando que não tinha visto nada naquela tarde fatídica de 1981. Do outro, várias fotos de uma bicicleta, roupas, brinquedos e placas de carros que tinham sido vistos na região no dia em que o filho dele tinha desaparecido.

Depois do suicídio do reverendo Graham, Miller decidiu abandonar a Unidade de Pessoas Desaparecidas e se aposentar. Havia passado tantos anos absorvido pela rotina que tinha esquecido o motivo principal pelo qual havia se juntado à unidade. A tristeza de cada caso o afetara tanto que sempre arrastava consigo um sentimento de perda muito doloroso. Quando chegava em casa, não conseguia tirar o disfarce de agente desolado. Depois de apresentar sua demissão, Ben recolheu suas coisas e foi embora sem receber grandes aplausos de um escritório onde sempre se sentiu um estranho. A única pessoa que se despediu dele com um forte abraço foi Jen, a responsável pelo arquivo, que preparou para ele antes da partida uma caixa cheia de cópias de arquivos de crianças como Daniel, que haviam desaparecido nos últimos trinta anos em Staten Island, Queens, Manhattan e Nova Jersey. Ben decidiu passar a velhice perseguindo aquele último enigma que o havia atormentado e desmantelado sua família.

Estava tão concentrado lendo a declaração de um dos melhores amigos de Daniel que não ouviu a porta da casa abrir nem os passos que se aproximaram dele pelas costas.

De repente, uma mão tocou seu ombro e, quando ergueu o olhar, não conseguiu evitar um nó na garganta. O calor de Lisa o acariciou como uma brisa. Ben chorou como só é possível fazer quando sabemos que estamos errados, e Lisa fez o mesmo, porque seu coração nunca parou de doer.

Ben se levantou e abraçou a mulher. E ela sentiu naquele único abraço todos os de que sempre sentiu falta à noite, ao soluçar na escuridão.

Quando Jim terminou de autografar todos os exemplares, despediu-se com um sorriso e com várias cartas românticas que leria mais tarde, ao chegar em casa. Saiu da livraria acompanhado de Martha e de um grupo de leitoras que queria tirar uma última foto. Martha foi embora num táxi, e ele andou alguns metros na direção norte pela Broadway, caminhando pela 36 para atravessar a Oitava. Assim que conseguiu, ligou para Miren, que atendeu imediatamente:

— Onde você está?

— Atrás de você — respondeu ela.

De repente, antes de conseguir se virar, sentiu dois braços o rodearem e o abraçarem pelas costas. O professor notou que eram as mãos de Miren e se virou devagar. Ela vestia um moletom, uma calça legging e um boné do Knicks, que cobria parte do seu rosto.

— Você me seguiu?

— Eu estava na apresentação. Gostei de como você se livrou da bajulação. Que... humilde — riu ela.

— Esteve na apresentação? Não te vi.

— A ideia era essa — disse ela, depois de esboçar um sorriso. — Quando vi que você ia começar a autografar e quanta gente havia lá, decidi correr alguns quilômetros.

Depois, como se o seu próprio coração lhe pedisse, Jim deu um beijo em Miren e ela se deixou ser amada.

Inesperadamente, uma voz masculina vinda de trás de Miren entrou na conversa.

— Srta. Triggs?

Miren se virou, surpresa, e Jim olhou por cima dela para identificar quem era. Era o agente Kellet, usando uma camisa azul e gravata cinza.

— Você tem um minuto? Gostaria de falar com... você.

Miren olhou para ele atenta, e Jim percebeu a tensão dela pelo modo como prendia a respiração.

— Me dê licença um segundo, Jim? — disse ela em voz baixa.

— Cla... claro.

Jim se afastou alguns metros, intrigado, e ela disse, séria:

— Você está me seguindo? O que quer?

— Você se lembra do que lhe contei sobre Aron Wallace? — perguntou o agente Kellet.

Miren assentiu.

— Na casa dele, encontramos uma maleta cheia de CDs com vídeos... de abusos de menores.

— Então fico feliz que esteja morto — disse Miren, com frieza. — Você veio para isso? Para me dizer que o cara que me estuprou era mais degenerado do que eu já sabia?

— Bom, tem mais uma coisa, srta. Triggs. — Ele tirou uma fotografia do bolso da jaqueta e mostrou para ela. — Esta é a imagem de uma das câmeras de segurança da entrada de um prédio no Harlem, nas imediações da casa de Aron Wallace. Foi tirada às quatro da manhã. Reconhece esta silhueta?

Miren engoliu em seco e olhou com atenção. Era ela. Não havia dúvida.

— Está pensando em me prender? Veio para isso? — perguntou ela, com o coração reverberando no peito.

— Você mentiu para mim. Saiu de casa aquela noite, srta. Triggs.

Miren respirou fundo e permaneceu imóvel, esperando que ele continuasse.

— Mas, sabe? Vi alguns dos vídeos apreendidos. O mundo se transformou num lugar hostil demais.

Miren olhou para Jim, que os observava incrédulo.

— Lembra do que lhe contei sobre minha mulher? — perguntou Kellet.

— Que também havia sofrido uma agressão — respondeu Miren, tensa.

— Que tipo de pessoa você acha que eu seria se a prendesse? No final... você não tem armas registradas e... essa pessoa da foto... pode ser qualquer um, não é mesmo?

Miren respirou fundo e, depois, assentiu.

— Pode ser qualquer um — repetiu ela.

— Espero que... que você tenha um bom dia, srta. Triggs. Não vou mais incomodá-la. Só queria que soubesse que hoje o mundo é um lugar um pouco melhor.

— Obrigada, agente — disse ela, despedindo-se.

Depois se virou para Jim e se aproximou dele como se nada tivesse acontecido.

— Vamos comer? Corri oito quilômetros e estou com uma fome terrível — propôs Miren, abraçando-o.

— Quem era aquele cara? — perguntou Jim, confuso.

— Um colega do Ben. Estava me dando notícias.

— Algo com que eu deva me preocupar?

Miren sorriu e apenas acrescentou:

— Vamos procurar um bom lugar para comer. Estou... faminta.

— A propósito, Olivia está vindo. Eu a avisei. Gostaria que vocês... se conhecessem um pouco mais — disse Jim, depois de parar para analisar a reação de Miren e verificar se havia cometido um erro.

Miren olhou para ele, séria, e depois perguntou:

— Mas ela sabe sobre nós?

— Ela que deu a ideia.

— Sério?

— Ela leu o livro. Acho até que ela usa você para se gabar para as amigas.

Miren sorriu e voltou a beijar Jim.

— Vou adorar conhecer Olivia — declarou, deixando escapar um sorriso. Ela viu o brilho de esperança nos olhos de Jim e se deu conta de que havia apostado a alma no jogo mais importante da sua vida, e tinha ganhado.

Agradecimentos

Sempre guardo um pedacinho especial dos meus livros para agradecer a todas as pessoas que me inspiraram e ajudaram em cada passo até minhas histórias chegarem às suas mãos. Esta parte é fundamental, porque está cheia de frases com segundas e terceiras intenções, e principalmente esconde muito carinho.

Escrevi *O jogo da alma* em 2020 e acho que, sem dúvida, foi o romance que mais gostei de escrever, em especial por aquela incerteza que pairava sobre todos nós. Levaremos o ano de 2020 na memória, e acho que, desta vez, mais do que nunca nestas páginas, minhas palavras foram escritas com a mão no coração. Pensando e sonhando apenas em poder entregar uma nova janela para o meu mundo, junto com as chaves da fechadura que Miren guarda dentro dela.

Como sempre, preciso agradecer a Verónica, que foi minha primeira leitora, sempre com um olho crítico perfeito, e cujas reações, enquanto fazia aquela primeira leitura, serviram não só para melhorar a história, mas perceber quão importante é impregnar um romance de alma. Algo da alma dela está nas entrelinhas destas páginas, e alguns dos momentos especiais da trama surgiram após a interpretação de seus gestos e suas expressões de surpresa durante a leitura.

Agradeço também aos meus pequenos Gala e Bruno e à sua paciência infinita, pelos cafés que me ajudavam a preparar no meio da tarde com a desculpa de passarmos um tempo juntos e por todos aqueles beijos e abraços que eles me davam de noite depois de eu terminar de escrever. Este romance roubou deles algumas horas, e, quando estiverem adultos e lerem isso, espero que me perdoem e não liguem muito.

Agradeço a toda a equipe da Suma de Letras, como sempre, minha casa e minha fortaleza, onde me sinto seguro, com quem não só cresci como autor, mas também aprendi de verdade o que é se sentir dentro de uma equipe. Em especial, agradeço a Gonzalo, embora ele já saiba disso, por cada áudio e ligação, por confiar em meus critérios e apostar nesta história que toca muitas feridas e acende muitos fogos.

Agradeço também a Ana Lozano, que neste ano suportou minhas dúvidas e inseguranças com uma paciência que só uma boa editora é capaz de ter. Ela trabalhou incansavelmente contra o relógio para iluminar uma história que estava na minha cabeça há anos, mas que sempre parecia se esconder dentro dela, como um bom enigma.

Também agradeço a Nùria Tey, cuja alegria eterna e bom olho me acalmaram nos momentos nos quais a gente é incapaz de ver o final. A Mar, que este ano escapou de mim por um lindo motivo, e a Leticia, que conseguiu estar presente de forma virtual em metade do mundo sem sair de casa.

Agradeço também a Rita, Ana e Pablo — não sei como conseguem, mas sempre encontram a maneira de fazer com que meus romances cheguem à pessoa certa no momento certo.

Agradeço também a Michelle G. e a David Escamilla, por me abrirem as portas do outro lado do mundo e apostarem com unhas e dentes em meus livros. Já perdi a conta de quantos *mezcales* comemorativos ainda precisamos beber.

Agradeço a Conxita por encontrar, entre os risos de felicidade, as mãos perfeitas para as adaptações de minhas histórias. A María Reina por lutar todos os dias para que tudo o que escrevo chegue a mais idiomas e por fazer com que minhas palavras sejam traduzidas com o mesmo cuidado com que foram escritas.

Agradeço também a Iñaki, que é eterno, ou a Patxi Beascoa, que sempre encontro em qualquer país, exceto na Espanha. A Yolanda, pelo bom olho que tem para dar o toque perfeito às minhas capas. Também a Marta, Carmen, Nùria, e a todos os que participaram do vídeo para comemorar um milhão de cópias vendidas dos meus romances e roubar minhas melhores lágrimas de 2020. Aproveito para enviar a eles o abraço que não pude dar e agradecer, com toda a alma, pela viagem. E também a Nacho, da Divisão de Homicídios da Guarda Civil, por me abrir as portas do mundo trágico e real dos desaparecimentos infantis.

A parte mais importante dos agradecimentos, sem dúvida, é para vocês, leitores. Em 2020, deixamos a turnê de autógrafos e a apresentação no ar e vimos como todos os nossos planos de encontro foram cancelados. Admito que durante meses sonhei com o momento de vê-los ao vivo. O romance foi publicado dois dias antes de ser declarado o estado de alerta e, com ele, vocês me deram o maior presente que pode ser dado a um escritor: ficar na memória e servir de janela para o mundo num momento em que as portas estavam fechadas para nós. Agradeço, de coração, por transformarem *A garota de neve* no romance mais vendido durante o confinamento na Espanha e por abraçarem meu livro durante aqueles meses que nunca esqueceremos. OBRIGADO, com toda a minha alma. Obrigado, com todas as letras. Obrigado por cada mensagem, apoio e recomendação de minhas histórias. Obrigado por chegarem até aqui, por continuarem ao meu lado, por viajarem comigo e transformarem meus sonhos nos seus.

Como sempre digo, eu poderia estender os agradecimentos por muito mais tempo, em vários capítulos narrados por diferentes personagens ou vozes ou mesmo épocas, com reviravoltas, surpresas e *cliffhangers* logo na última frase, mas acho melhor cumprirmos nossa promessa todos os anos: eu não deixo de escrever, e vocês, quando lhes perguntarem por um livro, caso tenham gostado, recomendam *O jogo da alma*, sem contar do que se trata além da sinopse (por favor!). Este é o nosso jogo, e para eu continuar a escrever depende muito de que minhas histórias quebrem barreiras e cheguem a cada vez mais prateleiras. De minha parte, mantemos este pacto, e eu, em troca, no próximo ano, prometo a vocês que estarei de novo nas livrarias, com outra história que venho desenvolvendo há muito tempo e que com certeza fará todas as peças deste quebra-cabeça voarem pelo ar. O que vocês acham?

Querem brincar?

Com loucura,
Javier Castillo

ESTA OBRA FOI COMPOSTA PELA ABREU'S SYSTEM EM CAPITOLINA REGULAR E IMPRESSA EM OFSETE PELA LIS GRÁFICA SOBRE PAPEL PÓLEN NATURAL DA SUZANO S.A. PARA A EDITORA SCHWARCZ EM NOVEMBRO DE 2025